dtv

Griechenland zur Zeit der Militärdiktatur. Mary ist mit Dimos, dem Anführer der Studentenbewegung, zusammen, und wird wegen dieser Beziehung im November 1973 festgenommen. In den Verliesen des Sicherheitsdienstes muss sie Hunger, Kälte und Folter erleiden; allein die Solidarität unter den gefangenen Frauen gibt ihr Halt und Hoffnung. Aber Mary trägt auch ein Geheimnis unter dem Herzen: Sie ist schwanger – und wird vor eine furchtbare Wahl gestellt.

Aris Fioretos, 1960 in Göteborg geboren, ist schwedischer Schriftsteller griechisch-österreichischer Herkunft. Er studierte in Paris und an der Yale University und ist heute Professor für Ästhetik in Stockholm sowie Vize-Präsident der Deutschen Akademie für Sprache und Dichtung in Darmstadt. Für seine Übersetzungen – er übertrug unter anderem Friedrich Hölderlin und Vladimir Nabokov ins Schwedische – wie für sein eigenes Werk hat er zahlreiche Preise erhalten. Aris Fioretos lebt in Berlin und Stockholm.

Aris Fioretos

Mary

Roman

Aus dem Schwedischen
von Paul Berf

dtv

Von Aris Fioretos ist bei <u>dtv</u> außerdem lieferbar:
Die halbe Sonne (14417)

**Ausführliche Informationen über
unsere Autoren und Bücher
www.dtv.de**

2019 dtv Verlagsgesellschaft mbH & Co. KG, München
Lizenzausgabe mit Genehmigung des Carl Hanser Verlag
© Carl Hanser Verlag München 2016
Die Originalausgabe erschien 2015 unter dem Titel ›Mary‹
bei Norstedts in Stockholm.
© Aris Fioretos 2015
Umschlaggestaltung: Birgit Schlegel, Gewerkdesign Berlin
und Peter-Andreas Hassiepen, München
unter Verwendung eines Fotos von Florian Florschuetz
Satz: C.H.Beck.Media.Solutions, Nördlingen
(Satz nach einer Vorlage des Carl Hanser Verlag)
Druck und Bindung: Druckerei C.H.Beck, Nördlingen
Printed in Germany · ISBN 978-3-423-14686-9

… eine vage Form
aus Herz und Kranium.
LORCA

DIE ERSTE BUCHT.

WENN ICH MICH auf die Zehenspitzen stelle, reiche ich bis zu dem Fenster hinauf, das hoch und breit ist wie ein Blatt Papier. Unter ihm sieht man feuchte Streifen – als schwitze die Wand. Das Fenster sitzt in der hinteren Ecke, unter der Decke. Vermutlich wegen des Lichteinfalls; weniger gilt hier als besser. Schaue ich hinaus, sehe ich die Gräber, und dahinter Meile für Meile die See. Mal ist sie grau, mal stählern glänzend, meist blau oder grün und ruppig. Schließe ich das Fenster, wird die Brise ausgesperrt, aber der Haken schabt bei Wind. Deshalb habe ich ihn mit etwas Mullbinde umwickelt. Das hilft eine Weile, dann quietscht es wieder. Ansonsten hört man nur die Wellen. Sie donnern so regelmäßig, dass ihr Geräusch in meinen Körper eingezogen ist. Jetzt atmet die Brandung in mir wie eine riesige Lunge.

In der Schlucht kreischen die Vögel, obwohl es Stunden her ist, seit der Müll hinuntergeworfen wurde. Wenn sie alles aufgepickt haben, ziehen und zerren sie an den Resten, balgen sich, fliegen mit einem Fleischfetzen oder Knochen davon. So wüst wie Schulkinder. Sobald die Sonne untergegangen ist, beruhigen sie sich jedoch. Dann hüpfen sie auf den Felsen umher, putzen ihr Gefieder und halten Ausschau, bis die Nacht kommt und mit ihr die Ratten. Lautlos und müßig, ein wenig nutzlos. Nach dem Besuch heute Abend jedoch nicht. Gerade schlagen sie Krach, als ginge es um die richtige Auslegung des Abfalls.

Ich darf die Gerüche nicht vergessen. Es gibt hier auch Gerüche. Von Müll, Tang, faulem Fisch, schimmelndem Putz. Aber vor allem von Salz. Der Wind trägt den Meerschaum überraschend weit. Wenn er sich schließlich legt, klebt er auf Fensterrahmen und Griffen, im Haar und auf den Kleidern. Das Salz ist trocken, fast pudrig, es riecht erstaunlich schlecht, wenn man es zwischen den Fingern verreibt. Im Winter wollte die Feuchtigkeit nie ganz verschwinden. Alles, was ich berührte, war von einer Schicht bedeckt. Dann schlug das Wetter um, und heute, am letzten Apriltag 1974, ist nur das Salz geblieben.

ES IST SCHWIERIG, Papier aufzutreiben, daher schreibe ich auf allem, was mir in die Finger kommt: ein Comicheft, so verblichen, dass die Zeichnungen kaum noch zu erkennen sind, ein paar Konservenetiketten, Zeitungsseiten, die nach Fisch riechen, umgestülpte Zigarettenschachteln … Das Datum habe ich vorhin auf der Verpackung einer Tafel Schokolade notiert. Wir fanden sie, als wir Weihnachten die Küche putzten. Keiner von uns traute seinen Augen. Dann öffneten wir eine Tafel und merkten, wie trocken sie geworden war. Als kaute man Sand. Nicht einmal der Junge wollte die braunen Krümel essen; schon bei ihrem bloßen Anblick bekam man Durst. Ich weiß nicht, wer sie mir vor einer Woche in den Essensbeutel gelegt hat, aber da lag die Tafel – unter dem Strumpf mit Reis. Die Tinte meines Kugelschreibers haftet unerwartet gut auf der Innenseite des Papiers.

Wenn ich die Zettel gefaltet und zerrissen habe, damit sie alle gleich groß sind, fülle ich sie so beharrlich mit Worten, wie die Frauen in der Kirche rußige Gebete murmeln. Solange eins dem anderen folgt, empfinde ich keine Angst, keine Reue. Wenn für weitere kein Platz mehr ist, landet der Zettel bei den anderen in der Zinndose, die ich bei der Beerdigung bekam. Dort liegen sie dichtgedrängt und doch getrennt, als wären sie Granatapfelkerne, obwohl sie diesen nicht im mindesten gleichen. Um den Überblick zu behalten, habe ich sieben Stapel gebildet, einen für jede Frage auf Dimos' Liste.

Manchmal frage ich mich, was ich hier mache, dann verstehe ich, dass ich keine andere Wahl habe. Es mag seltsam klingen, aber ich bin die Einzige, die erzählen kann, wie ich endete.

DIE GRANATAPFELKERNE.

I

AUF DEM LETZTEN FOTO aus dem November trage ich eine Jeansjacke, einen Polopullover und eine Hose von der Art, die Stella Slacks nennt. Halbschuhe, über der Schulter eine Filztasche. Wenn meine älteste Freundin das Bild sähe, würde sie annehmen, dass ich das Übliche wiege, ein paar Kilo mehr als fünfzig. Ich selbst fühle mich aufgeschwemmt. Seit ich im letzten Herbst die Tore zum Gelände der Hochschule passierte, ist mein Gesicht voller geworden. Auch der Hals erscheint mir voller, was aber auch an dem Polokragen liegen könnte. Meine Augenbrauen sind zwei breite Pinselstriche, die Lippen geschlossen. Der Mund lässt mich beherrscht aussehen – oder »reserviert«, wie Dimos sagt. Auf dem Foto schreibe ich in ein Heft, das ich auf meinen Oberschenkel presse. Der Körper dreht sich zur Seite, es gibt viele und eigenartige Schatten, weil das Licht aus verschiedenen Quellen kommt – Straßenlaternen und Schaufenster, vielleicht ein Scheinwerfer. Unter der Aufnahme hat jemand notiert: *gehbehindert.*

Ich wurde Maria getauft. So steht es in dem Ausweis, den ich auf das Regal in Dimos' Kochnische gelegt habe. Laut Pass bin ich dreiundzwanzig. Vor ein paar Jahren konnte ich mir nicht vorstellen, wie es sein würde, so alt zu sein; jetzt studiere ich bereits im letzten Studienjahr Architektur. Nur die Examensarbeit steht noch aus. In ihr soll es um Mehrfamilienhäuser in urbaner Umgebung gehen, aber ich bin nicht besonders weit gekommen. Ich weiß nicht, ob ich Bauingenieurin, Landschaftsarchitektin oder einfach Architektin werde. Ich vermute, einfach Architektin; zumindest würde ich mir das wünschen. Als ich klein war, wurde ich Tochter oder Marienkäfer genannt, gelegentlich auch Poliomädchen – die Krankheit erklärt mein Hinken. Ich wurde auch mit anderen Namen gerufen, habe aber nicht vor, hier auf sie einzugehen. Dimos nennt mich Mary. Von nun an werde ich so heißen.

Mary. Die Reservierte.

AUF DEM BILD sind die Nieten über der linken Brusttasche der Jacke nicht zu sehen. Ich drückte sie nach dem Arztbesuch fest – manchmal bin ich abergläubisch. Es ist seltsam, aber erfüllt von sanftester Sorge habe ich gleichzeitig das Gefühl, eine Sonne im Unterleib zu tragen, zitternd wie eine geballte Faust Jubel.

ALS ICH AUFWACHE, ist es sieben Uhr abends. Eigentlich hatte ich nicht vor zu schlafen, nachdem ich von der Ärztin zurückkehrte, war mein Körper jedoch schwer wie feuchte Erde, der Kopf leicht wie Äther. Es reichte, mich auf das Bett zu legen, schon war ich weg.

Nun merke ich, dass der Schlaf traumlos gewesen ist, fast erinnerungslos, als hätte sich der Körper von seinem Auftrag ausruhen müssen, ein Mensch zu sein. Dimos' Seite des Betts ist leer. Seit dem letzten Mittwoch ist mein Freund in der Hochschule. Heute Morgen kam er kurz nach Hause, um zu duschen und ein paar Sachen zu holen. Er wusste, dass ich nach dem Mittagessen zum Arzt wollte, ist aber noch in dem Glauben, der Grund dafür wären meine Gliederschmerzen. Wenn wir uns sehen, werde ich es ihm erzählen. An der Decke dreht sich träge, doch systematisch der Ventilator. Obwohl es Herbst geworden ist, sind die Tage heiß, nicht zuletzt in diesem Backofen von einer Wohnung. Wenn ich lange genug die Luft anhalte, bilden sich am Haaransatz Schweißperlen. Kurz danach formen sie einen Tropfen, der groß genug ist, um über die Schläfe zu rinnen. Er gleitet am Ohr entlang, kitzelt ein wenig und verschwindet in den Nackenhaaren.

Das Rinnsal erinnert mich an das Bild, das ich vor ein paar Tagen in der Zeitung sah, nach meinem ersten Besuch in der Arztpraxis, als ich nur eine Urinprobe abgab. Ein Junge saß darauf mit einer Decke um die Schultern und weit aufgerissenen Augen, Tränen hatten Furchen in sein unfassbar schmutziges Gesicht gegraben. Die Wangen glichen einer verwüsteten Flusslandschaft. In den Armen hielt er einen rußigen Klumpen. Erst als ich die Bildunterschrift las, begriff ich, was das war. *Der Sechsjährige mit seinem Teddybär. Er überlebte das Feuer, in dem seine ganze Familie umkam.*

Ich weinte wie ein Kind.

Wenn das Haus in der Olympiastraße in Flammen stünde, würde ich mich bedenkenlos in das Inferno stürzen, um seine Bewohner zu retten – obwohl es mir niemand danken würde, jedenfalls Mutter nicht, und obwohl es lange her ist, dass mein Halbbruder Theo das Land verließ. Dabei wäre mir noch vor zwei Jahren nichts lieber gewesen, als keine Eltern zu haben. Was auch immer, wenn es mir nur erspart bliebe, in dieser privaten Version von Kirche, Familie und unserer heiligen Nation, wie das Militär es nennt, erstickt zu werden.

Das Gefühl verschwand erst, als ich mit Stella zusammenzog. Nein, das stimmt nicht. Im Grunde dauerte es bis zu diesem Typen mit dem Pferdeschwanz. Ich hatte ihn bereits mit Freunden in den Fluren oder am Haupteingang gesehen, wo einige Leute gebrauchte Lehrbücher verkaufen. Und gemerkt, dass er zu mir herüberschielte. Aber ehrlich gesagt dachte ich mir nicht viel mehr dabei, und als er Anfang des vorigen Studienjahrs den Boulevard überquerte und direkt auf mich zukam, war ich so perplex, dass ich nicht verstand, was er zu mir sagte. Ich hatte mich gerade erst von Stella verabschiedet und war schon auf dem Weg durch das Eingangstor, als er mich ansprach. Er kam mir doppelt so groß vor wie gewöhnliche Menschen, was die Sache nicht unbedingt leichter machte. Ich entschuldigte mich, ohne richtig hinzuhören. Die Vorlesung habe begonnen, ich sei in Eile, ein anderes Mal – Worte dieser Art.

Möglicherweise gab das schlechte Gewissen den Ausschlag. Jedenfalls drehte ich mich vor dem Betreten des Hauptgebäudes um und sah ihn noch an der Stelle stehen, an der ich ihn verlassen hatte. Als hätte er Wurzeln geschlagen. Das sollte mein erstes Bild von Dimos werden. Und mit der Zeit verblich alles um ihn herum – die schäbigen Palmen, die Mülltonnen, das Gedränge an den Toren. Übrig blieb allein diese zu einem Schattenriss gewordene Gestalt. Konsterniert, unverrückbar, ein Baum von einem Mensch.

Jemand erzählte mir, er engagiere sich in Studentenorganisationen, und gelegentlich übermannte mich bei dem Gedanken, wie selbstvergessen er dort am Eingang gestanden hatte, eine anhängliche Wärme. Trotzdem verwitterte das Bild. Außerdem war ich mit einem Kommilitonen Stellas bei den Anglisten zusammen, was eine Weile für Unordnung in meinem Dasein sorgte. Er heißt Antonis, hat mit dieser Geschichte jedoch kaum etwas zu tun.

Letztes Frühjahr entdeckte ich den Typen erneut, in dem Automatenrestaurant gegenüber vom Nationalmuseum, in dem ich manchmal zu Mittag esse, wenn ich keine Lust habe, heimzugehen. Und plötzlich führte sich der Muskel in meiner Brust auf wie ein Spatz. Dimos saß in der einzigen Sitzecke, in der es noch einen freien Platz gab, war in eine Zeichnung vertieft und aß, ohne an das Essen zu denken. Es erschien wenig wahrscheinlich, dass er seit unserem kurzen Gespräch beim Friseur gewesen war; mittlerweile trug er außerdem einen struppigen Bart, mit dem er einer Kreuzung aus Novize und Rockstar glich. Als ich ihn fragte, ob ich mich zu ihm setzen dürfe, antwortete er mit einem Grunzen. Zehn Minuten vergingen. In der Jukebox in der Sitzecke nebenan lief ein Hit aus einer amerikanischen Fernsehserie über eine Popgruppe:

This one thing I will vow ya
I'd rather die than to live without ya

Ich aß, während der Baum, auf seine Zeichnung konzentriert, auch dann noch den Löffel zum Mund führte, als nichts mehr auf seinem Teller war. Es sah lustig aus, aber statt zu lachen, studierte ich zum ersten Mal die Hände eines fremden Menschen. Die langen, sehnigen Finger, die erstaunlich gepflegten Nägel, die Adern, die sich wie Würmer zwischen den Knöcheln schlängelten. Und die Sommersprossen, auf die Haut geschüttelt wie feinster Puder. Als er eine Viertelstunde lang nicht aufgeblickt hatte, fand ich jedoch, dass es reichte. Selbstvergessen zu sein, ist eine feine Sache, Höflichkeit eine andere. Ich stand auf, schob den Stuhl an den Tisch, aber statt zu gehen, lehnte ich mich mit dem Tablett in den Händen zu ihm vor.

»Weißt du eigentlich, dass du Luft isst?« Meine Stimme klang schroffer als geplant. Er betrachtete den Löffel und danach mich. Während eines so langgezogenen Augenblicks, dass ich die Erinnerung später im Detail studieren konnte, verfolgte ich die Verwandlung von Verwirrung zu Verblüffung. Als er erkannte, wer ich war, schnappte er nach Luft. Sein Atemholen war so vorbehaltlos, und so unverstellt, dass es mir einen Schock der Verbundenheit versetzte. Lächelnd, aber nervös, gab er vor zu schlucken, und mir wurde klar, dass ich mich besser wieder hinsetzen sollte. »Entschuldige.« Das Tablett klapperte. »Ich war neulich wohl ein bisschen unhöflich.«

Das ist alles. So wurden wir ein Paar. Als der Baum seinen Plan zusammengerollt hatte, nannte er mir seinen Namen. Ich hatte ihn schon gehört – wer nicht? –, allerdings nicht gewusst, wie er aussah. Vielleicht buhlt er um meine Bewunderung, überlegte ich. Vielleicht denkt er, es beeindruckt mich, dass er einer der Freien Studenten ist. Als ich mich ihm vorstellte, entgegnete er jedoch nur: »Die Tochter des Hauptmanns?« Mit vielem hatte ich gerechnet, damit sicher nicht. Der Spatz hörte auf zu flattern und ich versuchte aufzustehen. Was immer ich darauf erwiderte, es würde das Falsche sein. »Man kann anfangen oder aufhören.« Er merkte, dass ich unschlüssig wurde. »Also, ich meine, können wir nicht Leute sein, die anfangen – einander kennenlernen, meine ich?« Ich war mir nicht sicher, ob der Satz grammatikalisch korrekt war, ließ das Tablett aber wieder los. Er steckte eine Münze in die Jukebox und tippte das Lied ein, das gerade gelaufen war. »Darf ich dich Mary nennen?«

DIE WOHNUNG, bevor ich abschließe, ohne zu wissen, dass es das letzte Mal sein wird.

Die Wände sind hellgrün wie unreife Melonen, der Fußboden ist aus Marmor. In einer Ecke stehen zwei Holzböcke mit einer Platte darauf, Kleider verbergen den Stuhl. Die Vase an der Tür hat der Vormieter stehenlassen. Sie ist groß, rund und staubig, in ihr stecken Schilfkolben, die jedes Mal schuppen, wenn die Tür geöffnet oder geschlossen wird. Dimos behauptet, es gefalle ihm, den Flaum durch die Luft wirbeln zu sehen wie trockene Schneeflocken, aber ich hege den Verdacht, dass er einfach nur zu faul ist, die Schilfkolben wegzuschmeißen. An der Toilettentür hängt meine Filztasche, neben dem Wecker liegen die *Gefängnisbriefe* und ein Buch zur Festigkeitslehre. Ein Schnipsel von einer zerrissenen Ansichtskarte lugt als Lesezeichen heraus; man sieht ein wenig von einer Hand und einer Frucht. Außer dem Lehrbuch und den Kleidern gehört nur eine der Kassetten mir. Ich verbringe zwar mehrere Nächte in der Woche bei Dimos, aber das Durcheinander dort ist so groß, dass man Gefahr läuft, seine Sachen nicht mehr zu finden, wenn man sie bei ihm lässt. Über seinem Schreibtisch hat das Bild eines lachenden, aus der Zeitung ausgeschnittenen Boxers Gesellschaft von dem Jungen mit dem rußigen Kuscheltier bekommen.

Unten auf der Straße gibt ein Motorrad Gas, Autos hupen und bremsen. Der Losverkäufer des Viertels ruft die Gewinne bei der morgigen Ziehung aus, vom Nachbarhaus dringt der Lärm von Frauen herüber, die Wäsche abhängen. Im Inneren des Gebäudes zieht jemand ab, von Zeit zu Zeit setzt sich der Aufzug in Bewegung. Obwohl die Toilettentür geschlossen ist, hört man den Wasserhahn, der mit kurzen, präzisen Meißelschlägen tropft. Als ich ihn zum ersten Mal in seiner Wohnung besuchte, erklärte ich, es sei eigentlich nicht besonders schwierig, den Dichtungsring zu erneuern. Dimos brach in sein helles Lachen aus, das sich anhört, wie sich in meiner Vorstellung Sommersprossen anhören würden, wenn sie ein Geräusch von sich geben könnten. Der Druck in den Leitungen sei so schwach, dass man um jeden Tropfen froh sein müsse. Die Wohnung liegt im obersten Stockwerk. Wenn man in der fünften Etage aus dem Aufzug tritt, muss man noch eine Treppe hinaufsteigen. Am oberen Ende gibt es dann zwei Türen. Die eine führt auf das Dach hinaus, die andere zu seiner Einzimmerwohnung mit Dusche und Kochnische. Eine Zisterne nimmt die Hälfte der Dachfläche ein, der Rest besteht aus dem Fahrstuhlschacht und der zur Wohnung gehörenden Terrasse. Er räumte Kleider und altes Geschirr fort, zog mit ein paar kraftvollen Zügen die Jalousien hoch und erklärte mir, die Wohnung habe er wegen der Terrasse genommen. Fünfzig Quadratmeter unter freiem Himmel, umgeben von Wäscheleinen und Fernsehantennen. Mehr Freiheit gebe es in diesem Land nicht.

Sobald ich auf die Beine gekommen bin, beuge ich mich vor. Das Blut füllt meinen Kopf wie Wasser einen Schwamm. Die Ärztin meint, Schwindelgefühle seien in der Anfangszeit völlig normal. Die nächsten Wochen könnten unruhig werden, danach fühle man sich besser. Als der Schwindel abgeebbt ist, lege ich den Pass fort. Das Gesetz verlangt zwar, dass sich Staatsbürger ausweisen können, aber laut Dimos ist es besser, das Bußgeld zu zahlen. »Ein Mensch hat das Recht, anonym zu sein.« Ich glaube, das hat er bei Gramsci gelesen. Die Polizei lässt einen meistens ohnehin laufen.

Dimos' Stolz ist ein Kassettenrekorder, den er von Verwandten im

Ausland bekommen hat. Ich finde eine Kassette und spule sie zurück. Während das Band flattert und schabt, stelle ich den Herd an. Die Flamme flackert auf, blau wie Eis. Einer der Granatäpfel vom Herbst liegt neben der türkischen Kaffeemühle, die Dimos damals ebenfalls gekauft hat, auf dem Tisch. Die Kurbel sah so graziös orientalisch aus, dass er sie ohne zu feilschen genommen hat. Er behauptet, wenn man sie nur sehe, steige einem schon der Kaffeeduft in die Nase. Nun frage ich mich, wie lange es noch dauern wird, bis wir sie benutzen. Der Apfel ist bereits so eingetrocknet, dass die Kerne darin klappern, wenn man ihn schüttelt.

Auf dem Regal liegt eine Schachtel rote Santé, die Dimos vergessen haben muss. Noch sieben Stück. Ich habe beschlossen, das Rauchen aufzugeben, aber fürs erste gilt dieses Verbot nur für den Kauf eigener Zigaretten. Nachdem ich mir an der Gasflamme eine angezündet habe, rühre ich Zucker in den Kaffee. Der Satz wirbelt auf und legt sich wieder. Der Gedanke daran, wie er reagieren wird, stimmt mich erwartungsvoll, macht mich aber auch nervös. Mein Zwerchfell fühlt sich immer mehr an wie prickelndes Sonnengewebe. Auf dem Weg zur Terrasse drücke ich auf PLAY.

Seit das Haus zehn Jahre zuvor als Teil des Baubooms errichtet wurde, der mit den zementgebundenen Baustoffen einsetzte, haben sich die Abgase in den Marmorfußboden gefressen. Es spielt keine Rolle, wie oft wir putzen, es fühlt sich trotzdem an, als ginge man auf einer dünnen Schicht Asche. Dimos will davon nichts hören – er hält sich die Ohren zu und fängt an, dieses Lied von den Monkees zu singen –, aber ich bin mir sicher, dass der Marmor falsch behandelt wurde. Er muss so geschliffen und poliert werden, dass seine poröse Oberfläche gründlich versiegelt ist. Eigentlich sollte das jedem Handwerker bekannt sein. Ich lehne mich mit dem Rücken an die nachmittagswarme Zisterne. Das Wasser erzittert, gewaltig und dennoch federleicht. Der Kaffee brennt, in den obersten Fenstern gegenüber glitzert die Sonne. Auf dem Dach sind die Frauen fast fertig. Beide pressen das Kinn auf die Wäsche, als sie mit übervollen Körben zum Treppenhaus gehen. Sie grüßen; ich winke zurück. Ich denke, ich werde vorschlagen, die Terrasse instand zu setzen. Der Marmor könnte noch einmal abgeschliffen werden, und wenn man das Geländer mit Bast verkleidet, brauchen hier keine Unfälle zu passieren. Nach der Siesta würden wir sehen, wie die Wäsche trocknet und die Dunkelheit abends kompakter wird, und nachts könnten wir Sternbilder studieren, so kühl wie Diamanten und unfassbar fern.

So make a stand for your man, honey
Try to can the can

Männliche Popgruppen in allen Ehren, aber ich bevorzuge Frauen in Jeansjacken. Der Basslauf donnert krachend durch die Adern, der Teer brennt schwarz und herb in der Lunge. Die Zigarette wippt im Mundwinkel, als ich zusammen mit Suzi Quatro singe. Zum ersten Mal existiere ich in der Welt, die in mir existiert, erbaut um eine Sonne, nicht größer als ein Korn.

Dass ein Leben so leicht sein kann.

ALS ICH AUF DIE STRASSE HINAUSTRETE, singe ich noch immer. Nun bin ich so gekleidet wie auf dem letzten Foto – bis auf die Jacke ganz in Schwarz. Die Füße tragen mich abwärts, als hätten sie ein Eigenleben entwickelt. Vor den Läden stapelt sich der Müll. Offenbar wird er diese Nacht abgeholt. Ein Inhaber unterhält sich mit einem Kunden, während er aus einigen Kartons die Böden schlägt und die steife Pappe umknickt. Ich gehe auf die Straße, an den geparkten Autos entlang. Vor mir spaziert ein Mann, das Hemd über der Hose. Die Hände auf dem Rücken; die Steine der Gebetskette gleiten zwischen seinen Fingern einem verborgenen Ritual folgend hindurch. Auch er bewegt sich schneller als üblich, und noch ehe ich ihn einhole, biegt er ab. Stattdessen kommt federnd ein gelber Oberleitungsbus den Anstieg herauf. Die beiden Kabel, die ihn mit den Leitungen verbinden, lassen ihn aussehen wie eine riesige Heuschrecke. Eine Frau zieht an der Schnur, danach steht sie auf, um auszusteigen.

Ich habe versprochen, mich bei Stella zu melden, gehe aber zunächst zur Apotheke, wo ich neue Tabletten gegen meine Gliederschmerzen abhole. Außerdem kaufe ich die Sachen, um die Dimos mich gebeten hat. Als ich wieder draußen bin, kratze ich das Etikett vom Tablettenröhrchen, überquere die Avenue und gehe in den Park. Die Zypressen ähneln startklaren Raketen, die weiß gekalkten Rinnsteine erinnern an Landebahnen. Auf einer Bank sitzen ein paar ältere Männer, um ihre Füße liegen Sonnenblumenkerne verstreut. Die Schalen gähnen wie Fischmäuler. Eine Mutter schiebt einen Kinderwagen, dabei spricht sie vorgebeugt mit dem kleinen Buddha, der aufrecht und ernst dasitzt, die Hände links und rechts um die Seitenteile geschlossen. Zwei Schulmädchen eilen vom Abendunterricht kommend heim – Strickjacke über der Uniform, Bücher und Hefte an die Brust gepresst.

An dem Kiosk in der Parkmitte tanzen Mücken um die Zeitungen, die unter den Markisen hängen. Hinter den aufgestapelten Zigarettenschachteln und dem kolossalen Telefon zählt eine Frau Münzen. Ich kaufe Double Spearmint. Während ich das Wechselgeld einstecke, lese ich die Schlagzeilen. Das Erdbeben im Oktober hat ein weiteres Todesopfer gefordert. Diesmal ist es eine ältere Frau, die nie mehr zu Bewusstsein kam, nachdem man sie aus den Ruinen gerettet hatte. Die Regierung gibt bekannt, dass die Sechste Flotte in der Bucht vor Anker liegen bleiben wird. Mit der neuen Führung in Chile sind diplomatische Beziehungen aufgenommen worden. Die Studenten des Landes werden ermahnt, weiter fleißig und diszipliniert zu sein. Nach seinem Sieg gegen Norton im September will Ali in einem neuen Titelkampf gegen Frazier antreten.

In der Ferne höre ich, wie in Watte gepackt, Rufe erschallen.

JE NÄHER ICH DER HOCHSCHULE KOMME, desto deutlicher erkenne ich die Ausrufezeichen:

»Eins, und eins – und dann vier! Eins, und eins – und dann vier!«

»Nieder mit der Junta! Nieder mit der Junta! Nieder mit der Junta!«

»Tut etwas, Leute! Sie nehmen sich unser Brot!«

Drei Tage dauern die Proteste jetzt an. Menschen eilen die Straßen hinunter; viele tragen Bretter und Ziegelsteine, andere Lebensmittel. Die Zukunft des Landes entscheidet sich gerade in der Hochschule. Es begann im Winter bei den Wirtschaftswissenschaftlern und ging im Frühjahr bei den Juristen weiter, erste Bewegungen nach Jahren des Stillstands. Im Laufe des Sommers verstärkten sich die Proteste, auch draußen im Land, und nun sind sie zu einer Welle der Unzufriedenheit angeschwollen.

Ich biege auf den Boulevard ein, der an Nationalmuseum und Hochschule vorbeiführt – und sehe auf einmal das Menschenmeer. Es müssen Tausende sein, die sich vor dem Haupteingang drängen. Fahnen wehen, Parolen werden skandiert, Flüstertüten knistern und pfeifen. Die Ladenbesitzer haben ihre Rollläden heruntergelassen; die Kioske sind noch geöffnet. Ein paar Meter vor mir gibt ein Bus auf. Die hydraulischen Pumpen zischen träge. Wer will, kann aussteigen, ehe der Fahrer einen Umweg um das Gelände macht. Zwei, drei Autos versuchen sich vorbeizuschieben, aber Studenten mit Flugblättern in den Händen dirigieren sie um. Bekanntmachungen werden unter Scheibenwischer geschoben und durch Fenster gesteckt. Die Polizei schaut zu, ohne einzugreifen. Vor dem Hotel schräg gegenüber stehen die Männer in Zivil mit ihren Sonnenbrillen. Auch sie schauen zu, ohne etwas zu tun. Anscheinend wird der Abend genauso verlaufen wie der gestrige.

Menschen hängen in dem Zaun entlang des Boulevards. Gelegentlich blitzen die Metallplatten auf, die dort am ersten Tag aufgehängt wurden, um die Kameras des Geheimdienstes in den gegenüberliegenden Häusern zu blenden. Inzwischen ertönen andere Parolen:

»Wir sind die freien Belagerten!«

»Wir sind aus Holz! Die Nacht ist aus Holz! Warum kommt ihr mit Feuer?«

Und unter den Rufen hört man dauernd die große, dumpfe Dünung, die noch immer die anderen Parolen trägt: »Brot – Bildung – Freiheit! Brot – Bildung – Freiheit! Brot – Bildung – Freiheit!«

Vor dem Automatenrestaurant stehen zwei Jungs aus dem dritten Studienjahr. Vor einer Woche hat mich der eine nach meiner Examensarbeit gefragt, jetzt schreibt er etwas in einen Block. Wenn er eine Seite fertig hat, gibt er sie seinem Freund, der das Blatt sofort an einen Passanten weiterreicht. Bevor der Bus zu den Textilvierteln abbiegt, lehnt sich der Fahrer aus dem Fenster. »Was verkündet ihr denn da?« Lachend antworten sie: »114!« Es ist der letzte Paragraph unseres außer Kraft gesetzten Grundgesetzes, der besagt, dass das patriotische Volk die Aufgabe hat, die Verfassung des Landes zu schützen. Während der Bus steht, schreiben andere Studenten mit Filzschreibern Druckbuchstaben auf das Blech. Einer malt mit weißer Deckfarbe ein großes Friedenszeichen auf die Kühlerhaube. Als er fragt, ob er das Fahrtziel über der Windschutzscheibe durch DEMOKRATIE ersetzen dürfe, schlägt der Fahrer mit der Hand seitlich ins Leere, als hackte er Gemüse. Der Bursche soll es bloß wagen. Zwei junge Frauen laufen vorbei, die eine mit einem Schrubber, die andere mit einer Fahne auf den Schultern. »Endlich passiert es, endlich passiert es!« Vielleicht haben sie recht. Es sieht nicht so aus, als beabsichtige das Militär, einzugreifen.

An dem Kiosk sehe ich zwei Männer in Lederjacken und mit Sonnenbrillen, um den Hals des einen hängt eine Kamera. Ich warte, bis sie in der Menge verschwunden sind, dann kaufe ich Schulhefte. Es sind die gleichen Hefte, die ich sonst immer für Skizzen benutze: dunkelblauer Umschlag, vierundsechzig unlinierte Seiten. Als ich frage, was ich schreiben soll, schlagen meine Kommilitonen Schlagwörter auf Französisch oder Englisch vor, ich bleibe jedoch bei 114. Ohne Ausrufezeichen. Es klingt vielleicht seltsam, aber ich mag das Satzzeichen nicht. Sobald ich eine Seite herausgerissen habe, wird sie mir aus den Händen genommen. Neben uns verteilen andere Menschen Flugblätter. Oder jemand ruft: »Hinsetzen, hinsetzen!« Daraufhin setzen sich auf der Stelle zwanzig Leute und fangen an zu singen. Ein Mann, der mit seinem Auto nicht weiterkommt, kurbelt das Seitenfenster herunter und will wissen, wie ich heiße. Ich schüttele den Kopf. Daraufhin will er mir eine Münze geben, damit ich noch ein Heft kaufen kann. Wieder schüttele ich den Kopf. Nicht von dem Geld anderer.

So geht es weiter. Lange Zeit ist der Himmel rosa wie eine Schürfwunde. Dann senkt sich die Dunkelheit herab.

AB UND ZU sitze auch ich auf der Straße, die Arme um unbekannte Schultern gelegt, und singe aus vollem Hals. Es kommt mir vor, als pochte ein Unwetter aus Blumen in meinem Blut. Oder ich rede mit Freunden und erfahre, was geschehen ist, während ich bei Dimos verschlafen habe. Doch die meiste Zeit schreibe ich, beseelt von Trotz und Jubel. Nach fast sieben Jahren passiert es. Alles, wovon die Menschen träumen, passiert schließlich. Als die Hefte aufgebraucht sind, kaufe ich neue. Am Ende sehe ich kaum noch, was meine Hand schreibt.

Sobald die Straßenlaternen angegangen sind, knistert es in den Lautsprechern, dann ertönt eine mir vertraute Stimme: »Hier spricht die Hochschule, hier spricht die Hochschule! Das ist das Radio der Freien Studenten.« Ruhig erläutert sie, was auf dem Gelände benötigt wird: Brot, Wasser, Vaseline, Kompressen, Desinfektionsmittel … Anschließend werden Versammlungsfreiheit, Presse- und Meinungsfreiheit, Freiheit der Forschung gefordert. Danach verliest die Stimme Namen. Das hat sie seit Beginn der Besetzung am Mittwoch getan, immer sobald die Straßenbeleuchtung anging, aber bevor es Nacht wurde. Es sind die Namen von Menschen, die im Schatten bleiben. Wie die Freien Studenten an sie gekommen sind, ist ein Geheimnis. »Seien Sie gegrüßt, stellvertretender Adjutant Samaritis, 36 Jahre alt und Vater zweier Kinder. Greifen Sie nicht zu Gewalt gegen Ihre Brüder und Schwestern. Seien Sie gegrüßt, Inspektor Lamas, Alter unbekannt, aber unser Bruder. Greifen Sie nicht zu Gewalt. Seien Sie gegrüßt, Leutnant Klendros, 29 Jahre alt und Vater eines Jungen. Greifen auch Sie nicht zu Gewalt gegen Ihre Brüder und Schwestern. Seien Sie gegrüßt, Hauptmann Petr…«

Dimos wird noch eine Stunde lang fortfahren, ihre Namen zu verlesen. Eigentlich hatte ich ihm versprochen zu kommen, bevor er damit anfangen würde, aber jetzt habe ich es nicht eilig. Solange er am Mikrofon sitzt, hat er ohnehin keine Zeit.

DER ABEND VERDICHTET SICH WIE RAUCH. Nach einer Weile zünden die Leute auf den Bürgersteigen Feuer an. Die Flammen flackern und flattern, dennoch lässt sich schwer erkennen, wer sich im Zwielicht bewegt. Erst jetzt spüre ich, dass Unruhe in der Luft liegt, was wahrscheinlich daher kommt, dass es die dritte Nacht ist und die Leute allmählich ihrer Müdigkeit nachgeben möchten, die Stimmung scheint aber auch fiebriger zu sein – als würde die Dunkelheit mit Katzenfell gerieben. Plötzlich knufft mich jemand in die Seite. »Vorsicht, die haben dich gesehen!« Am Kiosk entdecke ich eine der Lederjacken, der Mann senkt seine Kamera. Die Jungs aus dem dritten

Studienjahr sind verschwunden, die Menschen stehen dichtgedrängt und schreien. Die meisten drängen in Richtung Eingang, aber immer mehr Leute bewegen sich auch in die entgegengesetzte Richtung. Ich stecke das Heft in die Tasche. Es wird Zeit, zu Dimos hineinzukommen.

Je mehr ich mich dem Haupteingang nähere, desto dichter wird das Gedränge. Die Leute klammern sich nicht nur an den Zaun entlang des Boulevards, sie sitzen auch in den Palmen und Laternen dahinter. Einige wollen wissen, ob ich etwas gesehen habe. Als ich frage was, rufen sie: »Das Militär! Kommt es? Das Militär!« Bisher ist die Hochschule von Polizisten und Männern des Sicherheitsdienstes überwacht worden, aber alle befürchten, dass aus den Kasernen vor der Stadt Soldaten angefordert werden könnten, was hieße, dass die Regierung nicht beabsichtigt, weitere Proteste zu dulden. Keiner weiß, was dann geschieht. Hinter dem Metallzaun skandieren Menschen, die Hochschule sei eine Freistatt, trotzdem sehe ich, dass manche Stuhlbeine in der Hand tragen und einige mit Sand gefüllte Strümpfe halten. Andere rufen mit erhobenen Fäusten.

»Juppi ja ja, juppi juppi ja, juppi ja ja, juppi juppi ja ...«

»Wir sind die Freien Studenten!«

Aus dem Lautsprecher ermahnt Dimos die Polizei, keine Gewalt anzuwenden, dann fährt er fort, Namen zu verlesen. Die Bleche blinken in dem elektrischen Licht. Der Lärm ist ohrenbetäubend.

Ich weiß, dass ich vor Mitternacht in das Gebäude gelangen muss, denn danach werden nicht einmal Sanitäter hineingelassen. Am ersten Abend hatten sich die Besetzer vom Sicherheitsdienst überrumpeln lassen. Die Männer hatten weiße Kittel angezogen, einige sogar ein Stethoskop um den Hals gehängt. Kaum waren sie im Gebäude, als sie auch schon mit Schlagstöcken und Bleischlägern losknüppelten. Dutzende Menschen wurden verletzt, einige lebensgefährlich. Erst am Morgen konnten sie von einem Krankenwagen abgeholt wer-

den. Nach Protesten des Roten Kreuzes bleibt die Polizei nun draußen, aber niemand weiß, wie lange noch.

KURZ VOR MITTERNACHT wird der Strom abgestellt. Von einer Sekunde
zur nächsten liegt das Gelände im Dunkeln. Nur die Scheinwerfer
der Polizei am Haupteingang funktionieren noch – sowie der Ge-
nerator der Hochschule, weshalb das Hauptgebäude in der Nacht
wie ein bleiches Kleinod leuchtet.

Seltsamerweise fühle ich mich sicher. Zigaretten glimmen in der
Dunkelheit, Leute singen und rufen. Trotz der Dunkelheit scheint
keiner ernsthaft damit zu rechnen, dass etwas passieren kann, nicht
in diesem Meer aus Hoffnung und Menschen. Die Wärme, der
Schweiß, die Nähe von Körpern, die pfeifen und rufen – all das gibt
einem Schutz. Trotzdem merke ich widerstrebend, dass ich nicht
mehr von wohlwollenden Knüffen ausgehen kann. Mehrere Male
umfasse ich instinktiv meinen Bauch. In der Ferne heulen Sirenen;
es scheinen Krankenwagen unterwegs zu sein. Dann ertönt ein Me-
gafon, und eine Stimme, dünn wie Metallfolie, erklärt, die Behörden würden keinen weiteren Vandalismus tolerieren. Man verlange
Respekt vor dem Gesetz und werde alle erforderlichen Maßnahmen
ergreifen, um die Ordnung wiederherzustellen. Personen, die sich
in der Hochschule oder den umliegenden Straßen aufhielten, hätten
dreißig Minuten Zeit, den Ort zu verlassen, danach werde eingegrif-
fen. Dies sei eine ernst gemeinte Warnung.

In der Dunkelheit erklingen Proteste:

»Wenn ihr bleibt, dann bleiben wir auch!«

»Die Straße gehört allen!«

»Ihr könnt uns das Leben nehmen, aber nicht die Nacht!«

Es ist zu spät, um zurückzuweichen, und wozu sollte das auch gut
sein? Die Stadt gehört den Demonstranten ebenso wie den Behörden.
Die Polizei kann die Leute zwingen, nach Hause zu gehen, und jeden

verhaften, der bleibt. Morgen werden die Proteste trotzdem weitergehen.

Immer mehr skandieren: »Setzen, setzen, setzen!« Und einer nach dem anderen setzen wir uns hin. Einige halten Feuerzeuge hoch, Brillen blitzen im Dunkeln auf, der Trotz wird siegen. Als ich die Silhouetten erkenne, habe ich das Gefühl, die Nacht bekommt Konturen. Auf den Straßen und Bürgersteigen, auf Bänken, in Blumenbeeten und unter erloschenen Straßenlaternen – überall sitzen Gestalten aus Dunkelheit und Widerstand, die sich weigern, sich einschüchtern und zum Schweigen bringen zu lassen, die sich weigern, aufzugeben. Die Polizei kann nicht alle verhaften oder verjagen. Obwohl die Zahl der Demonstranten kleiner ist als gestern, sind es zu viele und außerdem sind sie ein Teil des Dunkels. Jemand beginnt zu singen, andere stimmen ein. Am Ende zittert die Nacht wie eine Baumkrone.

ICH HABE KEINE AHNUNG, wie viel Zeit vergeht, bis am Haupteingang gellende Schreie ertönen. Kurz darauf bricht Tumult aus. Jemand ruft, auf den Dächern befänden sich Heckenschützen, alle müssten in Deckung gehen. Die Leute stehen auf und laufen los – keiner weiß wohin, Hauptsache fort. Ich denke nur: Jetzt geht es los.

Die Tasche unter den Arm geklemmt, bewege ich mich zu den Stichstraßen. Die Menschen, die vom Eingang kommen, halten sich den Bauch oder den Kopf. Eine junge Frau übergibt sich an einer Wand, während ihr Freund an ihr zerrt. Noch ist der Lautsprecher der Studenten zu hören, aber jetzt ist es nicht mehr Dimos, der spricht. Stattdessen ermahnt eine Frau: »Genossen, verlasst die Straßen nicht! Verlasst die Straßen nicht!« Es klingt nach der roten Flora.

Zwischen den Gebäuden knallt es laut, Angst breitet sich aus, wie eine Eisdecke bricht. Jetzt kann ich in der Dunkelheit näher rückende Soldaten sehen. Also ist das Militär gerufen worden. Die Männer gehen Rücken an Rücken, ihre Gewehre an die Schultern gehoben. Die Menschen weichen ihnen aus, pressen sich an Wände oder zwängen sich in Hauseingänge. Dann hört man ein harmloses »popp«. Unmittelbar darauf weitere. »Popp«, »popp«, »popp« ... Es dauert einige Sekunden, bis ich begreife, was das ist. Metallhülsen scheppern über die Straße, die Luft ist von beißendem Rauch erfüllt. Und ich gerate in Panik.

DIMOS HAT MIR ERZÄHLT, als erstes seien die Augen betroffen. Sie würden brennen, dann spüre man einen Druck auf der Brust und danach werde einem schlecht. Ich weiß, dass ich nicht reiben darf, kann aber nicht anders. Ich brauche meine Augen, ich brauche meine Augen. Leute schlagen um sich, husten und schreien. Dem Tränengas kann man nicht entkommen, das Atmen wird immer schmerzhafter. Irgendwie gelingt es mir, mich zu einem einige Straßen entfernten Café durchzuschlagen. Vielleicht zieht mich der Mann mit, der mich vorhin gewarnt hat. »Hier, nimm das«, sagt er in dem Lokal und reicht mir sein Taschentuch, aber ich wühle erst in meiner Tasche. Als ich das Tuch mit Vaseline bestrichen habe, verwandelt es sich in ein klebriges Paradies.

Langsam klingt der Schmerz ab, trotzdem ist es ein Gefühl, als hätte ich Katzenkrallen in den Augen. Verwirrt merke ich, dass hier das Licht funktioniert. Durch die Tränen hindurch sehe ich die Kühltheke, in einer Ecke Stapel von Aschenbechern, den Taschentuchklumpen in meiner Hand. Ich schwöre mir, mich an jeden Gegenstand zu erinnern. Auch an die Uhr an der Wand – es ist fast ein Uhr nachts – und die Zahnstocher, die zwischen Gurkenscheiben und Öl auf einem Teller glänzen. Aber vor allem an das Taschentuch. Es ist rot, mit großen schwarzen Punkten wie jenes Kleid, das ich bekam, als ich mit vierzehn Jahren in allen Fächern außer Gymnastik gute Noten nach Hause brachte.

Ich weiß, ich darf hier nicht bleiben. Der Fremde ist mittlerweile verschwunden; die Männer starren mich an. Einige halten Spielkarten in den Händen, andere rauchen. Keiner sagt etwas. Von draußen dringen Schreie und Sirenen, dann ertönt wieder der Lautsprecher – erstaunlich deutlich, obwohl die Hochschule mehrere Häuserblocks entfernt liegt. »Schießt nicht auf eure Brüder und Schwestern, Soldaten! Schießt nicht!« Die Stimme der roten Flora schallt durch die Nacht und Verwirrung. »Soldaten, wir sind Brüder und Schwestern! Wir brauchen Ärzte! Warum schießt ihr? Schießt nicht!«

Hinterher schäme ich mich dafür, dass ich einen Knicks mache, bevor ich gehe.

AUF DER STRASSE ist dumpfes Rasseln zu hören, die Erde bebt wie ein eingesperrtes Gewitter. Es ist schwer zu sagen, was sich abspielt, aber es fallen immer mehr Schüsse und die Luft füllt sich mit Rauch. Überall husten Menschen. Einige bringen noch Proviant, Medikamente und Werkzeug, aber die meisten entfernen sich von der Hochschule. Als ich frage, schütteln alle den Kopf. Keiner weiß, was dort vorgeht. Mit dem Taschentuch vor dem Gesicht haste ich an den Fassaden entlang, schlage einen Bogen um das Gelände. Der Seiteneingang ist ebenfalls abgesperrt, aber wenn ich es bis dorthin schaffe, rechne ich damit, dass man mich hineinlässt. Es gibt immer jemanden, der mich erkennt. Und falls das nicht reichen sollte, müssen sie eben Dimos holen. Den mit den Sommersprossen. Der den Rundfunksender gebaut hat. Diesen Baum von einem Mann.

Im nächsten Häuserblock schließt ein Paar mittleren Alters gerade eine Tür auf. Mir fällt ein, dass ich vergessen habe, Stella anzurufen. So eine Hühnerkacke aber auch. Eigentlich hatte ich mich nach der Siesta bei ihr melden wollen, dann habe ich im Park Kaugummi gekauft und nicht mehr daran gedacht. Als ich die Haustür erreiche, lässt das Paar mich zwar eintreten, macht mir im Aufzug jedoch keinen Platz. Ich bleibe vor der Aufzugtür stehen, sehe auf der Anzeige die Zahlen aufleuchten und erlöschen. Am Ende nehme ich die Treppe. Als ich in die oberste Etage komme, höre ich, wie sich der Schlüssel im Schloss dreht. Ich klopfe an und bitte darum, telefonieren zu dürfen. Niemand öffnet mir, man antwortet mir nicht einmal.

Die Übelkeit nimmt zu. Im Café ist es mir gelungen, sie in Schach zu halten, aber jetzt muss ich würgen. Während ich darauf warte, dass der Anfall vorübergeht, reibe ich mich um Augen und Nasenlöcher mit Vaseline ein. Zähle die Atemzüge. Zähle sie noch einmal. Nach einer Weile bin ich es leid und zähle stattdessen das Ticken, bis das Licht ausgeht und der Schalter erneut gedrückt werden muss. So vergehen die Minuten. Doktor Kolver hat mich gebeten, vorsichtig zu sein, und das erste, was ich tue, ist Tränengas einatmen. Stella würde mich kreuzigen. Ich binde mir die Schuhe mit Doppelknoten zu; ich putze mir die Nase. Vielleicht schaffe ich es ja doch.

Kaum bin ich auf der Straße, als ich mich auch schon übergebe. Es kommt fast nichts hoch, nur Kaffee und Reste von einer Quiche oder einer Piroge – ich weiß nicht mehr, was ich gegessen habe, nach der Untersuchung und nachdem ich die Nieten in dem Eisenwarenladen gekauft hatte. Jedenfalls fühle ich mich befreit. Da stehe ich, die Handflächen auf die Knie gestemmt, der Rotz läuft, und warte darauf, mich zu entleeren. Die Beine zittern, der Magen krampft sich zusammen, ich frage mich, ob Teile von mir Schaden nehmen können. Als die Konvulsionen aufhören, merke ich, dass ich mich an der Lichtgrenze befinde. Hinter mir haben die Häuser Strom, vor mir liegen die Gebäude im Dunkeln. Zwei Schritte weiter und ich stünde mit einem Fuß auf jeder Seite. In manchen Fenstern flackern Kerzen. Wahrscheinlich verbergen sich hinter den Gardinen Menschen, stumme Zeugen des Geschehens. Wollen sie nicht etwas tun?

Ich bleibe auf der dunklen Seite der Straße. An der nächsten Kreuzung erkenne ich Silhouetten. Sie bewegen sich ruhig und systematisch, aber es ist schwer zu sagen, was sie tun. Je länger ich die Gestalten betrachte, desto überzeugter bin ich, dass es sich um Soldaten handelt. Ich vermute, sie riegeln die Gegend ab, was bedeuten würde, dass die Hochschule gestürmt werden soll. Als die Besetzung im Frühherbst geplant wurde, waren sich alle einig, dass keine Waffen verwendet werden dürften. Dimos erzählte, die Mitglieder verbotener Organisationen hätten trotzdem darüber abstimmen wollen. Die Rote Flora meinte, das Militär werde uns nicht verschonen, nur weil wir eine friedliche Lösung der Bildungsfrage anstrebten. Schließlich hatte er sich erhoben. Die Frage laute doch eher, ob es für die Studenten von Vor- oder von Nachteil sei; Gewalt säe Gewalt. Stattdessen könne man die Namen der Männer vom Sicherheitsdienst bekannt machen. Zum Beispiel. Warum sollten sie anonym bleiben dürfen, wenn kein anderer es sein dürfe? Damit war die Sache entschieden.

Während ich darüber nachdenke, wie ich an den Soldaten vorbeikommen soll, kriecht ein Taxi heran. Ausgeschaltete Scheinwerfer, schwaches Quietschen der Karosserie. Später wird mir klar, dass es mir gefolgt sein muss. Der Fahrer kurbelt das Fenster herunter. Zwei Personen sitzen auf der Rückbank, vermutlich Studenten. Die eine, ein pickeliges Mädchen, sieht mich mit unergründlichem Blick an.

»Beeil dich. Sie werden uns jeden Moment entdecken.«

ALS ICH IN DAS AUTO gestiegen bin, setzt es zurück und biegt in Richtung Textilviertel ab. Nach einer Weile schaltet der Fahrer das Licht an. Wir fahren durch verlassene Straßen. Er fragt mich, wie ich heiße. Studiere ich an der Hochschule? Habe ich Freunde auf dem Gelände? Mir ist schlecht und ich sage nur, dass es toll wäre, wenn er mich an dem Platz ein paar Häuserblocks weiter absetzen könne, von dort aus würde ich zu Fuß gehen. Als wir uns der Stelle nähern, tauchen jedoch Militärpolizisten auf. Lastwagen sind auf den Bürgersteig gefahren, Motorräder neben einer Straßensperre geparkt worden. Offenbar dient ihnen der Platz als Stützpunkt. Sogar ein Panzer befindet sich dort. Ein Soldat winkt. Er trägt einen weißen Helm und weiße Handschuhe. Fluchend biegt der Fahrer in eine Seitenstraße ab. Unmöglich, dort zu halten, am besten, er fahre mich nach Hause. Wo hatte ich noch mal gesagt, dass ich wohne?

Auf dieser Seite des Boulevards scheint die Stadt evakuiert worden zu sein. Verwaiste Straßen, Säcke mit Stoffresten auf schlecht beleuchteten Gehwegen, billige Schneidereien und Lagerräume. Wenn wir über ein Schlagloch im Asphalt fahren, schaukelt der Wagen jedes Mal kurz. Dann fühlt es sich an, als gehörten wir zusammen, der Fahrer, die beiden auf der Rückbank und ich – eine verschworene Gemeinschaft, eine endlose Nacht. Keiner sagt etwas, aber der Mann hinten raucht. Auch das verstärkt das Gefühl von Gemeinschaft, obwohl mir wieder schlecht wird. Als wir an einer Kreuzung halten, sehe ich einen zotteligen Hund im Müll wühlen. Er bellt mit aufgestelltem Schwanz und gespitzten Ohren. So muss die Stadt vor knapp sieben Jahren ausgesehen haben, während des Ausnahmezustands aus Anlass dessen, was in den Schulbüchern die nationale Revolution genannt wird. Leer, aber voller Müll.

Wenn mich das Taxi abgesetzt hat, werde ich zurückgehen. Ich weiß nicht, wie ich in die Hochschule gelangen soll, will aber nicht, dass noch eine Stunde ohne Dimos vergeht. Zehn Minuten später fährt das Taxi wieder an dem Hund vorbei. Im ersten Moment begreife ich es nicht, dann wird mir klar, dass hier kein Anhänger der Studenten am Lenkrad sitzt. Im selben Moment legt der Mann auf der Rückbank eine Hand auf meine Schulter und bittet mich um meine Filztasche. Unmittelbar darauf kehren wir zu dem Platz zurück. Diesmal hat der Fahrer keine Angst, zu dem Soldaten zu fahren. Er kurbelt das Seitenfenster herunter und sagt fast heiter, dem Mädchen hinten und danach mir zugewandt: »Noch zwei.«

Ich kann nicht einen würdevollen Gedanken fassen.

II

ALS DAS FALSCHE TAXI verschwunden ist, werden Zoe und ich auf die Ladefläche eines Lastwagens gescheucht. Zoe, das ist das Mädchen auf der Rückbank. Ich erfahre erst am nächsten Tag, wie sie heißt. Dass sie siebzehn, fast achtzehn ist, und in die Abschlussklasse eines humanistischen Gymnasiums geht. Die Soldaten brüllen, wir sollen still sein. Sie heben die Gewehrkolben und spucken aus, als keiner etwas sagt. Manche riechen nach Alkohol, alle scheinen unter Druck zu stehen. Auf die Ladefläche sind Bänke montiert worden. Vielleicht saßen die Soldaten ein paar Stunden früher selbst darauf; jetzt werden auf ihnen Studenten sowie Personen zwischen fünfunddreißig und sechzig zusammengepfercht. Ein Mann in einem zerrissenen Jackett sieht aus wie ein Anwalt, ein anderer trägt ein Paar Fußballschuhe in einer Stofftüte. Mehrere stöhnen, halten das Hemd an den Kopf gepresst. Ich lande neben einem Mann, dessen einer Arm unbrauchbar im Schoß liegt, Zoe mir gegenüber.

Alles riecht nach Angst und Urin.

EINE HALBE STUNDE SPÄTER sind wir da. Der Motor wird ausgeschaltet, aber wir sollen unter der Plane sitzen bleiben. Es sieht nicht so aus, als hätte man uns zu einer der Kasernen gebracht. Man hört erstickte Rufe; Gefangene werden von anderen Fahrzeugen heruntergezerrt und umhergestoßen. Es herrscht Verwirrung, Befehle werden erteilt und wieder zurückgenommen. Schließlich wird auch unsere Ladefläche geleert.

Es scheint sich um eine Tiefgarage zu handeln. Hier und da flimmern Neonröhren, ansonsten ist es dunkel und riecht nach Diesel. Der Lastwagen setzt zurück und verlässt das Gebäude, die Abgase hängen in der Luft. Die Wärter reihen uns an einer Wand auf. Jeweils eine Armlänge Abstand zum nächsten, das Gesicht zum Beton. Am nächsten Tag erzählt jemand, dies nenne man Strammstehen. Wir stehen da, die Hände auf dem Rücken, die Hacken zusammengeschlagen und die Nase zur Wand. Vorgelehnt, als wären wir kurzsichtig. Nach einer Weile beginnt der Körper zu schmerzen, nach einer Stunde fühlt es sich an, als würde die Wirbelsäule brechen. Lehnt man sich mit der Stirn an die Wand, pressen die Wärter das ganze Gesicht dagegen und reiben es an ihr, bis die Haut aufschürft.

Zwei Soldaten halten Wache, beide sind in meinem Alter. Der eine redet viel, der andere antwortet karg. Der Gesprächigere kontrolliert, dass wir richtig stehen. Geht hinter den Rücken her, lässt die Stiefel knarren. Ab und zu beugt er sich vor, faucht »Bulgarenschwein« oder fragt, ob es vielleicht ein »Polizeijuwel« sein dürfe. Niemand antwortet, aber weiter entfernt jammert jemand. Der Soldat schimpft. Der andere lacht, was ihn zum Weitermachen anspornt. Wenn er noch einen Mucks vom Genossen Bulgarien höre, werde er persönlich dafür sorgen, dass Minus zwei frei werde. Das Jammern geht weiter, dann hört man einen Schlag und einen Aufschrei und jemand fällt hin. Niemand wagt es, sich umzudrehen. Als das Jammern in Wimmern übergeht, schlägt der Gesprächige wiederholt mit dem Schlagstock auf seinen Handteller. Schwülstig und ruhig erklärt er hinter uns: »Genosse Bulgarien darf liegen.«

Aus anderen Teilen des Gebäudes dringt Lärm zu uns heraus, wo wir uns befinden, surren nur die Neonröhren. Ich staune, dass mein Rücken das aushält. Ich tue nur eins, mich vorlehnen. Aber die Glieder sind steif, der Nacken sitzt wie in einem Schraubstock, die Beine zittern und geben sicher bald nach. Nicht eine Minute länger, denke ich. Dann: Nicht noch eine. Ich versuche die Übelkeit in den Griff zu bekommen, ohne über den Zement zu scharren, die Gedanken tanzen umher wie Mücken. Ich weiß nicht, wo Dimos ist, weiß nicht, was in der Hochschule passiert ist, weiß nicht, was geschehen wird.

Atme ruhig und still, rede ich mir ein. Einatmen, die Luft anhalten, und wieder ausatmen. Ein, anhalten – und wieder aus. Ein, anhalten – und wieder aus. Es dauert eine Weile, bis ich erkenne, dass der Rhythmus an den letzten Paragraphen in unserem alten Grundgesetz erinnert. Eins, und eins – und dann vier … Eins, und eins – und dann vier … Trotz meiner Sorgen bringt diese Entdeckung mich fast zum Lachen. Hier stehe ich in einer Tiefgarage, mit Gliedern aus Glas, und atme aus Protest gegen die Regierung des Landes. Wenn Mutter das wüsste. Sollte das Militär den Bürgern weiter die Meinungsfreiheit verweigern, könnten wir so weitermachen. Kein Wort, kein Zugeständnis, nur dieser untrügliche Rhythmus, bis die Luft frei wäre. Jeder Atemzug stärker als ein Ausrufezeichen.

DIMOS MEINT, es gebe viele Gründe dafür, dass Menschen verhaftet würden. So könne es darum gehen, Informationen über illegale Organisationen zu beschaffen, manchmal geschehe es als Strafe, häufig auch, um Angst und Schrecken zu verbreiten. Die wichtigste Aufgabe sei jedoch religiöser Art. Andersdenkende sollten »bekehrt« werden.

Er hat das Wort heute Morgen benutzt, als er das erste Mal seit Beginn des Aufstands am Mittwoch zu Hause war. Er suchte gerade seine Sachen zusammen. Wie immer, wenn er es eilig hatte, war er von einer Wolke aus Eau de Cologne umgeben. Plötzlich hielt er inne. Ging es bei meinem Arztbesuch auch wirklich um nichts Ernstes? Warum sollte ich sonst schon wieder hingehen; ich war doch erst vor zwei Tagen dort gewesen? Fast hätte ich ihm die Wahrheit gesagt, aber das letzte Prozent Ungewissheit hinderte mich daran. Außerdem hatte ich keine Ahnung, was ich selbst davon halten sollte. Meine Freude war noch zu unförmig, wahrscheinlich fürchtete ich mich auch ein wenig. Also antwortete ich lieber, die Ärztin wolle nur sichergehen, dass die Schmerzen nicht bedeuteten, mein Rücken mache wieder Probleme.

»Aha. Aber du kommst heute Abend?« Laut Dimos geschahen die schlimmsten Misshandlungen in der Medusastraße. Eigentlich heiße die Straße anders, sei im Volksmund jedoch schnell umbenannt worden. Der Name passe perfekt. In dem neuen Hauptquartier, das der Sicherheitsdienst erst kürzlich bezogen habe, sei man auf Gänsehaut spezialisiert. Niemand werde freigelassen, ohne vorher vor Furcht erstarrt zu sein. Nach der Behandlung sei es leicht, die Verhafteten so weit zu bringen, dass sie die Namen von Kameraden verrieten und die Loyalitätserklärung unterschrieben. Die Karteikarten sorgten dafür, dass niemand seine Vergangenheit verleugnen könne.

Ich wollte wissen, warum er das ausgerechnet jetzt erwähnt. Schließlich wusste ich, dass die Dokumente in den alten Räumlichkeiten des Sicherheitsdienstes hinter dem Nationalmuseum verwahrt wurden. Warum über die schwarzen Archive sprechen, das böse Gedächtnis der Junta, wenn die Proteste endlich Wirkung zu zeigen schienen?

Dimos nickte düster, mit Schnürsenkeln in den unentschlossenen Händen. Seine Haare waren nass und ich sah, dass ihm durch den Kopf ging, was ich über die Ärztin gesagt hatte. Wer unterschreibt, schwört falschen Göttern ab, fuhr er schließlich fort. Wenn sie die Loyalitätserklärung erst einmal archiviert hätten, sei nichts mehr zu machen. Dann sei man zu Kirche, Familie und unserer heiligen Nation bekehrt. Zum zweiten Mal getauft.

Aha, verstehe. Ich streifte mir ein Unterhemd über und setzte Kaffee auf. Wollte er auch einen? Ich hatte nicht die Absicht, rührselig zu werden, bevor ich den Befund zu meiner Urinprobe erhalten hatte. »Oder soll ich dir dabei helfen?«

»Was?« Dimos blickte erstaunt auf seine Schnürsenkel. »Nein, nein.« Endlich band er sich die Schuhe zu und suchte nach seiner

Lederjacke. Die Ersatzteile für die Rundfunkanlage lagen in der Tasche an der Tür. Er glaubt nicht, dass er es zur Apotheke schafft; wenn ich unterwegs Vaseline und ein paar andere Dinge besorgen könnte, wäre das toll. Der schlimmste Vorwurf, fuhr er fort, betrifft Verstöße gegen Paragraph 509. Dann reicht nicht einmal die Unterschrift aus, um einer Strafe zu entgehen. Bestenfalls erhält man Berufsverbot, schlimmstenfalls wird man deportiert und erhält Berufsverbot, wenn man zurückkommt. Paragraph 509 bezieht sich auf Verbrechen gegen die Sicherheit des Staates oder Versuche, fremden Mächten zu helfen, Teile des Landes zu erobern. Es reicht schon, wenn der Sicherheitsdienst einem nachweisen kann, dass man »Genossen« hatte. Dimos blieb stehen. »Ich finde meine Jacke nicht. Wo ist meine Jacke?«

»Hier vielleicht?« Ich hob die Slacks und das Hemd vom Stuhl.

Er tastete seine Taschen ab und warf etwas auf das Regal in der Kochnische. Man muss nicht einmal Mitglied einer verbotenen Organisation sein, ergänzte er, als habe das eine etwas mit dem anderen zu tun. Deshalb sei es so wichtig, keine kompromittierenden Papiere bei sich zu tragen. Ich müsse ihm versprechen, so vorsichtig wie möglich zu sein, wenn ich kam. Man habe die Kontrollen ausgeweitet, insbesondere in den Häuserblocks um die Hochschule. Es war zwar strafbar, keine Papiere bei sich zu tragen, aus denen hervorging, dass man Student war. Aber wenn ich erwischt würde, könnte ich es immer auf Vergesslichkeit oder Schludrigkeit schieben. Eine hinkende Dreiundzwanzigjährige erweckt kein Misstrauen. Es sei ohnehin klüger zu schweigen. Je weniger ich sage, wenn die Polizei mich um meine Papiere bittet, desto weniger kann man mir vorwerfen. Außerdem hätte ich immer noch meinen Nachnamen, falls ich ihn denn verwenden wolle.

Dimos sah mich so traurig an, dass ich mit der Hand unter seinem bärtigen Kinn herstrich. »Du vergisst, dass ich längst bekehrt bin. Es wird schon nichts passieren. Wir sehen uns heute Abend.«

AB UND ZU wird jemand geholt; am Morgen ist Wachablösung. Die neuen Wärter sind in Zivil und riechen nach Pulverkaffee sowie Zigaretten. Gereizt teilen sie uns auf. Zuerst werden die Männer abgeführt – außer dem mit dem gebrochenen Arm, er wird in den Aufzug geschleift. Danach zeigen die Wärter in die hintere Ecke. Dort liegt offenbar die Abfahrt zu einem tieferen Parkdeck; nun entdecke ich, dass es an beiden Seiten auch Gittertüren gibt. Hinter einer sind schemenhaft Gestalten erkennbar. Als wir näher kommen, sehe ich, dass es Frauen sind. Sie wirken müde; keine spricht ein Wort. Die Wärter schließen die leere Zelle auf und stoßen uns hinein. Der Raum ist etwa zwanzig Quadratmeter groß, wir sind genauso viele. Jemand behauptet, unsere Nachbarn seien Prostituierte. Nein, Drogensüchtige, murmelt eine andere. Als würde das eine das andere ausschließen, denke ich. Oder als spielte es eine Rolle.

IN DER ZELLE lerne ich Zoe kennen. Besser gesagt: Dort erfahre ich, wie sie heißt.

Zoe hat Locken wie Holzwolle, Augen so rund wie Knöpfe. Wenn sie keine Brille trägt, sieht sie fragend aus, sonst ist ihr pickeliges Gesicht ernst. Wir sitzen an eine feuchte Wand gelehnt, die uns beide husten lässt. Der Platz reicht nicht, um die Beine auszustrecken. Zoe zieht die Knie an und versucht es noch einmal. Wenn sie spricht, bewegt sie nur die Lippen. Ich kenne das von mir selbst; man schämt sich für seine Zähne, lächelt selten, wirkt reservierter, als man in Wahrheit ist.

Stunden vergehen. Manchmal treffen Fahrzeuge ein, die zum nächsten Parkdeck hinunterfahren. Zoe wäscht sich, danach erzählt sie, dass ihre Eltern in der »Partei« seien. Ich erwidere nichts. Wenn jemand dieses Wort benutzt, kann es nur Moskau bedeuten. Nach dem letzten Gefängnisaufenthalt flohen ihre Eltern nach Osten. Sie selbst lebt seit zehn Jahren bei ihrer Tante, aber eines Tages wird sie ihnen nachreisen. Warum, sagt sie nicht. Sie schaut sich um, dann flüstert sie, sie habe gerade »du-weißt-schon-was« bekommen. Ich gebe ihr mein Taschentuch. Es sei zwar klebrig, aber wenn sie wolle, könne sie es haben; ich bräuchte es nicht. Anschließend presse ich die Fingerspitze gegen die Unterlippe. Sie muss aufpassen, mit wem sie spricht. »Was ist, Genossin?« Als Zoe keine Antwort bekommt, fragt sie noch einmal, dazwischen ist es, als litte sie unter Gedächtnisschwund. Sie könne das Taschentuch als Binde benutzen, wiederhole ich, dann lege ich den Kopf auf die Knie. Auch die anderen sind zu ängstlich oder müde, um zu reden. Als Zoe das Taschentuch gefaltet und sich nochmals die Hände gewaschen hat, schaut sie durch die Luke unter der Decke hinaus. Das Einzige, was es dort zu sehen gibt, ist ein asphaltierter Innenhof. Tauben gurren in dem körnigen Licht, und es kommt einem vor, als stehe man mit der Nase knapp über der Wasseroberfläche. Sie wendet sich mir zu. Wenn sie spricht, bewegt sich ihr Gesicht tatsächlich nicht.

Schließlich begreift sie, dass ich nicht vorhabe, ihr zu antworten, und gesellt sich zu einer anderen Frau. Die beiden unterhalten sich lange, fast vertraulich. Plötzlich erklärt die Frau jedoch – ungewöhnlich laut, während sie sich wie nach einem Kellner umschaut –, sie habe keine Zeit für Politik. Zoe solle sie Frau Ikonomou oder einfach gnädige Frau nennen. Sie hält Zoe eine Scheibe Brot hin. »Iss, Mädchen. Und frag nicht so viel.«

AM NACHMITTAG kommt ein Mann mit kupferroten Haaren. Seine Tolle ist gewellt und hängt ihm in die Stirn wie fein gesponnenes Metall. Er unterhält sich mit den Wärtern, als ihn eine Frau in der Zelle auf der anderen Seite der Abfahrt ruft und wissen möchte, wie lange sie noch eingesperrt sein werden. Als sie nicht lockerlässt, geht er zu ihr. »Lass mich erst die Neuen begrüßen, dann sehen wir weiter.« Mit einem Stift in der Hand beginnt er, uns zu zählen.

Die Frau zerrt an dem Gitter. »Die Politischen kommen immer zuerst, was?«

»Fordere mich nicht heraus, Rita.« Der Mann kehrt zum Aufzug zurück, dabei seinen Stift schüttelnd, als wäre er ein Zeigefinger. »Oder möchtest du tauschen?« Das Lachen verstummt, als der Aufzug kommt. »Ihr fahrt in einer Stunde.« Dann schließt sich die Tür.

Eingeschüchtert von diesem Besuch berichtet eine Frau, welche ihrer Freunde wir warnen sollen, falls eine von uns ohne Verhör freigelassen wird. Die meisten sitzen jedoch nur schweigend da oder sind übertrieben höflich, als wollten sie nicht einmal sich selbst gegenüber zugeben, wo sie sich befinden. Und dann ist da noch die Frau, die ununterbrochen weint.

Die Untröstliche ist darauf bedacht, dass keiner Privilegien genießt. Sobald der Verdacht aufkommt, beschwert sie sich bei der gnädigen Frau, die bereits zu der Person geworden ist, an die sich alle wenden. Meistens geht es darum, wo einer sitzen soll oder wer sich als nächster waschen darf. In einer Ecke ist ein Porzellanbecken installiert. Über dem Kaltwasserhahn hängt ein Behälter mit Seifenpulver, das ausgerechnet dann ausgeht, als die Untröstliche sich waschen will. Rasend schlägt sie um sich. Sie hat keine Seife bekommen! Andere haben sich schon zweimal gewaschen. Zweimal! Aber sie hat keine Seife bekommen! Der Speichel in ihren Mundwinkeln wird weiß, aus der Nachbarzelle schallen Rufe herüber. Schließlich bricht sie zusammen, schluchzt hässlich und hilflos mitten im Raum. Die gnädige Frau führt sie zum Waschbecken zurück, wo die beiden mindestens zwanzig Minuten stehenbleiben. Zoe beobachtet sie unablässig, ohne eine Miene zu verziehen. Woher die gnädige Frau das Stück Seife hat, das sie unter den Wasserhahn hält, weiß niemand, aber am Ende hat sie der Untröstlichen Gesicht, Hals, Achselhöhlen und Rücken gewaschen. Endlich versiegen die Tränen.

Dieses Seifenpulver kenne ich aus den Fernzügen, die wir früher nahmen, als Theo noch zu Hause wohnte und die Zeit für unseren alljährlichen Besuch in Tante Notas Heimatdorf gekommen war. Es sind die gleichen papierartigen Krümel, die nie schäumen, sondern sich in eine glatte Schicht verwandeln, die sich mit kaltem Wasser nicht abwaschen lässt. Häufig findet man noch Stunden später Krümel auf der Haut. Sie trocknen in den Haaransatz ein, unter dem Kinn, auf den Wangen. Hebt man die Hände zum Gesicht, riechen diese weiter nach Schmutz. Die gnädige Frau tut mit ihrem Stück Seife, was sie kann, dennoch wissen alle, dass die Untröstliche auch nach vierundzwanzig Stunden Waschen genauso riechen würde wie wir.

Nach Schweiß, Menstruationsblut, Angst.

GEGEN MITTAG wird die erste von uns zum Verhör gerufen. Sie kehrt nicht zurück. Auch keine der folgenden. Als die gnädige Frau geholt wird und zurückkommt, ist die Erleichterung groß. Wir müssten Geduld haben, erklärt sie. Das Foyer sei voller Angehöriger, auf der Straße stünden Menschentrauben, die auf Nachrichten über die Verhafteten warten. Viele hätten Nahrungsmittel dabei, einige Kleider und Decken. Drucksachen seien nicht erlaubt, auch keine Uhren, Kämme oder Gürtel. Abgesehen davon dürften wir unsere Sachen behalten. Zufrieden hält sie ihre Handtasche hoch. Wir müssten bloß ein wenig Verständnis für die Situation zeigen.

Am selben Nachmittag werden wir auf den Innenhof geschleust. Eine Stunde lang stehen wir im Nieselregen und lauschen dem Rauschen der Stadt. Es kommt einem vor wie eine fremde Welt, obwohl jeder Laut vertraut ist. Wer Zigaretten hat, raucht, andere plaudern oder starren zu den übrigen Stockwerken hinauf. Alle gehen auf die türkische Toilette im Treppenhaus. Während ich darauf warte, dass ich an der Reihe bin, betrachte ich etwas, was aussieht wie Klimaanlagen, die man an einzelne Fenster montiert hat. Sie sind weiß, aber schon unsäglich schmutzig, an einigen hängen lose Kabel herab.

Tauben flattern. Ich fühle mich beobachtet, kann aber nicht feststellen, woher das Gefühl rührt. Weiter oben bewegt sich in einem Fenster ein Vorhang. Dann entdecke ich die Luken in Bodenhöhe. Daraufhin sehe ich dort unten Bewegungen im Dunkeln. Auch die Zelle auf der anderen Seite der Abfahrt hat also Tageslicht.

Es ist Samstag, der 17. November 1973. Und fast sechs Wochen her, seit ich das letzte Mal geblutet habe.

»HM, EINGESPERRT WIE TIERE.« Die gnädige Frau folgt meinem Blick. Auf der einen Seite gibt es eine Mauer, die nur zwei Stockwerke hoch ist; auf ihrer Krone glitzern Glasscherben, die man hineingedrückt hat, als der Zement noch feucht war. »Glauben die etwa, dass wir da drüberklettern?« Sie wühlt in ihrer Handtasche. »Hier. Nimm eine. Ich habe genug.« Ich schüttele den Kopf. Der Magen rumort, der Hunger ist quälend. »Wenn du nicht fliegen kannst, gibt es nur einen Ausweg.« Die gnädige Frau stellt sich an die Wand. Der Regen ist stärker geworden, sie hat Probleme, die Zigarette anzuzünden. »Ich habe vier Kinder und einen arbeitslosen Mann. Woher soll jemand wie ich die Zeit für Politik nehmen? Die finden bestimmt bald heraus, dass alles nur ein Missverständnis ist, und ich kann nach Hause gehen. Aber ihr …« Sie bläst den Rauch aus, »ihr seid junge Leute. Habt das Leben vor euch. Ein paar von euch sind noch Kinder.« Zoe, die an der Toilette ansteht, ahnt, dass wir über sie sprechen, und lächelt, so gut sie kann. Die gnädige Frau senkt die Stimme. »Das Mädchen hat mir erzählt, dass ihr gleichzeitig verhaftet worden seid. Am Nationalmuseum, nicht? Andere sind frei, während ihr hier sitzt. Denk an die Zukunft – mehr sage ich nicht. Sie kommt nicht wieder.«

Sie klingt seltsam enttäuscht, als erfüllten wir ihre Erwartungen nicht. Ich konzentriere mich auf den Regen. Als die Tropfen den Asphalt treffen, spritzen sie in perfekten Detonationen hoch, als enthielte jeder einzelne das Versprechen seiner eigenen Wiederaufers tehung. Vielleicht sieht die Zeit so aus: Augenblicke, so unüberschaubar wie Tropfen? Wenn man an die Zukunft denkt, verbindet man manche von ihnen, wie Perlen auf einem Faden, und sieht voraus, wo neue aufschlagen werden. Aber könnte die Zukunft nicht ebenso gut aus Tropfen bestehen, die parallel fallen oder unregelmäßig oder auch nie? Die Ungewissheit ist ein Teil ihres Wesens. Trotzdem gibt es für jeden Menschen entscheidende Augenblicke – das ist mir spätestens nach dem Befund zu meiner Urinprobe klar. Augenblicke, in denen das eigene Handeln die Zeit in radikalerer Weise beeinflusst und so entscheidet, welche mögliche Zukunft eintreffen wird. Ich nehme an, nach solchen Augenblicken ist es, als regnete es auf einmal nur an bestimmten Stellen. Im Nachhinein kann jeder sehen, das Leben hätte eine andere Richtung eingeschlagen, wenn man sich anders verhalten hätte. Der Radikale ahnt dies jedoch im Hier und Jetzt, das macht seine Handlungen entscheidend.

Behauptet Dimos. Es hört sich wie etwas an, was er in einem Buch gelesen hat.

Mein Freund meint, die Momente, in denen die Bedingungen verändert werden, sind die wichtigen. Es gibt aktive und passive Augenblicke, aber nur die aktiven zählen. »Entweder handelst du oder du wirst behandelt.« Ich versuche ihm zu vermitteln, dass das Dasein nicht immer umgestülpt werden muss, um gut zu werden. Und dass nicht Faulheit sein muss, was er Passivität nennt. Was mich angeht, fügte ich hinzu, während ich ihn an einem der ersten Abende auf mich herabzog, so reicht mir eine Umwälzung. Er protestierte nicht, als er seinen Kopf und die Wölbungen seiner Füße zurechtlegte, aber wir wussten beide, dass er von mir hören wollte, was in meinem Leben wichtig gewesen war.

Nachdem wir uns besser kennengelernt hatten, erzählte ich es ihm. Während er hünenhaft und federleicht auf mir ruhte, erklärte ich, dass es in der Tat Ereignisse gebe, die als entscheidend gelten konnten. Ob sie nun aktiv oder passiv waren, müsse er entscheiden, da wollte ich mich nicht einmischen, aber wenn ich ihm schon von ihnen berichtete, könnten wir »die andere Seite« dann nicht auf sich beruhen lassen? Es hatte mir so viel abverlangt, selbständig zu werden, da hätte ich Angst, die neue Ordnung zu erschüttern. Und im Übrigen interessiere er sich wohl hoffentlich für mich und nicht für meine Familie?

»Jeder besteht aus anderen Menschen.« Dimos zuckte mit den Schultern, dann lächelte er schief.

Als er nicht mehr sagte, erklärte ich, es habe so wenige entscheidende Augenblicke in meinem Leben gegeben, dass man ihnen ohne weiteres Namen geben könne. »Die roten Tage« handeln beispielsweise von meinem Halbbruder Theo. »Die Waffen an der Wand« nenne ich den Abend, an dem Mutter zu weit gegangen ist, während »einige Löffel Luft« unsere Begegnung im Restaurant war, als er gegessen hatte, ohne etwas zu sich zu nehmen. Und dann gab es noch »die Handflächen«, die das Ende meines alten Daseins besiegelten und mit Vater zusammenhingen – Friede den Händen. Jetzt kann ich einfach nicht anders, als daran zu denken, was Dimos sagen wird, wenn er hört, dass dieser Kalender um »die Unachtsamkeit« ergänzt werden muss. Ich hoffe, bevor es dazu kommt, muss nicht auch noch »die Medusastraße« hinzugefügt werden.

»Davon braucht niemand etwas zu erfahren.« Die gnädige Frau nimmt einen letzten Zug, dann rollt sie die Zigarette sorgsam an der Wand aus. »Ein paar Namen, das ist alles. Dann brauchst du keine Flügel, um diesen Ort zu verlassen.«

Als sie sich in die Warteschlange einreiht, weicht sie meinem Blick aus. Ich habe ihre Worte gehört, verstehe deren Sinn aber erst eine Weile später – als müsste die Bedeutung erst auftauen, wie ein Eiswürfel mit einem Schlüssel darin. Ich ziehe die Jeansjacke enger um mich und knöpfe sie zu. In diesem Moment fühlt sich jedes Wort an wie eins zu viel. Die Unsicherheit wächst; von der Sorge und dem Jubel, die ich vor weniger als vierundzwanzig Stunden erlebt habe, ist bald nur noch die Sorge übrig. Solange keiner weiß, was ich in mir trage, können sie mich nicht zwingen, Dimos' Namen preiszugeben. Oder ihnen zu sagen, wie seine Freunde heißen. Oder wer ich bin. Sollte ihnen jedoch klar werden, dass ich schwanger bin, werden sie das ausnutzen, und dann kann alles passieren. Ich muss schweigen, erkenne ich, so wenige Regentropfen Zukunft es auch werden mögen. Verunsichert versuche ich meine Jacke zuzuknöpfen, nur um festzustellen, dass ich das schon getan habe. Stattdessen verschränke ich die Arme, gleich darauf will ich die Hände in die Hose stecken. Aber die Slacks haben keine Taschen, so dass ich meine Hände in der Jacke vergrabe. Es ist schwierig, mit dem Keim zu einer Sonne, verborgen hinter einem Schleimpfropf, unberührt zu wirken.

»Ich habe nur mal auf den Busch geklopft. Man weiß ja nie, mit wem man redet.« Die gnädige Frau reibt sich mit dem Daumen über die Schneidezähne. »Ich hoffe, deine Genossen sind es wert.« Als sie an der Reihe ist, bittet sie mich vorzugehen. »Ich kann warten.« Da ich mich nicht rühre, schiebt sie ihre Handtasche zur Armbeuge hoch. »Dann gehe ich wohl mal.«

OBWOHL ICH von der anderen Seite komme, wie Dimos sich ausdrückte, als er begriff, dass ich eine Tochter aus regimetreuem Haus war, vermied er es, mir weitere Fragen zu stellen. Stattdessen begnügte er sich damit, mich Mary zu nennen – oder Mary-Mary, wenn er merkte, dass ich deprimiert war, und er annahm, dass es mit den schwarzen Archiven zusammenhing. Ehrlich gesagt mag ich die Verkleinerungsform nicht. Wenn jemand sie in der Schule benutzte, habe ich nie darauf reagiert. Verdoppelt bekommt sie in Dimos' Mund jedoch einen sanften und geräumigen Klang. Es ist, als würde er mich mögen und anschließend mögen, dass er das tut; als würde er auch die

Bejahung selbst bejahen. Dann fühlt es sich an, als entstünde eine Welt innerhalb der Welt, zugleich größer und intimer als sie. Dieses Gefühl gibt es doch, oder? Dass ein Mensch mühelos in einen hineinfindet, wer weiß schon wie, und eine andere Art zu sein aufdeckt als die bekannte? Weiß der Himmel, wie es dazu kam, aber unsere Begegnung im Automatenrestaurant hat mich bekehrt. Einige Löffel Luft reichten aus.

An den ersten Tagen in seiner Wohnung gingen wir nur hinunter, um etwas zu essen oder Zigaretten zu kaufen. Kaum zurückgekehrt, machten wir weiter, wo wir aufgehört hatten. Antonis war nett gewesen, aber bei ihm hatte ich mich nie so gefühlt wie hier. Dimos, merkte ich, verfügt über einen angeborenen Berührungssinn. Allein schon seine Hände – da gab es Zärtlichkeit, Neugier, große heilende Kräfte. Ich konnte nicht genug von ihnen bekommen, oder von einem Körper, der leicht war wie ein Atemzug, von seinem Einfallsreichtum und den Sommersprossen, die ich überall bei ihm entdeckte, sogar hinter einem Ohr und im Nabel. Einmal fielen uns erst Stunden später die Lebensmittel wieder ein, die wir eingekauft hatten; da war die Butter weich wie in Folie gepackter Sonnenschlamm und keiner von uns wagte es, den Fisch zu essen. Ein anderes Mal verkochte das gesamte Wasser und die Spaghetti brannten am Boden des Topfes an. Als Dimos es merkte, sprang er auf und hielt den Topf unter den Wasserhahn. Das Wasser zischte und spritzte ihm ins Gesicht. »Hühnerkacke!«

Hühnerkacke? Lachend ging ich die Zahncreme holen, die wir gekauft hatten. Wahrscheinlich fluchte man so im Westen des Landes, aus dem er stammte. Nachdem ich ein Loch in die Öffnung der Tube gedrückt hatte, strich ich ihm Colgate auf die Haut und erzählte von den roten Tagen. Sie waren auf einer Postkarte aufgetaucht, die Theo uns nach seiner Abreise geschickt hatte. Das war inzwischen fast sieben Jahre her, aber noch immer spürte ich die Befreiung in seinen

Worten. »»Dass ein Leben so leicht sein kann‹, schrieb er.« Ich fand zwar, dass es völlig ausgereicht hätte, wenn mein Bruder in einen anderen Stadtteil gezogen wäre statt auf einen anderen Erdteil, aber letztlich wusste ich, dass Theo das Richtige getan hatte.

Als er die Karte abschickte, befand er sich noch an Bord. Ich konnte mir beim besten Willen nicht vorstellen, wie es der Postsendung gelungen war, das Schiff zu verlassen. Später kam mir zu Ohren, dass Dampfer der Reederei auf dem Atlantik die Routen der anderen Schiffe kreuzten und dann, wenn der Seegang es zuließ, ein Motorboot hinüberschickten. Doch nicht einmal das schwächte das Gefühl von Magie. Unter dem Bild des Schiffs auf der Vorderseite der Ansichtskarte gab es zwölf numerierte Ringe, die wie Rettungsbojen aussahen. So viele Tage dauerte die Überfahrt. Sieben von ihnen hatte Theo mit roter Tinte ausgemalt. Als die Karte in die Post ging, standen noch fünf Tage aus; als sie bei mir eintraf, war er bereits angekommen. Das wollte mir einfach nicht in den Kopf. Die Karte war dort und trotzdem hier – als läge die Zukunft in der Vergangenheit. »Warte, halt still.« Ich strich Zahncreme auf die letzte verbrühte Stelle.

»Polizeijuwelen«, murmelte Dimos mit weißen wohlriechenden Flecken da und dort. »Oder ›Porto‹, wenn dir das lieber ist.« So wurden die blauen Flecken genannt, die man in der Medusastraße abbekam, als erhielten die Personen, die vom Sicherheitsdienst vernommen wurden, Geschenke, oder als würden sie frankiert, ehe man sie nach Hause schickte. Dimos erzählte von einem Burschen, der während der Unruhen im letzten Winter verhaftet worden war. Mehr als eine Woche lang wurde er misshandelt, jeden Tag an einer neuen Körperstelle. Wenn ein Fleck seine blaue Farbe zu vermoderndem Laub verändert hatte, kehrte man, fast fürsorglich, zu ihr zurück, danach verbreitete sich der alte Bluterguss wie eine Sonnenfinsternis unter der Haut, in der neue granatapfelkernrote Sterne auftauchten. »So rechnet man in diesem Land die Zeit, Mary.« Dimos berührte vorsichtig die Zahncremeflecken, dann sah er mich breit grinsend an. »Wer hätte gedacht, dass Colgate hilft?«

Schmerz und Erleichterung, denke ich jetzt. Zwei unterschiedliche Zeitrechnungen.

AM ABEND übergeben die Wärter den Gefangenen Nahrungsmittel von Angehörigen. Wie die Verwandten herausgefunden haben, wohin die Verhafteten gebracht wurden, weiß ich nicht. Eine der Frauen gibt mir etwas von ihrem Reis sowie eine säuberlich in Butterbrotpapier eingeschlagene Frikadelle ab. Aber ich fühle mich nicht gut. Wir sind jetzt weniger Frauen in der Zelle und ich sitze etwas abseits in einer Ecke. Mir ist bewusst, dass ich essen muss, doch ich bekomme nicht mehr hinunter als ein paar Bissen von dem nichtssagenden Reis.

Ich will gerade fragen, ob jemand noch Hunger hat, als die Wärter kommen. Sie zeigen auf mich und meinen, ich bräuchte mir keine Sorgen zu machen, es gehe nicht zu einer Teestunde. Keiner sagt etwas, aber die gnädige Frau steht auf und nimmt mir das Essen aus den Händen. Im selben Moment verliere ich die Fassung. Unerwartet brennt bei mir eine Sicherung durch, und ich, die ich in meinem Leben nur ein einziges Mal gewalttätig geworden bin, schlage um mich. Einem der Männer wird ein Ellbogen in den Bauch gerammt, den anderen trete ich gegen das Schienbein. Es dauert eine Weile, bis es den beiden gelingt, mich zu übermannen. Die gnädige Frau hebt das Essen vom Fußboden auf, während sich die anderen Frauen an die Wand drücken, verängstigt oder unsicher, was geschehen wird. Die Männer sollen mich in Ruhe lassen, fauche ich, einen Arm um meinen Bauch gelegt. Ich habe nichts getan. Wenn sie mir auch nur ein Haar krümmen, zeige ich sie an. Ich hole zu neuen Tritten aus. Johlend und lachend weichen die Wärter ihnen aus. Schließlich dreht mir der eine den Arm auf den Rücken. Was für eine Furie! Damit habe er nicht gerechnet. Die gnädige Frau reicht ihm meine Filztasche.

Im Aufzug verfluche ich mich selbst. Wie irre darf man sich auf-
führen? Wenn ich durchkomme und den Keim schützen will, muss
ich mich auf andere Art zur Wehr setzen. Sonst machen diese Männer mit mir, was sie wollen. Jemanden, der um sich schlägt, können
sie bedenkenlos misshandeln; Gewalt sät Gewalt. Statt ihre Aufmerksamkeit zu erregen, sollte ich sie von mir stoßen. Still und unbeug-
sam werden – und hart wie ein Marienkäfer, der zwar im Inneren
weich ist, aber angeblich eine Schale besitzt, die das Vielfache seines
eigenen Gewichts aushält. Und heimlich meine Flügel ausbreiten.

Sieben Stockwerke auf der Anzeigetafel. Fünf über der Erde, zwei
darunter. Die Knöpfe sind rund mit schmalen Ziffern darin. Ich frage
mich, was eine Teestunde ist, fürchte allerdings, dass ich es eigentlich
schon weiß. Wir halten im fünften.

»WILLKOMMEN IM HIMMEL.«

Die Männer stoßen mich in eine Zelle und schließen ab. Später
erfahre ich, dass man in der obersten Etage des Hauses zwanzig davon eingerichtet hat. Alle sind 1,90 mal 1,20 Meter groß und liegen
mitten im Gebäude, umgeben von einem Flur. Die Zellen sind fens-
terlos und von fünf bis vierundzwanzig durchnummeriert, auch vier
Büros an der hinteren Kopfseite wurden umfunktioniert, drei auf der
einen Seite einer Abstellkammer, eins auf der anderen. Die Toiletten
liegen auf der gegenüberliegenden Seite, neben dem Eingang. Dort
gibt es außerdem ein Waschbecken und eine Dusche, die nicht funktioniert. Die Wärter sitzen in der nächstgelegenen Ecke, in einer
verglasten Loge mit Blick auf Eingang und Toiletten. Das Radio auf
ihrem Tisch ist bis in meine Zelle zu hören.

Ich sitze rechts von der Kammer. Da ich mich nicht ausweisen
kann und keinen Namen angegeben habe, werde ich Nummer vier
oder einfach Vier genannt. Ich teile keine gemeinsame Wand mit anderen, kann mich aber trotzdem glücklich schätzen. Im Gegensatz zu

den Zellen in der Mitte haben die an der Kopfseite Fenster, die mit der gleichen Gipsfarbe überstrichen wurden, wie man sie für Bäume und Bordsteinkanten benutzt. Nur am Licht werde ich erkennen, ob es Nacht oder Tag ist, sonnig oder bewölkt, aber in einer Ecke deckt die Farbe nicht vollständig. Durch einen Spalt kann ich unterhalb von mir die Avenue glitzern sehen. Ich versuche mich zu erinnern, was auf der anderen Straßenseite liegt. Ein Park, glaube ich. In der Ferne blinkt der große Turm der Telefongesellschaft.

Außer der Pritsche gibt es keine Möbel, nicht einmal eine Decke. Die Luft bewegt sich keinen Millimeter. Rasch verliere ich jegliches Gefühl für Zeit und Raum.

ALS DIE NACHBARKINDER mich noch Poliomädchen nannten, verbrachte ich meine Tage in der Regel bei Tante Nota. Während sie Sachen für den Kirchenbasar häkelte, blätterte ich in den Atlanten, die auch Theo sich früher angeschaut hatte, als sie noch auf ihn aufpasste, spielte mit ihren altmodischen Puppen oder lauschte den Geräuschen auf der Straße. Einzelne Autos fuhren vorbei, Leute redeten, jemand trat einen müden Ball gegen eine noch müdere Wand. Manchmal gingen wir zum Platz, wo ich zusah, wenn die anderen Kinder herumrannten. So lernte ich Stella kennen, die mich in Schutz nahm, als ein paar ältere Jungen meinen Gang nachahmten. Mutter arbeitete wie üblich, Vater tat, was er immer tat: Er blätterte in Akten, trank oder machte dieses andere, worüber keiner sprach, das aber nach Parfüm roch. Ich begriff nie, warum Tante Nota traurig klang, wenn sie mich bat, einen Sender an dem Transistorradio auszuwählen, das sie in ihrer Handtasche bei sich trug. Oder wenn sie mir mit einem verstohlenen Lächeln ein Bonbon in die Hand drückte, während ich die Antenne herauszog und erklärte, dass ich nichts gegen Opern hatte – als hätten wir beide ein schmutziges Geheimnis.

Schon als Kind wusste ich, dass es Dinge gab, die sich nicht anders als allein erleben ließen. Die Einsamkeit war keine Wüste, sondern eine Wildnis. Wenn ich bei Tante Nota spielte, wollten die Entdeckungen kein Ende nehmen, belebte und erschreckte mich doch alles, was ich mir ausmalte, während ich in den Büchern blätterte und über Theos Kritzeleien am Rand nachdachte. Mal stand neben einem der ausklappbaren Pläne einer Hauptstadt ein Soldat stramm. Doch statt eines Gewehrkolbens hielt er eine Blume in seiner hohlen Hand. Mal fing ein Cowboy, der mit den Füßen in Europa stand, mit seinem langen Lasso den westlichsten Bundesstaat der USA. Ich ging sogar so weit, dass ich Orten Namen verlieh, die es gar nicht gab, und für existierende neue erfand.

Am liebsten lauschte ich ohnehin Theo hinter dem Vorhang. Sechs Jahre liegen zwischen uns, und solange er zu Hause wohnte, teilten wir uns ein Zimmer. Wenn er mich bei Tante Nota abgeholt hatte, aßen wir zu Abend. Wir stritten uns oft, aber nach dem Essen machte er Hausaufgaben – spitzte seinen Stift mit zwei, drei energischen Bewegungen, ließ das Knie unter dem Schreibtisch zittern, stöhnte über das geforderte Wissen in Nationaler Erziehung. Diese Laute flößten mir ein solches Gefühl der Verbundenheit ein, dass wir uns automatisch verstanden, obwohl eine Stunde vergangen war, seit ich etwas Neckisches gesagt hatte. Es genügte, dass ich fragte: »Heute Nacht auch?«, um ihn von der anderen Seite der Holzkügelchen antworten zu lassen: »Mm, denke schon.« Wir wussten beide, dass wir von Mutter sprachen, die sich stets selbst wehtat, wenn Vater nicht heimkam, und anschließend lautlos im Wohnzimmer weinte. Wenn man wissen wollte, warum er nicht kam, antwortete sie nur: »Ach, weißt du, Vater hat viel zu tun. Geh ins Bett.«

Später veranlassten ihre frommen Lügen uns, das Dasein in der Olympiastraße Kaffeesatz zu nennen. Das ist das Leben dort bis heute für mich geblieben: das Gegenteil von einem entscheidenden Ereignis.

MEINE FRÜHE EINSAMKEIT war ein Urwald, ein Rausch, ein Mantel voller Taschen. Doch hier im Himmel merke ich, dass man nicht einmal in Ruhe gelassen wird, wenn man einsam ist. Selbst wenn Stille herrscht, wird durch den Flur geschlurft, an die Wände geklopft. Der Geruch von Angst ist stärker als der Gestank von Körpern. Außerdem wollen die Gedanken keine Ruhe geben, selbst wenn man eine erschöpfte Stunde Schlaf findet und direkt nach dem Aufwachen tatsächlich vergessen hat, wo man ist.

Ich ahne, dass die Angst wachsen wird wie eine kranke, eingeschlossene Wolke, wenn ich sie nicht festhalte. Das ist heute nicht anders als früher, wenn ich als Kind aufwachte und winzige Nuancen in der Dunkelheit verrieten, dass Theo nicht in seinem Bett lag. Die Luft war zugleich dichter und gewaltiger; ich spürte augenblicklich, dass ich allein war. Daraufhin schrie ich, bis Mutter kam. Sie hatte sich mit meinem Bruder in der Küche unterhalten. Wenn sie mich beruhigt hatte und wieder gegangen war, wölbte Theo, der die ganze Zeit in der Tür gestanden hatte, die Hände und schlug sie gegeneinander, als würde er einen Sandkuchen backen. Ich dürfe die Angst nicht zu groß und unförmig werden lassen, müsse sie vielmehr klein und hart machen – bis sie nicht mehr aus ungreifbarer Dunkelheit bestand, sondern trocken und kompakt wurde und in der Hand ruhte wie ein braunes Ei. Hier, sagte er und reichte mir den Phantasiekuchen; ich solle es selbst ausprobieren. Den Trick habe ihm Tante Nota beigebracht. Als ich widerwillig zu backen begann und die Unruhe allmählich verschwand, schlief ich schließlich ein.

Nun tue ich das Gleiche, komme mir dabei aber nur dumm vor. Anfang des Semesters erzählte jemand, dass Menschen, die ohne Anklage inhaftiert würden, manchmal die wüstesten Dinge gestanden, um die Ungewissheit zu beenden. Es war ein Mädchen aus dem zweiten Studienjahr. Sie behauptete, wenn jemand lange genug gezwungen werde, beim Sicherheitsdienst zu warten, sei er früher oder später sogar bereit, seinen eigenen Selbstmord zuzugeben. Der Schlüssel, der sich im Schloss dreht, wird mit Erleichterung aufgenommen. Alles ist besser, als der Ungewissheit ausgeliefert zu sein. Ein Typ aus dem dritten Studienjahr protestierte. Es gibt einen Weg, es zu schaffen, behauptete er. Man solle aus sich selbst heraustreten und sich betrachten, als ob man ein anderer Mensch sei. Ich erinnere mich, dass er ein T-Shirt trug, auf dessen Brust LOVE stand; ich fand, dass die zusammengedrückten Buchstaben Marshmallows ähnelten. »Trenne Schmerz und Person, dann wird die Ungewissheit dein Freund.«

Ich brauche einige Tage, um zu verstehen, dass er recht hat. Wenn ich nun an meine Backversuche in der ersten Nacht denke, fühle ich mich nur erbärmlich.

DIE PRITSCHE ist ohne Matratze. Ihre Liegefläche besteht aus einem grobmaschigen Drahtgeflecht, mit einem Loch von der Größe eines Fußballs in der Mitte. Ich versuche es zu flicken – handwerklich bin ich recht geschickt –, aber es gelingt mir nicht. Wahrscheinlich ist das Loch absichtlich hineingemacht worden, damit man nicht bequem schlafen kann. Erst liege ich auf der einen Seite, dann auf der anderen, trotzdem rutscht meine Hüfte ständig in das Loch ab. Schließlich setze ich mich auf den Fußboden und lehne mich an die Tür. Das Drahtgeflecht hat geriffelte Abdrücke auf meiner Wange hinterlassen.

Um diese Uhrzeit ist es unmöglich, klar zu denken, und unmöglich zu schlafen. Vor Müdigkeit benommen webe ich das schwache Licht in die Dunkelheit ein. Ich stelle mir vor, dass es aus Fäden besteht und ich goldene Stiche um Taschen aus Schwärze nähe. Darin werde ich meine Geheimnisse verbergen. Dimos. Woher die Liste der Namen aus dem Sicherheitsdienst stammt. Den Sonnenkeim. Und wenn ich fertig bin, werden die Stiche so tief begraben sein, dass man die Taschen nur entdecken könnte, wenn man den glänzenden Stoff

vor eine Lampe hielte. Doch dann würde das Licht die Stiche auflösen und es wäre nichts mehr zu sehen.

Das Fenster ändert seine Farbe und wird grau, dicht und schimmernd wie Graphit. Sonntagmorgen.

SIE LASSEN UNS nur heraus, wenn wir auf die Toilette müssen. Aber der
Wärter am ersten Tag ist entweder faul oder ahnungslos. Als ich an
die Tür klopfe, bittet er mich zu warten. Etwas später begleitet er eine
Gruppe von uns. Er ist älter und schwerfällig und möchte sich wahrscheinlich nicht unnötig anstrengen. Auf die Art treffe ich zwei andere Frauen. Die eine erkenne ich wieder. Sie war es, die uns in der
Tiefgarage sagte, wen wir benachrichtigen sollten, falls wir die Medusastraße verlassen dürften. Elli ist ihr Name. Als der Wärter ihre
Zelle öffnet, sehe ich kurz einen Apfel und etwas, das wie ein Kissen
aussieht. Am hinteren Ende des Flurs stehen stinkende Mülleimer.
Elli hebt den Deckel von einem und wirft etwas weg.

Die Schwingtüren zu den Kabinen sind entfernt worden. In jeder
Kabine befindet sich ein dunkles Loch mit geriffelten Erhebungen
im Porzellan, die anzeigen, wohin man seine Füße stellen soll. Daneben steht ein Plastikeimer für Binden und benutztes Toilettenpapier. Es ist verboten zu sprechen, aber Elli richtet es so ein, dass sie
im selben Moment fertig wird wie ich. Ich trage keinen BH, nur das
Unterhemd unter dem Polopullover, so dass ich mich ein wenig seitlich abwende, als wir uns waschen. Ich möchte nicht, dass sie meine
Brüste sieht und merkt, dass sie leicht angeschwollen sind. Elli flüstert mir zu, dass die Gefangenen Mitteilungen auf den Sims oberhalb
der Kabine oder in schmutziges Papier gewickelt in die Eimer legen.
Man verständigt sich, indem man an die Zellenwand klopft. Ein Klopfen für *a*, zwei für *b* und so weiter. Kurze Pause zwischen den Buchstaben. Wenn der Zellennachbar das Wort versteht, bevor es fertig-
buchstabiert ist, streicht er oder sie mit der flachen Hand über die

Wand – einmal bedeutet Ja, zweimal Nein, dann muss das Wort wiederholt werden. Zahlen folgen dem gleichen Prinzip, werden jedoch mit der flachen Hand geschlagen; Satzzeichen werden groß auf die Wand gezeichnet oder weggelassen.

»Weiß jemand, dass du hier bist?« Ich komme nur noch dazu, den Kopf zu schütteln, dann ruft der Wärter uns zu, wir sollen uns beeilen. Leise ergänzt Elli, dass Menschen manchmal zu verschwinden scheinen und, den Geräuschen nach zu urteilen, in manchen Zellen mehrere zusammengepfercht sind. Trotzdem sei der ›Himmel‹ besser als die ›Waschmaschine‹, und die ›Waschmaschine‹ besser als ›Minus zwei‹. Hatte die gnädige Frau dafür gesorgt, dass ich hier saß? »Sie ist schlimmer als eine Natter.«

Nachdem wir wieder eingeschlossen worden sind, werden andere hinausgelassen. Schlurfende Füße, schmutzfarbene Geräusche. Es fällt mir schwer zu akzeptieren, dass die gnädige Frau eine Denunziantin sein soll. Doch im Grunde will ich nur wissen, was mit Dimos passiert ist.

ANGESICHTS DER ABSTELLKAMMER auf der einen und der Außenwand auf der anderen Seite hat es keinen Sinn zu klopfen. Ich sitze allerdings in einem Raum, der ursprünglich als Büro gedacht war, was bedeutet, dass die Tür keine Luke hat. Wenn die Mahlzeiten verteilt werden, muss sie aufgeschlossen werden. Deshalb müssen wir hier am Kopfende bis ganz zum Schluss warten. Das Essen ist schon kalt, aber dafür sind die Wärter durch den Kontakt weniger wortkarg. Jedes Mal erfahre ich etwas Neues. Ein Wärter erzählt, dass die Essenspakete ›Visitenkarten‹ genannt werden. Wenn die Angehörigen nichts für einen abgeben, muss man sich mit der Suppe begnügen, die zweimal am Tag gebracht wird. Ein anderer Wärter – der mit der kupferfarbenen Tolle – presst seine Haare gegen die Stirn und erklärt, jeder Gefangene erhalte pro Woche einen gewissen Geldbetrag. Dieser reiche für ein Glas Honig oder Zigaretten. Allerdings müssten wir Namen und Adresse angeben oder die Informationen in der Kartei des Sicherheitsdienstes bestätigen. »Du sagst nichts. Also bekommst du auch nichts.«

Ich erfahre außerdem, dass Gläser, Teller und Besteck verboten sind. Auch Seife und Schmierseife sind verboten.

Streichhölzer sind verboten, Zigaretten dagegen nicht. Die Tolle scheint keinen Widerspruch darin zu sehen, dass die Gefangenen rauchen.

Kissen, Laken und Schlafsäcke sind verboten. Decken sind zwar nicht verboten, werden aber nur bei manchen toleriert, die auch Kissen haben dürfen, obwohl diese verboten sind.

Nagelscheren sind verboten. Bücher sind verboten. Papier und Stift sind verboten.

»Wenn wir ein Buch oder einen Stift finden«, sagt er, bevor die Tür zugeschlagen wird, »geht es sofort nach Minus zwei.«

KEIN VERBOT ist so streng, dass die Leute nicht versuchen, es zu umgehen. So ziemlich alles wird hereingeschmuggelt: Seifen, Zahncreme, Löffel, saubere Unterwäsche, Fotos – sogar Stifte. Wo diese Dinge versteckt werden, ist mir ein Rätsel, aber das Risiko scheint der Mühe wert. Ich hege den Verdacht, dass früher oder später ohnehin jeder die untere Tiefgaragenebene besuchen muss.

Das Zeitungspapier, in dem das Essen eingeschlagen wird, ist besonders begehrt. Das wird mir bewusst, als ich das nächste Mal zur Toilette gehe und oben auf dem Sims einen Zettel ertaste. Zwischen zwei Spalten steht mit spitzem Bleistift in Druckbuchstaben: *Ausnahmezustand. Mindestens 11 Tote, Hunderte verhaftet. Nicht aufgeben, Genosse!* Die Wärter kontrollieren, dass die Visitenkarten nicht in Titelseiten gepackt werden, wenn man die Sportseiten oder die Todesanzeigen für solche Mitteilungen benutzt, scheinen sie weniger aufzufallen. Ich weiß nicht, wer hinter den Nachrichten steckt, aber das ist bestimmt eine Vorsichtsmaßnahme. Gibt es weder Absender noch Empfänger, bedeutet das, dass niemand bestraft werden kann. Ich selbst würde eher dafür bezahlen, eine Nachricht nach draußen zu befördern.

BEVOR WIR zu den Zellen zurückkehren, erklärt Elli mir, wie man sich wäscht. Wenn ich eine hereingeschmuggelte Seife mitbenutzen darf, soll ich die Fingernägel hineinbohren. Dann habe ich Seife für meinen nächsten Toilettenbesuch. Auch wenn es nur ganz wenig ist, schäumt sie besser als diese Papierflocken. Außerdem riecht es gut, wenn man die Hände vor das Gesicht hält. Elli träumt sich in der Dunkelheit mit den Fingern an der Nase fort. Und nennt ihr Paradies Palmolive. Sie lächelt gebrochen. »Du redest nicht viel, was?«

Seife, eine Zelle und die erstickten Laute der anderen Inhaftierten. Die Welt ist so eng geworden.

NACHTS MERKT MAN, ob jemand Zigaretten hat. Wenn sich der Rauch unter der Tür hindurchschiebt, kommt es mir vor, als würde das Dasein heimlich ausgedehnt. Ich empfinde eine beißende Sehnsucht, dann eine ganz eigene, hungrige Art von Frieden bei dem Gedanken an die anderen Menschen, die mir so nahe sind.

Es war Dimos, der mich dazu brachte, mit dem Rauchen anzufangen – im Juni, wenn die Abende die Wärme des Tages bewahren wie ein unausgepacktes Geschenk. Während der Prüfungsphase hatten wir die Hochschule gemeinsam verlassen. Nun gingen wir durch die Seitenstraße, in der die schwarzen Archive liegen. Die Straßenlaternen beleuchteten nur die eine Seite, dennoch zog ich ihn auf die andere. »Mary-Mary …« Er schloss seine langen Finger um meine Schulter. Ein Dreirad-Transporter knatterte mit bebenden Früchten auf der Ladefläche vorbei, dann überquerten wir die Avenue und gingen in den Park. Am Kiosk bat Dimos um eine Schachtel rote. Im Licht der Neonröhren überflogen wir die Schlagzeilen. Als er in der *International Herald Tribune* das Bild des Boxers entdeckte, kaufte er die Zeitung, obwohl sie eine Woche alt und sonnengebleicht war. Anschließend setzten wir unseren Weg in der sanften Dunkelheit fort. Der Himmel bestand aus lauer, schwarzer Watte.

Ohne Muhammad Ali wären wir nach Hause gegangen. Aber als wir an der Freilichtbühne vorbeikamen, nickte Dimos zu den Stühlen hin, die an einer Wand aufgestapelt standen, und meinte, er wolle die Zeitung lesen. Er hob zwei herunter. Wir rutschten damit so weit, dass wir uns unter einer Lampe befanden – die Stuhlbeine zeichneten trunkene Spuren in den Kies –, dann brach er die Versiegelung der Zigarettenschachtel. Ich griff danach und sagte, ich wolle es mal probieren. Aber musste Santé wirklich eine derart einfältige Kreuzung aus Porzellanpuppe und Filmstar auf der Verpackung abbilden? Gab es ein Gesetz, dem zufolge Frauen nur dann interessant waren, wenn sie dumm aussahen? Ich nahm mir eine Zigarette und lehnte mich zum Streichholz vor. Dimos antwortete nicht; während wir von dem Mann lasen, der wie ein Schmetterling schwebte und wie eine Biene stach, versahen uns die Mücken mit Sommersprossen. Ihre Stiche stimmten mich seltsam aufgekratzt, als verstärkten sie das Gefühl von Verbundenheit. Das ist nur ein paar Monate her, wird mir jetzt klar, trotzdem scheint seither ein ganzes Leben vergangen zu sein. Und nun muss ich das Rauchen aufgeben.

Unter der Lampe im Park sitzend, sprachen wir über das nächste Studienjahr. Laut Dimos war unsere Ausbildung die schlechteste in ganz Europa. Schlimmer als in Bulgarien. Unmöglich, Arbeit zu finden, wenn man keine Beziehungen hatte. Ein paar Jahre zuvor bereits hätten sich die Studenten in Paris und Frankfurt, Kopenhagen und Amsterdam organisiert. Nur bei uns passiere nichts. Er habe Verwandte in Schweden, die ihm helfen wollten. Aber er habe nicht achtundzwanzig Monate im Nordosten des Landes mit Schlamm und Schießübungen verbracht, oder knapp vier Jahre damit, sich zum Rundfunktechniker ausbilden zu lassen, noch so ein Elend, nur um dann auszuwandern. »Ich und ein paar andere haben einen Plan.«

Oben in der Wohnung schob Dimos eine Kassette in den Rekorder. Sie musste neu sein, denn die quengelige Stimme sagte mir nichts. Als er zum richtigen Lied vorgespult hatte, räusperte er sich, schüttelte die Arme aus, als stünde er kurz vor einem Auftritt, und erklärte, er wolle etwas bekanntgeben. Der Lautsprecher schepperte plastikartig:

These are the words of a frontier man
Who lost his love when he turned bad

Nicht einmal die Zigarette konnte verbergen, dass Dimos keine Stimme hatte. Aber als er unter der Glühbirne stand, nur in der Unterhose unter seinem birnenförmigen Bauch, als er die Hände zu den Haaren auf seiner Brust hob und sich durch das Lied bebte wie ein Schnulzensänger aus den fünfziger Jahren, breitete sich weiches Feuer in meinen Armbeugen und Leisten aus. Hitze und Kühle, warmes, irres Fieber – der Körper schmerzte vor Sanftmut. »Komm«, flüsterte ich, obwohl er mitten im Lied war. »Komm, komm, komm.« Und als er die riesigen Wölbungen seiner Füße über meinen Knöcheln justiert hatte, die Knie gebeugt und den Kopf an meinem Schlüsselbein plaziert, erlebte ich seine ganze selige Schwere. Dass ein so untersetzter Mann sich anfühlen konnte wie das fülligste Nichts. Flüsternd sang er in meinen Haaren weiter. Während der letzten Strophe tat er sogar, als würde er schluchzen. Trotzdem. Als seine Lippen mein Ohr kitzelten, war ich machtlos: Ich wurde überschwemmt.

In jener Nacht erzählte Dimos mir von dem Plan der Freien Studenten. Es sollte noch eine Weile dauern, bis er mich direkt fragte, aber ich begriff schon jetzt, dass sie Hilfe benötigen würden.

MEIN FREUND HÖRT AUCH, was nicht ausgesprochen wird, und als er erkannte, dass ich nicht über die andere Seite reden wollte, unterließ er es, mich nach ihr zu fragen. Ohne dass er es beabsichtigt hätte, veranlasste mich gerade seine Zurückhaltung, zu erzählen. Vielleicht ticke ich nicht wie andere Menschen, ich weiß, dass ich oft reserviert wirke, aber es gefällt mir nicht, wenn mir vertrauliche Dinge abgenötigt werden. Sollen sie nicht von selbst kommen? Nur so zeigt man doch, dass man jemandem vertraut. Außerdem kann man eine Menge daraus lernen, wie ein anderer Mensch reagiert. Dimos kniff mir in die Wange, dann entschuldigte er sich, er müsse auf die Toilette. Ehe er die Tür zuzog, erklärte er lachend, auf mir lasse sich eine Kirche bauen, so loyal sei ich. Das war genau die richtige Reaktion.

Ich hatte gesagt, das Leben in der Olympiastraße sei ein einziger Schlamassel gewesen, aber ich hätte nicht die Absicht, deshalb schlecht darüber zu reden. Den Namen ›Kaffeesatz‹ bekam der Schlamassel übrigens an dem Abend, bevor Theo einrückte. Ich war gerade in die siebte Klasse gekommen, Vater betätigte sich wie üblich, und wenn Mutter nicht arbeitete, saß sie auf der plastiküberzogenen Couch im Wohnzimmer. Obwohl sie nichts tat, zog sie die gesamte Energie in der Wohnung auf sich. Als es mir nicht gelang, mich auf meine Hausaufgaben zu konzentrieren, ging ich nachsehen. Das Wohnzimmer wurde von den Straßenlaternen erhellt, die gerade angegangen waren, ansonsten hörte man nur das schwache Quietschen der Couch. Mutter erklärte, sie warte auf Theo, der mit Freunden aus sei. »Wie in einer Kaffeetasse«, meinte mein Bruder, als er endlich heimkam und mich weckte, indem er sich der Länge nach aufs Bett fallen ließ. »Du weißt schon, wenn der Kaffeesatz bitterer wird, je länger er liegenbleibt.«

Nein, das war nicht leicht. Ich ertrug es einfach nicht, über den Kaffeesatz zu sprechen. Später vielleicht. Ich fürchtete mich immer noch davor, hinterher könnte es mich nicht mehr geben.

Es war in dem Moment, dass Dimos mich in die Wange kniff.

ALS DER WÄRTER vom ersten Tag mich holt, steht die Tür zu Ellis Zelle offen. Leer, keine Elli. Die Bewegungen des Mannes lassen mich verstehen, dass die Zeit für mein Verhör gekommen ist.

Ich kann nicht sagen, ob es besser ist, willenlos zu werden, als sich zu stählen, glaube aber, dass es hilft, keinen Willen zu haben. Während wir in die Etage darunter gehen, denke ich an Sand und Laub und Regen, und daran, dass ich mich lieber in einen Körper ohne Zentrum verwandeln sollte. Dann würde sich der Schaden direkt durch mich hindurchbewegen – wie die Wellen nahezu schwereloser Partikel, die laut Dimos jeden Augenblick unseres Lebens durch Gewebe und Knochen reisen, als wäre der Mensch kein Behälter aus Haut, sondern ein Sieb. Aber wage ich es, das mit dem Keim zu machen? Kann ein Körper zugleich Gefäß und Filter sein? Unsere Schritte hallen im Treppenhaus wider. Das Gebäude kommt mir weitläufiger vor als zuvor, als wäre es eine Nummer größer geworden, dann wird mir schlagartig bewusst, dass es wohl Abend ist. Oder sogar schon Nacht. Habe ich geschlafen, als der Wärter kam?

Ich werde zu einem Büro geführt. Ein paar Stühle, ein Tisch, die Landesflagge schlaff in der Ecke. Kein Bild vom Führer des Landes, aber das Staatswappen hängt an der Wand. Der gleiche Zinnsoldat wie immer, der in einem Feuer steht, aus dem ein Vogel aufsteigt – als wäre das geflügelte Wesen trächtig mit unserem Militär. Auf dem Tisch liegen ein Kugelschreiber und einige grüne Karteikarten. Der Wärter presst meine Finger auf ein rauhes Stempelkissen, anschließend in jedes einzelne Feld auf einer der Karten. Als wir fertig sind, postiert er sich an der Tür, und geht, als der Inspektor eintritt.

Lamas grüßt. Sein Blick schimmert träge, in Teer schwimmendes Silber. Im Gegensatz zum Wärter ist er in Zivil. Die Bügelfalten lassen seine Hosenbeine etwas abstehen. Bevor er sich setzt, legt er eine Mappe auf den Tisch und hängt das Jackett über die Stuhllehne. Rückt es zurecht und wischt es ab. Die Krawatte ist schwarz, das Hemd sauber, aber zerknittert. Schmale Schultern, erstaunlich behaarte Handgelenke. Während ich über die Zeit nachgrübele, die vergangen ist, versuche ich den Blick auf etwas zu richten, was keinen Schaden anrichtet. Der Ring an seiner linken Hand; ich kann mich nicht erinnern, dass er ihn damals trug. Sieben Jahre. So viel Zeit ist vergangen, seit wir uns im Hafen von meinem Bruder verabschiedeten. Ich war sechzehn und hatte lange Haare, außerdem hinkte ich stärker als heute. Lamas muss acht, zehn Jahre älter gewesen sein, folglich dürfte er inzwischen fünfunddreißig, vielleicht auch vierzig sein. Er scheint mich nicht zu erkennen.

Name? Ich bekomme keinen Ton über die Lippen. Adresse? Immer noch kein Ton. Studentin, Familie, Parteimitglied? Die Zunge ist fusselig, die Mundhöhle steif wie Pappe. Ich erkenne, dass ich mich konzentrieren muss, sonst werde ich noch husten und anschließend unwillkürlich um Entschuldigung bitten. An einer Schläfe ist ein Muttermal sichtbar, an das ich mich auch nicht erinnere. Aber seine Wangen sind glattrasiert, obwohl es spät ist, und die Haare kurz geschnitten. Was habe ich vor der Hochschule getan?

Ich studiere die Hände in meinem Schoß. Zehn tintengefärbte Fingerkuppen. Mein Magen ist gerade dabei, sich in eine Schlangengrube zu verwandeln.

Als ich nicht antworte, blättert Lamas in dem Dossier. Ich kann nicht erkennen, ob er wirklich nach etwas sucht oder nur so tut. Mit der freien Hand schiebt er die Karteikarten zu mir herüber, ohne den Kopf zu heben. »Füllen Sie die bitte aus.« Ich bin mir nicht sicher, ob er den Satz mit einem Fragezeichen beendet. Die Karten sind vorgedruckt und etwas größer als Postkarten. Auf kleingedruckte Fragen folgen gepunktete Linien. Von mir wird erwartet, nicht nur Name, Alter und Adresse anzugeben, sondern auch besondere Kennzeichen, die Anzahl der Plomben und eventuelle dritte Zähne. Man will wissen, wie meine Eltern heißen und was sie von Beruf sind, woher die Familie ursprünglich stammt und ob jemand Mitglied in einer verbotenen Organisation gewesen ist. Ich soll angeben, ob ich studiere, und wenn ja, was, in welchen Cafés ich gerne verkehre und ob ich verlobt oder verheiratet bin oder war. Sie wollen sogar wissen, welche Zigarettenmarke ich rauche.

Karten dieser Art habe ich früher schon gesehen, allerdings nie eine, die ausgefüllt war. Auf der obersten sitzt ein Foto – Metallklemmen an beiden Seiten lassen die porträtierte Person eingesperrt aussehen. Das Bild muss vor der Hochschule entstanden sein. Ich presse darauf einen Schreibblock gegen mein Bein. Die gepunkteten Zeilen hinter NAME, ADRESSE, ALTER und BERUF sind leer. Unter BESONDERE KENNZEICHEN steht jedoch: *gehbehindert*. Auf der letzten Karte sind zehn blauschwarze Ballons zu sehen. Meine Fingerabdrücke. Sie erinnern an den verkohlten Topf bei Dimos, den mit den Spaghettiresten.

Wenn Lamas wüsste, dass ich nach wie vor in der Olympiastraße gemeldet bin, könnte er den Rest selbst ausfüllen. Da ich mehrere Häuserblocks von der Hochschule entfernt verhaftet wurde, können sie sich nicht auf Paragraph 509 berufen. Sollte ich weiter schweigen, bleibt ihnen also nur, mich zu einer Tasse Tee einzuladen, oder wie der Sicherheitsdienst es zu nennen beliebt. Die Polizei habe erweiterte Befugnisse erhalten, erklärt der Inspektor. Schließlich hebt er den Blick. Zwischen sieben Uhr abends und fünf Uhr morgens bestehe weiterhin Ausnahmezustand. Die Hochschule sei geräumt, viele seien verhaftet worden. Schweigen sei zwar eine Tugend, aber offensichtlich hätte ich etwas zu verbergen. »Ich bin Ihretwegen hier.«

Lamas rückt die Karteikarten gerade und weist darauf hin, dass nicht alle Besuch bekommen. An mir habe er jedoch Gefallen gefunden. »Fragen Sie mich nicht warum. Aber es ist spät. Wir haben nicht viel Zeit.« Er lächelt, fast entschuldigend, als er den Kugelschreiber testet, und schiebt ihn mir zu.

Wie ich es mir schon gedacht habe. Es ist eher Nacht als Abend. Trotz seiner Fürsorglichkeit lasse ich den Stift liegen. Im Moment fühlen sich meine Hände genauso fusselig an wie die Zunge.

Lamas betrachtet mich nachdenklich, fast traurig. Schließlich schlägt er die Karteikarten auf die Tischplatte. Seine Handgelenke sind wirklich stark behaart. »Immer das Gleiche mit euch Studenten.« Damit steht er auf und schlüpft in ein und derselben Bewegung in sein Jackett. Als er gegangen ist, kommt es mir vor, als sei er niemals dagewesen.

NACH DEM VERHÖR liege ich in meiner Zelle. Ich weiß nicht, was Lamas wollte, habe aber den Eindruck, er wollte irgendetwas zuvorkommen. Meine Hände riechen so schlecht wie mein Atem. Als das Fenster zu Hellgrau changiert, schlafe ich mit so angespannten Muskeln ein, dass es wehtut.

Ich werde davon wach, dass ein Schlüssel ins Schloss gesteckt wird. Diesmal sind es zwei Wärter, die mich an einen Ort führen, der ihr eigener Waschraum sein dürfte. Der eine ist der Mann mit der Tolle, den anderen habe ich noch nie gesehen. Der Waschraum liegt an der Ecke eines Flurs in der vierten Etage, ich schätze, direkt unter den Toiletten im Himmel. Gekachelter Fußboden, polierte Porzellanbecken, Toilettenartikel, ordentlich aufgereiht auf einem schmalen Regal sowie ein Spiegel, der mir gleichermaßen Scham und Angst einflößt, als ich entdecke, wie ungepflegt ich inzwischen aussehe. Entlang der gegenüberliegenden Seite befinden sich Duschen – drei Stück nebeneinander: einer der Duschköpfe tropft. Die Männer öffnen eine Kammer und stoßen mich zwischen die Eimer und Besen. Es gibt darin auch einige Bambusstöcke. Dann zeigt die Tolle auf ein Loch in der Wand, das gerade einmal groß genug für einen Menschen ist. »Die Waschmaschine. Nach vierundzwanzig Stunden bist du so rein wie ein Engel.«

Der andere zupft das Papier von einem Kaugummi. Grinsend biegt er ihn in den Mund, dann wirft er die Folie weg und greift mir unter den Arm. »Aber vorher geht es zur Andacht.« Unsanft führen sie mich zu einem leerstehenden Büro. Kaum haben sie mich auf die Knie gezwungen, als mich auch schon eine Fußsohle im Rücken trifft. Sofort reißt die Tolle mich wieder hoch, während sich der andere breitbeinig vor mir aufbaut. Ich versuche, das Gleichgewicht nicht zu verlieren, und lasse die Handfläche auf meine Wange klatschen, ohne das Gesicht abzuwenden. Auf Dauer erweist sich dies jedoch als unmöglich. Ich führe die Hände zum Bauch, drehe mich seitlich und falle um. Schließlich schiebt die Tolle seine Finger in meine Haare, packt fest zu und zieht sie nach hinten, damit man leichter in das Gesicht treffen kann. Der Kopf fährt in die eine Richtung, dann in die andere.

Die Männer können nicht viel älter sein als ich. Als sie endlich aufhören, setzt sich der Mann, der mir die Ohrfeigen versetzt hat, auf eine Tischkante, während die Tolle sich mit der Schulter an die Wand lehnt. Beide haben ihre Jacken ausgezogen, beide betrachten mich, wie Männer es tun. Meine Wangen glühen wie Backbleche. Der Mann am Tisch kaut mechanisch, dann bläst er eine beige Blase. Tss, ist es das wirklich wert? Seine Finger trommeln auf ein Telefonbuch. Weiß ich, wie es bei einer Teestunde zugeht? »Warte, bis du den Samariter treten darfst. Dann gibt es auch noch Gebäck.« Anschließend erhellt sich seine Miene. Ah, jetzt versteht er. Ich mag es, wenn mein Freund mich schlägt? Er hat davon gehört, dass es Frauen gibt, die das toll finden. Wie heißt er denn, mein Bulgare?

Ich ziehe die Nase hoch, habe die Unterarme um meinen Bauch gelegt. Als er keine Antwort bekommt, steht er auf. Es ist nicht ganz einfach zu beschreiben, wie es sich anfühlt, wenn man ein Telefonbuch auf den Kopf kriegt. Die schwere, stumme Explosion pflanzt sich durch den Körper fort. Nadeln stauen sich bündelweise im Nacken, schießen durch das Rückgrat und sammeln sich erneut im Kreuz. Der Schmerz wird zusammengeballt, wie Sand in einem Sack. Die Männer befehlen mir, die Schläge zu zählen – das Buch ist eine Bibel und offenbar betet man so in der Medusastraße –, aber ich höre sie nicht. Oder besser gesagt: Ich höre sie, das ist es nicht, ich höre jedes Wort, das sie sagen, begreife aber nicht, was sie meinen. Es ist Ewigkeiten her, dass wir die gleiche Sprache gesprochen haben. Das Letzte, was ich jetzt tun könnte, wäre, mitzuzählen. Warum kann vier nicht nach zwanzig kommen, neun vor sieben? Ich kauere mich zusammen. Die Männer können mich überallhin schlagen, nur nicht in den Bauch.

Die Andacht geht weiter, bis ich aus lauter Tränen und Schwellungen bestehe. Am Ende fühlt sich mein Körper zu groß für meinen Körper an.

ES IST SCHWER ZU SAGEN, wie lange es dauert, bis ich merke, dass die Behandlung aufgehört hat. Der Nacken ist steif, die Knie schmerzen. Der Mann mit dem Kaugummi rüttelt mich. »Wach? Hallo, bist du wach?« Ich nehme den Geruch von Zimt wahr, aber mein Körper weigert sich, mir zu gehorchen. Seufzend zieht der Wärter mich hoch.

Mit seiner Faust um meinen Oberarm taumele ich durch den Raum. Die Tolle klatscht in die Hände; schön, dass ich tanzen will. Von den Kniescheiben an abwärts bin ich noch Mary, das weiß ich – das Rückgrat muss jedoch ausgetauscht worden sein, denn es glüht, und der Nacken fühlt sich so hart und eng an, dass er jeden Moment reißen wird. Zweimal taste ich nach einem Halt, aber der Kaugummimann reißt mich hoch. »Tss.« Er bläst eine neue Blase. »Weitergehen, so ist es recht.«

»Jetzt lass das. Gleich fängt das Spiel an.« Die Tolle krempelt die Hemdsärmel herunter, dann packt er mich am Kinn. Bin ich Mitglied der Patriotischen Front? Des Demokratischen Widerstandskomitees? Des Verbands junger Kämpfer? Illegale Organisationen gibt es eine Menge. Die Studenten sind schlimmer als die Gewerkschaften – und *die* sind schlimmer als Kakerlaken. Die Radikale Widerstandsbewegung der Arbeiterschaft? Der Nationale Bund der Antifaschisten? Eine der kommunistischen Zellen?

»Kapierst du nicht? Du machst es nur noch schlimmer. Ein paar Namen sind alles, was wir brauchen. Dann kannst du nach Hause schwofen.« Doch ich setze gehorsam einen Fuß vor den anderen. Jetzt höre ich nicht mehr, was die Männer sagen, jetzt tanze ich allein, ungelenk und plump, durch das Büro. Schließlich krache ich gegen die Wand. »Heilige Mutter Gottes …« Die Tolle greift sich an die Stirn. »Müssen die es immer so kompliziert machen?«

Inzwischen verstehe ich, dass ich ihre Erwartungen nicht erfülle. Bevor ich zusammenbreche und sich mein Kopf mit einer knisternden, weißen Wolke füllt, sagt der nach Zimt riechende Mann: »Wollen wir wetten? Ich setze einen Hunderter darauf, dass sie richtig unter die Räder kommen.« Aber es spielt keine Rolle, worüber er spricht. Als die Tür zugeschlagen wird, befinde ich mich dort, wo alles blank und frisch ist und wie Eiswasser klirrt.

Im Weit-fort-Land. Bei Theo.

Meinem Bruder, der aus Blumen und Tränen besteht.

AM VORMITTAG erwache ich mit Krümeln auf dem Gesicht. Aus irgendeinem Grund liege ich immer noch in dem leeren Büro; von der Decke scheint Putz abzubröckeln. Als ich mich abwische, merke ich, dass ich keine Chance habe, mich zu bewegen, ohne dass es wehtut.

Die Kiefer schmerzen, der Schädel platzt, der Nacken ... Was ist bloß mit meinem Nacken passiert? Will ich den Kopf drehen, muss ich den ganzen Körper drehen. Und der Rücken besteht aus blauen Flecken und Zement.

Zeit vergeht. Gegen Mittag holt mich der ältere Wärter. Er schert sich nicht darum, dass mein Gesicht vor Schweiß und Schmutz klebt. Oder dass ich wimmere. Stattdessen fährt er mir mit den Fingern über die Lippen, als wären sie ein Reißverschluss. Inspektor Lamas habe ihn geschickt. Es dauert eine Ewigkeit, zum Himmel hinaufzugehen – die Treppenstufen scheinen mehr und doppelt so hoch geworden zu sein. Über einem Toilettenloch hockend, spüre ich, dass nur Wasser den Körper verlässt. Ich wasche mich, so gut es geht. Die Fingernägel sind schwarz, die Kopfhaut juckt. Erst nach einer Weile fällt mir der Bauch ein, und dass ich schwanger bin; ich schwöre mir, dass dies nie mehr vorkommen darf. Angesichts meiner Vergesslichkeit wird mir schlecht, trotzdem bin ich zu mitgenommen, um mir Sorgen zu machen. Auch fehlt mir die Kraft, nachzuschauen, ob auf dem Sims eine Nachricht liegt. Der Wärter geht und kehrt mit einer Decke, einer dicken Scheibe Wurst auf hartem Brot und einer Mandarine zurück. Das Essen ist in das Fernsehprogramm und den Wetterbericht eingeschlagen. Ich nehme an, dass er es von der Visitenkarte eines anderen Gefangenen abgezweigt hat.

Die Mandarine schmeckt so süß, dass ich am liebsten heulen möchte.

ALS ICH AUFWACHE, pumpen meine Adern brennenden Schnee im Kreis. Ich liege in der Zelle, der Schüttelfrost lässt mich gleichzeitig schwitzen und frieren. Unter meinem Kopf spüre ich ein Kissen. Aber das kann nicht stimmen, denn plötzlich bewegt es sich und jemand summt. Nichts ist so, wie es sein soll.

Als ich das nächste Mal erwache, begreife ich, dass ich mit dem

Kopf in einem Schoß liege. Eine Frau summt etwas, was sich wie ein Kampflied anhört.

Vorwärts für unsere frühere Ehre
Wir werden uns wieder erheben

Als sie merkt, dass ich nicht schlafe, streicht sie mir über die Stirn. Die Hand ist kühl und sanft und rauh, die Stirn klebrig. Etwas drückt gegen die Lippen. »Vorsichtig. Gut. Du kannst das.«

Jetzt höre ich, dass es Zoe ist. Die Bouillon schmeckt entfernt nach Huhn. »Aber … Du … Wo …« Die Worte stocken.

Als ich es erneut versuche, klopft es an der Tür. »Ruhe!«

Trocken, fast schulmeisternd weist Zoe darauf hin, dass sie mir den Rest der Flüssigkeit einflößen muss, sonst sei medizinische Hilfe erforderlich, und das wolle der Wärter doch sicher vermeiden. Er grummelt und geht. Ganz unten liegen Reiskörner, die ich nicht herausbekomme. Ich stöhne mit hilflosen Lippen. Als der Wärter zurückkehrt, hämmert er mit dem Schlagstock gegen die Tür, dann reißt er die Luke auf. Wenn er noch einen Mucks höre, wird er uns trennen. An der Luke erkenne ich, dass ich nicht mehr in meiner alten Zelle liege. Die Dunkelheit ist staubig, das Licht reicht nicht bis zum Fußboden herab.

»Wo …« Ich versuche es erneut. »Bin ich?«

DIE NEUE ZELLE IST, wenn möglich, noch enger. Ich habe das Bett für mich allein, was bedeutet, dass Zoe auf dem Boden liegen muss. Wie sie dort Platz findet, ist mir ein Rätsel. Das Bett ist schmaler und kurzer als mein vorheriges, hat aber kein Loch. Das Drahtgeflecht quietscht, als ich die Knie anziehe. Ich taste nach meinen Füßen. Die Schnürsenkel sind aufgegangen, aber die Schuhe habe ich noch an. Es fällt mir schwer, den Körper zu drehen. Der Schmerz strahlt durch das Rückgrat aus wie Eisblitze und lässt mich nach Luft schnappen.

Schließlich gelingt es mir, an der Ferse einen Finger in den Schuh zu schieben; ich will ihn schon abstreifen, als Zoe meine Hand wegschlägt. »Bist du verrückt?« Sie wartet kurz, vielleicht hat der Wärter sie gehört, dann presst sie die Lippen auf mein Ohr. »Wenn du sie ausziehst, bekommst du sie nie mehr an.«

ALS ZOE BEGREIFT, dass mit meinen Füßen alles in Ordnung ist, erzählt sie mir von ihren. Schon am ersten Tag im Himmel wurde sie in die Etage unter uns geführt, wo sie die Nacht in der sogenannten Waschmaschine verbringen musste. Das Loch in der Wand ist nicht größer als ein Sack. Sie konnte nur den Kopf bewegen. Am nächsten Tag wurde sie an eine Bank gefesselt und auf die Fußsohlen geschlagen. Aus irgendeinem Grund nennen sie es Teestunde. Und das ›Gebäck‹? Sie rückt ihre Brille gerade. »Sie schlugen, aber nicht so hart, wie sie gekonnt hätten. Das ist jetzt vier Tage her. Hinterher habe ich zwei Tage durchgeschlafen. Wie du. Und jetzt kann ich wieder gehen.« Sie scheint nicht zu wissen, was mit Gebäck gemeint ist.

Zum Glück hat sie ihre Schuhe niemals ausgezogen. Aber die Ledersohlen sind dünn wie Blätter, deshalb seien die Füße trotzdem angeschwollen. Seit sie ihre Sachen zurückbekommen hat, könne sie Salbe auf die wunden Stellen streichen. Andere Gefangene schlurften mit den Füßen in Plastiktüten zur Toilette. Wenn ich das Ohr gegen die Türluke presse, könne ich sie hören. Übrigens hätte ich Glück. Die Sohlen meiner Clarks sind aus Kautschuk; er schütze gegen Bambusstöcke. Sie senkt die Stimme. »Bist du organisiert?« Als ich nicht antworte, verlassen die Lippen mein Ohr. Es vergeht eine Weile. Dann flüstert sie vom Fußboden aus: »Genossin, wie heißt du außer Mary?«

Bedrückt erkenne ich, dass es zu Missverständnissen führen würde, wenn ich ihr antworte. Zoe könnte auf die Idee kommen, dass ich eine Denunziantin bin wie die gnädige Frau. Also schweige ich.

AM ENDE bat Dimos mich um Hilfe. Es passierte an einem Nachmittag vor ein paar Wochen. Obwohl ich der Olympiastraße keinen Besuch abstatten wollte, tat ich es. Hinterher war ich nicht gerade glänzend gelaunt.

»Weißt du, dass es Tiere gibt, die ihr Leben unterbrechen?« Er lag auf dem Bett, ich bürstete mir in der Toilette die Haare.

Wieder hatte ich unser Namensschild an der Tür gesehen. Wieder war ich in dem Zimmer gewesen, das ich mir mit Theo geteilt hatte. Wieder hatte ich in den Fotoalben geblättert, die Mutter ins Regal gestellt hatte, und die Postkarte gelesen, die mein Bruder vom Schiff aus geschickt hatte. Nun fragte ich mich, wie ich mich jenseits der Instamaticbilder, der trockenen Hand, die ich auf dem Weg zum Hafen gehalten hatte, oder der Briefe, die mit den Jahren immer seltener geworden waren, bis keine mehr kamen, an ihn erinnerte. Er war zwar in meinen Gedanken, und wenn ich den Nachthimmel betrachtete, fragte ich mich manchmal, ob die Sternbilder von Alaska aus genauso aussahen – das ich das Weit-fort-Land genannt hatte, als ich in Tante Notas Atlas schaute. Ich war mir sicher, dass es Theo gefallen hatte, dorthin zu reisen, konnte mir aber nicht vorstellen, dass er dort geblieben war. Wahrscheinlich war er an die Ostküste zurückgekehrt. Gleichwohl nutzten sich die Erinnerungen mit den Jahren ab. Das Leben entwich aus ihnen, wie Farben ein Foto verlassen. Inzwischen war es, als gäbe es Theo nur noch in zwei Dimensionen, ein graurosafarbenes Gespenst von einem Bruder.

»Wenn es zu kalt wird, sucht sich das Tier eine trockene Stelle und fällt in eine Kältestarre.« Laut Dimos wurde die Atemfrequenz gesenkt, der Stoffwechsel reduziert. Die harte Schale war ein Schutz. Wusste ich, dass sie das Mehrfache ihres eigenen Gewichts aushielt?

So überlebte das Tier, die empfindlichen Flügel wie einen Fallschirm unter die Haube gepackt. Ich cremte mir das Gesicht ein. Draußen prasselte der erste Herbstregen gegen den Marmor; es rieselte und gluckerte. Als Dimos aufstand, um das Fenster zu schließen, knarrte die Matratze wie Pappschnee. »Es macht eine Pause vom Leben.«

»Wovon redest du?« Ein letztes Mal strich ich mir über Nase und Wangen. Ehrlich gesagt hörte ich nicht richtig zu, überlegte vielmehr, ob Erinnerungen so alt werden können, dass man sich nicht mehr an einen lebendigen Menschen, sondern nur an Bilder von ihm erinnerte. War das der Moment, in dem er starb, ohne zu sterben? War das dann auch ein entscheidendes Ereignis?

»Wie es aussieht, über einen *septempunctata*.« Dimos machte eine Handbewegung. »Man nennt sie Diapause. Die Unterbrechung, meine ich. Manchmal wachen sie auf und sind so benommen, als hätten sie Heroin genommen. Dabei sind sie nur reserviert.« Er lachte gluckksend. Nun entdeckte ich das Insekt, das seine Fingerspitze nicht verlassen wollte. Er schüttelte die Hand durch den Türspalt, dann begann er ein Lied zu singen, das er während eines Besuchs bei seinen Verwandten in Schweden gelernt hatte:

Flieg, Marienkäfer, flieg
Flieg nach Westen, flieg nach Süden
Fliege heim zu deinen Brüdern

Zusammengekauert in der Zelle wünsche ich mir die längste Diapause der Geschichte.

IN DER NACHT werde ich von leisem Klopfen geweckt. Zoe schlägt kurz und konzentriert mit dem Knöchel gegen die Wand. Manchmal zieht sie die Handfläche über die rauhe Fläche, in anderen Momenten scheint sie das Ohr an den Beton zu pressen. Sie hält kurz inne, um mich zu fragen, ob ich etwas brauche, dann macht sie weiter. Als sie fertig ist, tastet sie in der Dunkelheit nach mir. »Wir haben eine neue Regierung. Der Sicherheitsdienst hat die Macht übernommen.«

Keiner von uns weiß, was das heißt. Aber wenn der Leiter des Sicherheitsdienstes zum starken Mann des Landes geworden ist, wird man auf das Schlimmste gefasst sein müssen. Offenbar behaupten die Zeitungen, dass im Zusammenhang mit dem Studentenaufstand fast neunhundert Personen verhaftet wurden, von denen schon über sechshundert wieder freigelassen worden sein sollen. Zoe meldet Zweifel an den Zahlen an. »Nur dreihundert Inhaftierte? Allein hier sitzen doch mindestens sechzig Genossen.« Der Nachbar zu unserer Linken behaupte, da werde den Leuten Sand in die Augen gestreut. Wir könnten mit weiteren Repressalien rechnen. Zum Beispiel mit Transporten in die Kasernen vor der Stadt.

Zoe setzt sich so, dass ich den Kopf in ihren Schoß legen kann. Ihr Rock riecht nach Mottenkugeln und Schweiß, die Knochen sind durch den Oberschenkel spürbar. Fast lautlos erzähle ich, was sich in dem Büro abgespielt hat. »So handelt der Feind immer.« Sie fährt mir mit der Hand über die Stirn. »Der eine droht, während der andere schlägt. Anschließend kommt der Herr Inspektor und bietet einem Hilfe an.« Sie streicht die Haare zurück. »Aber ich weiß nicht recht … Dieser Lamas?«

IN DER ZELLE liegend, träume ich vom Schwarzen Meer. Mutter war noch ein Mädchen, als sie und ihr Bruder von dort flohen. Zwei Kinder mit einem Koffer, in dem ein Paar in Kleider gewickelte Pistolen lag und Familienfotos im Futter versteckt waren. Ich bin nie im Ausland gewesen, aber jetzt wate ich ins Meer hinaus. Es ist seicht und lau und schimmert wie flüssige Jade. Ich spüre, wie die Wärme zu den Achselhöhlen aufsteigt. Verwirrt denke ich, dass ich mich rasieren sollte. Die Zehen stoßen gegen den körnigen Grund. Das Wasser gluckert, die Flaumhärchen an den Beinen wehen. Ich empfinde großen, unerklärlichen Frieden.

Mutter spricht nie über die Flucht, aber Onkel Loukas tat es gelegentlich, als ich klein war. Bis zu seiner Pensionierung arbeitete er als Friseur und besaß einen Salon, zu dem ich Vater manchmal begleitete, obwohl Mutter es mir verboten hatte; Wand an Wand lag ein Lokal mit einer roten Laterne im Fenster. Vater ging alle drei Wochen zum Friseur und achtete stets darauf, dass seine Frisur dem Haarschnitt des alten Königs ähnelte. Ich schaute gerne zu, während ich die Mentholbonbons lutschte, die wir auf dem Hinweg gekauft hatten. Sie wurden Eisbomben genannt und waren rund und hellblau und Vaters Bestechung, damit ich nicht erzählte, dass er mich mitgenommen hatte. Die Friseurstühle erinnerten an die Sitze in amerikanischen Autos. Während der Onkel meinem Vater Krepp um den Hals drehte, zeigte dieser auf das Foto neben dem Porträt des Königs an der Wand. Es war einige Wochen vor der Vertreibung unerwünschter Personen aus Mutters und Onkel Loukas' Geburtsstadt entstanden. Zu sehen war ein Gewimmel weiß gekleideter Menschen auf einer Promenade – Strohhüte für Männer, Sonnenschirme für Frauen.

»Weißt du, wer die beiden da sind?«, fragte Vater dann immer. Wenn ich den Blick schärfte, konnte ich links und rechts von zwei mürrischen Erwachsenen Kinder erkennen: einen Jungen mit Schirmmütze und in kurzer Hose, ein Mädchen im Kleid. Der Junge balancierte mit einem Stock einen Reifen, das Mädchen hielt einen Wimpel in der Hand und blickte skeptisch in die Kamera. »Deine Mutter und der Maestro hier!« Die Schere machte kleine, winzige Schnitte am Ohr. Vaters Spiegelbild lächelte so verschmitzt, dass die stacheligen Zähne freundlich aussahen. Als er merkte, dass ich den Namen des Restaurants hinter der Familie zu lesen versuchte, ergänzte er: »*Le Grenadier*. Wir waren einmal eine stolze Nation, Tochter. Mit einer großen Idee.«

Jetzt wird mir bewusst, dass ich meine Tasche nicht zurückbekommen habe. Ich versuche mich zu erinnern, was sich darin befand. Ein paar Stifte und etwas Geld, eine Bürste, ein Lippenstift, das Röhrchen mit den Schmerztabletten … Die Vaseline und die Kompressen aus der Apotheke. Die Kaugummis, die ich im Park gekauft hatte. Noch etwas? Die Schachtel Santé, die in der Kochnische auf dem Regal lag. Die Reste eines Schreibhefts.

Nichts davon deutet auf einen Verstoß gegen Paragraph 509 hin. Da ich das Etikett auf dem Medikament abgekratzt habe, kann man mich auch nicht identifizieren. Das ist gut. Trotzdem wird mir übel. Es kann nur bedeuten, dass die Männer mit mir noch nicht fertig sind.

SIE KOMMEN nach der Suppe am nächsten Abend. Die Tolle ist heiter, seine gewellten Haare schimmern tief rostrot. »Kein Mensch will in einer Diktatur leben. Heilige Jungfrau, in unserem Jahrhundert?« Der andere Wärter zieht mich aus der Zelle. »Geradehalten.« Dann wendet er sich der Tolle zu. »Ich bin auch gegen Diktaturen. Ist das nicht jeder? Geradehalten, habe ich gesagt!« Als wir gehen, setze ich die Füße auf, als könnte der Fußboden kaputtgehen. Mir ist nicht mehr schlecht, aber der Rücken fühlt sich an, als bestünde er aus Zement. Im Treppenhaus sinke ich zu Boden. Ich will nicht mitkommen. Da können die Männer machen, was sie wollen. Wenn sie nichts dagegen haben, ziehe ich es vor, hier sitzen zu bleiben. Stöhnend schleifen sie mich in den Aufzug. Als wir Minus zwei erreichen, stellt die Tolle fest: »Sie quiekt wie eine Sau. Und ist bleischwer.«

In der Garage warten zwei Männer, der eine trägt Uniform. Die Luft ist erstaunlich sauber und warm, nur ein ferner Hauch von Blei. Die Parkplätze sind mit gelben Linien markiert, Pfeile zeigen an, in welche Richtung man fahren soll. Offizielle Fahrzeuge sind nirgendwo zu sehen. Die Karossen, die unter den Neonröhren glän-

zen, dürften anonyme Dienstwagen sein, vielleicht auch die Privat-
autos der Angestellten.

Der Mann ohne Uniform grüßt. Er stellt sich nicht vor, aber ich
begreife auch so, dass er es sein muss, den sie den Samariter nennen.
Bequem gekleidet in ein aufgeknöpftes Hemd und Lederjacke. Sein
Nacken ist breit wie ein Baumstumpf, aus dem Kragen klettert krau-
ses Haar. Seine Arme stehen ein wenig vom Körper ab. Der Offizier
hält die Hände auf dem Rücken. Ist er Major, oder eher Oberst? Ich
habe immer Schwierigkeiten gehabt, die Rangabzeichen auseinan-
derzuhalten. Als der Samariter weiterspricht, schiebt der Mann in
Uniform das Kinn vor, als würde er gerade einen schwer zu ortenden
Rundfunksender einstellen und versuchen, die Worte zu verstehen.
»Willkommen.« Der Samariter macht eine Geste mit der ganzen
Hand. »Wollen wir?«

Im Leben jedes Menschen gibt es entscheidende Augenblicke.
Aber es gibt auch Momente, in denen sich das Dasein verändert,
weil die Zeit reif dafür ist. Ein Punkt ist erreicht, aus Gründen, die
niemand zu erklären braucht. Wenn so ein Moment sich einstellt,
scheint alles offensichtlich, geradezu unausweichlich zu sein, und
man fragt sich, wie man jemals glauben konnte, die Dinge hätten
anders verlaufen können. Dies ist ein solcher Moment. Plötzlich wird
mir klar, alles Bisherige waren lediglich Stadien in einem Prozess, der
mich zu diesen Männern auf Minus zwei führen sollte. Ich bin nicht
erstaunt; obwohl ich mich wehre, fürchte ich mich seltsamerweise
nicht. Als der Samariter seine Jacke auszieht und den Kopf schief legt,
als würde er darüber nachsinnen, ob es der Mühe wert sein könnte,
Sympathien für mich zu entwickeln, empfinde ich vor allem Müdigkeit. Müssen wir dieses Ritual durchspielen? Die Männer wissen, was
sie vorhaben; ich weiß, was ich nicht tun kann – genügt das nicht?

Das Gefühl lässt mich in diesem Moment etwas erleben, was einer
hilflosen Befreiung nahekommt. Zum ersten Mal seit fast einer Wo-

che schwebe ich nicht in Ungewissheit. Hier gibt es kein Fragen, kein Zweifeln. Ein fester Ablauf steht bevor, und obwohl ich beinahe alles tun würde, um dem Schmerz zu entgehen, schreckt er mich nicht. Die Polioerkrankung hat mich zäh gemacht; nur eines macht mir Sorge, dass Schaden nehmen könnte, was ich in mir trage. Ein Schuh twistet eine Kippe aus, ansonsten ist es still. Auf einer Bank an der Wand liegen Seile, weiter entfernt sehe ich Stühle und einen Tisch mit Werkzeugen. Dort gibt es außerdem ein paar Stofffetzen und Nummernschilder. Auf einem Hocker steht eine Autobatterie, an einem Holzbock hängt der Motor eines Motorrads.

Der Samariter bedeutet der Tolle und dem anderen Wärter, mich zu der Bank zu bringen. Ich sträube mich, und es gelingt mir tatsächlich, einem von ihnen in den Arm zu beißen, doch es hilft nichts. »Die ist ja vielleicht eine Sau.« Lachend zurrt die Tolle die Seile fest. »Aber auch eine Furie, habe ich es dir nicht gesagt?« Bald darauf kann ich nur noch mit den Füßen wackeln. Die Fersen hängen über den Rand, ich darf jedoch meine Schuhe anbehalten – vermutlich, um bleibende Schäden zu vermeiden. Der Samariter spricht mit dem Offizier, dann kommt er zu mir. Ich müsse reden, sonst werde es schwierig, eine Verlegung zu verhindern. Er senkt die Stimme, als wären wir Vertraute. »Bisher hat unser Freund von der Armee nur ein paar von euch aufgenommen. In der 401 ist noch jede Menge Platz.«

401 ist die Kaserne nördlich der Stadt. Nach den Unruhen im Frühjahr wurden mehrere Demonstranten im dortigen Lazarett »gepflegt«.

»Alles, was ich brauche, sind ein paar Namen und deine Unterschrift. Dann gibt es keinen Tee, und du kannst bleiben.« Er bittet die Tolle, etwas zu holen. »Nein? Ist das dein letztes Wort?« Der Samariter wirkt enttäuscht. Als er die Putzwolle bekommt, erklärt er, wenn ich auch nur einen Mucks von mir gebe, werde er ihn mir in den Mund stopfen. Im nächsten Moment tut er es bereits. Die Putzwolle schmeckt nach Benzin und ich muss sofort würgen. Die Panik wächst.

Der Motorradmotor, der nun angeworfen wird, besitzt keinen Schalldämpfer. Das Geräusch ist ohrenbetäubend laut, sicher dient es dazu, andere zu übertönen. Unverzüglich sirrt der erste Schlag, ein schlankes Wischen wie ein Peitschenhieb, gefolgt von einer harten Explosion. Nicht die Füße. Bei jedem neuen Hieb zucke ich zusammen, als hätte ich mich verbrannt. Bitte, nicht die Füße. Ich versuche, die Putzwolle auszuspucken, aber da trifft mich der andere Stock. Und wieder explodieren die Füße. Nach den nächsten zwei Schlägen presst jemand meine Knie nach unten, damit ich mich nicht weiter winde. Die Seile scheuern um die Fußknöchel, ich zerre wild mit Armen und Beinen. Ich blute irgendwo in der Mundhöhle; Blut und Rotz laufen mir in die Kehle, erschweren mir das Atmen. Der Samariter zieht rasch die Putzwolle heraus. Ich huste und keuche und achte nicht darauf, wohin ich spucke. Noch ehe ich schlucken kann, stopft er die Putzwolle wieder hinein.

Die Teestunde will kein Ende nehmen.

AM ENDE verstummt der Motor dann doch. Jemand kommt oder geht. Von den Gestalten, die am Tisch rauchen und sich unterhalten, erkenne ich nur den Samariter, was an der Dunkelheit oder meinen verquollenen Augen liegen mag. Die Männer unterhalten sich leise, manchmal lacht einer. Ich höre eine Flasche gluckern und begreife, dass sie trinken. Auf einmal holpert ein Drehverschluss über den Fußboden. »Hier, der letzte Schluck ist für dich.«

Den Männern scheint der Schnaps ausgegangen zu sein, denn jetzt diskutieren sie, wie es weitergehen soll. Einer von ihnen meint, mit einer Sau und einer Flasche könne man immer etwas tun. Diesmal roheres Gelächter. Es vergeht ein Moment, dann dringt ein schabendes Geräusch zu mir, das ich nicht deuten kann.

»Ich habe gewonnen.«

»Nein, genau in der Mitte. Noch mal.«

»Ich habe gewonnen, sage ich.«

Neuerliches Schaben.

»Hast du nicht gehört, was er gesagt hat? Er hat gewonnen.«

Mir wird klar, dass sie die Flasche drehen. Der Mann, der zuletzt sprach, ist unterwegs zu mir, denn unmittelbar darauf ertönt dieselbe Stimme neben mir. »Wach, willig und bereit.« Es ist der Samariter. »Das bist du doch, mein Schatz?«

Er stinkt nach Schnaps. Als er mir mit einem Handtuch die Augen verbunden hat, ruft er nach dem Gewinner. Trotz des Schleiers in meinem Gehirn bemerke ich das Zögern. Da ist irgendetwas mit den Händen, die meine Knie berühren. Eine Schüchternheit, vielleicht. »Warte.« Der Samariter löst die Riemen so weit, dass er mich herunterziehen kann, bis die Beine über den Rand herabhängen. »Bitte sehr. Gib der Sau, was sie braucht.«

So erfahre ich, was mit ›Gebäck‹ gemeint ist.

ALS SICH der Gewinner anschickt zu tun, was Männer tun können, höre ich auf, Mary zu sein. Ich trete einen Schritt aus mir heraus, dorthin, wo die Welt weiß und weit und ohne Gedächtnis ist. Irgendwo blitzt es, wie es geschieht, wenn man die Augen zu fest nach innen wendet. Doch der Schmerz ist mir willkommen; er lässt mich an Sommersprossen und Schilfkolben und kleine, harte Reiskörner denken – an alles andere als das, was gerade passiert. So sieht es also aus, denke ich, jenseits von Mary-Mary, im Weit-fort-Land. Sogar die Luft empfinde ich als körnig und weiß, so, wie ich mir trockenen, glitzernden Schnee vorstelle.

Ich beschließe, noch eine Weile an diesem dimensionslosen Ort zu verweilen; plötzlich erscheint es mir äußerst wichtig, nicht fühlen, riechen, sehen zu müssen. Dennoch werde ich zu Minus zwei, zu der Bank und meinem unvermeidlichen Körper zurückgeführt. Der Mann, der sich an mich presst, tut nicht, was Männer tun können. Ich bin verwirrt, erkenne jedoch, dass er nicht in mir ist. Stattdessen beugt er sich vor und flüstert in mein Haar. Das Handtuch dämpft seine Worte, trotzdem höre ich sie klar und deutlich. »Tu so, um Gottes willen. Und schrei. Sonst kommen die anderen. Schrei, so viel du kannst.«

ALS ICH wieder zu Bewusstsein komme, ist mein Hals rauh wie Schmirgelpapier. Ich versuche zu husten, aber kein Ton kommt über meine Lippen. Ich habe keine Ahnung, was passiert ist. Oder warum der Gewinner mich verschont hat.

Verlassen liege ich auf der Bank. Eine Tür fällt ins Schloss, später entfernt sich ein Auto mit quietschenden Reifen aus dem Gebäude. Die Luft steht, die Füße brennen. Das Licht kommt, das Licht geht. Es ist bewölkt. Es ist sonnig. Obwohl ich aus dreiundfünfzig Kilo Schmerz bestehe, merke ich zu meinem Erstaunen, dass in mir Platz ist für alles. Für die Putzwolle und die Abgase, für den Schock und die adrenalinkalte Panik. Für das, was geschah, und das, was nicht geschah. Sogar für die Klumpen, die meine Füße sind, und den schmutzigen Unterleib. Es ist möglich, marylos zu werden und dennoch zu bleiben.

Jemand hebt mich in den Aufzug. Ich schreie und weine abwechselnd, die Männer schimpfen betrunken. Wenn ich es unbedingt so haben wolle, könnten wir gerne wieder nach unten fahren. Sie hätten schon mit schlimmeren Bulgaren als mir zu tun gehabt. Aber erst nach der Genossin, die nun an der Reihe sei. Ich bräuchte bloß Bescheid zu sagen. Ihren Stimmen höre ich allerdings an, dass sie sich vor mir ekeln. Ich bekomme sogar das Gefühl, dass es den Männern helfen würde, wenn sie mich loswerden könnten. Wenn sie auf den Knopf zum Erdgeschoss drücken, mich hinaustragen und auf den

Müll werfen könnten. Selbst wenn Nummer vier in ihre alte Zelle zurückgebracht wird, fehlt ihr ein Name. Man müsste nur die Tüten aus Knorpel und Blut vergessen, die ihre Füße sind, dann wäre es, als hätte es sie niemals gegeben.

DIE NÄCHSTEN vierundzwanzig Stunden liege ich regungslos in meiner Zelle. Die Dunkelheit schützt, genau wie die stickige Luft. Nur der Puls stört. Mal scheint sich das Herz zwischen den Schulterblättern zu befinden, dann spüre ich deutlich, wie es in den Nacken hochrutscht; ein anderes Mal schlägt der Muskel eher außerhalb von mir, als wolle er den Hall testen. Ich begreife nicht, wie sich ein Herz so verhalten kann. Erforscht es neue Dimensionen? Bevor das Bewusstsein erneut abdriftet, denke ich noch, dass es schön wäre, wenn ich meine Schmerztabletten zurückbekäme. Ich könnte sie jetzt gut gebrauchen.

Erst am zweiten Tag merke ich, dass Zoe nicht mehr da ist. Die Luke wird geöffnet, ohne dass sich in der Dunkelheit jemand bewegt. Es ist mir nicht möglich, den Wärter zu sehen, aber er hat jedes Mal etwas dabei – ein Stück Brot, etwas Schokolade, drei überreife Pflaumen. Er haucht, dass ich das Essen annehmen soll, obwohl ich zu mitgenommen bin, um aufzustehen. Außerdem würde ich ohnehin nichts herunterbekommen. Als er das letzte Mal kommt, sagt er, ich soll wenigstens trinken. Ich höre, dass etwas dumpf aufschlägt und knisternd über den Beton rollt. Eine Plastikflasche. Als ich ein paar Schlucke getrunken habe, bekomme ich eine Pflaume hinunter. Danach geht es leichter. Die Schokolade schmerzt herrlich an den Zähnen, eine weitere Pflaume zerplatzt am Gaumen, nach den wolligen Innereien eines Brotkantens leere ich die Flasche.

Kurze Zeit später dringen von rechts Klopfzeichen an mein Ohr. Ich muss sie vor mich hin dämmernd wahrgenommen haben – die Schläge, die wie ein krankes Herz klangen. Ich versuche mich zu erinnern, ob man ein- oder zweimal mit der Hand über die Wand streichen soll, um jemanden zu bitten, ein Wort zu wiederholen. Schließlich gelingt es mir, die Buchstaben zu identifizieren. Dreiundzwanzig. Der erste ist ein *w*. Dann ertönt ein einzelnes Klopfen – also *a*. Die folgenden achtzehn bedeuten *r* ... Dann folgen *u* und *m*. Ist das schon ein Wort? *W-a-r-u-m?* Natürlich. *Warum*. Ich streiche mit der flachen Hand über die Wand, der Nachbar kann weitermachen. Zweimal, neun, neunzehn ... Wenn ich mich konzentriere, geht es schneller, als ich gedacht hätte. Sobald ich ein Wort errate, wische ich mit der Hand und signalisiere meinem Nachbarn, mit dem nächsten weiterzumachen.

Die erste Nachricht lautet: *W-a-r-u-m-b-i-s-t-d-u-h-i-e-r?* Als ich nicht weiß, was ich darauf antworten soll, wiederholt der Nachbar: *W-a-r-u-m?*

VIEL SPÄTER klopfe ich an die Zellentür. Ich weiß nicht, wie viele Tage vergangen sind, spüre aber, dass ich schlecht rieche, und möchte, dass der Wärter mich hinauslässt. Die Kleider sind steif, die Haare strähnig. Es ist der ältere Mann, der mir öffnet. Er betrachtet mich nachdenklich, dann hilft er mir auf. »Besser?« Ich balanciere auf wunden Füßen, während er prüfend eine Hand auf meine Stirn legt. »Kein Fieber. Dann hast du das Wasser also getrunken.«

Auf der Toilette muss ich mich in der Hocke mit beiden Händen auf dem Fußboden abstützen, um nicht umzukippen. Die ganze Zeit denke ich, dass aus mir nichts herauskommen darf, was nicht kommen soll. Soweit ich weiß, ist die Zeit bis zur zwölften Woche kritisch, danach hält man praktisch alles aus. Mir fehlt die Kraft, auf dem Sims nach Nachrichten zu suchen. Es bringt nicht viel, mich zu waschen. Ich werde den Schweiß nicht los, der nicht nur in den Kleidern, sondern auch in meiner Haut sitzt. Als wir zurückkommen, sehe ich flüchtig etwas unter dem Bett. Sobald der Wärter abgeschlossen hat, bücke ich mich und taste danach. Es ist Zoes Strickjacke. In ihr liegt ein Stück Seife. Ich presse es an die Nase. Sie wird mein neues Weit-fort-Land sein.

SIEBEN, ACHT TAGE LANG ist die Zeit geflogen. Ich versuche, die Sorge ein-zudämmen, was in meinem Inneren geschehen sein mag, aber es ge-lingt mir nur für wenige Minuten. Mein Körper fühlt sich an, als sei er ein Leben älter. Besonders deutlich spüre ich das nachts – wenn die Klopfzeichen anfangen und ich mich aufrappeln muss, um sie zu verstehen. Dann fühle ich mich, als wäre ich voller Sand und Blut und Sorge. Alles ist schwer, aber nichts hängt zusammen. Ich fasse mir ein Herz und frage, was mit Zoe passiert ist. Der Nachbar zur Rechten antwortet, sie sei nach mir geholt worden. Hatte ich das nicht gewusst? *W-o-g-*, nein, *W-o-h-i-n* ... Ich muss mich zusammenreißen. Die Person auf der anderen Seite unterbricht mich. *S-i-e-i-s-t-e-i-n-e-v-o-n-u-n-s.*

»Uns«? Ja, so ist es wohl. Die Verhaftung hat mich zu einer von »uns« gemacht. Es vergeht eine Weile. Dann frage ich wieder. Kurze Antwort: *4-0-1-?*

ALS ICH das nächste Mal herausgelassen werde, habe ich so viel Seife unter meinen Fingernägeln, dass es wehtut. Diesmal ist der Wärter nicht allein, sondern in Begleitung der Tolle, die mich scheu an-sieht. In seinem Gesicht sind frische Kratzspuren; vielleicht hat er eine Katze oder kleine Kinder. Außer mir werden ein älterer Mann und eine junge Frau in meinem Alter geholt. Ich kenne keinen der beiden. Er hat Plastiktüten an den Füßen und bewegt sich mühevoll; sie trägt ein Handtuch und Unterwäsche. Es ist schwer zu erkennen, ob es Tag oder Nacht ist. Ich schätze, Abend.

Die Tolle verschwindet mit dem Mann, der andere Wärter stellt sich so in die Türöffnung, dass er gleichzeitig den Flur im Auge behalten kann. Nach dem Toilettenbesuch waschen wir uns gründlich. Der Wärter tut so, als würde er nicht hinsehen. Das warme Wasser versiegt, noch ehe es richtig heiß geworden ist. Ein paar meiner Nägel sind gebrochen, alle sind trotz der Seife schwarz. Die Frau leiht mir ihren Waschlappen. Als ich ihn nass gemacht habe, reibe ich mit den Nägeln darüber, bis der Stoff voller Schaum ist, dann wasche ich jedes Körperteil, das ich zu berühren wage. Das dauert. Manchmal muss ich die linke Ferse auf den Boden pressen, um an etwas anderes als die Tiefgarage zu denken. Wenn der Schmerz die Innenseite des Oberschenkels erreicht, beiße ich mir auf die Lippe; seltsamerweise beruhigt mich der Geschmack von Eisen. Vorsichtig wasche ich mich zwischen den Beinen. Die Frau mimt ein Wort in einen fleckigen Rasierspiegel, der an einem Haken hängt. »Gebäck?« Ausdruckslos begegne ich ihrem Blick.

Während ich mich abtrockne, halte ich mich am Becken fest. Der Körper zittert, als würde er die Bewegungen neu lernen. Am Hals sehe ich rote Flecken. Ich denke, sie rühren daher, dass ich geschrien habe; früher bekam ich immer Ausschlag, wenn ich zu viel weinte. Ich frage den Wärter, welchen Wochentag wir haben. Er schaut sich um, als wäre er sich nicht sicher, will sich aber wohl nur vergewissern, dass wir allein sind. »Donnerstag.« Als die Frau mir den Rücken abtrocknet, rechne ich zurück. Wenn das stimmt, sind seit meiner Verhaftung fast zwei Wochen vergangen. Zwei Wochen, lieber Gott. Ich hätte auf eine getippt, vielleicht etwas mehr. Das Frottee kratzt, trotzdem bitte ich sie, fester zu rubbeln. Das ist nur Schmutz und kranke Traurigkeit, warum sollte ich das nicht aushalten?

Als wir fertig sind, drückt die Frau mir einen sauberen Slip und einen BH in die Hand. Ich protestiere, aber sie flüstert, dass ich für sie das Gleiche tun würde. Sie hofft, dass die Kleidungsstücke passen. Dann kämmt sie mit den Fingern meine Haare. Sie erzählt, sie habe sich die Haare auch kurz schneiden lassen wollen, ihr Verlobter habe es aber nicht erlaubt. Wenn sie nach Hause zurückkommt, will sie es trotzdem tun, da kann er sagen, was er will. Vielleicht wird sie sich die Haare noch dazu blond färben lassen. Der Wärter hört ihr offensichtlich zu, denn er wendet ein, schwarze Haare würden nicht blond, sondern gelb werden. Die andere schafft es gerade noch zu antworten: »Dann werden sie eben gelb«, ehe er »Pst« macht. Die Tolle kehrt zurück. Allein.

Nachdem ich mich gewaschen habe, kommt mir die Zelle enger vor. Ich atme müde, aber regelmäßig, die Hände in den Achselhöhlen. Der BH ist alt. Ich lockere die Träger ein wenig, danach passt er einigermaßen und scheuert nicht. Obwohl es warm ist, zittere ich. Im Moment habe ich fast nichts in mir, trotzdem bin ich seit bald acht Wochen mehr als ich selbst. Der Bauch hebt und senkt sich, das Bett quietscht.

Meine Sonne, meine Sonne, verzeih mir. Ich habe dich wieder vergessen.

ERST ALS meine Polioerkrankung behandelt wurde, begann ich richtig zu gehen. Anfangs blieb ich in den Häuserblocks rund um die Olympiastraße. Ging die Bürgersteige auf und ab oder bis zum Platz, alleine oder mit Tante Nota und gelegentlich auch mit Theo. Als ich älter wurde, spazierte ich lieber mit Stella durch die Stadt. Wegen der Krankheit wurde ich ein Jahr später eingeschult, aber meine Freundin, die drei Jahre älter ist, meinte, ich würde das aufholen. Ich schätzte ihre Fürsorglichkeit, auch wenn sie es nur so dahinsagte. Manchmal kamen wir erst spätabends nach Hause. Da war ich müde und staubig, aber so glücklich, dass es in meiner Brust brannte.

Während seines ersten Heimaturlaubs fragte Theo mich, ob wir einen Spaziergang machen wollten. Er hatte keine Lust, alte Freunde zu treffen. Außerdem war Wochenende und er wünschte sich, dass die Welt sich wenigstens für achtundvierzig Stunden normal verhielt.

Mutter erzählten wir, wir wollten Tante Nota besuchen, die alt geworden war und die meiste Zeit zu Hause saß, häkelte und knisternde Aufnahmen der Callas hörte. Stattdessen gingen wir jedoch zum Busbahnhof, wo Theo mit Schuhputzern, Kofferträgern, sogar mit einem Schaffner sprach. Sie freuten sich offensichtlich, ihn wiederzusehen; ich schielte zu meinem Bruder hinüber und war unerwartet stolz.

Der Bus brachte uns aus der Stadt, durch die Vororte, zu dem Strand, an dem die Reichen wohnen. Als wir endlich ausstiegen, half Theo mir über die weiß gestrichenen Steine am Straßenrand – und plötzlich musste ich die Arme ausstrecken, um nicht das Gleichgewicht zu verlieren, denn auf einmal glitten meine Füße in warmen, veränderlichen Sand. Ich erinnere mich noch, wie wir lachten, als ich trotzdem hinfiel, und dass die Fußsohlen kribbelten, nachdem ich mir die Sandalen ausgezogen hatte. Am besten sind mir jedoch die matten, kaum vorhandenen Septemberwellen am Ufersaum im Gedächtnis geblieben. Ruhig und müßig kitzelten sie meine Fußgewölbe wie riesige Zungen.

Jetzt sind sie das Einzige, woran ich mich zu erinnern gedenke. Die Zungen aus Wasser unter meinen Füßen.

ES DAUERT NICHT LANGE, bis von der rechten Seite Klopfzeichen kommen. Von links ist nichts zu hören. Die ersten Signale sind so schwach, dass ich den Nachbarn bitte, noch einmal von vorn zu beginnen. Sechzehnmal, einmal, neunzehn … war das fünfzehn oder sechzehn? Und jetzt fünf? Schließlich verstehe ich. *W-a-s-p-a-s-s-i-e-r-t-?*

Als ich ein Fragezeichen zeichne, erzählt der Nachbar, dass die Studenten keine Chance hatten, als der Panzer die Zäune durchbrach. Nachdem er auf das Gelände gerollt war, folgten ihm Soldaten mit Gasmasken. Den Rest erledigte das Tränengas. Der Aufstand wurde binnen weniger Stunden niedergeschlagen, die Hochschule noch vor dem Morgengrauen geräumt.

Ich frage, aber der Nachbar weiß nicht, was mit den Leuten passiert ist, die die Rundfunkanlage gebaut hatten. Einige befanden sich mit Sicherheit in der Medusastraße, aber die meisten hatte man wahrscheinlich in Kasernen vor der Stadt gebracht. Um keine neuen Unruhen zu riskieren, hat die Polizei begonnen, manche wieder freizulassen. Plötzlich werden zehn Personen in einen Bus gesetzt und zu irgendeinem zentralen Platz in der Stadt gekarrt, wo sie wortlos hinausgestoßen werden und anschließend zusehen müssen, wie sie nach Hause kommen. Der Ausnahmezustand ist zwar aufgehoben, aber unter dem neuen Führer wird dennoch alles erst einmal schlimmer werden, ehe es eventuell besser wird. Ansonsten munkelt man von Spitzeln. Vielleicht verbreitet die Polizei solche Gerüchte, damit wir uns untereinander aus dem Weg gehen. Jedenfalls solle ich vorsichtig sein. *W-i-e-h-e-i-s-s-t-d-u-?* Die Nachbarin selbst heißt Nadina. *A-b-e-r-a-l-l-e-n-e-n-n-e-n-m-i-c-h-F-l-o-r-a.*

Nun weiß ich, wer in der Zelle rechts neben meiner sitzt. Die rote Flora erzählt, sie sei noch nicht auf Minus zwei gewesen. Als sie wieder fragt: *N-a-m-e-?*, klopfe ich dreizehn-, dann ein-, achtzehn- und fünfundzwanzigmal. Ich erkläre, dass wir uns bei einem der Treffen Anfang des Semesters gesehen haben, danach bitte ich sie um das Einzige, woran ich denken kann: Wenn sie vor mir entlassen wird, soll sie sich mit *d-u-w-e-i-s-s-t-w-e-m* in Verbindung setzen. Falls er nicht verhaftet worden ist, möchte ich, dass er weiß, wo ich bin.

Dann kann ich nicht mehr. Die Hände, die ich unter das Hemd stecke, sind kalt, der Bauch ist nichtssagend. Bei dem Gedanken, dass Dimos nichts weiß, kommt es mir vor, als würde Kaffeesatz durch meine Adern gepumpt.

IMMER NOCH KEIN HUNGER, aber mir ist nicht mehr übel. »Du bleibst jetzt hier«, hat die Tolle gesagt, als wir zurückkamen. Diese Nacht wird jemand anderes zu einer Tasse Tee eingeladen.

H-a-b-e-n-i-e-g-e-b-e-t-e-t, gestand die rote Flora übrigens noch. *V-i-e-l-l-e-i-c-h-t-j-e-t-z-t-?*

MEIN KOPF IST VOLLER DUNST. Ich rutsche in den Schlaf und wieder heraus, bin mir nicht sicher, was Traum ist und was meine Ohren aufschnappen, ohne dass ich mir dessen bewusst bin. Anfangs klingt es wie ferner Wind, dann wie ein stetes Murmeln. Nach und nach verstärkt sich jedoch das Geräusch, und als ich benebelt die Augen aufschlage, erkenne ich, es sind die anderen Gefangenen, die singen. Ihr Lied dringt durch die Wände und wird lauter, bis der Beton selbst zu singen scheint:

Ihr nennt diese Nacht Feuer
Doch ich nenne sie Holz

Ich versuche, die Lippen zu bewegen. Das gelingt mir zwar nicht besonders gut, hält aber die Tränen fern. Der Wärter muss Verstärkung gerufen haben, denn nun donnert eine Horde von Stiefeln durch den Flur. Schlagstöcke werden über Wände gezogen, Fäuste klopfen an Türen. »Ruhe! Ihr verdammten Bulgaren, seid still!« Die Männer reißen die Luken auf, brüllen und knallen sie wieder zu. Die Gefangenen hören jedoch nicht auf. Als die letzte Strophe verklungen ist, beginnen sie wieder von vorn, am Ende sind die Wärter es leid. Minutenlang hört man nur den Gesang, klar und deutlich wie in einer Kirche, dann ertönt ein ohrenbetäubender Knall. Es klingt, als würden Mülleimerdeckel gegeneinandergeschlagen. Eine Weile herrscht unheimliche Stille, danach ertönt wieder die letzte Zeile wie ein langgezogenes Flüstern. Auch hinterher, in der Stille, höre ich sie –

als wäre das Echo in den Beton verschwunden, zu einem Ort, an dem die Worte nicht verlorengehen können:

Die Tage aus Schmerz, die kommen werden, ich nenne sie Holz.

Ohne Abstand zum Schmerz werde ich es niemals schaffen, aber als die letzte Silbe verklingt, überwältigt es mich. Alles mag Sorge, alles Qual sein, aber solange wir aus Holz sind, ist die Zukunft noch nicht entschieden. Dimos ist aus Holz. Die rote Flora ist aus Holz. Mein Körper ist aus Holz. Sogar die Sonne und der Schleimpfropf sind aus Holz.

Die Minuten verstreichen. Dann setze ich mich abrupt auf. Kaum habe ich die Haare zurückgestrichen, als ich mich auch schon übergebe, direkt auf den Fußboden.

DIE VERZWEIFLUNG steht in meinem Körper wie abgestandenes Wasser. Was hindert die Tolle daran, mich zu einer neuen Andacht zu bringen? Oder mich wieder zu einer ›Teestunde mit Gebäck‹ einzuladen? Aber müssten die Männer nach dem Besuch auf Minus zwei nicht einsehen, dass ich nicht vorhabe zu reden? Wenn mir die Tiefgarage erspart bleibt, sollte das … könnte das … müsste das nicht bedeuten, dass die Verhöre vorbei sind? Keine weiteren Telefonbücher. Keine Motoren, die andere Geräusche übertönen sollen. Kein stinkender Lappen im Mund. Falls es so ist, denke ich, dass sie mich in eine Kaserne überführen werden. Sollte ich wider Erwarten im sogenannten Himmel festgehalten werden, kann das nur eins bedeuten: Die Blutergüsse sollen abklingen und meine Wunden verheilen. Danach beabsichtigen sie, mich an irgendeinem Platz in der Stadt laufenzulassen.

Bei dem Gedanken wird mir vor lauter Hoffnung und Anspannung schwindlig. Doch je länger ich darüber nachdenke, desto sicherer bin ich mir. Warum sollten sie mich nicht nach Hause lassen, wenn schon so viele andere wieder auf freien Fuß gesetzt wurden? Der Sicherheitsdienst muss kaum befürchten, dass Nummer vier irgendeine Anklage erhebt. Sobald meine Füße wieder ihre normale Größe haben, steht Aussage gegen Aussage. Außerdem rede ich nicht. Und wie sollte ich ohne Polizeijuwelen an Hals und Handgelenken beweisen können, was man mit mir gemacht hat? Die Karteikarten mit dem Foto und meinen Fingerabdrücken können sie ohne weiteres verschwinden lassen; in der Tiefgarage wird alles so aufgeräumt sein wie in einer Kirche. Selbst wenn ich mit Vertretern irgendeiner internationalen Organisation zurückkehren sollte, würde es mir niemals gelingen zu zeigen, wo die Verhöre stattgefunden haben. Möglicherweise könnte ich Lamas und den Samariter identifizieren, aber dann wäre ich gezwungen, meinen Namen zu nennen, und das ist das Letzte, was ich will. Nein, ich muss das Schlimmste überstanden haben. Noch ein paar Tage und ich darf nach Hause.

Solange ich zurückdenken kann, habe ich an Sachlichkeit geglaubt – an Länge, gemessen in Zentimetern, und Festigkeit, angegeben in Megapascal, Gebäude mit Aufzugsschacht, tragenden Wänden und funktionierenden Abläufen. Die einzige Methode, sich ein leidliches Dasein zu zimmern, besteht in Selbstbeherrschung. Vielleicht nicht unbedingt von der Art, wie Mutter sie praktiziert, aber ohne Sorgfalt und Ausdauer bringt man es zu keiner Zukunft, in der man leben möchte. Ich habe nichts gegen die Parolen, die in manchen Stadtteilen an die Häuserwände gepinselt wurden, mag mich jedoch nicht auf schöne Worte verlassen. Dimos denkt, es liegt an den Ausrufezeichen. Er nimmt an, dass ich mir mehr Parolen wünsche, die mit einem Fragezeichen enden – oder den drei Punkten des Schweigens. Vielleicht hat er recht. In der Ungewissheit liegt eine Kraft, die mir gefällt. Aber eigentlich hängt es mit dem Kaffeesatz zusammen.

Als Theo noch zu Hause wohnte, wurde viel mit Ausrufezeichen gesprochen. Wir stritten uns oft, wie Geschwister es tun, und schrien sicher mehr, als wir flüsterten. Wenn Vater dazwischenging, war ich allerdings immer unschuldig, während mein Bruder durch Ohrfeigen oder Schläge mit gewölbter Hand auf den Hinterkopf erzogen wurde, so dass man hörte, wie der Ehering den Schädel traf. Der Ton war erstaunlich hell und bahnte sich mit bösartigem Klang den Weg in meine Ohren. Noch Stunden später litt ich darunter, als Theo längst aufgehört hatte zu weinen und über seine Hausaufgaben gebeugt saß. Wenn nicht genügend Platz war, um mit dem Arm auszuholen – weil vielleicht eine Porzellanfigur oder ein Türpfosten im Weg war –, kniff Vater ihm stattdessen in die Wange und drehte die Hand. Theo und ich nannten diesen Griff den Schraubstock, weil es unmöglich war, sich daraus loszureißen.

Auch später, als er dafür eigentlich schon zu alt war und sich wehren konnte, kam es vor, dass Vater heimkam und seinen Stiefsohn, noch ehe er das Jackett abgelegt hatte, vom Schreibtischstuhl hochzog und mit ihm durch den Flur marschierte. Obwohl ich damit gar nichts zu tun hatte, bekam ich immer noch ein schlechtes Gewissen. »Hier!«, sagte Vater und ließ ihn im Eingangsflur los. »Er ist wieder am Busbahnhof gesehen worden!« Hilflos stolperte Theo ins Wohnzimmer, wo Mutter saß. Als das Licht eingeschaltet wurde, blinzelte sie, als müssten sich ihre Augen erst daran gewöhnen. Anschließend meinte sie mit einer Mischung aus Überraschung und Resignation: »Schon wieder?«

Nun kreisten die Ausrufezeichen um Theos Umgang. Ich nehme an, man hatte ihn mit älteren Jungen gesehen. Als die Eiswürfel geschmolzen waren, leuchtete ein geschwollenes Veilchen unter dem Taschentuch, das mein Bruder, auf der Bettkante sitzend, gegen sein Gesicht drückte. Auch seine Augen leuchteten, als er erklärte, ich solle ihn nicht bemitleiden. »Vater kapiert, will aber nicht. Mutter will, kapiert aber nicht.« Die Ruhe in seiner Stimme war das Einzige, was meine Schuldgefühle vertreiben konnte.

Es lief besser, als Theo eingezogen wurde – achtundzwanzig Monate allgemeine Wehrpflicht, gefolgt von sechs Monaten für Kadetten. Ich glaube, in der gesamten Zeit kam er nur drei- oder viermal nach Hause. Ich wechselte aufs Gymnasium, und nun waren die Ausrufezeichen nur noch in manchen Nächten zu hören – wenn Mutter gegen Lokale mit roten Lampen protestierte und Vater erklärte, er mache, was er wolle. Wenn ich mir das Kissen auf den Kopf legte, ließ sich sogar glauben, dass sie nicht existierten.

Nach einem der großen Feiertagwochenenden, als Theo Heimaturlaub hatte, machten wir uns bereit zu gehen. Die Schule hatte wieder angefangen, er musste in die Kaserne zurück und Mutter zur Arbeit. Vater schnarchte auf diese unregelmäßige Art, die auch Menschen ohne Kaffeesatz in den Adern in den Wahnsinn treiben kann. Mutters Gesicht war rot und aufgedunsen. Als Theo die Handfläche entdeckte, die sie zu überpudern versucht hatte, ließ er seine oreganogrüne Reisetasche fallen: »Jesus Maria, immer noch?«

Mutter stellte fest, es sei schon spät, wir müssten uns beeilen, dann flüsterte sie mehr zu sich selbst als an Theo gewandt: »Es ist meine Schuld. Du weißt ja, wie er ist.« Aber Theo stand schon an der Schlafzimmertür. Seine Oberlippe zierte ein Schnurrbart, ein dünner Strich, mit dem ich ihn aufgezogen hatte, obwohl er mir eigentlich gefiel. Zitternd vor Adrenalin schrie er, Vater solle sich gefälligst mit Leuten anlegen, die sich wehren können. Es kam keine Antwort, das Schnarchen hörte jedoch auf.

Ich erinnere mich, dass ich meine Strickjacke nahm, die unter Vaters Jackett hing. Den Rest des Tages stieg mir aus der Wolle der Geruch von Zigaretten und Parfüm in die Nase. Als Dimos von den Parolen sprach, die seine Freunde an die Häuserwände pinseln wollten, meinte ich nur: »Fragezeichen riechen nicht.«

BEI DEM GEDANKEN, in die Dachwohnung zurückzukehren, verändert die Dunkelheit langsam ihren Charakter. Nach einer Weile kommt es mir vor, als sei jemand bei mir. Ich weiß, dass ich mir das einbilde, trotzdem habe ich keine Lust, mich von dem Gefühl freizumachen. Aber es ist nicht Zoe, nicht Dimos und auch keine andere Version meiner selbst. Gleichwohl ist es mehr als Finsternis und mehr als Wunschdenken, und da wird mir klar, dass es nichts anderes als die Zukunft sein kann, die allmählich Gestalt annimmt. Noch ist sie so klein und unwirklich, dass ich nicht die leichteste Kontur sehen könnte, falls die Türluke geöffnet würde und Licht hereinfiele. Trotzdem spüre ich, wie die Zukunft mit nicht existierenden Füßen tritt, höre ich sie mit abwesender Kehle gurgeln und mit nicht vorhandener Zunge schmatzen. In dieser Dunkelheit, die mehr als nur Dunkelheit ist, existiert, was noch nicht geschehen, aber dennoch so wirklich ist, dass es für mich unabweisbar wird.

Ich schüttele den Kopf. Ich habe sie nicht mehr alle; ich phantasiere; ich hänge nicht mehr zusammen. Die Handgelenke mit ihren Schürfwunden und meine Füße, die mir doppelt so groß vorkommen, der Brustkorb, der jedes Mal spannt, wenn ich nicht nur flach und unvollständig atme, die Haare, die kribbeln wie ein Ameisenhaufen, und der juckende Schoß – nichts davon hängt zusammen. Trotzdem erlebe ich mit einem unverständlichen Teil meiner selbst, dass ich mehr bin als Schmerz und Zittern und Schlafmangel. Oder als diese dreckige Scham, der ich niemals nachgeben werde, ganz gleich, zu wie viel Gebäck sie mich noch einladen mögen.

Ich weiß, dass mein Dasein aus Schweiß und Putzwolle besteht, aber ich bin auch aus der Übelkeit gemacht, die kommt und geht, und dem Hunger, der sich in die Eingeweide zurückgezogen hat, aus den Menschen in den anderen Zellen und aus Dimos, der nicht weiß, was passiert ist, ich bin aus einem Halbbruder gemacht, der aus Veilchen und Tränen besteht und den ich seit über sieben Jahren nicht mehr gesehen habe, ich bin aus einer Examensarbeit über Mehr-familienhäuser in urbaner Umgebung gemacht, bei der ich mich frage, ob sie jemals fertig werden wird, und ich bin aus der Zukunft in mir gemacht, die bald so groß ist wie eine Hagebutte. Ich bin aus einer Freundin gemacht, die jubeln würde, wenn sie erführe, dass ich schwanger bin, um mir anschließend eine Standpauke zu halten, weil ich so unfassbar unvorsichtig sein konnte; was stelle ich mir eigentlich vor, wie das jetzt mit der Selbständigkeit laufen soll? Ich bin sogar aus einer Mutter gemacht, die ich mir so häufig anders gewünscht hätte, die immer auf Distanz zur Welt und duldsamer ist als jeder andere.

»Die große Finsternis«, nennt Mutter sie seit dem Abschied von Theo – diese Trauer, die ihr im abgedunkelten Wohnzimmer Gesell-schaft leistet. Ich habe sie einmal danach gefragt: »Wie soll ich sie sonst nennen?«, lautete ihre trockene Antwort. Im Grunde ist es verrückt. Mutter erfindet lieber ein Wesen, als mit jemandem zu sprechen. Nun aber wird mir klar, dass dies vielleicht ihre Art ist, den Schmerz fernzuhalten. Ein anderer Name tut weniger weh.

Es ist die Ungewissheit, die die Zukunft wirklich macht, denke ich. Auf sie muss ich vertrauen.

DIE LUFT VERRÄT MIR, dass es Morgen geworden ist, noch ehe die schwar-zen Aale des Hungers es tun. Der Tag verlagert sein Gewicht, alles fühlt sich einige Gramm leichter an. Die Decke, die ich bekom-men habe, ist feucht, aber nicht unbequem. Ich denke über den Ge-schmack in meinem Mund nach und ob er mich an alten Hanf er-innert. Ich taste in Gedanken die Innenseite meines Körpers ab und stelle mir vor, dass die Polizeijuwelen Quallen mit langen, faserigen Tentakeln bis in Adern hinunter sind, die sie mit der Sonne verbin-den. Ich frage mich, wie viel ich für eine Zahnbürste und eine neue Tube Colgate bezahlen würde, gegen deren sternförmige Mündung ich so gern die Zungenspitze presse, nachdem ich den Verschluss umgedreht und mit dem Stachel darin ein Loch hineingebohrt habe. Einen Hunderter? Vielleicht zwei? Wenn ich kein Geld hätte, womit wäre ich dann bereit zu zahlen? Einer weiteren Nacht in diesem Betonsarg? Noch einem Tag mit wässrigen Linsen und etwas nicht Identifizierbarem auf dem Boden des Blechnapfs?

In Kürze sind seit meiner Verhaftung zwei Wochen vergangen. Ich bin froh, dass ich Klopfzeichen gegeben und der roten Flora erzählt habe, bei wem sie sich melden soll, falls sie die Medusastraße vor mir verlassen darf. Obwohl ich nicht begreife, warum mir niemals ›Gebäck‹ angeboten wurde, ahne ich, dass mich jemand beschützt. Inzwischen bin ich mir sicher, dass ich nur Geduld haben muss, dann wird man mich entlassen. Die Polizeijuwelen sind derzeit noch zu prachtvoll; das ist alles. Lautlos führe ich meine Hände zur Nase und schwöre mir, nicht weiter als ein paar Minuten vorauszudenken. Es ist möglich, die Ungewissheit zu schrumpfen, bis sie zu einer platten Seife geworden ist. Es ist möglich, das Stück in den Fingern zu halten und es Zukunft zu nennen.

STATT FRÜHSTÜCK werde ich zum Verhör gebracht. Im Radio im Pausenraum der Wärter werden die Ligaspiele am Abend diskutiert. Der Mann, der mich holen kommt, ist neu und korrekt und bleibt stumm. Auch das Büro, zu dem er mich bringt, ist neu. Lamas schält gerade eine Apfelsine. Er hat ein Taschentuch auf dem Tisch ausgebreitet und schneidet mit einem Taschenmesser ruhig und methodisch acht Kerben von Pol zu Pol. Als ich hereinkomme, blickt er nicht auf, ist beschäftigt mit dem, was er tut. Trotzdem spüre ich, dass in ihm Entscheidungen gereift sind. Ich sehe es an der Sorgfalt seiner Hände.

Als Lamas fertig ist, wischt er die Klinge ab und klappt das Messer zu. Während er die weißen Fäden vom Fruchtfleisch entfernt, erzählt er, die Lage im Land habe sich stabilisiert. Der Patient liege im Gips, aber sein Zustand sei unter Kontrolle. Nicht ausgeschlossen, dass weitere Verhaftete entlassen würden. Zum Beispiel Personen, die sich in der Nähe der Hochschule aufgehalten hätten. Dazu seien allerdings Vereinbarungen erforderlich. Verbrechen müssten strafrechtlich verfolgt werden, das gelte insbesondere für Aktivitäten, die sich gegen den Staat richteten. Wer die Mitgliedschaft in einer verbotenen Organisation gesteht, könne demnach mit einer Strafe rechnen. In Einzelfällen lägen allerdings mildernde Umstände vor. Beim Sicherheitsdienst sei man durchaus so menschlich, dass man einsieht, auch Inhaftierte haben Familien zu versorgen, einer Arbeit nachzugehen – vielleicht sogar ein Studium abzuschließen? Eine Einigung könne den Aufenthalt in einer offenen Anstalt bedeuten. Dort dürften Besucher empfangen werden, Lehrbücher wären zugelassen.

Ich kenne diese umständliche Art zu reden von Mutter. Alles ist exakt und gleichzeitig so indirekt formuliert, dass man den Sprecher nicht zu fassen bekommt. Schließlich ereilt einen das Gefühl, dass es die Sprache selbst ist, die das Wort führt. Ich denke daran, dass Theo so einen Sprachgebrauch unmöglich fand und sich stets weigerte, Wendungen zu benutzen, die ohne den Sprecher auskamen. Als wir im Hafen Abschied nahmen, war auch Lamas anwesend. Ich fragte mich, warum jemand aus der Kadettenschule gekommen war, aber selbst ich, die ich mich so gut darauf verstand, meinen Bruder damit aufzuziehen, dass er so viel Zeit im Badezimmer oder mit der Wahl seiner Kleider verbrachte, sah, wie schön er geworden war. Seine Haut hatte die Farbe von Sandelholz. Hinten waren seine Haare länger als früher, so dass sie auf den Hemdkragen fielen, was Vater ärgerte, aber modern aussah. Obwohl Theo beschlossen hatte, nicht nur die Olympiastraße, sondern auch das Land zu verlassen, hatten sie es bei ihrem letzten gemeinsamen Mittagessen nicht vermeiden können, sich zu streiten. Schließlich legte mein Bruder das Besteck weg, wischte sich seelenruhig den Mund ab und schob mit einem Kopfnicken zu

Mutter seinen Stuhl zurück. Warmer Bruder. Er sei zu alt für solche Beleidigungen.

Am nächsten Morgen blieb dann nur noch der Abschied, und als ich Mutter sah, begriff ich, dass ich nicht die Einzige war, die hoffte, er werde ohne Ausrufezeichen verlaufen. Sie ging aufrecht, mit leicht federnden Schritten. Es wirkte eigenartig, aber man hatte nicht das Gefühl, als schleppte sie Jahre der Traurigkeit hinter sich her, sondern im Gegenteil, als liege in diesen Schritten Befreiung, sogar Zukunft. Vater ging steif vor Verdruss zwanzig Meter vor uns, während Theos Bewegungen so geschmeidig und präzise waren wie immer. Als ich überwältigt von dem, was nun bevorstand, stehenblieb, legte mein Bruder den Arm um mich. Leise sprach er den Namen des Ortes aus, zu dem er fahren würde. Ich dürfe diesen Namen nicht vergessen, damit ich nachkommen könne, sobald ich mit der Schule fertig war. Vielleicht würde ich dann ja so gut gehen, dass ich übers Wasser laufen konnte? Ich war nicht zu Scherzen aufgelegt, aber als wir weitergingen, fand ich es nicht mehr seltsam, dass sich ein Offizierskollege von ihm verabschieden wollte.

Nun entfernt Lamas den letzten weißen Faden. Es gebe mit Sicherheit Landsleute, die ein solches Schweigen bewundernswert fänden. Die meisten würden jedoch verstehen, dass es vergebliche Mühe ist. Er persönlich sei enttäuscht. Er habe gehofft, dass ich den Nutzen einsehen würde. »Nicht zuletzt, da Sie im Besitz von Informationen sind, die nicht Ihnen gehören.« Ich habe keine Ahnung, wovon er redet. Doch nun liegt die Apfelsine kugelrund auf dem Tisch und Lamas schlägt die Mappe auf. Als ich die Blondine mit den übertriebenen Locken sehe – die Santé-Schachtel ist plattgedrückt, wahrscheinlich enthält sie keine Zigaretten mehr –, weicht alle Kraft aus mir. Dimos muss etwas darin aufbewahrt, vielleicht etwas auf die Innenseite des Deckels geschrieben haben. Der Kopf schmerzt, die Füße tun weh, jeden Moment kommen mir die Tränen. »Funkfrequenzen und technische Daten. Informationen dieser Art können nur von einem der Aufrührer stammen, wahrscheinlich von jemandem aus dem inneren Zirkel. Und an den wollen wir herankommen. Der Rest von euch interessiert uns nicht.«

Was für eine widerwärtige Ironie. Ich habe ausgerechnet das mitgenommen, was Dimos aus Angst, in eine Kontrolle zu geraten, zu Hause gelassen hatte. Dann überkommt mich trotzige Freude. Egal, was Lamas mir sonst noch sagen will, kann das nur bedeuten, dass Dimos nicht verhaftet wurde. Es muss ihm irgendwie gelungen sein, sich aus der Hochschule fortzustehlen, und jetzt versteckt er sich entweder zu Hause oder bei Kameraden. Dann erlischt alles, denn ich erkenne auch, was daraus folgt: Der Sicherheitsdienst ist nicht gewillt, mich zu entlassen. Im Gegenteil, man wird mich weiter zu Teestunden mit Gebäck einladen, bis ich erzählt habe, was ich über die Zigarettenschachtel und ihren Besitzer weiß. In diesem Augenblick fühle ich mit kristallklarer Ohnmacht, dass ich nicht mehr aufhören werde zu reden, wenn ich erst einmal anfange. Schmerzen bin ich gewöhnt, und obwohl ich Tabletten nehme, halte ich mehr aus als die meisten. Aber noch eine Teestunde würde ich nicht überstehen. Solange ich diese Fast-Hagebutte in mir trage, geht das nicht.

Stumm presse ich einen Fuß auf den Boden, damit der Schmerz mich daran hindert, etwas zu sagen. Tausend böse Nadeln schießen in mein Becken. Ich stöhne, presse den Fuß trotzdem nochmals auf den Boden, diesmal fester. Das Adrenalin löst einen Übelkeitsrausch aus, der Magen krampft sich zusammen, am Haaransatz perlt Schweiß. Aber ich breche nicht auseinander.

Nichts von all dem sieht Lamas. Bedächtig teilt er seine Apfelsine in Schnitze, ohne einen Tropfen zu verkleckern. Vielleicht will er mir wirklich helfen. Er ahnt mit Sicherheit, dass die Schachtel nicht mir gehört. Solange ich nicht rede, muss er allerdings davon ausgehen, dass sie mir gehört, und folglich, dass ich an dem Aufstand beteiligt war. Bleibt die Frage, ob er sich entsinnt, wessen Schwester ich bin. Oder wessen Tochter.

DIE LETZTEN TAGE vor seiner Abreise verbrachte Theo außer Haus. Ich wusste, dass er sich von Freunden verabschiedete und ihm einer besonders am Herzen lag, obwohl ich ihn niemals fragte, wer es war. Wenn er heimkam, vergingen manchmal Stunden, in denen er nicht reden wollte. Die meiste Zeit las er oder packte oder starrte an die Decke. Jede seiner Bewegungen rief mir in Erinnerung, dass er aus unserem Zimmer herausgewachsen war. Trotzdem hörte ich ihn nachts weinen. Er dachte sicher, ich würde schlafen; wenn ich von meiner Seite der Holzkugeln aus flüsterte, tat er jedenfalls so, als hörte er mich nicht.

Schließlich ging ich zu ihm. Theos Gesicht war nass, aber er machte mir Platz. Da lagen wir nun auf dem schmalen Bett, eine Sechzehnjährige und ein Zweiundzwanzigjähriger, die früher so streitsüchtig gewesen waren, dass sie den Raumteiler zu ihrem privaten Eisernen Vorhang ernannt hatten – bis das Licht zwischen den Jalousien hereindrang und die Dunkelheit sich auflöste wie eine Brausetablette. Ich war schon wieder in mein Bett zurückgekehrt und fast eingeschlafen, als er flüsterte, er habe gehofft, sein Freund würde ihn begleiten, aber dieser habe sich entschlossen, hierzubleiben. Mein Bruder war nicht wie Vater, er war nicht einmal wie Mutter. Er hatte eine Haut so dünn wie Tee.

Theo erzählte, der Dampfer heiße T. S. S. Olympia. »Typisch, nicht? Selbst wenn man abhaut, wird man den Kaffeesatz nicht los.« Er zog die Nase hoch. »Es ist besser so, Marienkäfer. Ich werde erst einmal bei Tante Notas Verwandten wohnen, dann sehen wir weiter.« Marienkäfer war sein Name für mich, seit er mich in dem Kleid mit den Punkten gesehen hatte.

Theo beschrieb mir die Orte, von denen er gelesen hatte, und die

Sprache, die er nun endlich lernen würde. Wusste ich, dass allein in dem Teil der Welt, in den die Cousins unserer Nachbarin ausgewandert waren, mehr als zwei Millionen Landsleute von uns lebten? Das waren mehr als hier in sämtlichen Städten zusammen, mit Ausnahme der Hauptstadt. Dort gab es ganze Viertel mit Bäckereien, Kirchen und Restaurants, in denen sich der Neuankömmling zurechtfinden konnte, bis er sprechen gelernt hatte wie die Einheimischen. Dort gab es Zeitungen und Rundfunksender in unserer Sprache und mehrere Berühmtheiten. So war zum Beispiel die Opernsängerin, die Tante Nota und er so vergötterten, dort geboren worden. Von den fünfzig Bundesstaaten gab es letztlich nur einen, von dem Theo glaubte, dass kein Landsmann jemals seinen Fuß dorthin gesetzt hatte. Eines Tages würde er auch dorthin reisen, das hatte er sich geschworen. Dort würde er die Olympiastraße vergessen.

»Alaska ...«

Ich fand, der Name klang wie in Wasser klirrendes Eis.

BEIM ANBLICK der säuberlich aufgestapelten Apfelsinenschalen wird mir klar, wer auf Minus zwei nicht tat, was Männer tun können. Und warum. Ich denke, dass es solche gibt, die aus Veilchen und Tränen bestehen und deshalb ein Land verlassen, und andere, die aus Veilchen und Tränen gemacht sind, sich aber entscheiden zu bleiben.

»Wenn du nichts sagst, kann ich dir nicht helfen. Hier, die wirst du brauchen.« Lamas schiebt mir meine Filztasche zu. »Was passiert und nicht passiert ist, bleibt unter uns.« Er macht mit einem Apfelsinenschnitz eine Geste zu der Akte hin, seine Augen sind ausdruckslos. »Du erinnerst mich an deinen Bruder. Genauso stur. Ich hoffe, die Sache ist dein Schweigen wert.«

III.

EIN PAAR STUNDEN SPÄTER werde ich abgeholt. Der ältere Wärter ist ungeduldig, ich habe kaum Zeit, meine Sachen einzusammeln. Kurzes Zögern, dann stecke ich Zoes Strickjacke ein. Die Seife landet in meiner Brusttasche, unter den drei Nieten.

Der Bus wartet mit laufendem Motor. Als wir aus der Tiefgarage herauskommen, werden die staubigen Fenster fleckig. Nieselregen, ein Himmel wie altes Spülwasser. Es ist uns verboten zu sprechen, aber wir lesen von den Lippen der anderen ab. Die Soldaten tun so, als würden sie es nicht merken. Einer von ihnen raucht, der andere unterhält sich mit dem Fahrer. Wir versuchen zu verstehen, wohin wir unterwegs sind. Als der Bus auf die Hauptverkehrsstraße einbiegt, die durch Industriegebiete und den heruntergekommenen Teil der Stadt führt, die roten Viertel genannt, begreifen wir, dass man uns nicht an einem Platz im Stadtzentrum freilassen wird, und unmittelbar darauf, dass uns die Kasernen erspart bleiben. Der Weg zu 401 ist das jedenfalls nicht. Kurz darauf formt eine Frau mit den Lippen das Wort: »Pa-chi-nas?« So heißt das Gefängnis auf dem Weg zum Hafen, benannt nach einem Landbesitzer früherer Zeiten. Sie könnte recht haben. In Pachinas gibt es eine Frauenabteilung.

Als wir ankommen, regnet es nicht mehr. Der Himmel ist genauso schmutzig wie zuvor. Nur am Horizont ist ein rosavioletter Streifen sichtbar wie eine Schnittwunde. Vor den Toren warten Angehörige, größtenteils schwarz gekleidete Frauen. Es dauert einen Moment, bis der Bus hineingelassen wird. Ein Mann verkauft Sesamkringel, die an einem Stock hängen. Auf dem Kopf trägt er eine Plastiktüte. Ein anderer bietet Toilettenartikel feil – Zahncreme, Seifen in Zellophan, pastellfarbene Waschlappen. Hinter den Mauern stehen Militärbusse und einzelne PKWs. Wir werden über den Hof geführt, durch ein weiteres Tor. Türen scheppern unachtsam und exakt zugleich. Als wir die Abteilung betreten, ist der Lärm ohrenbetäubend. Es riecht nach feuchten Kleidern und abgestandenem Rauch. Menschen sitzen in Nischen oder auf dem Fußboden, einige haben Kinder auf dem Schoß. Die Aufenthaltsräume sind überfüllt. Am Abend reicht man uns Milchsuppe in angestoßenen Tassen.

ACHTUNDVIERZIG STUNDEN verbringe ich in Pachinas. Das ist gut für die Polizeijuwelen, die fast vollständig verschwinden, und für meine Füße, die nicht mehr wehtun. Allerdings macht die Untätigkeit die Menschen nervös. Alles ist Warten und Gerüchte. Wenn jemand Besuch bekommen hat, verbreiten sich die letzten Neuigkeiten. Von den fast tausend Personen, die während des Aufstands verhaftet wurden, sollen zwei Drittel freigelassen worden sein, aber das höre ich nicht zum ersten Mal, und keiner weiß, was es für diejenigen bedeutet, die noch in Haft sind. Die neue Regierung geht mit aller Härte gegen bekannte Oppositionelle vor, aber es ist unklar, was dies für die weniger bekannten bedeutet. Es heißt, die Inseln würden wieder geöffnet und Männer sollten dorthin geschickt werden, aber niemand weiß, welche Konsequenzen das für die Frauen haben wird. Wenn ich die gleiche Neuigkeit mehrfach höre, ist sie jedes Mal etwas zugespitzter und weniger zuverlässig.

Wir können uns in der Abteilung frei bewegen. Die meisten rauchen und reden, zwei Frauen spielen mit Kindern, die den Tag über zu Besuch sind. Ich merke, dass ich sie gerne nach allem Möglichen fragen, auch um Tipps bitten würde, doch solange ich nicht weiß, was geschehen wird, traue ich mich nicht.

Eine junge Frau sitzt für sich allein in einer Ecke. Sie hat sich ihren Mantel über den Kopf gezogen, ihre Sachen zwischen zitternde

Knie geklemmt. Jemand erzählt, der Sicherheitsdienst habe sich ihrer angenommen. »Sie nennen es Teestunde, aber wir wissen ja, was das bedeutet.« Bei der Verhaftung wurde das Tagebuch der Frau beschlagnahmt, in dem sie etwas über einen ihrer Lehrer geschrieben hatte. Die Männer machten sich einen Spaß daraus, die Einträge vorzulesen. Bei jedem Verhör wurde ein neuer Abschnitt vorgetragen, und sie wollten wissen, warum sie sich für französische und deutsche Denker interessiere, wenn sie sich doch in ihren Lehrer verguckt hatte. Unterrichtete er sie tatsächlich? Erklärte er ihr nicht eher, wie die Direktiven aus Moskau umgesetzt werden sollten? War er für sie von Nutzen, wenn sich die Schulleitung über ihre Agitation beschwerte? Und wenn ja, warum sparte sie sich dann auf? Sie seien vielleicht nicht gebildet, aber lesen könnten sie. Hier stand es doch schwarz auf weiß: *Ich blicke zu *** auf und werde mich aufsparen. Aber nur, bis der Kampf gewonnen ist!* Die Männer erklärten, das sei doch ein Widerspruch in sich. Jungfrau und Kommunistin? Das passt einfach nicht zusammen. Solche wie sie teilen doch alles mit allen, nicht? Der Lehrer habe die Praline offensichtlich noch nicht kosten dürfen; das kann nur bedeuten, dass die Frau ihm nicht vertraut. Aber keine Sorge, nach dem Tee würden sie ihr Gebäck anbieten. Dann werde sie alles erfahren, was sie über Süßigkeiten wissen müsse. War es also nicht das Beste, ihnen zu erzählen, wie der Bulgare hieß? Auf die Art bliebe sie immerhin einem der Sakramente treu.

»Am Ende hat sie ihnen einen Namen gegeben – trotzdem haben sie die Teestunde fortgesetzt. Da hat sie einem der Männer das Gesicht zerkratzt. Überall Blut. Danach wurde sie hierher geschickt.«

DIE FRAU bringt mich auf Stella. Meine Freundin interessiert sich nicht für Politik. Manchmal frage ich mich, ob sie Vietnam auf einer Weltkarte überhaupt finden würde. Dagegen hat sie entschiedene Ansichten dazu, was richtig und was falsch ist, und wenn ihr etwas nicht passt, spricht sie es aus. Gut sind zum Beispiel nicht nur Kleider von Mary Quant und ausländische Popmusik, sondern auch alles, was Männern zeigt, dass man kein *wuss* ist. Ich nehme an, sie hat das Wort im Unterricht gelernt. Es bedeutet jedenfalls so viel wie »Memme« oder »Feigling«, wenn ich sie richtig verstanden habe, und Stella benutzt es viel zu oft. Manchmal sagt sie stattdessen auch »Matratze«, aber das gefällt mir noch weniger.

In solchen Dingen bin ich schlecht. Entweder vertraue ich einem Mann und glaube, seine Aufmerksamkeit gilt meiner Meinung zu Zement als Baumaterial, oder ich nehme ihn nicht wirklich ernst, wie Antonis. Ich erinnere mich noch, wie schwierig es war, Stella davon zu überzeugen, dass Dimos anders ist als er. Sie war natürlich neugierig und wollte alles über ihn wissen, nachdem es mit meinem Exfreund nicht geklappt hatte. In den ersten Wochen nahm sie mich regelmäßig ins Kreuzverhör und bettelte mich an, »den Neuen« treffen zu dürfen. Dann begegneten sich die beiden, und nach dem Abendessen meinte sie bloß: »Er hört zu. Du hast meinen Segen. Punkt. Neuer Absatz.«

Das freute mich, aber als ich anfing, die Nächte bei Dimos zu verbringen, merkte ich, dass sich die Stimmung veränderte. Und eines Morgens während der Prüfungsphase, als ich nur zu Hause vorbeischaute, um mich umzuziehen, sagte sie: »Ich hoffe, du passt auf. Die Zuhörer sind immer die Gefährlichsten.«

Es vergingen ein paar Tage, dann sprach sie mich direkt an. Ich war so perplex über ihre Frage, dass ich mit der Spülbürste in der Hand stehenblieb. »Stella … Ist das dein Ernst?« Sie rührte weiter ungeniert in ihrem Tee; wir hätten genauso gut über die Semestergebühr oder die Frage sprechen können, wer an der Reihe war, die Toilette zu putzen. »Wie wir ›es‹ machen?«

»Ich frage ja nur.« Meine Freundin schlug die Zeitung auf. Sie wollte sichergehen, dass ich verhütete, das war alles. Selbständigkeit, sagte mir das noch etwas? Sonst wäre der ganze Spaß schon vorbei, noch ehe ich *dolce vita* buchstabieren könnte.

Ich lehnte mich an die Spüle. »Und was soll *das* bitteschön bedeuten?«

»*Wuss*, nur dass du auf die Zukunft aufpassen musst.« Stella betrachtete mich über den Rand der Zeitung hinweg. Dann senkte sie das Blatt und erzählte mir vom unsagbarsten Unsagbaren.

OBWOHL WOCHENENDE IST, werden wir zum Verhör gerufen. Als ich an der Reihe bin, fragt mich der vernehmende Beamte nach meinem vollständigen Namen sowie den Namen der Personen in meiner »Gruppe«. Ich verstehe nicht, was er meint. Die Augenbrauen des Mannes sind zerzaust wie alte Zahnbürsten. Er mustert mich, dann liest er in seinen Papieren, anschließend mustert er mich wieder. Als er keine Antwort bekommt, ruft er in den Korridor hinaus und erkundigt sich, wie viele es noch sind. Er kneift ungeduldig seine Nase; auch dort hat er reichlich Haare. Die Spreu müsse vom Weizen getrennt werden, fährt er fort. Ob ich jetzt bitte so freundlich sein kann, ihm zu antworten? Als ich immer noch nicht begreife, macht er eine Geste. »Dieses *P* hier. Wollen Sie mir erzählen, dass das Ihr vollständiger Name ist?« Wenn ich nicht sage, wie ich heiße, könne er nichts für mich tun.

Ich denke, dass dieser Mann mich ruhig P. nennen darf, wenn ihm das gefällt – oder von mir aus auch Nummer vier oder nur Vier. Das spielt keine Rolle. Ich bin ich, auch ohne Namen. Schließlich winkt er mich fort. Für Heilige oder Narren habe er keine Zeit. Andere warten.

In der Nacht gibt Ioulia mir von ihren Anissamen ab. Sie hatte mir von der Frau erzählt, die man gezwungen hatte, Tee zu trinken. Ihr Kopf zittert leicht, wie das bei alten Leuten vorkommt. In jeder Zelle sitzen zehn Personen, aber da es nur vier Betten gibt, teilen wir uns jeweils zu zweit eins und wechseln uns beim Schlafen ab. In der ersten Nacht sind Ioulia und ich ohne Bett. »Ich habe das alles früher schon erlebt. Jedes Mal die gleiche Tour.« Das Wackeln ihres Kopfes macht es einem schwer, zu erkennen, ob sie wirklich meint, was sie sagt. Aber das tut sie. »Erst verhaften sie so viele sie können, dann wissen sie nicht, was sie mit ihnen anstellen sollen. Daraufhin fangen sie an, die Leute wieder freizulassen. Der reinste Hühnerhaufen.« Sie erzählt auch, dass sich oft einer der Männer als Offizier verkleidet, damit man Angst bekommt und glaubt, sie würden einen in einer ihrer Kasernen pflegen, wenn man nicht sagt, was sie hören wollen.

Ich erzähle ihr von dem uniformierten Mann auf Minus zwei.

»Vielleicht ein Fahrer, wer weiß?« Ioulia zieht an ihrem Pullover. Sie ist überzeugt, dass die neue Regierung Exempel statuieren will, selbst wenn man jetzt viele auf freien Fuß setzt. Die Inseln, die man im letzten Jahr wegen des internationalen Drucks geschlossen hat, würden mit Sicherheit wieder in Betrieb genommen. Sie selbst hat beim ersten Mal elf, beim zweiten fünfzehn Monate auf der Ratteninsel verbracht. Trotzdem bezweifelt sie, dass Frauen deportiert würden. Die Zeiten hätten sich geändert, das Land stehe unter Beobachtung. »Aber selbst wenn es so kommt, überlebst du auch auf der Ratteninsel. Tu einfach, was sie dir sagen, dann lassen sie dich in Ruhe. Hilfst du mir mal?« Ihre Augen verengen sich, sie hat Falten, so fein wie Bleistiftstriche. Ich zupfe den Kragen der Bluse heraus, der unter ihrem Pullover festhing. »Ich bin alt«, fährt sie fort. »Weißt du, was ich mir vom Leben noch wünsche? Dass ich ein paar Kilo zunehmen darf. Und ein bisschen Schönheit. Wenn es der Wunsch unseres Herrn ist, dass das auf einer Insel passiert, wird er dafür schon seine Gründe haben.«

AM NÄCHSTEN MORGEN müssen wir im Eingangsbereich antreten. Das Gedränge ist groß. Als es nicht genügend Platz für alle gibt, setzen sich einige in die Fensternischen. Der Direktor hat ein Blatt auf einer Holzscheibe festgeklemmt. Neben ihm steht der Mann, der mich verhört hat. Ab und zu spiegeln sich in seiner Sonnenbrille die Fenster. Über ihr bewegen sich die Augenbrauen.

P. gehört zu der Spreu, die der Vernehmungsleiter aussortiert hat. Ioulia auch. Wir sollen auf die Ratteninsel.

DEN RESTLICHEN TAG über herrscht Unruhe. Das berüchtigte Gefängnis soll seinen Betrieb wiederaufnehmen und wir als Putzkolonne vorgeschickt werden. Wenn die ersten Gefangenen eintreffen, dürfen wir aufs Festland zurückkehren; die meisten glauben, dass wir danach freigelassen werden. Eine der Weizenähren will wissen, wie es um diese Jahreszeit auf den Inseln sei. Eine andere spricht von eisigen Winden, Kasernen, Rübensuppe. Eine Dritte erwähnt die Decken, aus denen die Feuchtigkeit niemals entweicht. Jemand meint, es sei nur eine Frage der Zeit, bis sie anfangen würden, Frauen zu deportieren, eine andere, wir würden mit Sicherheit hereingelegt. Was passiert, wenn wir nicht zurückkehren dürfen?

Ioulia erhebt sich, eine Hand ins Kreuz gedrückt. »Wir sehen uns in ein paar Wochen. Und damit basta.«

IN DER NACHT liege ich mit den Schmerztabletten in der Hand wach. Ich drehe das schweißverklebte Röhrchen und weiß nicht, ob ich eine halbe nehmen soll. Ein Fetzen des Etiketts klebt noch daran; darauf ist ein *P* zu erkennen. So einfach war das. Ein paar Kugelschreiberklümpchen, die einen krummen Buchstaben formen, der eher einem Fragezeichen ähnelt, oder möglicherweise auch einem Sternzeichen, reichen aus, um eine administrative Identität zu bekommen. Ich weiß nicht, ob ich lachen oder heulen soll. Nachdem ich den Rest des Etiketts abgekratzt habe, beschließe ich, die Zeit auf der Ratteninsel zu überstehen. Dem Baum und der Sonne zuliebe. Schlimmer als auf Minus zwei kann es nicht werden. Wenn wir im Januar zurückkommen, oder spätestens Anfang Februar, wird der Bauch noch nicht zu sehen sein. Danach bin ich frei.

Dann werde ich mit Dimos besprechen, was wir tun sollen. Es ist ja nicht gerade eine Traumkonstellation. Ich möchte meine Examensarbeit fertigschreiben und in einem Architekturbüro arbeiten. Anschließend könnte ich mir vorstellen, das Terrassengeländer zu verkleiden. Allerdings muss er mir dabei helfen. Oder sollen wir lieber ausreisen? Es ist im Ausland bestimmt leichter zu arbeiten und trotzdem Eltern zu sein. Mutter hatte Tante Nota. Woanders könnte es zwar schwieriger sein, alleinstehende Nachbarinnen zu finden, aber wenn wir die Verantwortung gemeinsam schultern, wird es schon gehen. Ich muss gestehen, dass ich nicht anders konnte, als an das zu denken, was Stella das unsagbarste Unsagbare nennt, und mir wird klar, dass ich die Angelegenheit mit Dimos besprechen sollte. Schon um zu wissen, wo er steht. Stella meint, in Skandinavien werde es bald ganz legal sein, die Schwangerschaft abzubrechen.

Am Ende werden die Mücken in meinem Kopf so lästig, dass ich beschließe, nicht mehr über die Zukunft nachzudenken, bis ich von der Insel zurück bin. Examensarbeit oder nicht, Unsagbares oder nicht, es kommt erst einmal darauf an, die Wochen da draußen zu überstehen. Bei dem Gedanken an das Schiff und die harten, kantigen Wellen, nehme ich lieber keine Tablette. Es ist am besten, sie für die Insel aufzusparen.

Trotz der Mücken muss ich eingeschlafen sein, denn ich werde davon geweckt, dass mir eine der Frauen ohne Bett über die Wange streicht. Ihr Gesicht ist vor Müdigkeit gelb; wir haben fünf Minuten. Nachdem sie Ioulia geweckt hat, gibt sie mir ein Paar Wollstrümpfe. Ich müsse warm und trocken bleiben, das sei das Wichtigste. »Was für eine Hetze«, stöhnt Ioulia mit weißen Speichelfäden im Mund. Ich begreife nicht warum, fühle mich aber seltsamerweise verpflichtet, den Transport zu erleichtern. Rasch suche ich unsere Sachen zusammen. In der Nachbarzelle hat der Sohn einer zur Streu gehörenden Frau übernachten dürfen. Jetzt soll er mit seiner Großmutter, die ebenfalls bleiben durfte, nach Hause gehen. Als sich die beiden trennen sollen, weigert sich der Junge, die Mutter loszulassen. Sein Kuscheltier unter den Arm geklemmt, redet die Frau auf ihn ein und versucht ihn zu beruhigen. Das Personal schaut zu und anschließend auf die Uhr; schließlich rufen sie den Direktor.

Er zuckt mit den Schultern. Sie soll das Kind ruhig mitnehmen. Wenn die Mutter so verrückt ist, sei sie selber schuld. Das passiere im Übrigen nicht zum ersten Mal.

Als wir auf den Hof hinauskommen, müssen wir auf den Bus warten. Fünf Frauen und ein heulender Fünfjähriger. Nach einer Weile hört es auf zu regnen. Stattdessen gluckert es in den Gullys. Bevor der Bus das Gefängnis verlässt, bringen die Wärter eine letzte Person ins Freie. Es ist die junge Frau, die sich den Mantel über den Kopf gezogen hatte. Zoe.

ALS WIR aus Pachinas hinausfahren, liegt die Avenue vor uns, breit und leer. Zoe betrachtet mich mit ihren Knopfaugen. Ihr Blick ist träge, sie wirkt abwesender als sonst. Dann begreife ich, woran es liegt, sie hat ihre Brille nicht auf. Eigentlich ist es verboten zu reden, aber ich will wissen, was passiert ist. Sie stiert mich leer an, als ich Wörter mit dem Mund mime. Ein herrenloser Hund läuft dem Bus kläffend hinterher, hundert Meter später bleibt er stehen. Die Platanen schwanken im feuchten Wind. Es ist sechs Uhr morgens, am ersten Montag im Dezember.

IM FRACHTHAFEN tauchen Möwen zu den Abfällen herunter, die im Wasser schaukeln, der Himmel ist aus Blech. Am Kai liegt ein Schiff. Es sieht aus, als sei es früher einmal als Passagierschiff benutzt worden, trägt nun jedoch die matte Farbe der Marine – dieses Grau, das nicht atmet. Rinnsale aus Rost rieseln von Schrauben und Muttern herab. In den Rissen sieht man alte Schichten aus Weiß und Rot, als befände sich darunter ein anderes Schiff. Wir betreten die Messe. Die Wände sind mit Teakpaneelen verkleidet, die Einrichtung hat man größtenteils abmontiert. Im Fußboden sind noch die Löcher für die Bolzen zu sehen; auf der langen, geschwungenen Theke stehen Paletten und Kartons. Der Junge wirft sich auf das einzige Möbelstück – eine an der Wand befestigte Kunstledercouch mit braunen Brandlöchern von Zigaretten. Jetzt, da er bei seiner Mutter bleiben darf, ist er ruhiger geworden. Neugierig schaut er sich um. Wir anderen stehen oder setzen uns auf den Boden. Ich richte es so ein, dass ich neben Zoe lande.

Die Vibrationen aus dem Maschinenraum steigen auf in unsere Körper.

UNSERE ABFAHRT ist kein Geheimnis. Doch erst als das Transportschiff abgelegt hat, wagen es einige, sich den Befehlen zu widersetzen und zu reden. Ioulia sagt, wir sollen als abschreckendes Beispiel dienen. »Nur dass in diesem Land nichts funktioniert, so dass wir natürlich fahren, noch ehe irgendwer wach ist.« Außer den Zollbeamten sind auf dem Kai gerade einmal ein paar ausländische Matrosen zu sehen. Einer von ihnen salutiert, als die nassen Trosse an Bord gezogen werden. Ich suche in meiner Tasche und reiche Zoe ihre Strickjacke. Sie lächelt hohl. Als ich flüstere, drückt sie meine Hand. Wir können später reden.

Solange der Hafen in Sichtweite ist, bleiben wir in der Messe. Keiner will Abschied nehmen, und es ist einfacher, das Festland zu verlassen, wenn einem erspart bleibt, Häuser und Autos im Dunst verschwinden zu sehen. Als wir das offene Meer erreichen, gehen einige an Deck. Das Schiff gleitet über schäumende Wogen, durch Wellentäler. Zoe wird grün, ihr bricht der kalte Schweiß aus. Der Junge, der Iosif heißt, streicht ihr unbeholfen über die Stirn. Ich sitze auf dem Boden mit Zoes Kopf in meinem Schoß – neben der Toilettentür, die schlägt und schlägt. Das Schloss funktioniert nicht; als Zoe sich übergeben will, halte ich die Klinke, damit sie ihre Ruhe hat.

ZWEI FRAUEN sitzen etwas abseits. Die eine lehnt den Kopf an die Wand, um ihre Frisur besorgt oder vielleicht auch, um ihre Unzufriedenheit zu signalisieren, die andere bewegt sich nervös. Als ich dem Jungen bedeute, Zoe in Ruhe zu lassen, stellt er sich mit seinem Teddy in den Händen vor die beiden. Nach einer Weile zeigt er mit der einen Bärenpfote wie mit einer Pistole. Die unruhige Frau hält die Hände hoch, senkt sie und hebt sie wieder. Nickt und lacht wie statische Elektrizität, als er fragt, ob sie sich ergebe. Die Mutter des Jungen ruft, er soll zu ihr kommen. Während sie seine Jacke zuknöpft und erklärt, dass er die Frauen in Ruhe lassen soll, holt die Nervöse etwas heraus – einen Kanten Brot in Stanniol. Sie kaut konzentriert, spart die Rinde jedoch auf. Die Kiefer mahlen, die abstehenden Ohren bewegen sich im Takt. Dann faltet sie das Stanniol, bis es einem Diadem gleicht, und winkt den Jungen zu sich. Die Mutter will ihn nicht gehen lassen, aber er reißt sich los. Feierlich plaziert die Frau das Diadem auf dem Teddy. Ihre braunen Augen glänzen wie Fell. Als der Junge seiner Mutter das Geschenk zeigt, fragt sie ihn, von wem er es bekommen habe, obwohl sie es gesehen hat. »Na, von ihr natürlich! Von der Prinzessin!«

Die Frau winkt wie ein Schulmädchen zurück – schnelle Bewegungen mit der ganzen, flachen Hand, als putzte sie Fenster. »Bist feines Junge.« Die Augen ihrer Freundin sind weiter geschlossen. Die Mutter legt das Diadem in die Keksdose aus Zinn, in der das Kind seine Sachen verwahrt.

»Babylon«, murmelt Ioulia, die merkt, dass ich mir Gedanken über die Frauen mache. Als Zoe von der Toilette kommt, schlägt ihr die Alte vor, sich auf die Couch zu legen. Es dauert eine Weile, bis sie eingeschlafen ist, dann gehe ich an Deck. Im Angesicht des Meeres fühlt sich die Einsamkeit roh und ungeschützt an. Ich will weinen und schreien und den ganzen Weg über das Wasser zurückgehen. Ich denke praktisch ununterbrochen an Dimos und daran, dass ich nicht an ihn denken darf. Als wir im Sommer darüber sprachen, was in der Medusastraße vorgeht, sagte er: »Ich habe keine Angst zu sterben. Da können sie mit mir anstellen, was sie wollen. Ich werde niemals tun, was sie verlangen. Der Tod macht mir keine Angst. Weißt du, was mir Angst macht? Das Einzige, wovor ich mich fürchte, ist die Vorstellung zu sterben, ohne geliebt worden zu sein.« Wenn ich nur wüsste, wo er jetzt ist, und wenn er nur wüsste, was ich in mir trage. Wir sind nicht mehr zu zweit, möchte ich rufen. Wenn es hilft, wiederhole ich es mit Ausrufezeichen: Wir sind nicht mehr zu zweit! Die Augen brennen vor Schlafmangel. Drei oder vier Wochen, schlimmstenfalls fünf, dann muss alles vorbei sein. Um den Muskel in meinem Brustkorb zu bändigen, schnorre ich von einem Soldaten eine Zigarette. Nachdem er sie angezündet hat, bedeutet er mir mit einem Kopfnicken, mich zu entfernen. Auch das Meer ist aus Blech, und öde wie der Himmel.

Kurze Zeit später kommt die Mutter des Jungen heraus. Sie muss sich von ihrem Sohn erholen, meint sie, als bedürfe es einer Erklärung, und bittet mich um einen Zug. Ich reiche ihr die Zigarette; sie kann den Rest haben. Unsere Beine geben im Seegang leicht nach. »Ich heiße Fani.« Erst höre ich nicht, was sie sagt. Gierig saugt sie den Rauch ein, dann wiederholt sie ihren Namen und erkundigt sich, wie lange die Überfahrt meiner Meinung nach dauert. Über ihrer Nase flattert eine Haarsträhne hin und her. Sie selbst schätzt fünf, sechs Stunden. Während sie auf das Meer hinausblickt, hält sie ihr Haar fest. Ihr Sohn spielt gerade mit der Frau, die das Diadem gebastelt hat. »Ich frage mich, was diese Bräute angestellt haben.«

DER POLOPULLOVER und die Jeansjacke sind keine große Hilfe gegen den Wind. Die Wangen spannen, die Augen tränen, der Wind beißt in den Backenknochen. Trotzdem bevorzuge ich nach den Wochen im ›Himmel‹ die Kälte. Alles ist besser als drei Quadratmeter Beton. Ich fülle die Lunge und behalte die Luft in mir, bis das Herz hart und wild in den Schläfen pocht. Fani erzählt, dass sie in einem Vorort wohnt, eigentlich aber von den Inseln stammt. Sie arbeitet als Buchhalterin für eine Firma in den Textilvierteln. Verhaftet wurde sie, als sie am zweiten Tag der Proteste in der Mittagspause war. In ihrer Handtasche hatte sie ein Flugblatt. Das reicht zwar nicht für eine Anklage, als die Polizei jedoch begriff, dass ihre Brüder Parteimitglieder sind, wurde sie trotzdem inhaftiert. Fani weiß nicht, wo sie sich derzeit aufhalten. Der eine arbeitet bei derselben Firma wie sie.

Ihre Mutter passt im Allgemeinen auf den Sohn auf. Die beiden hätten sie in Pachinas besucht. Als Fani Iosif sah, wusste sie, dass es ihr schwerfallen würde, ihn wieder gehen zu lassen. Er ist erst fünf und sollte eigentlich bei seiner Großmutter bleiben, dann kam es, wie es kam. »Findest du, dass ich eine schlechte Mutter bin?« Sie blickt aufs Meer hinaus, erwartet keine Antwort.

Zwei Sommer zuvor war die Familie zu der Insel hinausgefahren, von der Fani und ihr Mann stammten. Eines Abends aßen sie mit Freunden in einer Taverne am Meer. Als es Zeit wurde aufzubrechen, wollte ihr Mann sie nicht begleiten. Die anderen könnten ruhig schon mal vorgehen, er selbst wolle noch eine Weile den Wellen lauschen. Als alter Fischer habe er sie während des Jahrs in der Stadt so vermisst. Am nächsten Tag erzählte der Besitzer, wie er dann die Tische abgewischt, die Stühle geradegerückt und Fanis Mann währenddessen die letzten Neuigkeiten von der Insel mitgeteilt habe. Dieser hatte nicht sonderlich viel gesagt, in erster Linie das Meer genossen, das in der Dunkelheit rauschte. Er sah friedvoll aus wie jemand, der sich in einem inneren Zwiegespräch mit Erinnerungen befindet, an die man gerne zurückdenkt. Zweimal habe er den Zeigefinger hochgehalten. »Hörst du? Es gibt nicht auf.« Das war dem Restaurantbesitzer in Erinnerung geblieben, weil sein Gast die Geste wiederholt hatte. Schließlich war der Besitzer fertig. Ein letztes Glas? Er bot Fanis Mann an, ruhig sitzen zu bleiben, wenn er wolle. Doch dieser schüttelte den Kopf. Die Wellen reichten ihm völlig.

Als der Besitzer am nächsten Morgen zurückkehrte, fand er seinen Gast noch so wie am Abend zuvor. Den Arm auf dem Tisch und die Füße auf der Erde. Als der Wirt seine Schulter berührte, war sie jedoch so starr wie Holz. Keiner vermochte zu sagen, wie Fanis Ehemann hatte sterben können, ohne umzufallen. Der Dorfarzt meinte, es sei ein Infarkt gewesen. Er müsse auf der Stelle tot gewesen sein. »Es gibt nicht auf.« Der Restaurantbesitzer schüttelte den Kopf und hob den Finger. »Das waren seine Worte: ›Es gibt nicht auf.‹ Er meinte das Meer.«

Laut Fani glauben die Insulaner, dass die Seele einen Menschen verlässt, wenn dieser sich zu sehr öffnet. Dann findet sie nicht mehr zu ihrem Versteck zwischen Knochen und Gewebe zurück. Sie ist Teil eines größeren Zusammenhangs geworden; der Körper ist ein allzu enges Gefäß. Wieder wendet Fani den Blick dem Wasser zu. »Ich weiß nicht, ob ich das glaube. Aber wenn ich das Meer sehe, kann ich nicht anders, als zu denken, dass er überall ist. Das sage ich auch zu Iosif. Jetzt ist Papa überall. In jeder einzelnen Welle, in jedem einzelnen Tropfen.« Sie bedankt sich für die Zigarette. »Wie hätte ich den Schreihals denn in der Stadt lassen können?«

Am Nachmittag legen wir in einem Hafen an, gemalt in hundert grauen Farben. Als wir aus der Messe nach oben gehen wollen, wird uns jedoch befohlen, unten zu bleiben. Offenbar sind wir noch nicht am Ziel.

Während die Soldaten Paletten und Kartons an Land tragen, scheuert die Reling an den Autoreifen. Durch die Bullaugen sehe ich die Kutter im Hafen schaukeln. Die Netze hängen gelb und braun auf Gestellen achtern oder liegen auf einem Haufen im Bug. Man hört an Land einen Esel schreien. Um fünf Uhr tönt es vom Kirchturm her. Danach kommt einem alles verlassen vor. Die Männer tragen immer noch ihre Lasten. Um sechs und um sieben Uhr erklingen die Glocken wieder. Als sie achtmal schlagen, werden wir an Land beordert. Gleichzeitig legt ein kleineres Boot an. Die Soldaten haben es benutzt, um Proviant zum Gefängnis zu transportieren; nun sind wir an der Reihe. Zoe sieht so hilflos aus, dass ich ihre Hand nehme. Wir werden im Boot verteilt, sonst könnte es leicht kentern. Während wir am Pier vorbeigleiten, legt das Schiff ab. Als wir die Insel erreichen, ist es dunkel.

Strohgelber Halbmond, puderweiße Sterne.

IOULIA BERICHTET, dass die Insel von den Gefangenen nur »die Insel« genannt wird. Die Behörden benutzen den offiziellen Namen, den sie selbst nie in den Mund nehmen würde, und die Soldaten sagen »die Hölle« oder »die Verdammnis«, wenn kein Vorgesetzter es hört. Niemand wolle hier seinen Wehrdienst ableisten. Auf der Nachbarinsel, wo wir angelegt haben, gebe es eine Kaserne mit Lazarett, die einem im Vergleich hierzu wie ein Kurort auf der Krim vorkomme.

Von oben gleicht die Insel einem gehäuteten Nager mit gespreizten Hinterläufen und knubbeligen Vorderbeinen. Boote können nur an der Ostseite anlegen, wo die Buchten tief genug und ungefährlich sind. Im Laufe der Jahre sind fünf von ihnen bewohnt worden. Nach dem Bürgerkrieg schliefen die Gefangenen in Zelten in der zweiten und dritten Bucht, zwischen Steinen und Skorpionen. Dann wurde zwischen der vierten und der fünften Bucht eine Kaserne errichtet, die man regelmäßig erweiterte. Die Begräbnisstätte liegt in der ersten Bucht, wo alles begann. Dort befindet sich außerdem eine Isolierzelle, die aufgrund ihrer Nähe zu den Toten »die Kapelle« genannt wird. Früher tauchte man dort, wo sich die gezackte Küstenlinie zu einer namenlosen Schlucht verengt, nach den begehrten purpurroten Muscheln. Die Schalen wurden damals benutzt, um die Herrscher-mäntel zu färben; für ein Gramm Farbstoff benötigte man zehn-tausend. Doch die Felsen sind gefährlich und die Wellen unberechen-bar. Heute werden in der Schlucht höchstens Tintenfische gefangen. Außerdem werden hier die Abfälle entsorgt, um die Ratten vom Ge-fängnis fernzuhalten. Daher hat sie ihren Namen: die Müllschlucht.

Die Insel ist zwanzig Quadratkilometer groß. Das entspricht zwei Flugplätzen, denke ich, mehr nicht. Mit gutem Schuhwerk überquert man den schmalen länglichen Bergrücken in einer Stunde. Von oben ist erkennbar, dass es keine Bevölkerung gibt. Seit die Ureinwohner von den Ratten vertrieben wurden, hat hier niemand mehr gewohnt. »Die Römer waren die ersten, aber eigentlich haben alle die Insel genutzt – die Osmanen, die Deutschen, unser eigenes Militär. Trotz-dem galt sie immer als unbewohnt.« Ioulia bekreuzigt sich hastig dreimal. »Deportierte zählen nicht.«

DAS MEER ist flach, aber unruhig, als wir in die vierte Bucht gleiten, als bestünde das Wasser aus mehreren Flächen, die sich übereinander-schieben wie Spielkarten. Mitten im Boot stehen Frischwasserkanis-ter, die sich aneinander reiben und gluckern. Ich sitze mit dem Rü-cken an den einen gelehnt, Zoe an den anderen. Das Meer beruhigt sich, und daraufhin steigt uns der Geruch von Diesel und Tang in die Nase. Schneller als ich erwartet hätte, rutscht der Bootsrumpf über knirschenden Sand. Der Mann im Heck klappt den Motor hoch, springt ins Wasser und schiebt.

Der Strand ist etwa fünfzig Meter breit, zu beiden Seiten steigen steile Felsen auf. Im Dunkeln erkennt man schemenhaft, was das Gefängnis sein muss. Es ist schwer zu sagen, wo das Gebäude anfängt, unmöglich zu erkennen, wo es endet. Weiter entfernt flackert gelbes Licht in Fenstern, die kaum größer wirken als Streichholzschachteln. Jemand wirft den am Ufer wartenden Soldaten ein Seil zu. Der eine wickelt es um die Furniereisen, die aus einem Zementblock ragen, während der andere eine Sturmlampe hält. Sie rufen Befehle, ansonsten hört man nur den Wind und die rasselnden Steine.

Fani und der Junge steigen als erste aus. Sie nimmt ihren kleinen Koffer und klemmt sich die Zinndose unter den Arm. Als sie nach der Hand ihres Sohnes greift, verliert er, was er darin hält. Ich sehe es grau auf und ab schaukeln, während die beiden an Land waten. Als ich an der Reihe bin, verliere ich das Gleichgewicht und werde bis zu den Knien nass. Ich stütze Zoes Arm, damit sie besser zurechtkommt. Die Kanister im Boot sind zu schwer für uns, aber alle erhalten die Order, Kartons zu tragen. Als wir dem Soldaten mit der Sturmlampe folgen, schmatzen unsere Schuhe. Der schmale Weg ist steinig, die Gefängnismauern ragen bis in den Himmel.

Der Soldat öffnet das Tor. »Tretet ein in die Verdammnis.«

IN DER ERSTEN NACHT schlafen wir auf feuchten Matratzen in einem ausgekühlten Schlafsaal. Der Junge liegt in unserer Mitte, umgeben von Armen und Brüsten. Alle geben von ihrer Wärme ab, auf irgendeine unverständliche Weise vergehen die Stunden.

Ich träume von treibenden Teddybären und honigfarbenem Licht, erwache frierend im Morgengrauen. Eine Fensterluke schabt. Ansonsten hört man nur das Meer.

ALS ICH AUFWACHE, liegt der Junge zusammengekauert da wie ein Fötus, streckt sich aber gerade. Ich befreie mich von Armen und Beinen und steige über ihn. In meinem Kopf dreht sich alles. Mit knapper Not schaffe ich es zur nächstgelegenen Nische, ehe ich mich übergebe. Es kommt nur farblose Flüssigkeit hoch. Irgendetwas stimmt nicht, mein ganzes Inneres erscheint mir fremd – als wären die vorhandenen Reserven soeben zu anderen Zwecken umdirigiert worden. Unsere Schuhe liegen kunterbunt durcheinander. So sieht es auch in meinem Inneren aus, denke ich müde und versuche, mich möglichst kein zweites Mal zu übergeben. Das Fenster ist zugenagelt, aber zwischen den Brettern sickert Licht herein, glitzert in der Flüssigkeit auf dem Fußboden. Jetzt bemerke ich, dass es keine Luke, sondern eines der Bretter war, das schabte. Nach der Nische dahinter zu urteilen, ist die Wand einen guten Meter dick. Hellroter Backstein, Glasscherben zwischen Putz und Spinnweben. Durch die Ritzen ist undeutlich ein Gefängnishof erkennbar. In der Ferne hört man, roh und aufgewühlt, das Meer.

Der Geruch von Magensaft löst in mir das Gefühl aus, hässlich und verlassen zu sein. In nur wenigen Wochen hat sich mein Körper auf verwitterte Juwelen, Schmutz und Hunger reduziert. Trotzdem wachse ich, was mir ehrlich gesagt absurd erscheint, und beherberge eine Sonne, die inzwischen so groß ist wie eine Hagebutte, vielleicht auch zwei. Ich weiß nicht, wie ich sie mit diesem Tumult von einem Körper schützen soll. Ich weiß nicht einmal, wie ich das Zittern in den Knien und den Gestank im Mund loswerden soll. Ich weiß nur, dass ich handeln muss wie ein Mensch, der einen anderen enthält, der gerade beginnt.

»Hier, nimm. Es ist deins.« Zoe sitzt auf einem Schemel. Ich sehe sie erst, als sie sich bewegt. In der Hand hält sie das gepunktete Taschentuch. Sie muss es gewaschen haben. Jedenfalls ist der Stoff glatt und zu einem kompakten Viereck gefaltet. Das oberste Glied ihres

Zeigefingers ist gekrümmt, als wäre der Finger falsch gewachsen. Dass mir das nicht früher aufgefallen ist. Ich schüttele den Kopf, sie kann das Taschentuch bis auf weiteres behalten. Stattdessen wische ich mir den Mund am Jackenärmel ab. Zoe runzelt die Stirn, dann wölbt sie ihre Hände um die Ellbogen. Mit dem Finger sieht das ein bisschen lustig aus. »Es gibt nicht viel zu sagen, was?« Sie verengt die Augen, als befände ich mich einen Kilometer entfernt. »Der ganze Zusammenhang zwischen Ursache und Wirkung ist hier anders. Weißt du, was fehlt?« Als ich nicht antworte, erklärt sie: »Freiheit.« Zoe redet wie Dimos, denke ich düster. »*Mary, Mary, it's not over*...«

Ich lächele gequält. Sie mag philosophische Texte gelesen haben, aber sie hat im Fernsehen auch Popgruppen gesehen.

NACH UND NACH erwachen die anderen. Fani hilft dem Jungen, ehe sie sich um sich selbst kümmert. Obwohl sie während der Überfahrt meinte, sie hätte keine Kraft mehr, sie gebe auf, soll er doch schreien, so viel er will, ist sie zunächst Mutter und erst danach etwas anderes. Ich verstehe sie. Obwohl ich erst in der neunten Woche bin, merke ich, wie leicht es einem fällt, nicht mehr an sich selbst zu denken. Ist das vielleicht so eingerichtet, damit etwas Neues beginnen kann? Nein, das nehme ich zurück. Man verliert zwar die Kontrolle über seinen Körper, aber nach der ersten Verwirrung sieht man sicher auch ein, dass man ihn gerne teilt. Fani hat dichtes Haar, das sie in einem Pferdeschwanz trägt. Manchmal, wie jetzt, nachdem sie dem Jungen die Schuhe angezogen hat, lehnt sie den Kopf zur Seite und flicht ihn. Anschließend liegt das Haar wie ein Hefezopf zwischen den Schulterblättern.

Zoe fummelt umständlich an ihrem Schal herum. Als sie ihn in den Mantelkragen geschoben hat, erfährt sie von Ioulia etwas, was sie noch nackter starren lässt als üblich. Ihre Brille wurde offensichtlich in der Medusastraße kaputtgetreten; ohne sie gleicht Zoe einem schutzlosen Tier.

Die letzten zwei kommen auf die Beine. Ich nehme an, dass sie weiterhin für sich bleiben wollen. Die eine kratzt sich den Unterarm, die andere rückt ihren BH zurecht. Als sich die mit der Frisur nach ihren Schuhen streckt, sieht man zwischen Daumen und Zeigefinger drei grünspanfarbige Punkte.

ICH SUCHE meine Spearmint heraus. Sie müssen reichen, bis ich etwas finde, womit ich mir die Zähne putzen kann. In der Medusastraße haben sie mir mein Geld und meine Schreibsachen genommen, und natürlich auch die Schachtel Santé, aber davon abgesehen vermisse ich in meiner Filztasche nichts. Plötzlich scheppert die National-hymne. Der Junge versteckt sich schreiend hinter seiner Mutter; alle zucken zusammen. Ioulia klatscht in die Hände. Die Musik bedeutet, dass wir in fünf Minuten zum Appell antreten müssen. Sie versucht, auch den Jungen hinauszulocken, lässt seine Hand jedoch los, als er beißt. Ich trete als letzte auf den Hof.

Die Soldaten tragen zementgraue Uniformen. Den rechten Arm ziert ein Emblem, das aussieht wie ein vielköpfiger Hund. Die Män-ner sind Wehrpflichtige, sie wollen mit Sicherheit genauso wenig hier sein wie wir. Ungeduldig zeigen sie uns, wie wir stehen sollen. Der Arm muss seitlich ausgestreckt werden. Wenn die Fingerspitzen die nächste Schulter berühren, ist der Abstand korrekt. Drei Frauen in der ersten Reihe, drei in der zweiten. Fani mit dem Kind in der zweiten. Es ist erstaunlich warm, um die zehn Grad. Aber die Luft ist unruhig; sie sucht noch die richtige Art, hier zu sein. Selbst der Junge sagt nichts.

Einige Minuten später kommt der Kommandant. Wir hören seine Schritte, noch ehe er selbst sichtbar wird – mit jedem vergitterten Fenster zum Hof wird das Geräusch etwas deutlicher. Als er ins Freie tritt, zieht er seine Jacke nach unten und rückt den Gürtel gerade, danach grüßt er die Soldaten. Seine Augen sitzen eng wie Gewehrläufe, die Wangen glänzen von Rasierwasser. Als er uns in Augenschein genommen hat, dreht er sich um, als wolle er uns einladen, irgendwelche Sehenswürdigkeiten zu besichtigen. Backsteinmauern, Stacheldraht, wolkenfreier Himmel – alles erscheint gleichzeitig größer und kleiner, als es ist. Jedes Wort mit Nachdruck sprechend, erklärt er, dass wir hier sind, um zu arbeiten. »Betrachtet es als eine Ehre. Die Nation braucht euch. Wenn ihr gute Arbeit leistet, steht es euch frei, zum Festland zurückzukehren.« An diesem Morgen sollen wir uns einrichten. In Sektor eins gibt es Feldbetten, eine Reihe von Matratzen und Decken. Die Soldaten würden uns mit Laken und einem Seifenblock versehen – Geschenke eines Staates, der uns beschützt, obwohl wir es ihm so schwer machen, uns zu lieben.

Hundert Meter entfernt schlagen unsichtbare Wellen gegen unsichtbare Felsen. Das regelmäßige Rauschen hat etwas Einschläferndes. Mir kommt der Gedanke, dass sich so die Welt anhören muss, wenn sie in Frieden gelassen wird. Schließlich erklärt der Kommandant, die Daumen zuerst in den Außentaschen, danach zwischen Gürtel und Uniform, dass er das, was er nun zu sagen beabsichtige, nur einmal sagen werde. Die ersten Gefangenen würden an Neujahr erwartet. Bis dahin sollten die Unterkünfte der Soldaten, das Verwaltungsgebäude und sämtliche Sektoren geputzt sein. Wenn dann noch Zeit sei, sollten auch der Krankenpavillon und die Personalküche instand gesetzt werden. Bei guter Führung sei er gewillt, uns gewisse Freiheiten zuzubilligen, von denen wir sonst nur träumen könnten. Er glaube an Prinzipien und gerechte Strafen, nicht aber an Willkür. »Selbst Bulgaren sind Menschen.« Zu bestimmten Teilen des Gefängnisses hätten wir keinen Zutritt. Solange wir uns anständig benähmen, dürften wir uns ansonsten frei bewegen – allerdings nur tagsüber; bei Sonnenuntergang würden die Tore verriegelt. Falls uns der Sinn danach stehe, könnten wir sogar fischen gehen oder über die Insel wandern. »Gibt es unter euch irgendwelche Tierliebhaber?« Das soll ein Scherz sein. Als niemand lacht, fährt er fort, dass es klüger wäre, innerhalb der Mauern zu bleiben. Er habe gehört, dass es viele Schlangen und Skorpione gebe, vor allem um diese Jahreszeit. Ohne Netz sei es ohnehin schwierig, Fische zu fangen.

»Von diesem Augenblick an seid ihr Eigentum des Staates.« Der Kommandant wippt auf den Füßen, die Schuhkappen glänzen. »Biegt euch wie Zweige, das ist mein Rat an euch. Wer sich den Befehlen widersetzt, wird gebrochen. Hier gibt es nur eine Wahl: Gehorsam oder Bauholz.« Dann faltet er ein Blatt auseinander und überfliegt es. Als er den Zettel wieder zusammengefaltet hat, wendet er sich an Ioulia. »Du da. Du bist schon einmal hier gewesen?« Sie nickt. Von nun an habe sie die Verantwortung für unsere Gruppe. Ein Verstoß, und sämtliche Privilegien würden gestrichen. »Gebt mir einen Grund und ich finde den entsprechenden Paragraphen.«

Als uns der Kommandant verlassen hat, erzählen die Soldaten, er sei neu und heiße Spanos. Mehr sagen sie nicht. Nur, dass wir ihn mit »Herr Kommandant« oder »Herr Spanos« ansprechen müssen.

AUF DEM WEG hinein nimmt der Junge Fanis Hand. Wo ist sein Teddy? Er will sofort seinen Teddy haben. Als sie meint, dass er ihn vielleicht im Schlafsaal vergessen hat, läuft er schreiend vor. Fani sucht noch immer, als die Wärter eine Viertelstunde später mit Seife und Handtüchern zu uns kommen. Zoe hilft ihr; der Junge liegt untröstlich auf der Matratze. Die Männer beobachten sie desinteressiert. Der eine meint, wer Kinder mit in die Verdammnis nehme, sei keine richtige Mutter. »Könnt ihr nicht einfach den Mund halten?« Ioulia rückt die Stühle um den Tisch gerade. Die Soldaten wissen nicht, ob sie lachen oder zuschlagen sollen. Sie sehen sich an, dann bitten sie Ioulia mitzukommen. Aber Fani bürstet sich die Knie ab und geht an ihrer Stelle.

Die Nervenprinzessin hockt sich vor den heulenden Jungen. »Du wollen?« Jetzt hört man ihren Akzent. In der Hand hält sie die Brotrinde, die sie aufgespart hat. Der Junge reißt sie mit Augen wie Glaskugeln an sich. Sobald er sich vergewissert hat, dass niemand etwas abhaben möchte, isst er das Brot knirschend auf und leckt sich die Krümel von den Handflächen wie eine Katze. Die Nervenprinzessin erklärt ihm stockend, der Teddy sei sicher sehr einsam, er dagegen habe immerhin uns. Sie macht viele Bewegungen beim Sprechen, lächelt oft, aber resigniert, findet nicht die richtigen Worte. Trotzdem läuft der Junge zu Zoe, die hinter ein paar Brettern nach dem Teddy sucht, und schlingt die Arme um ihre Beine. Sie schiebt ihn von sich und erklärt ihm, er soll vorsichtig sein. Sie hat das Gesicht einer müden Jugendlichen, aber ihre Bewegungen besitzen die Sicherheit eines alten Menschen.

Als Fani zurückkehrt, erzählt der Junge ihr, der Teddy sei tot. Er schaut sich auffordernd um, aber keiner sagt etwas. Fani trägt gemeinsam mit einem Soldaten einen dampfenden Topf. Nachdem sie diesen geöffnet hat – oben schwimmen Fettaugen, über den Boden rutschen Rübenstücke –, teilt sie uns mit, dass es kein Trinkwasser gibt. Nicht einmal in den Mannschaftsgebäuden. Eine Störung am Hauptbrunnen. Bis er repariert ist, füllen die Soldaten Kanister auf der Nachbarinsel. Wenn wir Glück haben, kommt vor Weihnachten ein Tankschiff. »Tot?«, wiederholt sie und sieht den Jungen an.

Wir einigen uns darauf, das Wasser mehrmals zu verwenden. Das erste Mal, um uns den Mund auszuspülen, ein zweites, um uns zu waschen, ein drittes, um zu spülen. Trinkwasser darf nicht zum Putzen benutzt werden; dafür gibt es den Salzwasserbrunnen auf dem Gefängnishof. Der Salzgehalt ist hoch, aber das Scheuerpulver schäumt dennoch. Nach dem Essen sollen wir uns Betten und bessere Matratzen holen, danach arbeiten.

»Mädels«, Ioulia hustet, »ihr müsst nicht fromm sein. Aber das Leben hier wird zur Hölle, wenn wir uns nicht an ein paar Gebote halten.« Sie sieht die Bräute aus Babylon an; die eine cremt sich gerade die Lippen mit Nivea ein. »Ihr habt den Kommandanten gehört. Bis die ersten Gefangenen kommen, muss alles sauber sein. Erstes Gebot: So ist es eben.« Offenbar war das früher eine Redensart auf der Insel. Ioulia schlägt vor, dass wir mit den Unterkünften anfangen. »Ihr seid zwar schon eine Woche hier, lebt aber wie zu Hause, was?« Sie wendet sich dem Soldaten zu, der noch nicht gegangen ist und nun nicht weiß, was er antworten soll. Er rückt seine Mütze gerade, als wartete er auf die Erlaubnis, wegtreten zu dürfen. Als ihm bewusst wird, dass er das selbst entscheiden kann, verlässt er uns wortlos.

Fani verteilt Blechnäpfe. »In der Küche sieht es aus wie in einem Schweinestall.«

»Die ersten Gefangenen?« Zoe hält ihren Napf hin.

Ioulia wartet darauf, dass Fani ihr auftut. »Frauen sind nur Material, bestenfalls Werkzeuge. Zweites Gebot: Wenn wir zeigen, was wir können, kapieren die Soldaten, was wir sind.«

»Und was soll das sein?« Zoe klingt weiterhin skeptisch.

»Unentbehrlich.«

»MÄNNER WOLLEN einen immer glauben lassen, dass man unentbehrlich ist«, meinte Stella im Sommer. »Obwohl sie sich im Grunde nur für das eine interessieren. Solange sie davon noch nicht kosten durften, sind sie bereit, praktisch alles für einen zu tun. Aber wenn es dann passiert ist, soll man sich am besten in Luft auflösen. Ich schwöre dir, sie waschen lieber ihr Auto. Schluss mit Spaziergängen. Und schönen Worten. Man ist ihnen nur noch im Weg.«

Sie hatte mal wieder Pech mit einem Typen gehabt. Wir saßen in der Küche. Stella wollte wissen, ob die Musik mich störe – ich schüttelte den Kopf; im Gegenteil, sie gefiel mir –, dann sprach sie weiter, wie üblich ohne Pausen zwischen den Gedanken.

»Männer mögen einen nur, solange man geheimnisvoll ist. Ich hasse das. Es gibt keine Geheimnisse. Mein Körper ist ein Haus. Das ist alles. Ist es so seltsam, wenn ich nicht will, dass sie ständig alles Mögliche hereinschleppen?« Sie sah sich nach Zigaretten um. »Ich meine, ich verstehe, was du in Dimos siehst. Groß und still, hält sein Wort. Kein Grund zur Klage. Obwohl … Mist.« Sie blies das Streichholz aus, das ihr die Finger versengte. »Könnte er nicht mal ein bisschen lustiger sein? Diese Che-Guernica-Typen haben einfach keinen Humor. Ich sag dir was. Es ist leichter, für seine Prinzipien zu kämpfen, als nach ihnen zu leben. Wenn er so einer ist, der dir Poesie ins Ohr haucht, musst du aufpassen. Ansonsten gebe ich gern die Brautjungfer, wenn es so weit ist. Ich kapiere einfach nicht, wie du das anstellst. Ich habe nie erlebt, dass ein Typ am liebsten ununterbrochen mit einem zusammen wäre. Und dann hängst du hier herum, bei mir. Mädchen, du kannst nicht ganz bei Trost sein. Warte, es gab da mal einen. Wie hieß er noch? Auch so ein großer Typ. Mit richtigen Händen. Aber leider auch mit Augen wie ein Cockerspaniel.« Nachdenklich nahm sie einen Lungenzug. »Es sah aus, als hätte er sich geprügelt und würde jeden Moment anfangen zu flennen. Und dann kannte ich mal einen, der hatte Haare auf dem Rücken. Genau wie auf der Brust. Also, eigentlich fand ich das gar nicht so schlecht.« Sie lachte glucksend. »Mich hat es jedenfalls nicht gestört. Wenn ich ehrlich sein soll, fand ich es toll, ihn zu umarmen. Er war irgendwie auf beiden Seiten. Aber als er wollte, dass ich im Bett Schuhe trage, reichte es mir. Nicht mit dieser Stella, habe ich ihm gesagt. Ich bin doch keine Madame in einem billigen Hotel. Wenn er Schuhe haben will, könne er ja dorthin gehen. Und das hat er dann auch getan. Aber erst, nachdem er mir zum Abschied etwas geschenkt hatte.« Sie drückte die Zigarette aus, dann betrachtete sie mich. »Was ist los, Mary? Weißt du, der Mund ist kein Gefängnis.«

Ich schüttelte den Kopf. Nichts Besonderes. Ich dachte nur darüber nach, was sie gesagt hatte. »Ich bin ein ganz gewöhnliches Mädchen, Stella. Das ist alles.«

»Gewöhnlich?« Sie leerte ihr Glas. »Es mag ja sein, dass du nicht zum Flirten geboren bist. Aber gewöhnlich? Selbst wenn du es versuchen würdest, könntest du nicht gewöhnlich sein.«

»Ich will damit nur sagen, dass ich von den Dingen, die du erzählst, nichts weiß.«

»*Wuss*, du kannst es ja mal versuchen. Obwohl Stella es dir verbietet. Die Typen sagen, dass sie Kinder haben wollen, aber Gnade dir Gott, wenn es passiert. Dann lösen sie sich in Luft auf. Ich werde nicht zulassen, dass du im Unterbau mit Kleiderbügeln experimentierst. Und jetzt reden wir nicht mehr davon.« Sie schaltete die Musik aus und holte die Kassette heraus. Auch sie hatte einen Rekorder, den sie bei einem Sprachkurs in England gekauft hatte. »Hier, du kannst sie haben. Ich besorg mir eine neue.« Ich warf einen Blick auf die Titel der Lieder, die sie auf einem Zettel notiert hatte. »Was meinst du, Schwesterherz? Zeit für unseren Schönheitsschlaf?«

ALS WIR die Bretter vor dem Fenster entfernt haben, an dem ich mich übergeben hatte, fällt auch hier Licht herein. Die Nischen gehen auf einen Gefängnishof ohne Aussicht. Entlang der Wand sieht man unmittelbar unter der Decke Öffnungen. Laut Ioulia waren sie für die Wärter bestimmt. Früher bewegten sie sich auf Rampen zwischen den Abteilungen. Durch die Scharten konnten sie alles beaufsichtigen. Damals drängten sich Hunderte Gefangene in den Sälen, niemand sollte sich sicher fühlen. »Keiner entging dem Blick des Hundes.« Die Soldaten sind Angehörige der Infanterie, deren Wappentier Zerberus ist. »Ich frage mich allerdings, ob sie heute noch benutzt werden.« Sie meint die Rampen.

Wir sitzen dort, wo auch früher die Frauenabteilung lag. Als Ioulia das erste Mal deportiert wurde, schliefen in den beiden Sälen zweihundert Menschen. Viele teilten sich ein Bett, andere lagen auf dem Fußboden. Die Matratzen sind von Insassen gefertigt. Irgendwo gibt es eine Werkstatt mit ein paar Singer-Nähmaschinen, in der man Stoffreste zusammengenäht und mit Stroh von der Nachbarinsel gefüllt hat. Manchmal benutzten sie auch Sägespäne.

Als wir gegessen haben, holen wir in Sektor eins Feldbetten. Schwer von Nässe liegen sie aufgestapelt in einem Schlafsaal der Männer. Das Segeltuch riecht nach Schimmel, aber wir finden keine Löcher. In einer Ecke sehen wir Matratzen. Sie sind alle feucht und stinken, verrottetes Stroh quillt aus den Nähten. Etwas bewegt sich. Ioulia pfeift und stampft mit dem Fuß auf. Zwei Ratten so groß wie Katzen flitzen an der Wand entlang, ein Loch hinab. »Na, großartig.« Fani nimmt den Jungen an der Hand. Zoe bindet sich mit ausdrucksloser Miene das Tuch um den Kopf.

Wir beschließen, die Betten im Schlafsaal aufzustellen und die besten Matratzen quer daraufzulegen, damit alles trocknen kann. Mitten auf dem Hof liegt ein rostiges Gitter; es ähnelt dem Korsett einer unbekannten Käferart. Auch Bretter und ein Plastikpantoffel liegen herum. Ioulia sagt, die Dielen sind noch zu gebrauchen, den Rest sollen wir auf die Rückseite des Gebäudes schleppen. Während sie spricht, wickele ich den Stahldraht von einem Brett und stecke ihn ein. Mit etwas Glück dürften wir uns eine Schubkarre leihen und könnten die Last bis zu der Schlucht jenseits der ersten Bucht rollen. Sachen, die sich verfeuern lassen, sollen wir dagegen hineintragen. Sie werden uns warm halten, wenn die Stürme toben.

»Die Stürme?«

Der Goldzahn in Ioulias Mund glänzt. »Hier kann der Himmel in Stücke gehen, Zoe.«

UNSER DASEIN besteht aus Ziegelsteinen, Ratten und einem Himmel voller Wattebauschwolken. Die Mauern schützen uns vor dem Wind, nicht aber vor dem Himmel, wenn es regnet. Der Himmel schützt vor den Ratten, jedenfalls tagsüber, nicht aber vor der Einsamkeit. Die Einsamkeit schützt vor der Traurigkeit der anderen, aber niemals vor den Ziegelsteinen. Ich frage mich, ob nur die Feuchtigkeit schlimmer ist als dieser Kreislauf.

Der Junge stößt den Pantoffel an. Er ist für den rechten Fuß und man sieht, dass die Ratten an ihm genagt haben; jemand hat ihn mit einem *F* markiert. Als der Junge den Pantoffel wegtritt, bleibt sein Fuß in dem Gitter hängen. Fünf Frauen sehen zu, wie Fani ihm hilft, sich zu befreien. Alle denken: Wie soll das bloß gehen?

Als wir die Betten und Matratzen hineintragen, liegt auf dem Tisch ordentlich verschnürt ein Stapel Laken und Handtücher. Die Seife darauf gleicht einem kompakten Block Schnee.

AUF DEM WEG zu den Unterkünften berichtet Ioulia, dass sie insgesamt sechsundzwanzig Monate auf der Insel verbracht hat. »Das macht 3 370 000-mal.« Ihr Lachen geht in ein Husten über. »Ihr könnt mir ruhig glauben, ich habe es ausgerechnet.« Als keiner versteht, wovon sie spricht, sagt sie, drei Millionen dreihundertsiebzigtausend – mindestens so viele Male habe sie die Augen geschlossen und wieder geöffnet, und trotzdem immer nur dieselben Steine, dasselbe Meer, denselben unerschütterlichen Himmel gesehen. »Am Ende fließt alles ineinander. Wolken, Wellen, Steine. Ich kann verstehen, wenn ihr nicht an Gebote glaubt, aber hier kommt ein drittes: Auf der Insel musst du alles lieben, was der Herr erschaffen hat, sonst gehst du – *kaputt*.« Der Junge findet, dass das fremde Wort toll klingt, und versucht es zu wiederholen. Ioulia zerzaust ihm die Haare. »Nie und nimmer, junger Mann. Hier geht nichts kaputt.«

Weder vor ihrer ersten noch vor ihrer zweiten Deportation wurde

Ioulia vor Gericht gestellt. Es reichte aus, dass sie Mitglied einer verbotenen Partei war. Das erste Mal wurde sie nach dem Bürgerkrieg deportiert, vor über zwanzig Jahren. »Wenn ich das Meer sehe, kommt es mir vor wie gestern.« Damals hausten mehr als zehntausend Gefangene auf der Insel. Das Gefängnis war noch nicht ausgebaut worden, so dass die meisten sommers wie winters in Zelten schliefen. Nichts schützte sie vor dem Wetter – weder Sträucher noch Bäume. Die Gefangenen gruben Rinnen, die sie Gräben nannten und über denen sie die Betten plazierten. So machte das Regenwasser, das den Hang herablief, die Schlafstätten nicht nass. Eigentlich waren diese Gräben verboten, aber solange man sich gut führte, wurden sie geduldet. Wenn den Wärtern langweilig war, kam es allerdings vor, dass die Zelte und Betten in den Morast getrampelt waren, wenn die Gefangenen am Abend zurückkehrten. »Kaputt«, sagt Ioulia, aber inzwischen ist der Junge bei Fani und hört sie nicht mehr.

Viele litten an Krankheiten, andere starben an Misshandlungen oder Skorpionen. Besonders berüchtigt war Eldorado, ein halbmeterhoher Käfig über einer Grube auf der Rückseite des Gefängnisses. Ioulia glaubt, dass das Gitter, das wir auf dem Hof gesehen haben, dorther stammt. Manchmal wurde ein Gefangener mehrere Tage hintereinander bestraft. »Fünfunddreißig Grad und ein Becher Wasser am Tag.« Auf der Begräbnisstätte in der ersten Bucht ruhen jene, die diese Behandlung nicht überstanden haben. Sie liegen alle unter Kreuzen, ganz gleich, ob sie nun der Kirche angehörten oder nicht. Die Kameraden durften ihre Initialen und das Todesjahr in ein Stück Holz ritzen. Heimlich schrieben sie auch den vollständigen Namen auf die Unterseite eines Steins, der auf das Grab gelegt wurde.

Als das Militär vor knapp sieben Jahren die Macht übernahm, wurde Ioulia erneut verhaftet. Es spielte keine Rolle, dass sie Mutter war. Sie vertrat die Gewerkschaft der Frauen in der Metallindustrie; es hieß, Mitglieder hätten sich über sie beschwert; bei der Polizei gebe es ein Dossier. Eine Woche später wurde sie deportiert. Die Nachbarn mussten ihren Mann bei der Betreuung der Kinder unterstützen. Der Junge war damals dreizehneinhalb, das Mädchen neun. Zoe fragt, wie alt Ioulia selbst ist. »Dreiundfünfzig.« Sie schüttelt lächelnd den Kopf. »Ich weiß, ich sehe jünger aus.«

Als sie schließlich heimkam, erkannten die Kinder sie nicht mehr. »Es dauerte einen Tag, bis mein Mädchen auf meinem Schoß sitzen wollte.« Ioulia wendet sich Fani zu, die gerade zu dem Jungen geht, um zu schauen, was er treibt. »Ich kann sie verstehen.« Dann erhebt sie die Stimme. »Hütet euch vor denen!« Fani nimmt die Kräuter, die der Junge gepflückt hat, Ioulia wendet sich wieder an mich. »Die sind nur gut, wenn man jemanden vergiften will. Oder auf eine Fehlgeburt aus ist.«

Während des politischen Tauwetters im Vorjahr hatte man das Gefängnis geschlossen. Der Druck aus dem Ausland war zu groß geworden. Als Ioulia hörte, dass die Insel tatsächlich unbewohnt war, feierte sie mit Kameraden, ehemaligen Deportierten wie sie. Sie hatten sich etwas geschworen. An dem Tag, an dem der letzte Gefangene die Ratteninsel verließ, würden sie all die Gerichte zubereiten, von denen sie in den gemeinsamen Monaten dort phantasiert hatten. »Viertes Gebot: Nutze deine Phantasie.« Der Junge sieht sie mit großen Augen an und versucht, die Worte zu wiederholen. »Als wir uns das Essen nicht mehr auszumalen brauchten, waren wir schon vor dem Hauptgericht satt.« Ioulias Lachen hat etwas Glitzerndes, als würde der Goldzahn abfärben. Dann fragt sie, ob jemand ein Rezept auf Lager habe. Als keiner antwortet, betrachtet sie das Überbleibsel von Eldorado. »Ein Land kennt man erst, wenn man seine Gefängnisse erlebt hat.«

DER KOMMANDANT IST NEU, dennoch ist Ioulia sicher, dass er sein Wort halten wird, solange wir tun, was er von uns verlangt. Auch Spanos muss Bericht erstatten, und sie bezweifelt, dass die Soldaten Lust haben, das Putzen selbst zu übernehmen. »Manche von uns stehen zusätzliche Belastungen durch, aber nicht alle.« Wir verstehen, auch ohne dass sie den Jungen erwähnt. Auf der Insel sind wir keine Lebewesen, sondern Funktionen. Namen und Geschichte bedeuten weniger als unsere Fähigkeit zu schrubben, zu waschen und zu putzen. Wir sind dazu da, gehasst oder verachtet, geschlagen, beschimpft und gequält zu werden, vielleicht auch, damit man von uns träumt. Wie wir heißen oder woher wir kommen, spielt dagegen keine Rolle.

Der Junge zieht am Rock seiner Mutter. Er findet, dass Ioulia zu viel redet, außerdem wird ihm kalt. Ich flüstere, wenn er verspricht, brav zu sein, wird er am Abend etwas Schönes bekommen. Er schreckt zurück, lässt mich jedoch nicht aus den Augen. Vielleicht hat er gedacht, ich kann nicht sprechen.

Das Einzige, was uns gestatten würde, die Insel früher zu verlassen, wäre eine Unterschrift auf der Loyalitätserklärung. Deshalb darf keine von uns vergessen, warum sie verbannt wurde. »Nennt es ein Gebot oder auch nicht: Wir sind hier, weil wir nicht unterschrieben haben – mit einem Namen, der nichts bedeutet, obwohl er offenbar mehr wert ist als alles andere. Ich heiße Ioulia, aber das wisst ihr ja schon.«

Zoe sagt »Zoe« und ähnelt dabei Emma Goldman, auch ohne Brille.

Eine der beiden, die immer für sich bleiben, blickt zu den Männern bei der Unterkunft hinüber, die nicht recht zu wissen scheinen, ob sie uns holen oder lieber noch warten sollen. »Damit das klar ist: Ich bin keine Genossin. Und ich tue, was ich will. Aber ihr dürft mich Rita nennen.« Die Stimme klingt wie eine Mischung aus Honig und Zigaretten.

Ihre Freundin, die sich wieder am Unterarm kratzt, kommt nicht dazu, etwas zu sagen, als der Junge schon auf sie zeigt: »Das ist die Prinzessin!«

Sie nickt nervös. »Und was du heißt?«

Er mustert sie mit gerunzelten Augenbrauen. »Iosif natürlich. Und das hier ist Mama.«

Fani nimmt seine Hand. »Eigentlich heiße ich Fani. Aber für ihn bin ich Mama. Wollen wir …« Der Junge zieht an ihr.

Doch nun wenden sich alle mir zu. Ich will gerade den Mund aufmachen, als Ioulia eine Kordel um ihren Mantel schnürt und losläuft. »Schön gesagt, Rita. Fünftes Gebot: Jede tut, was sie will.« Ich frage mich, woher sie die Schnur hat.

Fani und der Junge folgen ihr – auch Zoe, die ihre Stimme erhebt: »Wir nennen sie Mary. Das reicht, Kameraden.«

SOLANGE WIR biegsam sind wie Zweige, machen wir uns nützlich. Dann erfüllen wir eine Funktion, wie Werkzeuge, und können uns in der Benutzung verbergen. Alles, was man braucht, ist ein Name. Besen, Putzeimer, Mary – das kommt aufs Gleiche heraus, solange es uns erspart bleibt, Material zu sein. Wer Material ist, kann nirgendwohin. Eine solche Frau ist nicht mehr wert als ein Holzscheit. Wenn die Soldaten sie wie Bauholz behandeln, ist sie bald Bauholz in allen Teilen ihrer selbst. Und wird verbraucht.

So deute ich Ioulia.

Zoe blinzelt, als ich sie einhole. »Wie können Zweige denn unentbehrlich sein?«

HINTER DEM GEFÄNGNIS befinden sich drei Unterkünfte. Etwas weiter entfernt liegen die Krankenstation und die Verwaltung. Sobald wir mit Mannschaftsgebäude I fertig sind, werden wir mit III und danach mit II weitermachen, wo die Soldaten in der Zwischenzeit wohnen.

Die wartenden Männer werfen ihre Zigaretten fort. Der eine ist etwa fünfundzwanzig, der andere um die vierzig. Ihrem Dialekt nach zu urteilen, stammen die beiden von den Inseln, vermutlich von jener, auf der umgeladen wurde. Der Ältere hat kompakte Ohren und

Augen wie Rosinen. Alles andere an ihm wirkt groß. Er mustert uns und lächelt Rita an, dann stopft er sich eine weiß glasierte Mandel in den Mund. Es knistert und knirscht, als er uns erklärt, was wir tun sollen. Der Jüngere scheint nicht gleichzeitig sprechen und denken zu können. Wenn er etwas sagen will, kratzt er sich erst – im Haar, am Hals, an der Brust. Seine Nase ist klein mit weiten Nasenlöchern, die Hose rutscht. Der Ältere nennt ihn Sokrates, flicht anschließend seine Finger ineinander und kehrt die Handflächen nach außen. Die Gelenke knacken wie Knallerbsen. »Was ist das bloß für eine Mutter, die ihr Kind mit hierher nimmt?« Auch sein Lächeln ist groß.

Sokrates kratzt sich an der Brust. »Weiß nicht, Onkel.«

Vielleicht sind sie verwandt. Jedenfalls scheint keiner von ihnen ein Wehrpflichtiger zu sein.

ALS DIE MÄNNER uns gezeigt haben, wo wir weitere Putzutensilien finden, tragen sie Stühle ins Freie und setzen sich im Windschatten vor die Unterkunft. Wir zählen zehn Zimmer auf jeder Seite des Flurs, in dem der Putz feucht ist und in hauchdünnen Stücken abfällt, die kleben, statt zu zersplittern. Die Zimmer sind eng und schmutzig und mit Metallziffern numeriert wie in einem Hotel. Zwei Männer in jedem Raum, ein Kleiderschrank pro Person, zwei Stühle und ein gemeinsamer Tisch. Die Federn der Aluminiumbetten sind rostig, die Matratzen jedoch von besserer Qualität als unsere. Am hinteren Ende des Korridors liegt der Waschraum. Die Toiletten befinden sich in einem separaten Gebäude zwischen den Unterkünften.

Ioulia verteilt die Arbeitsaufgaben, dann erklärt sie, dass Skorpione dunkle und feuchte Stellen bevorzugen. Am liebsten verstecken sie sich unter Kissen, in Matratzen oder zwischen den Kleidern in einem Schrank. Leere Unterkünfte sind für sie ideal. Wenn wir Pech haben, ist der Skorpion weiß und hebt sich nicht vom Leinen ab. Ein Erwachsener stirbt selten an einem Stich, aber es besteht die

Gefahr einer allergischen Reaktion. »Du musst vorsichtig sein«, ermahnt sie den Jungen, sucht dabei jedoch Augenkontakt zu Fani. Wenn wir gestochen würden, müssten wir uns sofort waschen, am besten mit Waschmittel, sonst eben mit Seife. Danach hilft es, etwas Kaltes auf die Wunde zu pressen. Wenn wir in Arm oder Bein gestochen werden, sollten wir vermeiden, die Gliedmaße bis auf Herzhöhe zu heben.

Herzhöhe, denke ich. Was für ein Wort.

Falls die Symptome sich verschlimmern, müssten wir medizinische Hilfe rufen. Übelkeit, Fieber, Störungen des Sehvermögens, vermeintliche Höreindrücke, Gleichgewichtsstörungen … All das sind gefährliche Symptome, die eine umgehende Behandlung erforderlich machen. Ioulia hofft, dass es noch einen Arzt auf der Insel gibt. Was jedoch keiner so genau weiß. Möglicherweise kann man auch zur Nachbarinsel telegrafieren.

»Ja, ja, wir kapieren. Noch ein Gebot: Sie kommen, wenn man mit den Fingern schnippt.«

Ioulia entgegnet auf Ritas Bemerkung nichts. Stattdessen wendet sie sich an Fani. »Mama, es wäre am besten, wenn es uns erspart bliebe zu telegrafieren.«

Obwohl die Soldaten bis vor kurzem in der Unterkunft gewohnt haben, untersuchen wir alle Räumlichkeiten, erst danach darf sich der Junge frei bewegen. Als er begreift, dass keiner Zeit zum Spielen hat, wird er quengelig. Fani untersucht nochmals die Betten in einem der Zimmer, dann sagt sie, er soll mit dem Geschrei aufhören und dort spielen. Als wir zwei Stunden später hineinschauen, schläft er – ausgestreckt, die Arme unter dem Körper.

»Lasst ihn in Ruhe.« Ioulia legt die Decke wieder über ihn, die er fortgestrampelt hat.

»Und was mache ich, wenn er diese Nacht nicht schläft?«

»Dann wechseln wir uns ab. Aber das wird nicht passieren.«

ZOE UND ICH putzen das Badezimmer. Sie wirkt immer noch mitgenommen von der Überfahrt. Als ich ihr sage, dass sie mich arbeiten lassen kann, setzt sie sich, wie man einen Sack Zwiebeln abstellt. »Manchmal wiege ich sechzehn Tonnen. Aber ich kann deine Arbeit ja überwachen. Du weißt schon, unentbehrlich.« Sie lächelt gezwungen. Ich frage sie, was in der Medusastraße passiert ist. Ihr Blick ruht lange auf mir, dann schüttelt sie den Kopf. Noch nicht.

Die Wände sind bis auf einen Meter Höhe mit Kalkfarbe gestrichen, danach geht das Weiß in Himmelblau über. Die Stockflecken sehen aus wie Anemonen. Die Männer haben mit ihren Stiefeln rotbraune Erde hereingetragen; nur der gefliese Boden in den Duschen ist halbwegs sauber. »Sie leben fast wie wir«, stellt Zoe fest. »Aber sind sie Zweige?« Zwei der Spiegel sind gesprungen, den dritten ziert ein Aufkleber mit einer Reklame für das staatliche Bier. Darunter hängt ein Regalbrett für Toilettenartikel. Ich entdecke eine Zahnbürste und eine festgetrocknete rostige Rasierklinge. Als ich die Klinge abgelöst habe, wickele ich sie in ein Stück Putzlappen und stecke danach auch die Zahnbürste ein. Zoe sieht alles, sagt aber nichts.

In den Waschbecken kleben Haare, eingetrockneter Rasierschaum, alte Zahncreme. Nur einer der Wasserhähne funktioniert. Das Wasser rinnt in einem pfeifenden Strahl, bis es versiegt. Stattdessen hole ich welches aus dem Salzwasserbrunnen bei den Toiletten. Die Wärter schauen zu, als ich den Eimer hochkurbele; keiner hilft. Das Scheuerpulver lässt die Hände rasch rot und schrundig werden. Ein paar Stunden später stinkt das Badezimmer nicht mehr nach Schmutz, sondern nach Ammoniak.

Als wir fertig sind, inspiziert Ioulia unsere Arbeit. Sie streicht mit dem Finger über den Rand der Spiegel, kontrolliert die Fensterrahmen und die Abflussrohre unter den Becken. Abschließend kratzt sie mit dem Fingernagel über den grünen Belag rund um die Hähne. »Das einzige Vergnügen hier ist gute Arbeit.« Von draußen dringt

Lachen an unsere Ohren; sie hebt die Augenbrauen. »Sie sind Angestellte. Rühren keinen Finger, wenn es nicht unbedingt sein muss.« Als wir hinauskommen, drückt Rita gerade mit der Schuhspitze eine Zigarette aus. Die Männer stehen auf, knöpfen ihre Jacken zu. Zoe hilft mir, die Putzlappen auszuwringen und über die Eimer zu hängen. Der Onkel pfeift. Schließlich sind alle versammelt.

Auf dem Rückweg ist der Himmel grau. Das Meer sieht aus, als könne es niemals enden.

BEVOR WIR uns schlafen legen, erklärt der Junge, er sei den ganzen Tag brav gewesen. Hätte ich ihm nicht etwas zeigen wollen? Er steht an meinem Bett, ist schüchtern, aber neugierig. »Setz dich.« Ich mache ihm Platz und suche in den Taschen meiner Jeansjacke. Mit Hilfe des Drahts, den ich gefunden habe, bastele ich eine Figur. Eine Schlaufe wird zu einem Kopf mit zwei kleineren Schlaufen als Ohren, der Körper ist gewölbt, aber hohl, die vier Tatzen sind dünn wie Piniennadeln. Der Junge braucht sie nur abzuwinkeln, schon kann die Figur gehen. »Dein Teddy hat ein Kind bekommen.«

ES MUSS PASSIERT SEIN, bevor ich acht war, denn ich weiß, dass ich noch nicht zur Schule ging. Es war Wochenende, und aus irgendeinem Grund stand ich später auf als sonst. In der Hand hielt ich mein Plüschtier. Als ich klein war, wachte ich meistens gegen halb sechs auf und spielte, bis die Geräusche auf meiner Seite des Vorhangs Theo weckten. An diesem Morgen war es jedoch schon acht, halb neun, und mein Bruder hatte bei einem Spielkameraden übernachtet. »Guten Morgen, Mutter«, sagte ich, als ich sie durch den Türspalt zum Balkon auf der Rückseite des Hauses sah.

»Gut?« Sie hatte Wäscheklammern im Mund. »Ich habe stundenlang Wäsche aufgehängt.«

Als sie etwas später in die Küche zurückkehrte, frühstückte ich.

Das Plüschtier saß neben mir, damit es meine Lektüre mitverfolgen konnte. Was immer ich las – wahrscheinlich eine illustrierte Bibelgeschichte –, es war sehr spannend, denn ich schlug ununterbrochen mit den Fersen gegen die Stuhlbeine.

Mutter legte etwas auf die Spüle, danach sah sie mich an. »Ein bisschen Impfstoff und sie benimmt sich wie eine Ballerina.«

Ich weiß nicht, warum ausgerechnet dieser Morgen so besonders wurde. Es ereignete sich nichts, was sich nicht schon an tausend anderen Morgen ereignet hatte. Dennoch blieb mir der Tag in Erinnerung, und wenn ich es recht bedenke, nehme ich an, dass es an der Zusammensetzung lag. Jede Einzelheit war wichtig. Wenn nur eine einzige gefehlt hätte oder ein paar andere hinzugekommen wären, hätte ich alles anders erlebt, und es ist nicht gesagt, dass es dann eine Erinnerung fürs Leben geworden wäre.

Mutter trug ihre Haare offen. Sie fielen braun und gewellt auf ihre Schultern. Das Gesicht war glatt und nicht sonderlich müde. Keine Spur von Make-up, aber sie schminkte sich ohnehin nur selten. Sie sah, glaube ich, zufrieden aus. Und ihre Hände waren auf eine Art sauber, wie es in meinem Leben nur Mutters Hände gewesen sind. Als Mutter sie über den Tisch streckte und meine nahm, kamen die Ärmel des verwaschenen Nachthemds unter dem Morgenmantel aus azurblauer Seide zum Vorschein. Das Nachthemd war weiß mit kleinen braunen Blüten, der Baumwollkragen bestickt. Meine aufwärts gewandten Handflächen waren warm und feucht, und ich erinnere mich, dass Mutter wissen wollte, ob ich mich vor dem Frühstück gewaschen hatte. Ich nickte übertrieben, obwohl es mir nicht in den Sinn gekommen war. Dann saßen wir schweigend zusammen – Mutter, das Plüschtier und ich –, bis Vater kam, verschlafen. In meiner Erinnerung fühlt es sich an, als ob der Augenblick ewig währte, auch wenn kaum mehr als eine Minute verstrichen sein dürfte. Trotzdem würde ich genau an diesen Tag, den längsten in meinem Leben, für den Rest meiner Kindheit denken, wenn Theo sich mit Vater stritt oder die Plastiküberzüge im Wohnzimmer knirschten.

Viel später sagte Stella etwas, was ich auch nicht vergessen habe. Damals war ich achtzehn oder neunzehn. Theo hatte das Land zwei Jahre zuvor verlassen und ich bereitete mich auf die nationale Prüfung vor, die den Abschluss des Gymnasiums bildet. Ich hatte es nach einem unserer Spaziergänge eilig, die Treppen zu unserer Wohnung im zweiten Stockwerk hochzukommen. Ich zog den Schlüssel heraus und steckte ihn in ein und derselben Bewegung ins Schloss, öffnete die Tür und legte die Schlüssel auf den Flurtisch, stieg aus den Schuhen und hängte meinen Mantel auf, alles weiter in einer Bewegung, und machte gleichzeitig eine Bemerkung über Mutter und das Abendessen, das ich zuzubereiten versprochen hatte. Stella blieb in Mantel und Schuhen stehen. Als ich mich umdrehte, betrachtete sie mich still. »Was für ein selten gut dressiertes Mädchen du doch bist.« Es kann niemand zu Hause gewesen sein, denn sonst hätte sie sicher nicht weitergesprochen. Als sie ablegte, meinte sie, jede Bewegung, die ich ausführte, sei aus dem Willen heraus flink, es allen recht machen zu wollen. Soweit sie es beurteilen könne, sei eine ansehnliche Portion Angst erforderlich, um sich so zu verhalten.

Ich wusste damals schon, dass Stella mit ihrer Bemerkung schieflag; vielleicht nicht völlig schief, aber sie interpretierte mein Verhalten falsch. Es ging nicht darum, dass ich mich vor Mutter fürchtete. Ich hatte niemals Angst vor Mutter. Ich wollte lediglich, dass sie nicht immer so traurig war. Ich habe lange gebraucht, um zu verstehen, dass das eine vom anderen nicht so verschieden ist.

Bevor ich am Abend dieses längsten Tags meines Lebens ins Bett ging, trottete ich mit dem Plüschtier ins Wohnzimmer, wo Mutter in einer Illustrierten blätterte. »Gute Nacht, Eure Majestät«, sagte ich.

Sie konnte sich ein Lachen nicht verkneifen.

IM LAUFE DER FOLGENDEN TAGE werden wir mit den Unterkünften fertig. Nach I putzen wir III, wo außer Ratten schon lange keiner mehr gewohnt hat, und im Anschluss II. Während wir die letzte Unterkunft säubern, ziehen die Soldaten in die erste zurück. Das flache Gebäude riecht nach Schweiß und Zigaretten. Die Männer haben einiges vergessen. Rita sieht Ioulia an, bis diese nickt. Am Abend sind unsere Eimer schwer. Unter den Putzlappen liegen:

Eine Nagelschere.

Einige einzelne Strümpfe.

Ein Unterhemd, verschwitzt.

Eine Rolle Angelschnur mit einem schwarzen Angelhaken. Der transparente Faden schimmert wie Fischschuppen.

Fünf Kondome.

Eine Ansichtskarte.

Eine ungeöffnete Schachtel Zigaretten.

Eine alte Zeitung. (Der Aufstand an der Hochschule hat noch nicht stattgefunden. Das Kreuzworträtsel ist gelöst worden.)

Sowie am wertvollsten von allem:

Ein Gaskocher. Der blaue Behälter ist noch halb voll.

GEGEN ENDE DER ERSTEN WOCHE gehe ich die Abfälle auf der Rückseite des Gefängnisses durch – alte Konservendosen, nasse Kartons, ein Stuhlbein. Es gibt nicht viel, was sich wiederverwenden lässt, nur ein Aluminiumrohr, das ich verbiege und so in eine Spielzeugpistole für den Jungen verwandele, der gerne Cowboy spielt. Wir arbeiten hart, aber ich merke, dass ich Gefallen an der Sorgfalt finde. Sie hält die Gedanken fern, sie verleiht den Tagen Struktur. Eines der Gebote sollte lauten: Wer über seine eigenen Bewegungen bestimmt, kann sich selbst glücklich machen.

Von allen Menschen, die ich kenne, ist Dimos der unordentlichste. Eigentlich ist das seltsam, wenn man bedenkt, wie genau er arbeitet, wenn er einzelne Komponenten verlötet. Aber er lacht nur heiter und sommersprossig und erklärt, die Lehre solle rein, das Leben dagegen unaufgeräumt sein. Ich persönlich würde Staub unter dem Bett Gegenständen am falschen Platz vorziehen. Wahrscheinlich macht mich das zu einer besseren Architektin, aber zu einer schlechteren Ideologin.

Die meiste Zeit werden wir vom Onkel und von Sokrates bewacht; die Wehrpflichtigen haben andere Aufgaben. Manchmal sehen wir sie exerzieren, und an den Nachmittagen dringen von der anderen Seite des Bergs Schießübungen an unser Ohr, aber in erster Linie scheinen sie Sachen von der Nachbarinsel zu holen oder sind in Teilen des Gebäudes beschäftigt, zu denen wir keinen Zugang haben. Ich schüttele den Kopf, als Sokrates fragt, ob ich weiß, wo Eldorado liegt. Etwas später zeigt Rita dem Onkel ihre Blasen. In dem Eimer, den sie abgestellt hat, glänzt das Wasser wie ein Spiegel. Sie ballt ihre Hände zu Fäusten und öffnet sie wieder, die Handteller sind rot, die Blasen weiß. Der Onkel packt ihr Handgelenk und dreht es, bis die drei algengrünen Punkte sichtbar werden. Sie reißt sich los und tut so, als spannte sie die Muskeln an. Der Onkel lacht laut. Man sieht, dass sie die Zeit totschlagen. Dennoch sorgt Rita dafür, dass alles zu ihren Bedingungen geschieht.

Zoe kommt mit der Schubkarre. »Die da …« Sie lädt den Müll ein. »Weißt du, was Gramsci von Prostitution hält?« Die neue Brille, die ihr der Kommandant bewilligt hat, ist viel zu groß. Außerdem scheint die Sehstärke nicht zu stimmen. Jetzt schiebt Zoe sie die Nase hoch und ähnelt nicht länger einer russischen Aktivistin. »Eine Frau hat das Recht, selbst über ihren Körper zu bestimmen.«

Als sie in Richtung Müllschlucht verschwindet, hüpft die Fuhre abenteuerlich über die Steine.

WENN WIR ABENDS zum Schlafsaal zurückkehren, fehlt uns die Kraft, noch irgendetwas zu tun. Ich habe das Bett in der hintersten Ecke. Als Kleiderschrank dient mir eine Obstkiste. In dieser liegen zusammengefaltet meine Kleider sowie eine der zusätzlichen Decken, die wir gefunden haben. Die anderen machen es genauso. Die Kleider zuunterst und eine Decke darüber – in einer Kiste oder Reisetasche –, damit die Ratten nur begrenzten Schaden anrichten können. Alle außer Fani. Sie und der Junge haben Stoffreste auf die Drahtfigur gespannt, die ich gebastelt habe, und er benutzt den Schrank zum Spielen. Ehe er sich schlafen legt, stellt er den neuen Teddy als Wachposten gegen die Ratten auf; die Pistole verschwindet in der alten Keksdose.

Fani ist für das Essen verantwortlich, was bedeutet, dass sie den wichtigen Gaskocher bedient. Reis, Linsen, das harte Brot, das mit Öl aufgeweicht werden muss, Minzblätter, Oregano, der seine Farbe verloren hat und Staub ähnelt – alles Essbare wird in Tüten verwahrt, die sie um die Säulen im Schlafsaal bindet. Wenn wir Glück haben, erhält sie den Befehl, für die Soldaten zu kochen. Dann bringt sie uns immer etwas mit. Zwei überreife Tomaten. Eine Zwiebel. Schafskäse, in Salzlake schwappend.

Eines Abends kommt sie mit einem halben Hähnchen. Langsam zieht sie einen Flügel aus der Tasche ihrer Schürze, danach einen Schenkel und etwas Gekröse. Alle jubeln. Der Junge bekommt die gelbbraune Haut. Er riecht misstrauisch an ihr, stopft sie sich dann doch in den Mund und kaut, als wäre es ein Kaugummi. Ich befürchte, dass man den Hunger in meinen Augen sehen wird, und räume, darauf wartend, dass das Essen serviert wird, den Kleiderschrank um. Meistens kocht Fani jedoch in der Küche der Gefangenen, die in einem Anbau auf dem Gefängnishof liegt. Dort gibt es einen Holzofen und eine Backsteinspüle. Die eingelassene Eisenplatte wird höchstens lauwarm.

Zoe ist für den Destillator verantwortlich, eine plumpe Gerätschaft aus Rohren und Konservendosen, mit der frühere Gefangene das Salz ausgekocht haben. Zunächst hat sie jedes Teil gemustert und eine Reihe kleiner Veränderungen vorgenommen; zu dem Jungen meinte sie scherzhaft, man könne eigentlich auch seine Pistole benutzen. Mittlerweile ist es, als hätte sie sich nie mit etwas anderem als der Reinigung von Wasser beschäftigt.

Rita und die Nervenprinzessin kümmern sich um das schmutzige Geschirr.

Ich selbst bin für den Kamin verantwortlich und manchmal auch für den Eimer, den wir nachts als Toilette benutzen.

Ioulia überwacht alles. Und legt sich als letzte hin, nachdem sie die Sachen, die wir aus der Unterkunft mitgenommen haben, wieder versteckt hat. Bis auf weiteres müssten wir vorsichtig sein, meint sie und zieht die Tüte zu der Rampe oberhalb des Saals hoch, wo die Soldaten kaum suchen werden. Die Angelschnur ist vor der Wand praktisch nicht zu sehen, schimmert aber manchmal wie der dünnste Regenbogen. Wenn Ioulia die Petroleumlampe ausgeblasen hat, hören wir sie zum Bett zurückschlurfen. Die Streichhölzer verwahrt sie unter dem Kopfkissen. Das weiß ich, weil ich Ioulia manchmal für den Kamin darum bitten muss.

Der Junge hat keine Arbeitsaufgabe. Er ist nur Junge.

ICH DENKE, mit der Zeit werden wir anfangen, uns in der Dunkelheit zu unterhalten, aber noch muss jede von uns begreifen, wo sie sich befindet. Gefühle sollen gezügelt, Erinnerungen festgezurrt werden. Vermutlich hat auch der Schlafsaal etwas, was uns die Stille bevorzugen lässt – als erinnere uns seine Leere an die Leere in uns selbst. Wenn das Licht gelöscht ist, hört man nur die Wellen und die Ratten. Bevor wir einschlafen, denke ich für einige hilflose Minuten daran, wie fern alles ist. Nachts scheint einem die Welt viel weiter weg zu sein.

Am letzten Abend der ersten Woche kommt Spanos, als wir gerade essen wollen. Er erklärt, er habe den Befehl erhalten, Einzelgespräche mit uns zu führen, dies sei Teil der neuen Richtlinien des Ministeriums, aber im Moment wolle er nur einmal schauen, wie es uns geht. Trotzdem handelt es sich auch um eine Kontrolle, was wir daran erkennen, dass er den Soldaten ein Zeichen gibt, den Schlafsaal zu durchsuchen. Sie müssen entdeckt haben, dass aus Mannschaftsgebäude II Gegenstände verschwunden sind. Während die Männer jedes Kissen und jede Matratze umdrehen, wird in unseren Schalen die Suppe kalt. Die Regenmäntel quietschen, als sie unsere Schränke durchsuchen. Der Junge liegt mit einem Apfel, den Fani in der Küche gefunden hat, auf dem Bett und verfolgt aufmerksam, was geschieht. Kleider werden geschüttelt, Essenstüten entleert, der Ofen geöffnet, und ich muss einen Stock hineinstecken, um zu zeigen, dass darin nichts liegt. Die Männer kontrollieren sogar das neue Gitter, das sie selbst in das zuvor mit Brettern vernagelte Fenster eingesetzt haben. Sie geraten ins Schwitzen und knöpfen ihre Mäntel auf. Die Angelschnur entdecken sie trotzdem nicht.

»Ihr benehmt euch.« Der Kommandant wärmt seine Hände über dem Ofen. »Und habt es schön hier.« Angesichts der ärmlichen Umstände wirkt er verlegen, aber auch verärgert, weil sie nichts gefunden haben. Bevor er geht, sagt er, dass die Gespräche in der nächsten Woche beginnen werden. Dann wendet er sich den Soldaten zu: »Die Herren dürfen wählen.«

Fani versucht den halb gegessenen Apfel des Jungen zu verstecken, bleibt aber mit ihm in der Hand sitzen. Als die Männer sie sehen, fällt es nicht weiter schwer, sich auszurechnen, wen sie herausgreifen werden.

IN DIESER NACHT kann ich nicht schlafen. Nach dem Essen habe ich mich in der Hoffnung umgeschaut, eine der anderen könnte zu satt sein, um alles aufzuessen. Aber jede hatte ihre Schale geleert, so dass ich stattdessen meine auszulecken versuchte. Als ich aufblickte, schüttelte Ioulia still den Kopf; sie schien es ernst zu meinen. Dann, als wir zu Bett gehen wollten, drückte sie mir ein Stück Brot mit Schafskäse in die Hand. »Kein Wort zu den anderen.« Sobald sie die Öllampe gelöscht hatte, stopfte ich mir das Essen in den Mund. Der Schock aus Salzigem und Säuerlichem durchstrahlte den Körper. Es kam mir vor, als wäre alles an mir entflammt worden.

Nun liege ich unter den Decken. Ich hatte mir geschworen, es nicht mehr zu tun, aber in dieser Nacht ist es unmöglich. Um den Hunger fernzuhalten, bilde ich mir ein, die Schwere, die ich spüre, sei Dimos. Der Mann mit dem Birnenbauch und Fingerknöcheln so groß wie Nüsse. Der Mann mit Puder auf den Schultern. Mein baumgleicher Freund. Ich mag es, wenn er auf mir liegt. Brust an Brust, Schenkel an Schenkel, Fuß an Fuß. Am liebsten soll kein Körperteil das Bett berühren. Dann ist es, als trüge ich uns beide. Es verblüfft mich nach wie vor, dass die Wölbungen seiner Füße so perfekt auf meine Fußknöchel passen. Wenn Dimos mich nicht küsst, liegt seine Wange auf meiner Stirn. Dann fühlt er sich besonders ganz an. Dann ist es, als wäre er die Welt und als ruhte diese Welt auf mir. Seine Brust hebt und senkt sich wie die eines riesigen Kindes. Manchmal kitzelt mich sein Bart, aber ich versuche möglichst nicht daran zu denken. Wenn er etwas sagt, bitte ich ihn, still zu sein. Die Bartstoppeln kratzen zu sehr, und im Übrigen ist das Schweigen der Teil der Schwere, der mir am besten gefällt.

In ein paar Monaten wird mein Freund nicht mehr auf mir liegen können. Ich würde mir wünschen, dass es vorher noch ein letztes Mal geschähe, nur ein paar Minuten, bevor es nicht mehr geht. Aber ich vertraue nicht darauf, dass wir die Insel nach unserem Großputz verlassen dürfen. Die Gespräche, die Spanos führen möchte, müssen einen Zweck verfolgen. Oder mache ich mir unnötig Sorgen? Was würde ich tun, wenn wir doch zurückkehren dürften? Die rote Flora wusste nichts, nur, dass Dimos nicht unter denen war, die mit ihr zusammen verhaftet wurden. Wenn die Sicherheitspolizei ihn dennoch gefasst hat, ist zu befürchten, dass sie ihn in eine der Militärkasernen gebracht haben. In den Lazaretten dort werden Menschen nicht zusammengeflickt, sondern auseinandergepflückt. Ich stelle mir vor, wie die Frauen vor den Toren von Pachinas am Eingang zu warten, bis ich ihn treffen darf. Mein Gefühl sagt mir sogar, dass ich bereit wäre, zur Medusastraße zu gehen, falls er dort festgehalten werden sollte. Aber wahrscheinlich bilde ich mir das nur ein.

Ein paar Minuten mit dem Baum auf mir, das ist alles, was ich begehre. Dann könnten wir überlegen, was wir tun und ob wir seine Verwandten in Schweden um Hilfe bitten sollen. Ein Cousin seines Vaters ist nach dem Bürgerkrieg dorthin geflohen – inzwischen ist er Arzt und hat heute Familie und ein Haus in einer Universitätsstadt, in dem wir am Anfang wohnen könnten. Ich würde auf die Kinder des Doktors und unser eigenes aufpassen, Dimos im Garten arbeiten. Sobald wir die Sprache gelernt haben, könnten wir das Studium abschließen und Arbeit suchen. Es würde mich sehr wundern, wenn die Schweden sich nicht für Mehrfamilienhäuser in urbaner Umgebung interessierten.

Seit unserer Ankunft auf der Insel habe ich nicht mehr geweint. Der Körper schont seine Kräfte, aber als ich die Gedanken in dieser Weise schweifen lasse, wünsche ich mir, ich könnte es. Im Nachbarbett wimmert der Junge, Fani macht leise Schh. Ich drehe mich zur Wand. Das Mondlicht zittert über den Putz, die Wand ähnelt Wachspapier. Während ich dem Meer lausche, frage ich mich, was es bedeutet, nicht aufzugeben. Als Nächstes überlege ich, wie viele Tage vergehen werden, bis die Tränen von selbst kommen. Manchmal glaube ich, das Einzige, was ich geerbt habe, ist Mutters Zähigkeit. Und Vaters schlechte Zähne. Ich merke, dass es mir schwerfällt, das Rauschen der Wellen von meinen eigenen Atemzügen zu unterscheiden. Oder vom Scharren der Ratten. Außerdem bilde ich mir ein, dass die Hagebutte in mir atmet, was unmöglich sein kann. Irgendetwas stimmt mit meiner Wahrnehmung nicht. Manchmal schmecken die Dinge auch seltsam. Der Reis, den wir heute Abend bekamen, sah zum Beispiel eher wie Fischmehl aus, aber als ich an ihm roch, dachte ich: Papier. Ehrlich gesagt weiß ich nicht recht, wer ich momentan bin.

ICH MUSS eingeschlafen sein. Erst merke ich es nicht, das Gehirn ist trübe und ich glaube, dass die Stimme ein Teil des Traums ist. Doch als ich mich umdrehe, höre ich sie wieder: »Was soll ich tun?«

Fani sitzt auf der Bettkante. Nach einer Weile geht ihr Schniefen in Schluchzer mit einem langgezogenen Wimmern am Ende über. Sachte gewöhnen sich meine Augen an die Dunkelheit und die Gestalt wird deutlicher, als würde das Mondlicht ihre Konturen aus der Nacht ausschneiden. Nun erkenne ich Gesicht und Hände. Ein Oval und zwei Dreiecke. Fani reibt die Handflächen an den Knien, dann bewegt sie die Füße. Das muss kalt sein, denke ich, bis mir klar wird, dass sie die Füße auf ihre Schuhe gesetzt hat. Als der Junge tritt, streicht sie über die Decke und macht Schh. Anschließend reibt sie erneut mit den Händen über die Knie und wiegt sich vor und zurück.

»Was soll ich tun? Was soll ich tun?«

AM NÄCHSTEN MORGEN hat Fani Fieber. Als sie den Mantel anzieht, knöpft sie ihn falsch zu. Der Junge hilft ihr, das dauert, danach sitzt sie willenlos und fröstelnd am Tisch. Zoe kocht aus der Minze Tee, aber als der Sohn ihn ihr hinstellt, rührt sie die Tasse nicht an. Enttäuscht legt er sich mit dem Gesicht in der Armbeuge hin. Als wir gehen wollen, weigert er sich mitzukommen. Fani starrt stumpfsinnig vor sich hin, während die Nervenprinzessin ihm die Jacke anzuziehen versucht. »Nein, so geht das nicht!« Plötzlich steht sie auf und packt ihn am Ohr. »Was ist es, was du nicht begreifst, Iosif? Ich frage dich. Was ist es, was du nicht begreifst?« Der Junge solle tun, was ihm gesagt wird. Glaubt er etwa, er sei der Einzige, der tun muss, was andere sagen? Ehe Fani sich wieder setzt, gibt sie den Drahtteddy der Nervenprinzessin, die an ihren Nägeln kaut. Sie könne mit dem Schreihals machen, was sie wolle, er muss lernen zu gehorchen.

Fünf Minuten später schließen die Soldaten auf. Es ist schon halb acht. Als sie Fani entdecken, fordern die beiden sie auf, sich zu beeilen. Ioulia bindet sich die Kordel um die Taille; es muss die Schnur sein, die um die Laken geschnürt war. »Seht ihr nicht, dass sie krank ist?« Sie schüttelt den Kopf, die Männer auch. Als wir in den Flur hinauskommen, ruft einer von ihnen Fani zu: »In zehn Minuten sind wir wieder da.«

DER PLAN SIEHT VOR, dass wir nach den Mannschaftsgebäuden mit Sektor eins weitermachen. Darin befinden sich die erste und die zweite Abteilung für Männer. An einer Tür im Flur hängt ein handgeschriebenes Warnschild: ZUTRITT VERBOTEN. Ioulia erzählt, dies sei die Werkstatt. Insgesamt gebe es in dem Gefängnis acht Abteilungen, verteilt auf vier Sektoren – sechs Abteilungen für Männer, zwei für Frauen. Irgendwo in dem Gebäude soll es auch Einzelzellen geben, aber die haben wir noch nicht gesehen. Anlässlich des Auszugs im vergangenen Jahr wurde Sektor eins genutzt, um Zementsäcke zu lagern, die von der Errichtung eines Anbaus übrig geblieben waren. Mehrere Fenster sind zerbrochen; der letzte Winter hat die Säcke hart werden lassen. Und bleischwer. Ioulia meint, wir müssten härter arbeiten als bisher. Wir hätten keine andere Wahl; wegen des Jungen könnten wir uns kein Risiko erlauben. Was passiert, wenn Fani nicht fähig ist, sich um ihn zu kümmern? Es sei das Beste, die Säcke zur

Müllschlucht zu transportieren. Wenn das Rad der Schubkarre nur hält, müsste das möglich sein. Spanos wird den Kraftakt zu schätzen wissen, vor allem, da sie die Sachen, die aus dem Mannschaftsgebäude verschwunden sind, nicht gefunden hätten. Rita protestiert. »Warum sagen wir nicht einfach, dass wir sie weggeworfen haben?« »Du weißt nicht, wovon du redest.« Ioulias Stimme zittert. »Wenn wir uns nicht verbiegen, werden wir gebrochen.«

Rita mustert ihre Fingernägel. Ich weiß nicht, was sie gegen Ioulia hat. Sie tut, was ihr aufgetragen wird, das ist es nicht, aber bevor sie reagiert, zeigt sich stets ein kurzes Zögern, mit dem sie deutlich macht, dass sie auch anders handeln könnte. »Du bist Studentin, was?« Als ich nicht antworte, nickt sie zu Zoe hin. »Und die mit der Brille? Ein Kind. Ihr wisst nichts über Männer.« Rita streicht Creme auf ihre Lippen, die weiß werden, bis sie sie aneinanderreibt. »Gib ihnen nur etwas, wenn du bereit bist, auch mehr zu geben.«

Rita kann nicht aus den gleichen Gründen deportiert worden sein wie wir. Die widerwilligen Bewegungen, ihre Art, sich die Haare zu kämmen oder den Rock glattzustreichen, während Ioulia Aufgaben verteilt, ihre Stimme, die sanft und zugleich rauh ist – durch all das hält sie Abstand zur Umgebung. Selbst der Junge geht ihr aus dem Weg. Manchmal läuft er zur Nervenprinzessin, will spielen oder ihr etwas zeigen, zu Rita kommt er nie. Trotzdem scheint sie diese Distanz weniger aufzubauen, um etwas zu schützen, eher, um andere fortzustoßen. Sie hat keine Angst, scheut sich nicht, zu arbeiten oder ihre Meinung zu sagen, sondern sorgt lediglich dafür, dass jeglicher Kontakt zu ihren Bedingungen abläuft. Das erinnert mich an das umgekehrte Kraftfeld bei Magneten. Vor den Abschlussprüfungen im letzten Studienjahr habe ich Dimos abgehört; wie nannte sich das noch? Magnetische Repulsion.

Repulsive Rita.

Die Nervenprinzessin ist die Einzige, die sie nicht abstößt.

IN FANIS ABWESENHEIT passen wir abwechselnd auf Iosif auf. Meistens übernimmt das Zoe. Als wir Sektor eins putzen, bauen die beiden aus Stühlen und einer Decke eine Hütte. Sobald sich jemand nähert, hält der Junge die Pistole hoch, die ich ihm gebastelt habe. »Zutritt verboten!« Zoe muss ihm das Werkstattschild vorgelesen haben. Einmal verschwindet er. Als er zurückkehrt, hat er die Arme voller Zweige. Stolz schaut er sich um, als inspiziere er ein Königreich. Zoe bittet ihn, in die Hütte zu kriechen, dann versperrt sie den Eingang mit den Zweigen.

Erst als wir unser Tagwerk beendet haben, rufen wir nach ihm. Er scheint eingeschlafen zu sein. Als Zoe die Decke weghebt, liegt er da, die Hände unter das Kinn geklappt. Jetzt erst sehen wir, dass er sich übergeben hat. Ioulia gibt ihm mehrere Ohrfeigen. Schließlich wacht er auf, ist benommen und stöhnt »Mama«. An seinen Händen klebt altes Rattengift.

DIE GANZE NACHT sitzt Zoe bei dem Jungen und weigert sich, sich ablösen oder beruhigen zu lassen. Er schläft unhörbar, die Drahtfigur liegt neben seinem Kissen. Wir haben kaum noch brennbares Material, trotzdem heize ich mit den letzten Holzscheiten.

Als es dem Jungen am nächsten Morgen nicht bessergeht, bittet Ioulia den Onkel um Hilfe. Zoe zeigt ihm, woher er die Zweige genommen haben muss, Ioulia erklärt, was wir brauchen. Der Onkel stöhnt und versucht ihm eine Mandel anzubieten. Als der Junge nicht reagiert, legt er sie auf das Bett. Er meint, das sei doch nicht weiter schlimm; der Junge schlafe doch nur; wir könnten abwarten. Zoe, die nicht weiß, wohin mit ihrer Sorge, geht von Nische zu Nische, setzt sich und steht auf, studiert jede noch so kleine Veränderung im Gesicht des Kindes. Schließlich schiebt sie die Brille hoch und sieht den Onkel dermaßen streng an, dass dieser mit seinen muskulösen Schultern zuckt. »Was denn? Lebt er etwa nicht?«

»Er hat nicht aufgehört zu atmen, wenn Sie das meinen.«

»Also lebt er.«

»Lebt? Das ist eine Frage der Definition.«

Als es auch Ioulia nicht gelingt, den Onkel zu erweichen, fragt Rita, ob sie ihn kurz sprechen könne. Niemand hört, was sie zueinander sagen, aber nach einer Weile lässt der Onkel lächelnd seine Finger knacken, dann verschwinden beide. Die Nervenprinzessin kaut geistesabwesend auf ihren Nägeln. Eine Stunde später kehrt Rita zurück – mit einem Aspirin und Spinat. Ioulia nimmt die Tablette an sich. Zoe will wissen, ob die nicht der Junge bekommen soll, aber sie erwidert, Aspirin sei nicht gut für die Nieren. Stattdessen bittet sie mich, den Spinat zu kochen. Ratten sterben in der Regel, weil ihr Blut nicht mehr gerinnt. Spinat enthält Vitamin K, das die Blutungen stoppt. »Drei, vier Tage. Dann ist er auf der sicheren Seite.«

Die Blätter werden kalt, ehe der Junge alles aufgegessen hat. Zoe sagt ihm, er soll den Sud trinken. Er zieht eine Grimasse. Aber er trinkt. Grimassiert. Trinkt noch etwas. Und legt sich hin, obwohl er lieber mit ihr spielen würde. Sie bittet ihn, den Drahtbär fortzulegen und still zu sein. Ärgerlich presst er ihn in seine Zinndose.

Nach dem Mittagessen gehen wir zu Sektor eins. Einer der Soldaten zeigt auf Rita. »Du nicht.« Sie erhält den Befehl, in der Verwaltung zu putzen. Den Rest des Tages ist die Nervenprinzessin still. Ihre schmalen Ellbogen bewegen sich beim Schrubben kantig, die großen Ohren glühen. Ich zeige ihr, wie man die Putzlappen so faltet, dass die Haut geschont wird. Sie lächelt dankbar, aber hilflos, als ich ihre Hände in meine nehme; die Nägel sind kaum noch vorhanden. Der Junge liegt mit schwarzlila Augenringen auf einem Feldbett. Zweimal muss er sich übergeben. Erst als der Tag sich neigt und Zoe ihn weckt, scheint er Fani zu vermissen. »Auf zum Gefecht«, sagt sie, als meine sie es wörtlich. Sie öffnet die Keksdose und wühlt darin.

»Mama«, stöhnt er.

ALS MIR die Pistole durch den Kopf geht, die ich gebastelt habe, fällt mir Mutter ein. In dieser Erinnerung, von der ich mir wünschte, ich hätte sie Dimos erzählt, bin ich zwanzig und warte auf den Bescheid, ob ich einen Studienplatz bekommen habe. Der Parkettboden im Eingangsflur ist warm, es zieht lau vom Balkon zum Hinterhof. Wie viel Uhr mag es sein – acht, neun Uhr abends vielleicht? Seltsam, ich erinnere mich nicht mehr, auch wenn das, was gleich passieren wird, mich dazu veranlasst hat, zu Stella zu ziehen. Im Wohnzimmer sind die Jalousien heruntergelassen, obwohl das Fenster offen steht. Die Florgardinen bewegen sich träge, als atmete hinter ihnen jemand. Ich sehe Mutters Silhouette im Dunkeln. Nur das leise Knirschen des Plastiküberzugs ist zu hören, wie kleine, mahlende Insektenkiefer.

Seit Theo »ausgereist« ist, wie die Leute inzwischen sagen, hat sie kaum noch Besuch empfangen. Früher kamen häufig Bekannte vorbei. Dann unterhielten sich die Erwachsenen bei Kaffee und gepuderten Süßigkeiten über die Lage der Nation. Doch nun ist die Wohnung leerer, als sie es wäre, wenn sie von niemandem bewohnt würde. Ich weiß nicht, wo Vater steckt. Wie üblich ist er nicht zu Hause.

Mutter muss mich gehört haben. Ohne sich umzudrehen, sagt sie, dass sie Theo vermisse und nicht verstehe, warum er nicht schreibt. Obwohl das Land nach der nationalen Revolution seinen Stolz wiedergewonnen hat, kommt es ihr vor, als sei die Sonne erloschen. Das letzte Mal hat sie von ihm gehört, als er die Ansichtskarte mit den weiß verschneiten Bergen auf der Vorderseite geschickt hat. Damals schilderte er, wie sich feuchter Schnee und eine aufbrechende Eisdecke anhören. Aber das ist mittlerweile über zwei Jahre her. Tante Notas Verwandte, bei denen Theo anfangs wohnte, wissen nicht, wohin er gegangen ist. Er zog nach ein paar Monaten aus, und als er das nächste Mal umzog, bekamen sie keine neue Adresse.

Alaska, denke ich still. Es muss ihm gefallen haben, der Einzige zu sein, der unser Land verlassen hat und so weit nach Westen gereist ist.

Laut erkläre ich, das bedeute wohl, dass Theo seine Ruhe haben wolle. Dann ergänze ich, ohne mich vorzusehen: »Du bist selber schuld. Jetzt fehlt er dir, aber als er hier war, sollte er in die Kadettenschule gehen. Außerdem hast du Vater gegenüber niemals zu ihm gehalten.« Die Worte kommen so unerwartet, dass man als Antwort nur den Couchüberzug rascheln hört.

Damals, als ich sie aussprach, obwohl es eher war, als täten die Lippen es aus eigenem Antrieb, war mir schwindlig, gleichzeitig war ich außer mir vor Wut. Etwas in mir hatte genug. Ich wusste, dass ich ungerecht war, aber während meiner gesamten Kindheit war es so gewesen: die Kirche, die Familie und unsere heilige Nation. Vater und Theo stritten sich, Mutter stellte sich jedes Mal auf Vaters Seite. Nicht einmal, nachdem Theo uns verlassen hatte, widersprach sie ihm, sondern zog es vor, sich im Wohnzimmer selbst zu bemitleiden. Wusste sie überhaupt, was man tun musste, um eine gute Mutter zu sein? Immerhin hatte sie zwei Kinder. Es war vielleicht nicht so lustig, Vater nach dem Aufstehen im Badezimmer röcheln zu hören. Aber wenn er zu Hause war, zog er sich wenigstens nicht zurück. Es kam sogar vor, dass er in der Küche herumfuhrwerkte und dann rief, in ein paar Minuten werde ein Frühstück für Götter auf den Tisch kommen. Und Mutter? Was sie Dunkelheit nannte, war in Wirklichkeit sie selbst. Ein großes, schwarzes Loch. Alles bewegte sich hinein, nichts kehrte zurück.

Als ich verstummte, fühlte sich mein Körper an wie ein Orkan in einer Konservendose. Mein Inneres wirbelte in tausend Richtungen, gleichzeitig war ich unfähig, mich von der Stelle zu rühren. Heute, ein paar Jahre und Katastrophen später, kann ich mich in einer Weise von außen sehen, die das Feuer im Blut damals unterband. In meiner Erinnerung sehe ich die Tochter in der Tür. Es fühlt sich an, als sei sie auf einen Schlag erwachsen geworden. Ist es wirklich schon über ein Jahrzehnt her, dass sie gedankenverloren gegen die Stuhlbeine trat?

Ich höre das Parkett knarren, als sie unbewusst den Körperschwerpunkt verschiebt, wie sie es zuweilen immer noch tut, um den Rücken zu schonen. Sie habe keine Lust zu lügen, fährt die Tochter fort – und kann sich jetzt nicht mehr zurückhalten. Sie verstehe ihren Bruder so unglaublich gut. Die idiotische Dunkelheit, die Ausrufezeichen, die nie ein Ende nehmen wollten, die ewige Sorge darüber, dass die Mutter traurig war ... »Was meinst du, wie sehr ich mir wünsche, ich hätte keine Familie!«

Die Tochter streicht sich schniefend das Haar hinters Ohr und erzählt anschließend, dass Stella sie gefragt habe, ob sie nicht zusammenziehen wollen. »So, jetzt weißt du das auch.« Es gebe ein freies Zimmer in der Wohnung, die von den Eltern der Freundin gekauft worden war, und wenn sie, die Tochter, einen Studienplatz in Architektur bekomme, habe sie nicht vor, dieses Angebot abzulehnen. Die Bleibe liege nur wenige Haltestellen von der Hochschule entfernt. Sie nehme an, dass ihre Mutter so eine Lösung bevorzuge. Oder wäre es ihr lieber, wenn ihre Tochter in Amerika studiert?

Mutter stand bedächtig auf. Ich konnte die Verlassenheit in ihren Bewegungen sehen, erkannte ihre Verzweiflung wieder. »Bitte, Maria ...« Sie zog an den Ärmeln der Bluse. »Nicht auch noch du.«

Aber ich wandte mich ab. »Lass mich los!« Und merkte, wie sich in meiner Brust etwas löste, tief unten, wo man als Mensch noch nicht fertig ist. Mutter hatte Theo immer mehr gemocht als mich. Was spielte es da für eine Rolle, ob ich zu Hause wohnte oder nicht? Als ich zu meinem Zimmer ging, griff sie nach einer der Pistolen an der Wand. Die letzte Kugel dürfte während des Befreiungskriegs vor hundertfünfzig Jahren daraus abgefeuert worden sein. Ich blieb stehen und betrachtete die Waffe in ihrer Hand, unfähig zu verstehen, was das zu bedeuten hatte. Mutter wusste es wohl auch nicht. Vielleicht wollte sie nur das Gleichgewicht nicht verlieren und hatte zufällig nach einer der Waffen gegriffen. Unwillkürlich begann ich zu

lachen, obwohl ich noch weinte, immer lauter und befreiter. Diese
versehrte Familie. Diese verrückte, versehrte Familie.

Was mit der Pistole geschah, weiß ich nicht. Aber hinter meinem
Herzen schwoll etwas an, als ich mich auf mein Bett warf – ein Wel-
lenkamm aus Trauer. Die Schwellung schimmerte von etwas, das vor
Urzeiten fortgeräumt worden war, schwarz und klein, eine Traurigkeit, heftiger als jeder Misserfolg und jede Niederlage, und die Gewissheit, dass alles, wirklich alles im Leben verschwindet.

Ich weiß nicht, ob es nachvollziehbar ist, aber seither kann ich
Mutter nicht hassen. Obwohl mich ein Orkan in Stücke riss und ich
eine Woche später auszog, hatte ich das Gefühl, dass ein Teil von ihr
in mir war. In mir ist. Manchmal glaube ich, es ist eine Kaffeebohne.

ALS DIE SOLDATEN KOMMEN, wringen wir gerade die Putzlappen aus.
Sie müssen bei einer Übung gewesen sein, denn sie haben nasse Flecken an Knien und Ellbogen. Müde teilen sie uns mit, dass wir zum
Schlafsaal zurückkehren sollen. Die Nervenprinzessin schiebt die
Hand unter meinen Arm. Ihr Blick fährt hierhin und dorthin, sie ist
angespannt und spröde. »Du und ich.« Als ihre Hüfte gegen meine
stößt, spüre ich, wie hager sie ist. »Beeilen uns?« Als ich nicht reagiere,
zieht sie an meinem Ärmel. »Komm. Zusammen ich gesagt.« Unsere
Schritte hallen im Flur wider.

Kurz darauf sind wir allein im Schlafsaal. »Dir gefällt?« Die Nervenprinzessin streicht ihr Haar hinters Ohr, ihr Blick flackert, während sie sich ins Profil dreht. Ich lache spontan, als sie ein Stück Kupferdraht an das große Ohrläppchen hält. Jetzt schimmern ihre Augen
zuckrig und intensiv. »Lule fein machen.« Ich nicke stumm; warum
nicht? »Danke, ich wusste!« Verschwörerisch senkt sie den Blick.
»Ich zeigen eine Sache.« Sie zieht mich zum Bett. Während sie in Ritas Obstkiste wühlt, schaut sie mehrmals zur Tür. »Ficki-ficki.« In der
Hand hält sie die Kondome, die wir aus der Unterkunft der Soldaten

haben mitgehen lassen. »Drei übrig.« Als ich sie sehe, kann ich einfach nicht anders, ich muss an Dimos denken, für den Verhütungsmittel die vornehmste Ware der Apotheke sind.

Die Nervenprinzessin will weitersprechen, als Fani, die Arme um die Schultern von Rita und Sokrates gelegt, hereinstolpert. Obwohl sie schwach ist, will sie bei dem Jungen sitzen. Zoe weiß nicht, wohin mit sich. Ioulia reicht ihr das Aspirin und bittet sie, es in etwas warmem Wasser aufzulösen. Hilflos streicht Fani dem Jungen über die stumpfen Haare. Sie scheint keine Polizeijuwelen bekommen zu haben. Gehorsam leert sie das Glas, dann fährt sie fort, ihren Sohn zu streicheln. »Nicht jetzt.« Ioulia hält Zoe auf, die Fani erzählen will, was passiert ist.

In der Nacht liegt die alte Frau bei dem Jungen, während Zoe und ich abwechselnd bei Fani sitzen. Rita und die Nervenprinzessin flüstern im Dunkeln. Als Zoe mich gegen drei Uhr weckt, setze ich mich mit einer Decke um die Schultern auf den Stuhl. Ich habe mir geschworen, nicht daran zu denken, was in meinem Unterleib unsichtbar vor sich geht. Ich habe mir fest vorgenommen, mir keine Gedanken über Dimos zu machen. Doch um diese Uhrzeit ist das unmöglich.

3 370 000. So oft hat Ioulia die Augen geöffnet und geschlossen, ehe sie die Insel verlassen durfte. Bei mir wird es nicht so viele Male passieren, aber trotzdem zu oft. Ich fange an zu rechnen. Viermal in der Minute mit den Augen zu zwinkern hieße 240-mal in der Stunde – oder 4230-mal am Tag, wenn ein Mensch durchschnittlich sechs Stunden schläft. Was eigentlich zu wenig ist, aber gut. Das wären dann 30 240-mal pro Woche oder – Moment – 129 600-mal im Monat. Aber reicht es, viermal in der Minute zu zwinkern? Wenn die Sonne den Schweiß im Gesicht brennen lässt? Wenn es windig ist und man blinzeln muss? Wenn man Angst hat oder auch nur Schmerzen? Und wie oft zwinkert ein Mensch, der sich selbst am Weinen hindern will?

Ich reiße probehalber die Augen auf. Die Dunkelheit ist nicht vollständig, aber trotz des flackernden Lichts der Öllampe fehlt es ihr an Tiefe und Konturen. Ich habe das Gefühl, stundenlang in sie hineinstarren zu können. Schon nach kurzer Zeit blinzele ich jedoch unfreiwillig. Ist eine Minute vergangen? Oder nur eine halbe? Jedes Augenzwinkern ist eine Unterbrechung, genau wie der Schlaf. Wenn einem die Augen zufallen, kann das Dasein – theoretisch – eine andere Richtung eingeschlagen haben, bis man sie wieder aufmacht. Was passiert mit einem Menschen, der nicht mehr glaubt, dass dies möglich ist? Mit einem Menschen, für den jedes Zwinkern nur immer mehr vom Gleichen offenbart? Ich würde wahnsinnig, wenn ich gezwungen wäre zu zählen, wie oft ich die Augen zumache und wieder öffne, nur um eine identische Welt zu erleben. Wäre es da nicht besser, sie zu schließen und auf Dauer Schutz hinter den Lidern zu suchen? Oder verwandelt sich das Dunkel dahinter irgendwann zu dem davor, und ist das der Moment, in dem sich die große Finsternis ausbreitet?

Ich frage mich, wie oft ich noch blinzeln muss, bis ich das erste, fischartige Zappeln in der Seite spüren darf, von dem die Frauen sprechen, oder eine schmale Säule aus Blasen, die kitzelnd zum Zwerchfell aufsteigt, oder ein richtiges Treten. Ich bin in der elften Woche. Wie oft habe ich in dieser Zeit mit den Augen gezwinkert? Ich rechne es aus. Das erste Ergebnis ist falsch, aber dann rechne ich noch einmal nach und komme auf 332 640-mal. Kann das wirklich stimmen? Dreihundertzweiunddreißigtausendsechshundertvierzigmal in elf Wochen. Unglaublich. Mindestens so oft habe ich seit der ›Unachtsamkeit‹ die Augen geöffnet und geschlossen. Ist der Körper noch derselbe wie vor jener Nacht im Oktober, in der Dimos sagte: »Du und ich, wir brauchen dringend frische Luft«, und die Matratze auf die Terrasse hinauszog? Kann das, was dort geschah, als ein entscheidendes Ereignis gewertet werden, obwohl mein Freund, der sicher etwas ahnte, als wir uns das letzte Mal sahen, noch nichts von den Folgen weiß? Und würde er es eine aktive oder eine passive Handlung nennen?

Draußen frischt der Wind auf. Die Fenster knacken, aber ich höre keine Ratten. Im Morgengrauen pinkele ich in den Toiletteneimer. Ich betrachte die Lebensmitteltüten um den Zementpfeiler, beschließe jedoch, nichts herauszunehmen, obwohl mir der Hunger gerade Löcher in den Magen nagt. Stattdessen lösche ich die Lampe. Und schließe die Augen, bis ich vergesse, dass ich es getan habe.

DER NÄCHSTE TAG ist spatzengrau. Zwei Wochen sind seit unserer Ankunft vergangen. Die Wäsche, die an Leinen zwischen den Pfeilern hängt, wird niemals richtig trocken. Die letzte Feuchtigkeit verschwindet erst am Körper. Ich ziehe eine neue Unterhose an, dann entfache ich mit Zweigen ein Feuer. Die Nervenprinzessin fährt mit einem Stahlkamm durch Ritas Haar. Zoe bereitet das Frühstück vor, dann hilft sie Ioulia beim Anziehen der Schuhe. Die Alte sitzt auf einem Klappstuhl, den wir in Sektor eins gefunden haben. Aufrecht, die Hände unter den halb angehobenen Knien verschränkt. Als sie die Füße absetzt, sehen ihre Schuhe überraschend gepflegt aus. Als Zoe nicht aufhört zu fragen, was die Soldaten wohl mit Fani gemacht haben, erklärt Ioulia, nicht alles sei äußerlich sichtbar. Weil ihr Blick dabei auf mich gerichtet ist, kommt mir der Gedanke, das könne an meiner Frage vom Vorabend liegen, ob der Reis nicht ein bisschen sehr nach Papier schmecke, auf die ich nur ein Kopfschütteln zur Antwort bekam.

DAMIT FANI sich ausruhen kann, nehmen wir den Jungen mit. Er liegt unter einer Decke, das Kinn in die Hand gestützt, schaut uns zu und erzählt, was er werden will, wenn er einmal groß ist. Dann dreht er sich auf den Rücken, zählt bis zehn und danach rückwärts bis null, nennt die Namen der drei größten Städte des Landes und verkündet, wer die besten Fußballspieler sind. Nur manchmal ist er still. Dann wissen wir, dass er schläft.

Am dritten Tag beginnt der Junge aus eigenem Antrieb zu fegen. Nach einer Weile stützt er sich auf den Besen und wischt sich den Schweiß aus der Stirn. »Schön, nicht?« Am selben Abend bringt Ioulia aus der Küche Spinat mit. Am nächsten Morgen wärmt sie den Sud auf, aber statt die Tasse zu leeren, geht der Junge damit zu seiner Mutter. Er legt den Arm um Fanis Nacken und sagt ihr, was wir zu ihm gesagt haben: »Du musst es versuchen.« »Noch einen Löffel.« »So ist es gut. Vorsichtig. Bravo, Mama.« Er klingt wie ein Erwachsener, der auf die Größe eines Kindes geschrumpft ist.

»Mein kleines Hausmütterchen«, lacht Fani heiser. Als sie ausgetrunken hat, will sie ihn nicht loslassen. »Komm mal her, mein kleines Hausmütterchen!«

»Schone deine Kräfte«, protestiert der Junge und richtet ihr die Decke. Dann kann er sich nicht mehr ernst halten. Vor lauter Lachen nach Luft schnappend, fällt er auf seine Mutter und lässt sich kitzeln.

Am fünften Tag erzählt Fani uns, was passiert ist. Am Abend sagt sie: »Das Leben ist trotz allem nicht so schlecht.« Ihr Gesicht ist hager, aber es leuchtet. Sie hat Schweißperlen auf der Oberlippe.

»Wenn das die Vereinten Nationen hören.« Rita wärmt sich gerade die Hände am Kamin. Sie wirkt müde. Zum ersten Mal sind ihre Haare ungepflegt, ihre Bewegungen ohne Kraft.

DAS SOGENANNTE GESPRÄCH dauerte den ganzen Tag. Drei Männer waren daran beteiligt; Fani kannte nur zwei von ihnen. Spanos verschwand nach einer Weile. Er musste sich um die Weihnachtsurlaube kümmern, während der Onkel bis zum Mittag blieb. Danach begann das eigentliche Verhör. Der unbekannte Mann wollte alles wissen – Namen, Datum, Adressen, Verbindungen. Vor allem Fanis Brüder interessierten ihn. Sie erzählte nicht viel und nur Dinge, von denen sie annahm, dass sie ihm ohnehin bekannt waren. Doch das nützte ihr nichts. Als sie erklärte, sie stamme von den Inseln, meinte er, der Aufenthalt hier sei für sie also ein Urlaub. Er hatte etwas ebenso Sanftes wie Korrektes, wie ein frisch geschältes Ei. Wenn ihre Antwort für seinen Geschmack nicht ausführlich genug ausfiel, zwang er sie jedes Mal, eine Schale Salzwasser zu trinken. Sie musste sich öfter übergeben, als sie sich in Erinnerung rufen wollte. »Das halbe Meer, vermutlich mehr.«

»Vom Militär?« Ioulia reicht ihr das Essen.

»Was sind das nur für Menschen? Wenn du mit fünf Jahren nicht sprechen gelernt hast, soll ich es dir dann beibringen? Ich bin nicht deine Mutter oder deine Lehrerin. Ich habe schon genug Arbeit mit meinem eigenen Kind. Wir denken, das Problem ist, was sie sagen. Aber das Problem ist, dass sie nicht einmal wissen, wie man spricht.« Fani pustet auf den Reis, dann streckt sie den Rücken. »Vom Militär? Tut mir leid, keine Ahnung.«

Als sie aufgegessen hat, helfe ich ihr in den Waschraum. Während sie ihre Hände unter dem kalten Wasser reibt, als wolle sie Flecken entfernen, die nur sie sehen kann, weiß ich nicht, wohin ich schauen soll. Zoe kommt mit dem Wasser, das auf dem Ofen erwärmt wurde. »Diese verdammten Bulgaren«, murmelt sie, als sie bemerkt, was Fani macht. Sie drückt den Stopfen hinein und füllt das Becken. »Diese gottverdammten Bulgaren.« Plötzlich geht ihr auf, was sie da sagt. Wir sehen uns an, dann prusten wir los.

AN DEN LETZTEN TAGEN vor Weihnachten ist das Wetter nichtssagend und grau. Während Rita weiter in der Verwaltung putzt, wenden wir uns Sektor zwei zu. Auch er liegt auf der anderen Seite des Flurs, der das Gebäude in zwei Hälften teilt. Feldbetten, Holzscheite, Blechtöpfe, ein paar stinkende Matratzen … Alles liegt kunterbunt durcheinander, als wären die Schlafsäle binnen weniger Minuten geräumt worden. In einem Saal steht eine ovale Zinkwanne, Zoe und die Nervenprinzessin tragen sie hinaus. Als Ioulia sie sieht, stößt sie einen gellenden Pfiff aus. »Ihr seid das Salz der Erde!« Endlich können wir uns ordentlich waschen.

Zoe hat gehört, wie die Soldaten darüber sprachen, dass bald die ersten Gefangenen kommen, aber Fani glaubt, dass es noch bis Januar dauern wird. Es wehen stürmische Winde, die Fahrwasser sind um diese Jahreszeit zu unsicher. Ich sage nichts. An den letzten Tagen sind meine Leisten morgens geschwollen gewesen, der Hals war wund. Die Verwandlung nimmt ihren Lauf, ich spüre es und frage mich, wie lange es noch dauern wird, bis die anderen etwas merken. Ich habe vermutlich genauso viel ab- wie zugenommen, aber an meinen Brüsten oder im Gesicht wird es abzulesen sein. Falls ich immer noch ein Mensch bin, der beginnt, geschieht dies nicht auf die Art, wie es Dimos meinte, als wir uns das erste Mal trafen. Ich bin müde und gereizt. Oder übertrieben freundlich. Und manchmal entdecke ich, dass ich stundenlang etwas getan habe, ohne die geringste Ahnung, was es war. Anschließend freue ich mich überschwenglich, weil Zoe oder Rita mir Platz machen und mich sitzen lassen, oder ich fühle, dass mein ganzes Ich in Tränen aufgelöst ist und zittert, außer den Augen.

Wieder wandere ich in Gedanken über die Innenseite meines Körpers. Ich versuche zu entdecken, wo sich die Zukunft bündelt, jedoch ohne die Stelle zu finden. Da ist nur dieser untergründige Schmerz, der kommt und geht und manchmal angenehm ist, mir die meiste Zeit jedoch das Gefühl gibt, mein Körper werde gerade umgestülpt. Dann weine ich, wenn auch ohne Tränen und ohne entscheiden zu können, ob es aus Freude oder Verzweiflung geschieht. Ioulia ahnt mit Sicherheit etwas. Jedenfalls teilt sie mir seit neuestem leichtere Arbeitsaufgaben zu. Wenn ich protestiere, schüttelt sie lediglich den Kopf. Wie gerade eben. Wir haben den Befehl erhalten, nun doch die Werkstatt zu putzen. Das könne ich alleine erledigen, behaupte ich, ehe ich mich abrupt hinsetzen muss, weil mein Kopf wogt. Ioulia legt ihre Hand auf meine Schulter und bittet Zoe, mich zu begleiten. »So ist es besser, nicht?«

Zoe schaut ausdruckslos zu, während ich mich zwinge, nicht zu erzählen, was in mir vorgeht. Es kann sich höchstens noch um eine weitere Woche auf der Insel handeln und ich habe nicht vor, irgendein Risiko einzugehen. Die anderen würden mich niemals verraten, da bin ich mir sicher, aber wenn sie erführen, dass ich schwanger bin, könnte Unvorhersehbares geschehen. Es würde schon genügen, dass die nächste Person, die zum Gespräch gerufen wird, bei der Behandlung einknickt.

Die Werkstatt liegt zwischen Sektor eins und zwei. Ich vermag nicht exakt einzuschätzen, an welcher Stelle im Gebäude wir uns befinden, aber als der Soldat sie uns aufschließt, begreifen wir, dass der Zutritt wegen Einsturzgefahr verboten war. Das einzige Fenster im Raum ist zugenagelt, ein Teil der Decke heruntergekommen. Zementklötze hängen an Furniereisen, die aussehen, als könnten sie jeden Moment nachgeben. Vielleicht hat ein Erdbeben die Insel erschüttert; ich weiß es nicht. Die insektenähnlichen Singer-Maschinen sind von einer dicken, grauen Staubschicht bedeckt. Nachdem wir in einem Eimer Feuer gemacht haben, untersuchen wir Regale und Arbeitstische, sichten schimmelige Kartons mit Kleidern und überprüfen, ob die Maschinen noch funktionieren. Zoe stellt enttäuscht fest, dass die Riemen, mit denen die Räder angetrieben werden, zernagt sind. Hinter einem Schrank finden wir ein vertrocknetes Rattenskelett. Das Fell ist eingesunken und sieht aus wie ein Gatter, die Schnurrhaare sind fein wie Schminkpinsel.

Ich beginne die Regale abzuwischen. An die oberen kommt man nur schwer heran. Nach einer Weile muss ich den Kopf senken, damit wieder Blut hineinfließt. Zoe betrachtet mich; ich strecke mich. Ehe sie Gelegenheit hat zu fragen, sage ich: »Du warst nicht mehr da, als ich in die Zelle zurückkam …«

Sie fegt weiter. »Minus zwei.« Während sie in die Ecken unter den Nähmaschinen zu kommen versucht, erzählt sie, dass sie überzeugt war, sie solle freigelassen werden. Einer der Wärter habe das behauptet, als die Männer sie holten. Obwohl es mitten in der Nacht war, sollte angeblich ein Bus zu einem zentral gelegenen Ort in der Stadt fahren und die nächste Gruppe freilassen. Als sie in die Tiefgarage kamen, stellte sich jedoch heraus, dass die Abfahrt frühestens eine Stunde später stattfinden würde. Stattdessen hätten die Männer sie quer durch den Raum zu einer Bank geschleift. »Weißt du noch, dieser Rothaarige?« Als die Tolle den Gürtel löste, erklärte er, es werde Zeit zu kontrollieren, ob Bulgaren wirklich alles miteinander teilten. Bei der letzten, die sie zur Teestunde mit Gebäck eingeladen hätten, habe er dazu keine Gelegenheit bekommen. Der andere Mann lachte betrunken. Als Zoe sich wehrte und die Tolle kratzte, tat sein Kollege sogar so, als würde er sie anfeuern. Am Ende wurde sie dann doch übermannt. Als die Tolle sich bereitmachte, tropfte Blut. Das war ihre Rettung, denn er musste es abwischen, und so kam sie lediglich dazu, den Männern einen einzigen Namen zu verraten. »Dann kam Inspektor Lamas.«

Mehr will Zoe nicht sagen. Ich nicke düster, die Lippen zu einem Wulst nach innen gebogen. Ist auch nicht nötig.

Als wir fertig sind, nehmen wir alle Kleider mit, die sich retten lassen. Sie riechen nach Schimmel und Kot, die Ratten haben in fast alles Löcher gebissen. Während die anderen nach dem Essen sitzen bleiben, wasche ich die Kleidungsstücke. Eine Strickjacke ist an beiden Ellbogen zerfranst, die Hemden sind vergilbt und haben Dutzende Löcher, so klein wie Pfefferkörner. Es gibt auch eine Trainingshose mit breitem, weißem Bund, einen Schal, ebenfalls weiß, ein paar

Hemden mit schmutzigen Kragen und nur eins mit Knöpfen, ein großes, sackartiges Jackett, ein Paar lange Wollstrümpfe sowie einen blauen Seemannspullover mit einem Krater mitten auf dem Bauch.

Fani findet, die Wäsche sehe schlimmer aus als die einer fahrenden Theatertruppe. »Großer Gott, nicht einmal Bulgaren würden dieses Zeug anziehen.«

»Ich bin immer der Ansicht gewesen, dass man Gott nicht stören darf.« Zoe steht todernst neben ihr.

»Du bist mir vielleicht eine.« Fani legt den Arm um ihre Taille.

Dann entscheiden sie, wem von uns was zugeteilt werden soll.

ZWEI TAGE SPÄTER sind die Kleider trocken. Ich bekomme die Trainingshose und nach etwas Betteln auch ein Hemd. Die Manschetten sind ausgefranst, die Ränder verblichen, aber als ich den Saum von innen nach außen drehe, entdecke ich, dass die Farben dort wie neu sind. Rot, rapsgelb, orange, es gibt sogar einen Schimmer von Kaffee. Die Außenseite ist nichtssagend, die Innenseite dagegen ein Regenbogen – genau so, wie ich mir gut geplante Mehrfamilienhäuser vorstelle. Im Kragen steht der Name des Herstellers, darunter eine Adresse. Die Straße liegt nur wenige Minuten Fußweg von der Hochschule entfernt in den Textilvierteln. Das Taxi, das mich vor einem Monat aufgriff, muss an der Firma vorbeigefahren sein.

Ich tausche die Slacks gegen die Trainingshose. Jetzt, da der Bauch spannt und schmerzt, fühle ich mich darin wohler, auch wenn die Biesen jede Bewegung komisch übertrieben aussehen lassen. Das Hemd, das ich über dem Polopullover anziehe, lässt meine Brüste verschwinden. Zoe hält ihre Brille mit beiden Händen, während sie in dem Seemannspullover einen Bauchtanz aufführt. Danach interessiert sich keiner mehr dafür, wie sie aussieht. Ioulia hat schon das schwarze Jackett an und erinnert mich an irgendetwas, worauf ich nicht komme. Rita spannt ihre Schärpe über einem kurzärmeligen, hellblauen Hemd, was sie wie eine Stewardess aussehen lässt, jedenfalls laut Fani, die ihrerseits den weißen Schal im Stil einer pakistanischen Präsidentenfrau um ihren Kopf drapiert und den Jungen fragt, ob sie bei ihm eine Fahrkarte lösen kann. Die Nervenprinzessin zieht eine Hose an. Bis auf die Länge passt sie perfekt. Nachdem sie den Saum umgeschlagen hat, sieht sie aus wie ein hagerer albanischer Matrose. Die Hosenbeine schaukeln hin und her, als sie zunächst mit dem Jungen tanzt und etwas später Rita aufzufordern versucht, die aber keine Lust hat. Sie tastet ihre Schärpe ab und meint, wir sollten uns amüsieren, solange es geht. »Wenn jemand euch fragt, könnt ihr ja sagen, dass ihr euch im Bus begegnet seid.«

Jetzt weiß ich es. Ioulia ähnelt in dem Jackett einem Käfer.

SPÄTER AM TAG ruhe ich mich auf dem Gefängnishof aus. Als ich merke, dass ich mühelos ein halbes Kilo Schafskäse oder getrockneten Dorsch oder ein Steak in der Größe eines Topfdeckels verdrücken könnte, beschließe ich, die Ziegelsteine in der Mauer vor mir zu zählen. In dem Moment, da ich anfange, über die Gefangenen nachzudenken, die das Gefängnis erbaut haben, verliere ich allerdings den Überblick. Es geschah vor mehr als zwanzig Jahren, nachdem das, was Dimos die andere Seite nennt, den Bürgerkrieg gewonnen hatte und die Gefangenen wussten, worum es ging: Keiner sollte diesen Ort verlassen können. Ich frage mich, wer das Ganze wohl geplant hat. War es einer von ihnen oder derselbe Architekt, der auch schon das ursprüngliche Gefängnis entworfen hatte? Wenn ich ein Schreibheft und einen guten Stift hätte, könnte ich eine Skizze anfertigen. Ich bin mir ziemlich sicher, dass es mir gelingen würde, herauszufinden, wer damals für den Umbau verantwortlich zeichnete. Wenn man selbst im Gefängnis sitzt, hat man einen anderen Blick für diese Dinge; es müsste sich daran erkennen lassen, wie das Licht hereinfällt oder wie die Einzelzellen im Verhältnis zueinander liegen.

Wegen der Tektonik der Felsplatten liegt jeder Sektor zwei Meter höher als der vorherige, wodurch das Gefängnis aussieht wie eine viergliedrige Fabrik, die über die Landspitze hochkriecht. Der Flur verläuft gerade durch das Innere des Gebäudes, einem gekrümmten Rückgrat nicht unähnlich – vom Haupteingang auf der Meerseite bis zu dem Tor auf der Rückseite des Gefängnisses. Ohne Maschinen muss die Arbeit bleischwer gewesen sein. Die Männer trugen alles selbst und zum Anrühren des Zements gab es nur Salzwasser. Der Baustil ist anders als der, von dem ich träume. Dennoch sind es die gleichen hellroten Steine und der gleiche Putz wie bei den Gebäuden, die ich im Sommer zu skizzieren begann. Es gibt keine schuldigen Baustoffe. Es gibt nur schuldbehaftete Arten, sie zu benutzen.

FANI LÄSST sich neben mir nieder. Aus den Schalen in ihren Händen steigt Dampf auf. Wir beobachten den Jungen bei einem Spiel, das nur er begreift. Sie bittet ihn, etwas zu essen, aber er hört sie nicht. An mich gewandt sagt sie, ihr Sohn habe es satt, dass das Essen immer nach Salz schmeckt. »Das Salz der Erde … Das sind die Armen, nicht?«

»Die Rechtschaffenen, glaube ich.« Ich huste, als mir ein Bissen in die Luftröhre gerät. »Die den Glauben bewahren«, sage ich und kaue weiter. »Salz hindert Fleisch daran, zu faulen.«

»Ah, das Fleisch. Das ist eine andere Geschichte.« Lustlos stellt sie ihre Schale ab. »Die Leute benutzen Worte auf die seltsamste Art.« Während des Gesprächs – Fani zeichnet Kaninchenohren in die Luft – hat der Vernehmungsleiter sie ermahnt, sie müsse sprechen. Es sei besser für sie, denn was er mit ihrem »Fleisch« tun könne, wäre Barbarei. Wenn sie nicht erzählt, was der Kommandant zu hören wünscht, wird eine wissenschaftliche Untersuchung erfolgen. »Eine wissenschaftliche Untersuchung?« Sie schüttelt den Kopf wie Ioulia. »Ich weiß, dass die CIA den Sicherheitsdienst in Vernehmungstechniken ausgebildet hat. Aber kann man so etwas Wissenschaft nennen, Mary?«

»Bulgare«, »Andacht«, »Polizeijuwelen«. Ich denke an die Worte in der Medusastraße. »Teestunde«, »Gebäck« …

Fani ruft ihren Sohn, der immer noch nicht kommen will. Inzwischen spielt Zoe mit ihm. Wie werden Worte krank? Ist es wie eine Infektion? Weiß die Person, die sie benutzt, dass sie sich anstecken kann? Und wo verbirgt sich das Gift? Fani begreift nicht, wie es sein kann, dass Worte wie »Fleisch« und »Gespräch« krank werden. Oder dass der Sinn dafür verlorengeht, was »Mutter« und was »Kind« bedeutet. Müsste das Militär nicht entgiftet werden? Und wir geimpft? »Hier, nimm sie.«

Gierig schlinge ich die Linsen des Jungen herunter. Was würde ich nur darum geben, ein bisschen frisches Brot zu haben. Eine ordentliche Scheibe Schafskäse darauf und etwas Öl, vielleicht eine Tomate und knisternden, schwarzen Pfeffer. Mehr verlange ich gar nicht.

»Habt ihr in der Werkstatt etwas gefunden, womit man nähen kann?« Fani steckt den Finger durch ein Loch in ihren Wollstrümpfen, die sie bis zu den Knien hochgezogen hat. »›Brot‹ wird es sicher schaffen. Aber ›Salz‹? Und was ist mit ›Bildung‹ und ›Freiheit‹? Auch andere Worte scheinen krank zu sein. Denk nur an ›Pop‹, ›Intellektueller‹, ›Hippie‹ …«

Sie lacht müde, als der Junge schreiend über den Hof gejagt wird. Sogar ein Wort wie »langhaarig« ist hässlich geworden – zumindest, wenn es für Männer benutzt wird. »Großer Gott, es geht doch nur um ein paar Haare.« Dann merkt sie, dass sie das Loch größer macht, und hört auf, darin herumzustochern. »Trägst du die Haare deshalb kurz? Du siehst aus wie diese … Ach, du weißt schon, wen ich meine. Die mit den Schwarzen Panthern. Diese Amerikanerin, wie heißt sie noch? Jane Fonda!« Jetzt müssen wir beide lachen – und können nicht mehr aufhören. Am Ende habe ich einen so heftigen Schluckauf, dass Fani mir auf den Rücken schlagen muss. Der Junge bleibt stehen. »Jane Fonda«, sagt sie. »Unglaublich, Iosif. Wirklich unglaublich.«

Als Zoe begreift, worüber wir sprechen, schlägt sie »Sozialist« und »Gewerkschaft« vor. Dann zählt sie Abkürzungen für politische Gruppierungen, verbotene oder aufgelöste auf, die der Junge zu wiederholen versucht, aber durcheinanderwirft. Schließlich kommen wir zu den Eigennamen. Als wir die bekanntesten Persönlichkeiten abgehakt haben, meint Fani, sie sei sicher, dass Bob Dylan auf der schwarzen Liste stehe – genau wie Melina Mercouri. »Aber die Beatles sind harmlos, oder?« Ich nicke; wenn man von John Lennon absieht, hat sie sicher recht. Suzi Quatro dagegen nicht. Fani stöhnt. »Diese Liste lässt sich endlos verlängern.«

Plötzlich durchschneidet ein Pfeifen die Luft. Der Onkel kommt mit Sokrates, die Pause ist vorbei. Zoe gibt dem Jungen seinen Drahtteddy zurück, mit dem sie ihn gejagt hat; nach der Nacht in der Zinndose ist er fast zweidimensional. »Ich frage mich, wann ›Vaterland‹ und ›Loyalitätserklärung‹ auf der Liste landen.« Da Zoe mit ihrer neuen Brille nicht gut sieht, kneift sie die Augen zusammen, als bekäme sie plötzlich Bauchschmerzen. »Hoppla ...« Nun entdeckt auch sie die Männer. Als wir in das Gebäude zurückkehren, denke ich an Mutter, die Theo immer das Salz der Erde nannte, aber nie ein Problem damit hatte, ohne geographische Rücksichten von den Bulgaren zu sprechen. Das ist ein weiterer Grund dafür, warum es mir so schwerfällt, das Wort »Kaffeesatz« in den Mund zu nehmen. »Fleisch«, »Gebäck«, »Teestunde« ... Mit Worten ist es wie mit allem anderen: Die Verwendung entscheidet, wer man ist.

AM ABEND setzt sich Zoe auf mein Bett. Ich bin lustlos. Die Füße sind kalt, die Lymphknoten schmerzen. Vielleicht bekomme ich eine Erkältung. Still streicht sie über die Decke. »Genossin, weißt du noch, dass ich vor ein paar Wochen für dich gesungen habe? Soll ich es wieder tun?« Ihre Haare sind ungewaschen, aber sie hat weniger Pickel. Sie nimmt die Brille ab und setzt sie wieder auf. Irgendetwas scheint sie zu beschäftigen.

Als ich den Kopf schüttele, erzählt Zoe, Lamas habe der Tolle den Befehl gegeben, seine schlimmen Kratzwunden zu versorgen. Anschließend habe er den zweiten Wärter angewiesen, sie zu Minus eins zu bringen, wo tatsächlich ein Bus wartete. Als dieser auf die große Ausfallstraße fuhr, sei ihr allerdings klar geworden, dass sie nicht freigelassen, sondern nach Pachinas verlegt werden sollte. Sie sei froh, dass wir uns dort getroffen hatten. »Ich weiß nicht, ob sie den Namen überprüft haben, den ich ihnen gegeben habe.« Sie schiebt die Hand unter den Pullover und kratzt sich in der Achselhöhle, dann nennt sie einen kommunistischen Führer, der kürzlich, nach vierzehn Jahren in Sibirien, gestorben war. Die Öllampe auf dem Tisch flackert, der Docht ist heruntergebrannt.

»Sag mal, dieser Inspektor Lamas …«

»Mm.«

Zoe mustert ihre Fingernägel, die Nissen sind klein und weiß.

»Kennst du ihn?«

IN DIESER NACHT schlafen wir in voller Montur. Die Fenster knarren, die Türen zittern in ihren Schlössern. Das rauhe Wetter gibt keine Ruhe, bis es durch Ziegelsteine und Putz gedrungen ist und in unseren Körpern abflauen kann. Hinter dem Wind donnert das Meer. Alles ist in Aufruhr. Wir schlafen in einer Kathedrale aus Blitz und Donner ein.

Noch drei Tage bis Heiligabend.

IV.

IN DER NACHT atmet der Junge neben mir in kurzen, regelmäßigen Zügen, dahinter höre ich Fanis nahezu lautlose Dünung, und etwas weiter entfernt schnarcht Ioulia. Der Wind ist schwächer geworden, vereinzelt lässt eine Böe die Fenster klappern.

Bevor wir uns schlafen legten, meinte Ioulia, an Weihnachten hätten wir das Recht auf einen Gottesdienst. Rita verdrehte die Augen. Zoe schob die Schultern hoch. Ich selbst wusste nicht recht, was ich davon halten sollte, musste aber an die Olympiastraße denken, wo Sonntage ohne Kirchgang als unvollkommen galten.

Nachdem ich mit Stella zusammengezogen war, wollte ich ein paar Wochen verstreichen lassen, bis ich Mutter und Vater besuchte. Doch je mehr Zeit verging, desto weniger Lust hatte ich. Außerdem stellte Stella mir Antonis vor, was alles noch komplizierter machte. Dann starb Tante Nota, es war im August letzten Jahres, und als ich Mutter am Telefon hörte, konnte ich mich nicht weigern zu kommen. Ihre Stimme war so trocken wie immer, aber an den Rändern klumpte das Flehen. Am nächsten Tag saßen wir am Esstisch zusammen – Mutter, die Haare zu einem strengen Dutt hochgesteckt, der das Gesicht zusammenhielt, Vater mit Wangen, die vor Verdruss aufgedunsen waren. Sie hatten gerade den Inhalt des Testaments erfahren.

Als Mutters erster Mann im Bürgerkrieg gefallen war, hatte Tante Nota ihr angeboten, sich um Theo zu kümmern. Später war sie Trauzeugin, als Mutter zum zweiten Mal heiratete. Anfangs hatte Vater sich nicht für die Frau von schräg gegenüber interessiert. Sie war ihrerseits der Ansicht, dass ein Mann mit einem juristischen Staatsexamen eine akzeptable Partie für eine Kriegswitwe darstellte, auch wenn er zwölf Jahre älter und nicht unbedingt für seine zuverlässigen Hände bekannt war. Mit der Zeit gewöhnten die beiden sich jedoch so weit aneinander, dass es Vater erlaubt war, sie scherzhaft Mütterchen zu nennen; »Schwiegermutter« gefiel ihr nicht.

Beim Essen ließ ich den Blick über die Porzellanfiguren schweifen, die wir als Kinder nie anrühren durften, während Mutter erläuterte, was die Person, die ihr mehr geholfen hatte als jede andere, darüber verfügt hatte, was mit ihren Besitztümern geschehen solle. Vater blieb stumm, seiner unterdrückten Wut nach zu urteilen, hatte er zuvor jeden Paragraphen in Tante Notas letztem Willen unter die Lupe genommen. Mutter warf einen Blick auf das gerahmte Foto auf dem Tisch, dann rückte sie den Zypressenzweig gerade und erzählte, die Beerdigung solle in dem Dorf stattfinden, das wir im Sommer immer besucht hatten. Nur weil Tante Notas Bruder auf dem Militärfriedhof der Hauptstadt mit einer Plakette geehrt worden war, hatte sie nicht vor, die erste aus der Verwandtschaft zu werden, die freiwillig andernorts ihre letzte Ruhestätte fand. Mutter wollte mit dem Sarg allein vorreisen. Das war ihr so wichtig, dass alle Fragen, die das Testament betrafen, warten mussten. Vater und ich sollten mit dem Nachtzug nachkommen.

Am Abend rief ich Stella an und erklärte ihr, ich sei mir nicht sicher, ob ich die Beerdigung ertragen würde. »Unsinn«, erwiderte meine Freundin über eine schlechte Leitung. Bevor die Verbindung endgültig unterbrochen wurde, verstand ich immerhin noch, dass sie sich durchaus vorstellen konnte, aus dem Dorf, in dem sie gerade mit ihrem neuen Freund Urlaub machte, vorbeizukommen.

Als Vater und ich zum Bahnhof fuhren, war der Himmel weit und hell. Auf dem Weg kaufte er ein Geschenk, mit dem er Mutter zu besänftigen hoffte. Wir teilten uns das Abteil mit zwei Männern, die davon sprachen, nach Deutschland auszureisen. Kaum hatten wir unsere Fahrkarten gezeigt, wurden auch schon die Drehverschlüsse von den Flaschen geschraubt. Während ich, hinter meiner Strickjacke verborgen, Seifenkrümel vom Kinn zu kratzen versuchte, leerten die Männer ihre Flaschen. Während der Fahrt wurde Vater immer gereizter. Unsere Abteilnachbarn sollten ja nicht glauben, dass er Dankbarkeit empfinde, nur weil die Verstorbene wie eine Großmutter für seine Kinder gewesen sei. Der Stiefsohn habe alles geerbt, obgleich doch seine Frau oder eventuell er selbst – das laufe aufs Gleiche hinaus – hätten erben sollen. Er wolle den Kollegen nicht in Frage stellen, der das Testament aufgesetzt hatte, behalte sich aber das Recht vor, eine genauere Untersuchung zu verlangen, falls seine Frau diesen Wunsch unterstütze. Verschwörerisch senkte er die Stimme. Wenn der Erbe sich nicht einzufinden beabsichtige, sei das sogar seine juristische Pflicht. Wer ins Ausland geht, gibt wichtige Ansprüche als Landsmann auf. »Daran solltet ihr denken. In Doitschland.«

Als wir ausstiegen, verpassten wir den Bus, und als wir mit acht Stunden Verspätung in das Dorf rollten, hatte Vater Kopfschmerzen. Bevor wir die Treppe an der Außenseite des Hauses hinaufgingen, hielt er mich zurück. Sein Blick war rot und glasig. »Das alles soll dein Bruder bekommen? Nur über meine Leiche.«

Stella half Mutter und ein paar Nachbarinnen in der Küche. Vater legte sich hin, um eine verspätete Siesta zu halten, ich auch. Als er am Abend mit den Männern auf dem Dorfplatz zusammensaß, ging ich mit Stella ebenfalls hinaus. Die Dorfbewohner erzählten sich Geschichten von der Verstorbenen. Tante Nota sei so rechtschaffen gewesen, dass sich sogar der Pfarrer während der Messe von ihr habe zurechtweisen lassen. Und eine überzeugtere Royalistin als sie werde man schwerlich finden. Nachdem ihr Bruder bei der Expansion im Osten gestorben war, habe sie dem Königshaus geschrieben und die Notwendigkeit patriotischer Opfer bekräftigt. Der Hofmarschall habe daraufhin sein Beileid in einem Brief bekundet, den man später in Plastik eingeschweißt hatte. Würde Theo den auch erben?

Die Männer zogen Vater auf, und ich merkte, dass er sich zusammenreißen musste. Schließlich stellte er sein Glas so heftig ab, dass der Inhalt herausspritzte. »Der warme Bruder? *Der* sollte in Plastik eingeschweißt werden!« Theo lebe bloß auf der anderen Seite des Atlantiks, aber sie sollten nicht etwa glauben, dass er Lust hätte, zu der Beerdigung zu kommen. Er mit seiner vornehmen Lebensart und seiner Liebe zur Oper. Damit die Männer keine weiteren Fragen stellten, packte Vater mich umgehend am Arm. »Aber was sagt ihr zu der hier? Kein Plastik!«

Ich wand mich aus seinem Griff und ging mit Stella ins Haus, die über das Spektakel lachte. Auf dem Küchentisch stand das traditionelle Trauergericht aus gekochtem Weizen und Nüssen. Bedeckt von einer feinen Schicht Puderzucker und geschmückt mit Rosinen und geschälten Mandeln, die in einer Borte an den Rändern entlangliefen, wurde es oben von einem Kreuz aus glasierten Walnüssen gekrönt. Auch Tante Notas Namen sah man in zierlicher Schrift. Den größten Eindruck hinterließen jedoch die Granatapfelkerne. Die Frauen hatten sie so glasiert, dass sie rotvioletten Tränen ähnelten, und sie zu Stielen arrangiert, die sich um den Namen rankten. Die Blütenblätter bogen sich abwärts, damit die Tränen bis in die Ewigkeit fallen konnten.

Stella fragte mich, wann ich beabsichtigte, ihnen von Antonis zu erzählen. Ich fand es dafür noch zu früh, und im Übrigen ging das Mutter und Vater nichts an. Sie widersprach; es würde ihnen zeigen, dass ich auf eigenen Beinen stehe. Ich brummte etwas vor mich hin; vielleicht hatte sie recht. Als sie sich jedoch erkundigte, ob Theo sich gemeldet hatte, murmelte ich nur etwas von Alaska. Statt nachzuhaken, drückte sie mir die übrig gebliebenen Kerne in die Hand. »Für das Leben nach diesem.«

Jetzt wünsche ich mir, Stella wäre bei mir. Oder zumindest diese Tränen. Dann würden meine Augen weniger schmerzen.

SOBALD DIE NATIONALHYMNE SCHEPPERT, ist Fani auf den Beinen. Behutsam rüttelt sie den Jungen wach. Zoe steht steif auf, dann macht sie Ioulias Bett und ihr eigenes. Ich habe ihr beigebracht, es wie ein Soldat zu machen; mittlerweile ist sie in weniger als einer Minute fertig. Nach dem Frühstück kämmt Ioulia sich mit methodischen Bewegungen die Haare. Ab und zu mustert sie den Stahlkamm. Alle haben Läuse. Was immer wir anstellen, das Ungeziefer verschwindet nicht. Nur Öl hilft, aber davon haben wir nicht viel, und was wir entbehren können, benutzen wir für den Jungen. Fani massiert das Öl auf seinem Kopf ein, anschließend muss er eine Weile sitzen bleiben, während es an Schläfen und Ohren herunterläuft, ehe sie ihm die Haare wäscht. Die Methode hilft ein paar Tage, danach juckt es wieder. Rita findet trotzdem nicht, dass er Grund zum Klagen hat. Er könne froh sein, meint sie, dass er erst sieben sei und ihm Läuse an anderen Stellen erspart blieben. »Also schön, fünf«, sagt sie, als sie den Kamm von Ioulia zurückbekommt. »Als ob das ein Unterschied wäre.«

Ioulia dreht ihre Haare auf den Kopf hoch, presst die Fingerspitzen dagegen und ruft nach Zoe. Als sie die Hand hebt, rollen sich die Haare wieder auseinander. Zoe fischt die Schnur aus ihrer Manteltasche. Sie flicht die Haare; ihre Bewegungen sind schnell und schlicht; es könnte genauso gut ihr eigenes Haar sein. Im Nu hat Ioulia einen Zopf, den Zoe zu einer grauen Gloria hochsteckt.

DIESMAL KOMMT SOKRATES. Der Soldat, der ihm folgt, ist jung und sagt nur das Nötigste. Keiner darf etwas mitnehmen, nicht einmal der Junge. Ioulia möchte sich ein Tuch um den Kopf wickeln, findet auf die Schnelle aber keins. »Beeilung, Großmutter!« Sie scheuchen uns. »Wir wollen nicht zu einem Ball.«

Als wir nach draußen kommen, halten alle wie auf Kommando ihren Kragen zusammen. Der Wind weht, der Regen fällt in Peitschenhieben und Schauern. Die Nachbarinsel ist eine schmale Verdichtung im bleistiftartigen Dunst. Starrt man länger als ein paar Sekunden hin, löst sie sich im Grau auf. Wir marschieren vorbei an der Grube hinter dem Gefängnis und den Ölfässern, in denen der Müll landet, durch das Tor in Richtung Verwaltung. An der hinteren Seite des Gebäudes gibt es zwei Türen, die ich bisher nicht bemerkt hatte. Beide sind zweigeteilt – über der einen steht POST, über der anderen ZENSUR. Am hinteren Eingang wartet ein weiterer Soldat mit hochgezogenen Schultern und einer feuchten Zigarette im Mund. Auch ihn sehe ich zum ersten Mal.

Rita, die mit den Schuhen aufstampft, sagt, wir dürften keinen Dreck hineintragen. Sie habe so viel zu tun gehabt, dass sie nur das Büro des Kommandanten ganz hinten geschafft habe. Als Zoe wissen will, ob sie es also zwei- oder dreimal geputzt habe, antwortet Rita trocken: »Das wirst du nie kapieren.« Ihr Gesicht ist blass, der Blick weiß wie Kopfschmerzen. Ioulia bittet Zoe und Fani, die linke Seite des Flurs zu übernehmen, Rita und die Nervenprinzessin sollen die rechte putzen. Sie selbst wird den Flur schrubben, und ich kann überall, wo es nötig ist, Staub wischen. Nachdem wir unsere Mäntel abgelegt haben, beginne ich in der Zensur, während Fani und Zoe die Fenster putzen. Der Junge spielt am Eingang. Als der Soldat, der vorhin geraucht hat, hört, wie er heißt, weist er ihn an, die Pistole wegzustecken und zu seiner Mutter, der »Sowjetfotze«, zurückzugehen.

Ich schätze, dass Fani mich bald fragen wird, warum mir in letzter Zeit leichtere Arbeitsaufgaben zugeteilt werden. Als Mutter muss sie die Anzeichen erkennen. Der Regen trommelt auf das Dach – ein gleichmäßiges, beruhigendes Geräusch, das uns sagt, die Zisternen füllen sich. Trotzdem müssen wir mit Wasser aus dem Brunnen schrubben. Obwohl wir seit Wochen putzen, haben wir uns nicht an das Salz gewöhnt. Die Hände werden von den Putzlappen rot, die Blasen nässen und platzen auf. Die meisten von uns wickeln sich Tücher um die Knöchel, obwohl das nur hilft, bis die Stoffstreifen ins Rutschen kommen, von da an stören sie mehr, als dass sie nützen.

Als Sokrates gegangen ist, knöpfen die Männer ihre Jacken auf und setzen sich. Sie sind eben erst angekommen, erzählen sie, und dass alles, was man sich von der Verdammnis erzählt, stimmt. Der erste Schub Soldaten hat über Weihnachten Heimaturlaub bekommen; offenbar ist nicht sicher, ob sie zurückkommen werden. Irgendwann flüstert Zoe: »Was ist eigentlich los mit dir?« Sie wringt den Putzlappen aus, damit die Wärter sie nicht hören. Ich stehe auf einem Stuhl, damit ich die Oberseite eines Schranks erreiche. Trotz der Kleider kommt mir der Unterleib schutzlos vor. Schweigend wische ich weiter.

»Nun sag schon.«

AM NACHMITTAG quietscht die Tür. Die Wärter stehen hastig und synchron auf, beide schlagen die Hacken zusammen. Der Onkel grüßt mit einer schlampigen Hand am Mützenschirm, Sokrates folgt ihm grinsend. Irgendetwas ist anders, man merkt es an ihrem Gang. Sie begeben sich zu Spanos' Büro, das sie betreten, ohne vorher anzuklopfen. Ihre Stiefel hinterlassen geriffelte Spuren auf dem Fußboden. Ich helfe Ioulia, sie fortzuwischen, danach mache ich im Postzimmer weiter. Der Junge schaut zu, während ich die Reihen identischer Fächer abstaube. Der Kommandant muss verreist sein, sonst würden Sokrates und der Onkel niemals so selbstsicher auftreten.

Wieder dringt aus dem Flur das Geräusch von Schritten. Rita geht mit jemandem vorbei, aber ich kann nicht sehen, mit wem. Mehrmals schüttele ich die Lappen im Freien aus. Beim letzten Mal sehe ich Sokrates vor dem Büro von Spanos. Der Onkel ist verschwunden, genau wie Rita. Kurz darauf steht Sokrates in unserer Tür. »Du da.« Er hat etwas im Mund. »Was willst du?« Einen Zahnstocher. Er nimmt ihn heraus und zeigt auf mich. »Die ganze Zeit vor und zurück. Was willst du?«

Fani drängt ihn hinaus. »Bitte, der Boden ist nass.«

NACH DER ARBEIT sitzen wir am Kamin. Manchmal knallen die Äste so laut, dass einem die Ohren wehtun. Wenn sie aufgebraucht sind, bleiben uns nur noch das Heidekraut und die Bretter aus Sektor zwei – die erst zerkleinert werden müssen, ehe wir sie verwenden können. Wir diskutieren gerade, wie das geschehen soll, als die Türen rasseln.

»Antreten!«

Der Onkel nickt Sokrates zu, der etwas auf den Tisch legt. Eine Säge und eine Schere. Dann wühlt er in seinen Taschen und legt noch eine Tüte dazu. Der Onkel erklärt, der Kommandant habe die Insel mit dem Boot verlassen, in dem die neuen Soldaten gekommen sind. »Für den Umzug beurlaubt.« Seine Familie habe den Herbst in der Hauptstadt verbracht, aber nach Neujahr sollten die Kinder die Schule auf der Nachbarinsel besuchen. In Spanos' Abwesenheit habe er das Kommando. »Ihr nennt mich Herr Feldwebel.« Er legt die Hände auf den Rücken und schaut sich wohlwollend um, danach erklärt er, wir könnten uns bei Rita bedanken, sie habe ihm erzählt, dass unser Brennholzvorrat fast aufgebraucht sei. Wir dürften uns für die Bretter die Säge ausleihen. Ioulia erkundigt sich, ob wir die Schere benutzen sollen, um Heidekraut zu schneiden. Daraufhin wird der Onkel ernst. Wenn die Krankenstation und die Verwaltung fertig sind, stehen nur noch die Personalküche und der Speisesaal der Wärter aus. Dort müssen die Wände neu gestrichen werden, aber die Gipsfarbe hafte schlecht. Es gebe kaum Vegetation auf der Insel und das Unkraut sei um diese Jahreszeit nass und unbrauchbar.

»Meine Güte, Herr Feldwebel. Ist das wirklich nötig?« Ioulia knöpft ihr Jackett zu. »Wir fahren doch bald zurück.«

Auf der Insel werden zum Streichen offenbar Tierhaare benutzt.

Da das Gefängnis aber kein Vieh hält, werden die Gefangenen bei ihrer Ankunft rasiert. Anschließend werden ihre Haare in die Farbe gemischt und sorgen dafür, dass sie besser auf dem porösen Putz haftet. Im Moment ist das Lager jedoch leer, die neuen Bulgaren sind noch nicht eingetroffen. Der Onkel sagt, ihm sei bewusst, dass wir Frauen sind, deshalb bleibe es uns erspart, rasiert zu werden. Er wolle uns sogar erlauben, uns gegenseitig die Haare zu schneiden. Aber es müsse geschehen, sonst würden uns Privilegien aberkannt. »Macht ihr euch schön?« Die neuen Soldaten sind sich nicht sicher, ob sie lachen oder sich teilnahmslos geben sollen.

Bevor die Männer gehen, bleibt Sokrates vor mir stehen. »So ist es eben.« Auf dem Weg nach draußen zerzaust er dem Jungen die Haare. Sein stotterndes Lachen ist noch in der Ferne im Flur zu hören.

KEINER SAGT ETWAS, bis Ioulia Zoe die Schere reicht. »Ihr habt ihn gehört. Fangen wir bei mir an.« Doch erst, als sie den Kranz auflöst und die Zöpfe vom Kopf weghält, begreifen wir, dass sie es ernst meint. Zoe gibt mir die Tüte, dann drückt sie die dicken Scherenblätter gegen den einen Zopf und schneidet widerwillig. Die Haare sind überraschend schwer, als sie in die Tüte fallen. Der Haarschnitt dauert fünf Minuten. Als Nächstes kommt Rita an die Reihe, danach die Nervenprinzessin und ich. Meine Haare sind noch so kurz, dass Zoe nur ein paar Zentimeter wegnimmt.

Fani hält den Jungen auf ihrem Schoß fest. Er strampelt und weigert sich stillzusitzen; die meisten Haare landen daneben. Ihr eigenes, langes Haar folgt willenlos nach. Als sie sich mit der Hand über den Scheitel fährt, meint sie, bis Ostern sollten wir sämtliche Spiegel abdecken. Schließlich schneide ich Zoe die Haare. »Wie Jane Fonda.« Ohne die Lippen zu verziehen, zeigt sie lächelnd auf mich.

In der Tüte liegen nun Ioulias Gloria, Zoes mausbraune Locken, meine Strähnen, Ritas blondierte Haare, der dünne Flaum des Jungen und die Wellen der Nervenprinzessin. Nur Ioulia hat noch ein paar Haare unterhalb der Ohrläppchen behalten dürfen. Sie versucht sie zu einem Büschel zu sammeln, scheitert aber. Stattdessen verschließt sie die Tüte mit der Schnur. Wenigstens werden wir in Zukunft weniger Ärger mit den Läusen haben.

Alle sehen aus wie Jungen. Der Junge, der immer wie ein Junge ausgesehen hat, sieht erwachsen aus.

»Beatles«, stöhnt Fani.

IN DER NACHT laufen die Ratten an den Wänden entlang – langes Wischen, begleitet von kurzen Klicketi-Klack-Lauten, als drehten sie sich paarweise im Tanz. Manchmal hört man auch andere Laute. Es klingt wie nasse Seile, die gedreht werden, aber ich bin mir nicht sicher, was es sein könnte. Und irgendwann ertönt ein dumpfes Plumpsen, das ich so deute, dass ein Tier vom Tisch gesprungen ist.

Die Ratten kommen nicht in unsere Betten. Anfangs hatten wir das befürchtet. Aber dann hat Sokrates unter ihnen und hinter dem Haufen aus Brennmaterial Pulver ausgestreut. Damit muss sich der Junge vergiftet haben. Mittlerweile spielt er dort nicht mehr. Und isst nie etwas, was auf den Boden gefallen ist.

Als wir einen Kadaver finden, sagt Zoe: »Ein Scharrer weniger.« Dem Jungen gefällt der Ausdruck und er benutzt ihn beim Spielen. »Du bist tot!« Schreiend sticht er uns seine Pistole in den Rücken. »Ein Scharrer weniger!« Meistens steigt uns allerdings nur der Geruch der toten Tiere in die Nase. Wenn sie vergiftet worden sind, ziehen die Ratten sich zurück, liegen in Ecken oder in den Wänden, wo wir nicht an sie herankommen. Zoe sucht sie mit Stöcken. Sie findet von uns allen den Geruch am unerträglichsten. Als sie einen stinkenden Kadaver herauszieht, wird der Junge ganz still.

Mich stören seltsamerweise weder der Geruch noch ihre Geräusche, aber ich bin trotzdem unruhig. Gestern hat jemand vergessen, das Brot wegzuräumen. Als ich nachts aufstand, um den Eimer zu benutzen, konnte ich der Versuchung nicht widerstehen, es zu essen. Hinterher saß ich zitternd und voller Reue auf dem Bett. Trotzdem habe ich sogar noch die Krümel aus dem Handtuch gepflückt und einen nach dem anderen gegessen.

Am Morgen tat ich so, als würde ich gerade entdecken, dass das Brot fort war. Ich sah in den Tüten nach und wollte anschließend wissen, wohin es verschwunden sei. Ich weiß nicht, was über mich kam, aber das Blut pochte in den Augen, die Hände bebten. Wenn wir nicht einmal so weit zusammenhielten, dass wir das Essen teilten, könnten wir die Gebote gleich vergessen, sagte ich. Ich wisse ja nicht, was die anderen dazu meinten; ich persönlich hätte jedenfalls keine Steintafeln gesehen. Im Übrigen beabsichtigte ich jetzt, die Mohrrübe auf dem Tisch als meine zu betrachten. Ich begann zu kauen. Die Erde, die nicht abgewaschen worden war, knirschte. Als ich die rotgelben Splitter ausgespuckt hatte, sank ich auf einen Stuhl. »Ich kann nicht mehr«, schluchzte ich. »Macht, was ihr wollt. Ich kann wirklich nicht mehr.«

Ioulia legte den Arm um mich. In einer Hand hielt sie das Handtuch, in dem das Brot gelegen hatte. Sie habe es hinter den Brettern gefunden, behauptete sie. »Mut.« Der Blick, der mich betrachtete, hatte nicht die Absicht, Proteste zuzulassen. Selbst der Goldzahn im Mundwinkel wirkte streng.

UM DEM HUNGER die Stirn zu bieten, schlägt Ioulia vor, dass wir uns gegenseitig Kochrezepte erzählen. Als keine von uns etwas erwidert, bietet sie an, den Anfang zu machen.

Es braucht Zeit, den Hunger zu überlisten, und so beginnt sie mit den Einkäufen. Erst sucht sie ihre Geldbörse sowie die Tasche mit dem Handgriff und den zwei Rädern. Drei Etagen abwärts, durch die Tür und das Viertel zum Markt. Wenn Markttag sei, habe sicher jeder seine eigene Methode, sie selbst beginne am liebsten mit dem Wurzelgemüse. »Die schweren Dinge sollen ganz unten liegen wie der Ballast in einem Schiff.« Als Nächstes landen darauf Obst und Gemüse. Danach kommen die Gurken und Auberginen, und zuletzt die Tomaten, der Kopfsalat und die Trauben, manchmal auch Minze oder ein Bund Petersilie.

»Und die Pfirsiche?« Fani erläutert, sie seien die Leibspeise des Jungen.

»Und die Oliven?«, erkundigt sich Zoe.

Doch Ioulia ist schon in der Bäckerei. Dort kauft sie Brot, das seitlich in die Tasche hineingeschoben wird; die Kekse finden Platz zwischen Zwiebeln und Zitronen. Im Kolonialwarenladen kauft sie Sahne in der Flasche, Rosmarin und schwarzen Pfeffer, weil der ausgegangen ist, außerdem silbrige Anchovis in platten Konservendosen, Kapern im Glas, amerikanischen Senf, Mandelkekse und feines französisches Salz. »Ihr wisst schon, dieses feuchte, wie auch immer das heißt.« Schließlich führt ihr Weg sie zum Metzger, bei dem sie nach den besten Koteletts Ausschau hält und den sie um fünfzehn dünn geschnittene Scheiben Schinken bittet.

»Marinierte Lammkoteletts mit Kartoffeln aus dem Ofen«, konstatiert Fani und sagt, in dem Fall würde sie vorher eine geeiste Suppe aus rohem Gemüse, zerstoßenen Mandeln, frischem Olivenöl, Essig und Knoblauch reichen, serviert mit in Kräutersalz gerösteten Croutons. Zum Fleisch würde sie die Kartoffeln mit Fenchel mischen. Mit der Suppe ist Ioulia einverstanden, aber auf den Fenchel verzichte sie lieber. Sie persönlich …

Mittlerweile fallen alle einander gegenseitig ins Wort. Als sie sich schließlich geeinigt haben, wie die Koteletts serviert werden sollen, erklärt Fani, dass auf den Inseln nicht viel Fleisch gegessen wird. »An fünf von sieben Tagen in der Woche gibt es Fisch. Am Freitag Gemüse und am Sonntag, wenn man Glück hat, Hähnchen.« Zoe will wissen, warum wir dann so wenig Fisch bekommen. Und wohin der Angelhaken gekommen ist, den wir in einem der Mannschaftsgebäude gefunden hatten.

Ich liege auf dem Bett und schäme mich, weil ich über den Verbleib des Brots gelogen habe. Der Magen jammert; nach einer Weile höre ich nicht mehr zu. Doch dann erzählt Fani, wie die Inselbewohner den Fisch einlegen, und ich horche wieder auf. Sie wählt ihre Worte sorgsam, als würde sie an ihren Mann erinnern, als biete ihr jeder Schritt des Verfahrens eine Gelegenheit, sein Andenken zu ehren. Erstens wird der Fisch in grobe Stücke geschnitten, die abgebürstet werden. Wenn man keine richtige Bürste zur Hand hat, taugt auch eine Zahnbürste. Anschließend werden die Stücke in einem Gefäß in Wasser eingelegt, das jeden Tag erneuert werden muss. Nach einer Woche streut man Kalk auf den Boden, dann folgen abwechselnd Fisch und Kalk. »Die Stücke sollen mit der Hautseite nach oben hineingelegt werden, vergesst das nicht.« Schließlich eine dicke Schicht Kalk. Danach soll man Wasser erhitzen und Soda darin auflösen. Hundert Gramm pro Kilo Fisch, darauf sechs, sieben Liter sauberes Wasser. Das Ganze muss gut abgedeckt werden, die Lauge mindestens eine Woche ziehen. Wenn der Fisch so weich ist, dass man den Finger durch das Fleisch stecken kann, ist er fertig. Dann werden die Stücke abgespült und erneut in sauberem Wasser eingelegt, das während eines Zeitraums von sieben Tagen täglich erneuert wird.

»Presto«, sagt Fani.

»Uff«, sagt Rita.

Jetzt begreife ich, was mich daran interessiert hat. Als ich klein war, durfte ich nach dem Sonntagsgottesdienst das gute Salz herausholen. An den restlichen Wochentagen wurde in der Olympiastraße gewöhnliches Salz verwendet, das sich äußerlich nicht von Zucker unterschied. Nach der Messe kam jedoch nur das Salz in Frage, das Tante Nota uns immer schenkte. Es war von der gleichen Art wie das Salz, das es in Mutters Kindheit gegeben hatte. Bevor ihre Heimatstadt verwüstet wurde, aß die Familie am Sonntagmittag immer in einem französischen Restaurant unweit der Kirche, in der sie den Gottesdienst besucht hatten. Die Mahlzeiten mit Kellnern und Seidentapeten waren das Schönste, was sich Mutter nur vorstellen konnte.

Bei dem Essen nach Tante Notas Beerdigung wollte Vater ihr eine Freude machen und zog die Dose heraus, die er auf dem Weg zum Zug gekauft hatte. Aus Blech gefertigt, besaß sie einen Deckel aus Kork. Ich erinnere mich, wie erstaunt Mutter war – und erfreut, als sie das Siegel brach und der Inhalt sich als so feucht erwies, wie es sein sollte. Das Meer musste noch in den Flocken stecken, sonst konnte man sie vergessen.

Ich zeigte Stella die Dose. Ihre Außenseite war mit einer Zeichnung in blassen Farben verziert. Eine flache Küstenlandschaft, gelbgrüne Vegetation, hellblauer Himmel. Vögel wateten auf dürren Beinen durch das Uferwasser oder segelten auf rosa Schwingen durch die stillstehende Luft. Alles in dieser Welt schien horizontal zu sein. Der Eindruck verstärkte sich noch, wenn man die Dose drehte. Dann stiegen die Vögel in ewiger Bewegung auf und landeten wieder. Man konnte sich sogar einbilden, am Horizont verhallten einzelne Vogelrufe.

Mitten auf der Dose saß ein Etikett, das sich nach ein paar Wochen an den Ecken allmählich ablösen würde. Als Vater sah, was wir taten, fragte er, ob jemand wisse, was der Name darauf bedeutete, und wie von ihm nicht anders erwartet, antwortete Mutter leise: »Salzblume.« Sie griff nach der Dose, drehte sie und erzählte, dass man das Meerwasser in große Becken leitet, in denen es nach und nach verdunstet. Wenn genügend Feuchtigkeit entwichen ist, wird das Salz geerntet. Dies geschieht nach etwa zwei Monaten, zumindest in der Gegend, in der sie aufgewachsen ist, wo es vor den Toren ihrer Heimatstadt Salzgärten gab. Jeden Tag wird die oberste Schicht mit einer Schaufel abgekratzt. In ihr findet man die feinsten Kristalle. Wenn Stella nachschaue, werde sie entdecken, dass sie die Form von Blütenblättern hätten. Mutter hob den Deckel ab. Während meine Freundin die Flocken musterte, berichtete Mutter, Salz sei so bereits in der Antike geerntet worden. Es war wertvoll, da man es dazu benutzte, Lebensmittel zu konservieren. Römischen Legionären wurde ein Teil ihres Solds in Salz ausgezahlt. Deshalb spricht man im Französischen auch von *salaire*. Stella wiederholte das Wort, jedoch ohne Akzent.

Dass ich mich daran jetzt erinnere. Und daran, wie Mutters Zungenspitze gegen die Zähne tanzte. »*Fleur du Sel.*« Niemandem konnte entgehen, dass ihrem Mund das Wort gefiel.

Als Mutter die Dose abgestellt hatte, wandte sie sich an Vater. »Danke, das war lieb von dir. Aber ich habe das Testament bereits anerkannt. Bevor ihr angekommen seid, war ich beim Notar. Die Angelegenheit ist erledigt.«

IN DIE STILLE nach dem letzten Rezept fragt Rita: »Wozu soll das gut sein?« Vielleicht hat ihre Stimme auch etwas von rauchigem Tee.

»Was?« Fani will gerade ihre Haare flechten, muss aber erkennen, dass sie abgeschnitten wurden, und lässt sie wieder los.

»Die Rezepte. Etwas Essbares kommt hier deshalb noch lange nicht auf den Tisch.«

Ioulia stochert mit einem verkohlten Stock in der Glut, dann wirft sie ihn hinein. »Manchmal erzählt man nicht, um etwas aufzuwecken. Manchmal erzählt man, um etwas zu begraben.« Sie schließt die Luke. »Wenn du willst, können wir es das fünfte und das sechste Gebot nennen.«

Diesmal verdreht Rita die Augen nicht.

WENN DIMOS ETWAS NICHT PASST, wird er still oder raucht ungewöhnlich konzentriert. Sobald man ihn jedoch traurig macht, ob nun mit Absicht oder nicht, kann er ironisch werden – wie im Herbst, als ich nach einer Versammlung andeutete, dass diese Che-Guernica-Typen wohl nicht viel von Humor hielten. »Che *Guernica?*« Ich lachte und nickte und meinte, immerhin hätten sie ewig lange über Schicksalsfragen diskutiert. Etwa, wer das Recht hatte, einen Punkt auf die Tagesordnung zu setzen, der nicht darauf stand. War dazu eine einfache oder eine absolute Mehrheit erforderlich? Sollten andere Gruppen informiert werden und wenn ja, in welchem Umfang? Es hörte sich an, als diskutierten sie in Wahrheit über Krieg. »Humor?«, fuhr er fort, kostete auch dieses Wort und beschloss, es ebenfalls auf den Index zu setzen. »Du meinst also *Witze?*«

Ich fühlte mich wie eine Verbrecherin. Und erkannte, dass hinter Dimos' Schweigen und Säuerlichkeit eine Verletzlichkeit verborgen lag, die größer war als meine, weil ihr jeglicher Schutz fehlte und sie sich auch keinen wünschte.

In einer jener Sommernächte, die zum Schlafen zu heiß waren, rückte er das Kissen unter seinem Kopf zurecht und sagte: »Ich habe kein Interesse daran, mit dir zusammenzusein, wenn du Angst davor hast, verlassen zu werden. Ich meine, falls das der Grund sein sollte, warum du so wenig erzählst. Man muss etwas wagen. Alles andere ist schlimmer.« Seine Worte machten mich schwach und verlegen. Ich wusste nicht, was ich ihm entgegnen sollte, stattdessen zog ich ihn auf mich. Nach einer Weile machte ich mir allerdings Sorgen, es könnte etwas Unfreiwilliges passieren – Dimos war nicht in der Apotheke gewesen –, und flüsterte, dass wir vielleicht abbrechen sollten, so schön es sich auch anfühlte. Wir debattierten hin und her, zunächst scherzhaft, dann etwas ernsthafter, am Ende rollte er keuchend und erhitzt auf den Rücken. »Du bist wirklich unbestechlich, Mary. Wenn es passiert, dann passiert es eben. Was macht das schon?«

Damals tat ich die Sache mit einem Lachen ab. Trotzdem ahne ich seither, wie er reagieren würde, falls ich auf die Rechtslage in Skandinavien zu sprechen käme.

AM NÄCHSTEN MORGEN sitzt der Junge auf einem Stuhl, während ich feucht wische. Er spielt mit der Drahtfigur, die inzwischen eher einer abstrakten Skulptur ähnelt. »Wenn du ein Kind hättest, wie würde es heißen?«

Ich sage nichts. Als der Junge noch einmal fragt, richte ich mich mit einer Hand auf dem Knie auf. »Ich habe keine Kinder, Iosif.«

»Aber wenn.«

»Weißt du, etwas, das es nicht gibt, dem kann man keinen Namen geben.« Sicherheitshalber kreuze ich die Finger hinter dem Rücken.

»Dann nutz eben deine Phantasie ab.«

Ich lache. Man hört, dass er nicht begreift, was Ioulias Gebot bedeutet. »Vielleicht, Iosif. Vielleicht.«

DIE MEISTE ZEIT arbeiten wir schweigend, aber manchmal singt auch jemand. In der Regel ist es Zoe. Volkslieder, Zeilen aus englischen Popsongs, die sie nicht versteht – und Kampflieder, wenn sie weiß, dass die Wärter sie nicht hören. Dann senkt sie die Stimme und singt von Partisanen, die in epischer Breite mit Tüchern um den Hals und eingehakten Armen vorwärtsschreiten. Nach einer Weile bittet Fani sie jedes Mal aufzuhören. Sie behauptet, sie habe Angst, dass die Wärter kommen würden. Ich glaube, sie fürchtet eher, der Junge könnte die Lieder lernen und bedenkenlos singen.

Nach dem Verhör hat Fani weniger Kraft, aber mehr Geduld. Manchmal bleibt sie mit dem Schrubber in der Hand gleichsam ratlos stehen, bis das Wasser eine große graue Pfütze gebildet hat. Dann sieht sie Zoe an und erklärt, sie begreife nicht, woher die Jugend ihren Mut nimmt. »Das hier ist Wahnsinn«, sagt sie, sanft wie eine Liebkosung. Spätestens in der Woche nach Neujahr will sie mit Iosif heimfahren. Das Militär habe es nicht auf sie abgesehen, sondern auf ihre Brüder. Warum sollten sie und ihr Sohn nicht zurückkehren dürfen? »Die halbe Bevölkerung erschlägt die andere Hälfte. Man kommt kaum dazu, das Land zu flicken, ehe es auch schon wieder zu Bruch geht.« Sie holt mit dem Schrubber aus. »Ich schwöre bei jedem Gott, der euch einfällt. Das ist Wahnsinn.« Aber es klingt immer noch wie ein Zeichen der Zärtlichkeit.

Der Junge denkt nach. Als er die Worte nicht mit dem Tonfall in Einklang bringen kann, schlägt er mit der Spielzeugfigur gegen den Fensterhaken, an dem sie gerade hochklettert.

»Ich liebe ihn …« Geistesabwesend betrachtet Fani den Fluchtversuch. »Immerhin lebt er.« Aber was weiß sie über ihre Brüder? Oder ihren Mann? Kann sie sagen, dass sie jemanden liebt, den sie zu Grabe getragen hat?

Zoe kneift hinter den viereckigen Gläsern die Augen zusammen. Den Rest des Tages verzichtet sie darauf zu singen.

UM UNS ZU SCHÜTZEN, unterhalten wir uns meistens über Dinge, die niemandem wehtun. Nein, das stimmt nicht. Wir sprechen oft über Familie und Arbeit. Nicht wer wir sind, sondern was wir tun ist anders – oder vielmehr, nicht was wir tun, sondern was wir sind, wenn wir es tun. Putzen, Kochen, Wäsche: Jedes Leben enthält solche Betätigungen. Der Unterschied besteht darin, dass andere darüber entscheiden, wer wir auf der Insel sind. Deshalb gehen wir in unseren Aufgaben nicht auf, sondern benutzen sie als Versteck. Es ist Sie-mit-dem-Flugblatt-in-der-Tasche oder Sie-kann-jedes-Kampflied-auswendig-und-sogar-manche-Lieder-aus-amerikanischen-Fernsehserien, die den Fußboden schrubbt, dagegen nie die Mutter oder die Tochter. Verborgen wie eine russische Puppe in einer anderen gibt es das Mädchen, die Schwester, das Elternteil. Wir würden zu verletzlich, wenn wir über diese Personen sprächen.

Am besten gefällt mir, wenn wir gemeinsam arbeiten, ohne dass Worte erforderlich sind. Dann habe ich das Gefühl, dass wir in dem Maße wir selbst sind, wie es auf der Insel überhaupt möglich ist. Ich denke an Zoe, als sie Ioulias Haare flocht. Ohne zu fragen, zwirbelte sie die Kordel hinein – als seien diese Haare ihre eigenen und als wolle sie heute so aussehen. Ich denke an Fani, die niemals etwas tut, ohne sich zu vergewissern, wo der Junge sich gerade aufhält. Ein hastiger Blick oder eine kurze Frage, danach staubt sie das Staatswappen ab oder rollt die Mülltonne hochkant fort. Ich denke an die Nervenprinzessin, die ein Rätsel ist, aber immer in Beziehung zu Rita handelt. Ich bin überzeugt, dass die beiden ein Paar sind, obwohl sie es nicht zeigen. Wenn ich diese Putzkolonne betrachte, kommt mir der Gedanke, dass man in jedem von uns eine Puppe hinter der anderen erkennen kann, als wären wir aus Glas und nicht aus Holz.

Die Wärter verstecken sich nicht. Im Gegenteil, sie werden so vom Dasein behelligt, dass sie jede Gelegenheit nutzen, um sie selbst zu sein. Nun, da der Onkel das Kommando übernommen hat, trägt er zum Beispiel den Kragen offen, so dass man das Kreuz zwischen den krausen Haaren hin und her rutschen sieht. Er hat einen athletischen Gang, streckt und dehnt sich, wenn er den Flur hinabgeht. Doch seine Eitelkeit ist trügerisch. Er achtet stets darauf, dass er seinen Willen bekommt. In dieser Hinsicht ähnelt er Rita. Gerade fordert er Sokrates auf, uns nicht so zu hetzen. Wir würden mit der Verwaltung ohnehin fertig, bevor Spanos zurückkommt. Es sei besser, sorgfältig zu arbeiten, was für die Männer bedeutet, dass sie sich noch eine Weile ausruhen können.

Sokrates mag nicht der Hellste sein, aber seine Art hat etwas Bedrohliches. Als es heute in einem der Büros nach Kadaver roch und wir herauszufinden versuchten, woher der Gestank kam, befahl er mir, auf allen vieren umherzukriechen. Schließlich schaffte ich es, den Besenstiel hinter einen Metallschrank zu schieben. Die Ratte war groß wie eine Katze, aber mager und schutzlos. Ich zog sie heraus, wobei ihr Kopf nach hinten gebogen wurde, als schnappte sie nach Luft. Um ihren Hals hing ein abgerissenes Lampenkabel; es musste ihr zum Verhängnis geworden sein. Sokrates betrachtete erst das Tier und danach mich mit nervöser Erregung, dann zog er eine Zeitung aus der Gesäßtasche. Auch nachdem ich den Kadaver darin eingeschlagen hatte, blitzte sein Blick wie ein Messer.

Nachdem wir unsere Arbeit beendet haben, tritt der Onkel aus Spanos' Büro. Er bohrt einen Finger ins Ohr und lässt ihn zufrieden wackeln. Es tue ihm leid, er habe ganz vergessen zu erzählen, dass das Boot, mit dem der Kommandant abgeholt wurde, Post gebracht hat.

ALS WIR ZURÜCKGEHEN, regnet es. Während wir auf die Post warten, säge ich ein Brett in Stücke. Ich friere und schwitze gleichzeitig und frage mich, ob es mir helfen würde, wenn ich eine Schmerztablette nähme. Das dreieckige Blatt biegt sich; es dauert, bis die einzelnen Stücke die richtige Größe haben. Ich lege zwei in den Ofen und versuche mit Hilfe der letzten Reste Heidekraut das Feuer anzufachen. Aber was immer ich auch anstelle, das Holz schwelt eher, als dass es glüht. Und raucht mehr, als dass es schwelt.

Der Ofen sieht aus wie der Schornstein einer Lokomotive. Er steht auf drei Tatzen, die auf einer verbeulten Blechplatte plaziert wurden. Das Ding ist viel zu schwer, um von der Stelle bewegt zu werden, was zur Folge hat, dass sich unter dem Blech Schmutz ansammelt. Wenn man darauf tritt, knistert es, als würden Insekten zerquetscht. Hinter der untersten Luke sammelt sich die Asche. Am Morgen schütte ich sie in einen Eimer, den ich auf dem Weg zur Arbeit leere – meistens hinter den Ölfässern, wo auch der Toiletteneimer geleert wird. In die mittlere Luke wird der Brennstoff gefüllt, die obere dient als Backofen. Dort kochen wir. Der Rauch, der nicht durch die Fenster abzieht, hängt unter der Decke. Ioulia meint, das mache nichts, der Schlafsaal sei so zugig, dass wir schon nicht vergiftet würden. Als ich auf dem Bett liege, regen sich allerdings Zweifel in mir. Die Rußwolke wird bis zu zehn Zentimeter dick.

Inzwischen ist der Ofen so heiß, dass man sich verbrennt, wenn man ihn berührt. Morgens reicht es, einen Topf hineinzustellen. Wenn die Glut nicht erloschen ist, hat die Restwärme so viel Kraft, dass das Wasser zumindest lauwarm wird. Die Wäsche, die auf den Leinen hängt, riecht nach Rauch, die Bettbezüge auch. Sogar die Haut riecht eher nach Rauch als nach Schweiß. Wenn wir das Licht gelöscht haben, spürt man es besonders deutlich, obwohl ich den Rauch im Gegensatz zu Fani nicht einzelnen Holzsorten zuordnen kann. Zypresse, Pinie, Strauch, kommentiert sie. Oder Obstkiste. Papier.

Jetzt sagt sie: »Baugerüst.«

WÄHREND DER SOLDAT, den der Onkel zu uns geschickt hat, die Post verteilt, legt Fani ihre Hand an meine Stirn. Ich habe Fieber. Sie sucht unter dem Kissen nach den Tabletten und stellt sich taub, als ich sage, dass sie dagegen wohl kaum helfen werden. »Bist du sicher?« Sie zieht ihren Schal aus, der weich ist wie Katzenfell. Ich werde unerklärlich schüchtern, als sie die Enden über meine Schultern wirft. Dann zupft sie ihn zurecht und hält mir eine Tablette an die Lippen. »Schlucken. Danke. Gut. Du musst dich warm halten, damit nichts passiert.«

Damit nichts passiert?

Von dem Brief, den sie bekommen hat, ist die Hälfte abgeschnitten. Er endet mitten im Satz: *Wir haben gehört, dass ...* Der Junge will wissen, was die Großmutter schreibt. Fani schielt zu ihm hinüber, dann erfindet sie den Rest. Man habe von Iosifs Onkel gehört, berichtet sie. Es geht ihm gut, aber ihm fehlt Gesellschaft. Im Moment sei er weit weg. Bis er zurückkommt, müsse der Junge tun, was seine Mutter ihm sagt. Dann würden sie sich wiedersehen, sonst könne die Großmutter für nichts garantieren. Der Onkel verspricht ihm, wenn er wiederkommt, würden sie Rindenboote schnitzen.

»Und Hüttchen bauen, Mama. Das will er bestimmt auch.«

Fani tut so, als würde sie auf der Rückseite weiterlesen. »Ja, genau, und Hüttchen bauen.«

Ihre Stimme klingt, wie sie es tut, wenn man wider besseres Wissen spricht – entgegenkommend, aber ohne Überzeugung. Ich wende mich ab, unerwartet überwältigt von dem Gedanken, dass glatte Lügen vielleicht auch ein Teil der Erziehung sind.

Als der Junge eingeschlafen ist, erzählt Zoe, dass sie früher häufig ähnliche Briefe bekam. Die Eltern hätten ihr einmal im Monat geschrieben. In den Briefen ging es um das Gemüse, das sie anbauten, um das Wetter und was sie geschickt haben wollten. Jedes Mal das Gleiche. Gemüse, Wetter und Bedarfsartikel. Gelegentlich auch irgendwelche Wehwehchen, aber der Rest war verboten. Die Eltern hätten immer damit geschlossen, dass sie nicht wüssten, wann sie heimkehren würden. »Ich musste versprechen, Tante und Onkel zu gehorchen, dann würden wir uns wiedersehen.«

Zoe putzt ihre Brille mit dem Rocksaum. »Ich habe diese Briefe gehasst. Ich habe sie wirklich gehasst.« Als die Eltern freigelassen wurden, war sie alt genug, um zu begreifen, dass sie nicht zurückkommen würden. Und dass sie die Situation nicht beeinflussen konnte, indem sie sich tadellos benahm. Als die beiden außer Landes gingen, waren die Tante und ihr Mann längst ihre richtigen Eltern geworden. »Ein Jahr später kamen keine Briefe mehr.« Zoe schiebt die Bügel mit ihrem krummen Finger hoch. »Manchmal schreibe ich ihnen. Aber sie antworten mir nie. Wenn ich sie besuche, werde ich sie fragen, warum die Partei die Familie ersetzen musste.« Sie hat die Zähne zusammengepresst. »Ich habe länger gewartet, als es erlaubt sein sollte zu warten.«

Rita und die Nervenprinzessin haben keine Post bekommen.

Ich auch nicht, aber dafür erinnere ich mich an die Postkarte, die Antonis mir schickte, nachdem wir uns im Sommer zufällig wiedergetroffen hatten. Er schrieb nur: *Ich warte.* Armer Kerl, da kannst du lange warten, dachte ich und legte die Karte in ein Lehrbuch. Ich war unterwegs zu Dimos und hätte sie zu Hause lassen sollen, aber mir gefiel das Bild von Persephone auf der Vorderseite.

Ioulia hat Geld bekommen. »Zwanzig Dollar, Mädels, zwanzig Dollar!« Immer wieder küsst sie den Geldschein. »Hat jemand Lust, mich ins Kasino zu begleiten? Ich lade euch ein!« Als keiner antwortet, macht sie ein paar tastende Schritte um den Ofen. Vermutlich trägt sie ein Abendkleid und halbhohe Schuhe aus schwarzem Kalbsleder. Im Hintergrund verteilen sachliche Hände steife Spielkarten. Männer in Smokings und mit Pomade in den Haaren rauchen mit Siegelringen am kleinen Finger. Gläser mit dicken Böden glänzen auf grünem Filz. Die Frauen an ihrer Seite tragen ärmellose Kleider, manche auch eine Blume im Haar. Indem Ioulia die Tanzschritte macht, wirbelt sie Phantasien auf, gegen die sich keiner von uns wehren kann. Fani schaut mit glasigem Blick und dem halben Brief in der Hand zu. Rita lächelt eher geheimnisvoll als überlegen, ich sitze da, das Kinn auf den angezogenen Knien.

In diesem Moment hört man nur die schwelenden Bretterstücke. Und Ioulias schlurfende Füße.

AM NÄCHSTEN MORGEN bleiben die Lautsprecher still. Keine scheppernde Nationalhymne, keine Botschaften von Pflicht und Aufopferung. Stattdessen kommen die Soldaten von gestern. Sie haben einen halbvollen Sack dabei. Binnen einer Minute stehen wir in Reih und Glied. Neugierig betrachtet uns der eine, während er sich am Ofen wärmt. Er versucht sich einen Schnurrbart stehenzulassen, ohne dass ihm dies wirklich gelingt. Der Herr Feldwebel möchte, dass der Flur und die Toiletten auf der Krankenstation geputzt werden, danach haben wir frei. Es ist Heiligabend, erklärt der andere und mustert den Jungen. Dann fordert der Flaumschnurrbart ihn mit einem

Kopfnicken auf, den Sack zu leeren. Schwarze, glänzende Eier rollen über den Fußboden.

Den Männern zufolge dürfen wir von nun an mit Koks heizen. Sobald die neuen Bulgaren eingetroffen sind, wird das Schiff vom Festland alle vierzehn Tage Brennstoff und Proviant liefern. Ein Sack reicht für sieben Tage. Als die Männer erklären, in irgendeinem Ministerium habe man beschlossen, dass auch auf den Gefängnisinseln ordentlich geheizt werden solle, erkennen wir, dass der Koks kein Geschenk ist und der Sack eigentlich hätte voll sein müssen.

Während wir uns fertig machen, wendet die Nervenprinzessin ein, dass Koks nicht atme. Sie redet schnell und teilweise unverständlich, dennoch wird deutlich, dass sie die Rußflocken von Ästen und Brettern bevorzugt, die sich wegblasen lassen; der Ruß von Koks sei fett und lege sich erstickend überallhin. Sie habe das früher schon erlebt und möchte uns schwören lassen, dass immer ein Fenster offen stehen wird. Keiner begreift, warum sie plötzlich so energisch ist. Als Ioulia sie darauf hinweist, dass es Winter geworden sei, geht Rita dazwischen. »Du dumme Kuh, hör doch wenigstens einmal zu!« Mittlerweile hat sich die Nervenprinzessin die Finger in die Ohren gestopft und schreit. Irgendwann gelingt es Rita, sie zu beruhigen. Danach sagt keiner mehr etwas.

Bevor wir, bedrückt, gehen, lege ich den Koks für den Abend auf die Blechplatte. Ich fühle mich vage und warm, der Kopf ist voller Dampf. Die Kohlestücke glänzen rauh. Erinnern an Lavasteine.

ICH STAUBE gerade Fußbodenleisten ab – es ist schon Nachmittag und der Wind hat sich gelegt –, als Sokrates die Tür zum Pavillon aufzieht. Mit einer ausholenden Geste erklärt er, das müsse jetzt reichen. »Befehl des Onkels!« Er selbst findet zwar, wir sollten mit der Großküche und dem Personalspeisesaal weitermachen, aber in ein paar Stunden kehre der Onkel zurück, und dann sollen wir hübsch sein. »Heute Abend werden wir Spaß haben. Spaß!« Er lächelt Fani zu, die gerade einen Lappen auswringt. Als wir gehen wollen, rührt er sich nicht vom Fleck. Stattdessen stützt er sich auf den Türpfosten und zwingt uns so, uns unter seinem ausgestreckten Arm zu ducken. Als ich an der Reihe bin, senkt er wortlos den Arm. Er lacht, mir steigt eine Schnapsfahne in die Nase.

»Bist du für so was nicht ein bisschen zu alt?« Fani stellt den Eimer ab.

Sokrates betrachtet sie so lange, dass es mir vorkommt, als müsste er in seinem Gehirn erst etwas ordnen. Schließlich macht er mir zugewandt eine nachgiebige Geste. »Nach Ihnen, heilige Frau.«

Wieder dieses Metall in den Augen.

DER JUNGE läuft vorneweg. Als er, darauf wartend, in das Gebäude gelassen zu werden, gegen das Tor tritt, beklagt sich Sokrates. Die neuen Soldaten speisen und trinken in den Unterkünften, der Onkel ist zu Hause bei seiner Familie, nur er müsse mit den Schlüsseln herumrennen. Er holt zu einem Tritt gegen den Jungen aus, der sich hineinschiebt – halb schreiend, halb begeistert.

In der Abteilung zählt Sokrates uns ab. Seine Gesten sind langsam, aber dann macht er eine unerwartet schnelle Bewegung und packt den Jungen im Nacken. »Heute Abend werden wir Spaß haben!« Der Kleine windet sich. »Du bist ja vielleicht ein Wiesel.« Erstaunt sieht Sokrates ihn an, dann drückt er etwas fester zu. Ich will ihn gerade bitten aufzuhören, als sein Blick auf die Nieten an meiner Jacke fällt. Nachdenklich kratzt er sich mit der freien Hand. »Bist du jetzt ein General, oder was?« Fani, die das Ganze hilflos verfolgt, erklärt, wenn es ein Fest geben soll, müssten wir uns schick machen. Sonst würden wir keinen Spaß haben. Der Junge schafft es, sich zu befreien, und läuft jaulend zu ihr. Sokrates schüttelt träge den Kopf.

Als er geht, stößt er mich mit der Schulter an. »Spaß. Hast du gehört, General? Oder bist du vielleicht auch taub?«

»Nicht weinen.« Fani summt beruhigend, den Mund in den Haaren des Jungen. »Nicht weinen, Iosif.«

WÄHREND SICH die anderen zurechtmachen, liege ich mit pochendem Kopf im Bett. Der Schal kratzt, aber mir fehlt die Kraft, ihn auszuziehen. Es ist der 24. Dezember, die zwölfte Woche hat begonnen. Die Sonne hinter dem Schleimpfropf muss inzwischen die Größe einer Pflaume haben. Bald ist da drinnen alles an seinem Platz.

Durch das Fieber fühle ich mich, als wäre ich zu eng für mich selbst. Zum ersten Mal, seit ich Dimos begegnet bin, denke ich, dass ich vielleicht doch jemand bin, der endet. Was hindert mich daran, frage ich mich niedergeschlagen, ehe es mir gelingt, das hässliche Gefühl zu verdrängen. Nach einer Weile schlafe ich mit dem Arm auf dem Gesicht ein. Obwohl es eher so ist, als existierte ich eine Zeitlang nicht.

ICH WERDE von lauten Stimmen und klirrenden Geräuschen geweckt, wie aus dem Inneren eines Sacks. Die Männer stehen mit glänzenden Gesichtern mitten im Raum, in ihren Bewegungen drängen sich Übermut und Begierde. Ein Soldat zeigt mit einer Flasche auf den Ofen, in dem der Koks knistert. »Die haben es hier ja besser als wir!« Sokrates kratzt sich den Bauch. »Oder auch nicht.« Alle lachen. »Jetzt kommt schon!« Er macht ein paar Schritte, streckt die Hände aus, will tanzen. Einer der Männer trägt eine Ziehharmonika vor dem Bauch; sobald er sich gesetzt hat, beginnt er zu spielen. »Kommt schon, kommt schon!« Mit erhobenen Armen und schnipsenden Fingern bewegt sich Sokrates am Ofen vorbei, an den Betten entlang, zu mir.

Da steht Ioulia auf. Sie zupft den Schal auf ihren Schultern zurecht und erklärt, ich sei krank und könnte ansteckend sein. Als der Onkel kommt, geht sie zu ihm. Er hat sich rasiert, in seinen Haaren glitzert Brillantine, die Kleider scheinen frisch gebügelt. Während sie miteinander sprechen, hebt der Onkel die Hände und lächelt den Soldaten zu, die sich gegenseitig anstoßen. Ihre Augen leuchten von Schnaps und Schüchternheit. Dann lehnt er sich vor, um Ioulias letzte Worte besser zu hören. Eine Augenbraue wird gehoben, seine Miene ist schelmisch. Schließlich kneift er sie lachend in die Wange. »Du hast recht, Großmutter. Ihr sollt euch unseretwegen nicht um das Riechsalz prügeln.«

Ioulia beginnt mit dem Onkel zu tanzen, die anderen sind unsicher, was von ihnen erwartet wird. Schließlich streicht Rita ihren Rock glatt. Als Sokrates ihr keine Aufmerksamkeit schenkt, stemmt sie die Hand in die Hüfte und trommelt mit den Fingern. Augenblicklich legt einer der Soldaten den Arm um ihre Taille, während sich die übrigen auf die Betten zubewegen. Auch die Nervenprinzessin wird aufgefordert. Sie trägt die Ohrringe, die ich aus Kupferdraht gebastelt habe, und hat versucht, sich die Augen mit Koks zu schminken. Fani trinkt vorsichtig aus der Flasche, die ihr Sokrates hinhält.

Der Soldat mit der Ziehharmonika spielt zugleich taktfest und schleppend, und besser, als man es erwartet hätte. Nach den ersten Tänzen mit dem Onkel lässt sich Ioulia auf einen Stuhl sinken. Sie atmet heiser, beteuert, dass sie gerne weitermachen würde, aber nicht mehr kann. Die Hüften seien alt, das Herz mache schlapp. Trotzdem zerrt Sokrates an ihr. »Komm, Großmütterchen. Wir auch.« Er gibt dem Soldaten mit der Ziehharmonika ein Zeichen weiterzuspielen, danach macht er ein paar übertriebene Bewegungen mit der Flasche. Ioulia winkt abwehrend, obwohl auch sie einen Schluck nimmt. Schließlich ruft Sokrates nach Zoe, die mit Iosif auf den Füßen umherschlurft. Die Augen des Jungen sind dunkel wie Oliven; ständig dreht er den Kopf, um zu sehen, was die Männer machen. Als er entdeckt, dass seine Mutter mit dem Onkel tanzt, presst er sich an Zoes

Bauch. Seine freie Hand ruht auf der Pistole, die er in den Hosenbund gesteckt hat.

Die anderen werden von Soldat zu Soldat weitergereicht. Auch die Flaschen machen die Runde; keiner wagt es abzulehnen. Trotz Ioulias Protest werde ich hochgezogen. Mal steigt mir der Geruch von Rasierwasser in die Nase, mal der von Nikotin. Es gelingt mir nur, den Schnaps abzulehnen; angesichts der Schmerztabletten und der Pflaume weigere ich mich, ein Risiko einzugehen. Die Soldaten haben ihre Uniformjacken abgelegt, die Schultern sind feucht, ihre Hände werden immer gröber. Einige wollen Wange an Wange tanzen, aber als ich mit glasigen Augen huste, verzichten sie darauf. Schwieriger ist es mit ihrem Geschlecht. Manchmal denke ich, es wäre der Hüftknochen, der gegen meinen Bauch drückt, aber dann merke ich, er ist weich, aber dennoch fest, und fahre den Hintern aus. Nach vier, fünf Tänzen winke ich abwehrend. Alles ist ein Tumult aus schlurfendem Schnaps und glitzernden Füßen – nein, ich meine aus glitzerndem Schnaps und schlurfenden Füßen. Es geht einfach nicht mehr. Der Kopf platzt gleich, ich schwitze und friere abwechselnd. Vielleicht schreie ich auch auf. Jedenfalls treten die Männer zur Seite, als ich ins Bett taumele.

Je weiter der Abend fortschreitet, desto unsanfter wird die Stimmung. Inzwischen warten die Soldaten keinen neuen Tanz mehr ab, ehe sie einander auf den Rücken klopfen und die Dame übernehmen. Nur wenn sie mit Zoe tanzen, halten sie Abstand. Vielleicht liegt es an ihrem Alter, vielleicht an den schmalen Hüften, vielleicht auch nur daran, dass auch sie sich weigert zu trinken. Keiner will zeigen, dass ihm ein pickeliger Beatle gefällt, der sich bewegt, als müsse jedem Tanzschritt eine Rechenoperation vorausgehen.

Ich liege im Bett und habe das Strohkissen zuerst unter und anschließend auf dem Kopf. Mittlerweile tanzt Rita die ganze Zeit mit dem Onkel.

NACH DER PRÜFUNGSPHASE im letzten Semester war ein sonderbares Vakuum entstanden. Weder Dimos noch ich hatten Pläne für den Sommer. Ich hatte vage überlegt, Stella in dem Dorf zu besuchen, aus dem ihre Familie stammt, aber das war alles. Während Mutter und Vater einmal im Monat einen Umschlag mit Geldscheinen schickten, fanden die Eltern meines Freunds, in den Semesterferien müsse er sich seinen Lebensunterhalt selbst verdienen. Sie fragten nicht, ob er eine Examensarbeit vorbereiten musste oder seine Endnote darunter leiden würde, wenn er sich nicht seinen Schaltkreisen widmen konnte. Zwei Straßen von Dimos' Wohnung entfernt gibt es eine Autowerkstatt, in der er manchmal aushilft. Das tat er auch jetzt. Obwohl der Lohn nicht besonders hoch war, reichte es für die Miete. Ich steuerte gerne den Rest bei. Angesichts unserer gemeinsamen Nächte auf dem Dach war es das mindeste, was ich tun konnte.

Dimos brach meistens um kurz vor sieben auf. Bevor die Vormittagssonne zu stark wurde, kletterte ich über das Terrassengeländer und setzte mich, mit dem Rücken an die Zisterne gelehnt, rauchte und skizzierte verschiedene Entwürfe für Mehrfamilienhäuser in enger, urbaner Umgebung, die ich hoffte, als Examensthema registrieren lassen zu können, sobald mir das Prinzip für ihr Verhältnis untereinander klar sein würde; später machte ich im Haus weiter. Um zwei kehrte er zurück, und nach dem Mittagessen wurden wir von zuckersüßestem Schlaf übermannt. Es gibt nichts Besseres auf der Welt, als nachmittags gegen halb sechs aufzuwachen, diese träge, fast mineralische Müdigkeit in den Gliedern zu erleben, gleichzeitig aber auch die weiche, sorgsame Wärme im Geschlecht, und noch ehe der Kopf wieder bei Sinnen ist, ein Paar Hüften an seinen Kniekehlen zu spüren, während man selbst die Handflächen gegen zwei breite, sommersprossige Schultern presst.

Ich schwöre es. Jedenfalls, wenn der Freund die vornehmste Ware der Apotheke gekauft hat.

An einem solchen Nachmittag blätterte Dimos in meiner Festigkeitslehre, drehte sich dann abrupt um und verkündete, er werde jetzt schlafen. Als wir aufwachten, schob er meine Hand fort, die über seinen Brustkorb glitt. Stattdessen zog er sein Hemd an und meinte, er habe es eilig, er müsse zurück in die Werkstatt. Hatte ich nicht gesagt, dass ich mich am Abend mit Stella treffen wollte?

Man musste kein Genie sein, um zu begreifen, dass ihm irgendetwas nicht passte, aber ich habe gelernt, dass es in solchen Momenten klüger ist abzuwarten. Es ergibt sich fast immer eine bessere Gelegenheit zum Reden. Im Übrigen kam ich mir überraschend dumm vor, und dünn wie eine Scheibe Brot. Ich wusste nicht, was in ihn gefahren war, mir gefiel das Steife an seinen Bewegungen nicht. »Wenn du das willst.« Als Dimos ging, verabschiedete er sich kaum.

Eine halbe Stunde später verließ ich die Wohnung. Ich hatte immer noch keine Ahnung, was los war. Obwohl ich fest entschlossen gewesen war, am Abend zurückzukehren, sobald er sich beruhigt hatte und wir wie vernünftige Menschen miteinander reden konnten, blieb ich bei Stella. Wir saßen in der Küche. Sie erzählte gerade etwas, was sie mit dem Typen mit den Haaren auf dem Rücken erlebt hatte – »lieber einen Kleiderbügel als einen Namen, merk dir das, Mary, sonst ist es gelaufen; gibst du ihm einen Namen, wirst du es nie mehr los« –, als es an der Tür klopfte. Stella stöhnte, da komme sicher die Kavallerie. Sie versprach, am nächsten Morgen zu spülen, und verschwand in ihrem Zimmer. Als ich öffnete, sah ich, dass Dimos getrunken hatte. Seine Augen irrten umher, der Körper wankte, im Mund steckte eine nicht angezündete Santé. Der Baum kam einem ganz entwurzelt vor.

Er marschierte schnurstracks in die Küche. Noch ehe ich die Tür geschlossen hatte, rief Dimos, er sei gekommen, um mir ein paar Sachen zu bringen. Er stellte eine Tüte ab; da müsste eigentlich alles drin sein. Sollte er doch etwas vergessen haben, könnte ich ja vorbeikommen. Oder er werfe es fort. Er wolle jedenfalls nichts behalten. Dann schaute er sich ratlos um. Gab es hier nichts zu trinken?

Ich begriff nicht, was in ihn gefahren war, verstand aber, dass er nicht eingetreten wäre, wenn er nicht den Wunsch gehabt hätte, zum Bleiben überredet zu werden.

Dimos tastete fuchtelnd nach der Flasche auf dem Büfett. »Worauf wartest du?«

»Worauf *ich* warte?« Ich stellte ein Glas auf den Tisch. Wenn er trinken wollte, konnte er das wie ein gesitteter Mensch tun. »Möchtest du mir erklären, was hier vorgeht?« Ich verschränkte die Arme. Hierum hatte ich nun wirklich nicht gebeten.

»Was hier vorgeht? *Das* geht hier vor!« Betrunken knallte er Antonis' Postkarte auf den Tisch.

Mein Gott. Er hätte mich doch fragen können, ehe er mir eine Szene machte. Laut sagte ich jedoch nur: »Mein Baum …«

Viel später, als ich die Karte zerrissen und nur einen Schnipsel als Lesezeichen behalten hatte, half ich Dimos ins Bett. Behutsam knöpfte ich sein Hemd auf, behutsam zog ich ihm die Hose aus. Dann begann ich, um sein Handgelenk zu schnuppern, bis zur Armbeuge hinauf und weiter zu den wirren Haaren in der Achselhöhle. Von dort ging es über den Brustkorb und die schimmernden Sommersprossen, von denen ich wusste, obwohl das Licht gelöscht war, über die Rippen abwärts auf die andere Seite, zur Haut zwischen Brustkorb und Hüfte, wo man am empfindlichsten ist. Dimos kicherte; das kitzelte; ob ich die Untersuchung nicht bald abschließen wolle? Mühsam bekam seine Zunge die Worte zusammen: »Oder was mahst du da?«

»Was ich ›mahe‹? Ich versuche, Kontakt zu meinem Geliebten zu bekommen. Das mahe ich. Dem Mann, der hier irgendwo dahinter existiert. Aber wo fängt er an? Hier nicht. Hier auch nicht, und auch da nicht.« Ich roch am Schlüsselbein, am Nabel, an den sommersprossigen Fingerknöcheln. »Hm, hier vielleicht?« Dimos brummte, riesig und schwerelos, während ich ihn in den Schlaf sang.

Whatever it was I didn't mean to
You know I would never try and hurt ya

Ich weiß. Ich bin nicht nur abergläubisch, sondern kann auch sentimental sein. Jetzt finde ich das nicht mehr so schlimm.

GEGEN MITTERNACHT tragen zwei der Soldaten Matratzen davon. Ich liege unter doppelten Decken und sehe sie durch einen selbstleuchtenden Nebel kommen und gehen. Als ich den Kopf hebe, wankt der Schlafsaal. Es ist zu anstrengend zu verstehen, was geschieht, aber es sieht ganz so aus, als würden sie auch Feldbetten mitnehmen. Anschließend gehen sie von Bett zu Bett und reißen hier und da eine Decke oder ein Laken herunter. Nur mich lassen sie in Ruhe. Sokrates wiegt gerade den letzten Koks im Sack. Ioulia versucht ihn vom Einheizen abzuhalten, aber er meint, in ein paar Tagen werde eine neue Ladung eintreffen. »Sei keine Spielverderberin, Großmutter. Jetzt wird sich amüsiert.«

Der Junge sitzt auf Fanis Schoß. Er hat die Arme hochgereckt und hält sie an den Ohrläppchen. Neben ihnen studiert ein Soldat eingehend sein Portemonnaie. Es ist der mit dem sparsamen Schnurrbart. Er zieht den Finger entlang des leeren Fachs hin und her, dann blickt er traurig auf, weiß jedoch nicht, mit wem er sprechen soll. Als die beiden Soldaten aus dem benachbarten Schlafsaal zurückkehren, zerrt einer von ihnen an Zoe, aber da steht Ioulia auf und bittet um den Tanz, obwohl sie sich dabei den Rücken hält. Der Mann reagiert gereizt, er zerrt noch fester an Zoe. Der Junge, der alles verfolgt hat, beginnt zu weinen. Ioulia nimmt die Hände des Soldaten; von einem Kavalier hätte sie sich mehr erwartet, meint sie. Nun ruft der Mann nach dem Kollegen mit dem Portemonnaie, der seine Taschen nach außen stülpt und lächelt, als wäre das die Lösung aller Rätsel des Universums. Den ganzen Tanz über flüstert Ioulia in das Ohr des Mannes. Und lacht leise, wenn er etwas erwidert. Sie vermeidet es, in Zoes Nähe zu kommen, die zusammengekauert auf ihrem Bett sitzt.

Der Onkel ist fort. Rita auch.

Dann die Nervenprinzessin.

Danach sind die Männer abwechselnd fort.

Als Sokrates an der Reihe ist, bleibt er schwankend vor mir stehen. Er zeigt mit der Flasche auf meine Bauchregion und erklärt lallend, er habe den ganzen Abend gewartet. Jetzt sei es endlich soweit, sonst gebe es keinen Spaß. Sein Gesicht strahlt, aber Fani bittet ihn zu gehen. Es ist spät; sieht er nicht, dass ich krank bin? Im Übrigen muss ihr Sohn schlafen. Sokrates versucht den Jungen zu streicheln, der seine Pistole zieht und sich alle Mühe gibt, bedrohlich zu wirken. Lachend schiebt Sokrates ihn fort. »Spaß, sage ich, kleines Muttchen.« Er reißt Fani hoch, presst seine Hüften gegen sie, sucht ihr Gesicht, schließlich stehen die beiden keuchend da – sie kerzengerade, er mit einer Hand um ihre Taille und der anderen um die Flasche. Der Junge zerrt schreiend an seiner Mutter.

Auf einmal steht der Onkel mit halb zugeknöpftem Hemd in der Tür. »Hallo, ihr da!« Sokrates wischt sich die Nase ab. »Hallo, habe ich gesagt …« Noch kann er nicht orten, woher die Stimme kommt. Fani nutzt die Gelegenheit, um den Jungen hochzuheben, aber sofort fliegt Sokrates' plumper Arm durch die Luft. Die Flasche trifft das Kind so knirschend und hart, dass alles innehält, auch die Musik. Während einer halben Ewigkeit schwebt der Schlafsaal in Stille. Man hört nur das Meer gegen die Felsen klatschen, danach prasseln und zischen die Wellen bis zum nächsten Klatschen. Sokrates lässt den Flaschenhals zu Boden fallen und stolpert hinaus. Der Onkel stopft sich das Hemd in die Hose.

»Geht«, stöhnt Fani, in deren Armen das Kind hängt. »Was wollt ihr denn noch. Nun sagt schon, *was*?«

IN DIESER NACHT rüttelt jemand an meinem Arm. »Die Tabletten. Schnell, wo sind sie?« Fani schiebt die Hand unter das Kissen, dreht und wendet es. Als sie die Pillen nicht findet, sucht sie in dem Schrank unter meinem Bett. Die Musik ist verstummt, nur Wind und Wellen rauschen. Auf die Ellbogen gestützt, schaue ich mich benebelt um. Der Junge bewegt sich im Nachbarbett, Ioulia schnarcht in der Dunkelheit, von der Tür zum anderen Schlafsaal fällt flackernd etwas Licht herein.

Die Zeit drängt, flüstert Fani außer sich. Sokrates ist losgezogen, um mehr Schnaps zu holen, ihr bleiben höchstens ein paar Minuten. »Bitte, wo sind die Tabletten? Ich habe nur ein bisschen Rattengift gefunden.« Rattengift? Ohne weiter nachzudenken, öffne ich die Hand, so dass sie sich das schwitzige Röhrchen nehmen kann. Schnell wendet sie sich zur Tür und dann noch einmal mir zu. »Kümmere dich um ihn.«

Sie meint den Jungen, der unter der Decke liegt. Als Fani verschwunden ist, sehe ich in dem Loch, das er in den Stoff gebohrt hat, sein geschwollenes Auge glänzen.

AM NÄCHSTEN VORMITTAG schleppe ich mich zum Waschraum. Ich habe mit dumpfer, unterirdischer Schwere in den Gliedern geschlafen, aber die Schmerztabletten haben geholfen. Obwohl ich noch schwach bin und die Ereignisse der Nacht einen unangenehmen Schleier bilden, habe ich das Gefühl, mein Kopf wird klarer. Das Wasser in der Zinkwanne dampft leicht. Jemand hat Koks gefunden und geheizt. Ich spüre, dass der Körper schwankt, ob er richtig krank werden soll oder nicht. Schräg unter dem Magen drückt es. Wahrscheinlich bilde ich mir das nur ein, hebe aber trotzdem den Pullover. Zwölf Wochen, keine Wölbung. Auf den Brüsten ist ein dünnes Netz aus Adern zu erkennen, wie rotlila Schatten in die Haut gesenkt; die Warzenhöfe sind dunkler geworden. Auf den Hüftknochen erscheint die Trainingshose viel zu groß. Der schmale Strang aus Haaren kriecht wieder zum Nabel hinauf. Moment. Vielleicht doch eine leichte Schwellung.

Ich drücke gerade auf meinen Bauch, als Rita und die Nervenprinzessin hereinkommen. Sie müssen das Wasser erwärmt haben, denn sie haben Handtücher und einen neuen Block Seife dabei. Rita taucht ihr Handtuch in die Wanne und reibt sich damit sorgfältig zwischen den Beinen ab. Sie hofft, sagt sie, dass sie jetzt nicht wieder Läuse habe, und ergänzt, dass es unmöglich sei, ein Auge zuzumachen, wenn sie dort herumkrabbeln. Man schläft ein, nur um eine halbe Stunde später davon geweckt zu werden, dass es juckt. Dann erklärt sie, das sei das erste und letzte Mal gewesen, dass sie jemandem gratis einen Dienst erwiesen habe. Ohne innezuhalten erzählt sie weiter, von irgendjemandem, der vielleicht ihr Freund ist – etwas über Läuse, Geld und ein Messer in einem Hotelzimmer. Aber ich höre nicht zu. Während ich mich wasche, untersuche ich möglichst unauffällig Bauch und Leisten, damit die anderen es nicht merken. Als Rita erzählt, sie habe diesen Menschen niedergestochen, weil er zu viel verlangt habe, begreife ich immerhin, dass es sich jedenfalls nicht um einen aktuellen Freund handeln kann. »Was sollte ich denn tun?« Sie wringt das Handtuch aus. »Wenn du dich nicht verteidigst, nehmen sie dir alles ab.«

Die Nervenprinzessin lächelt wie eine Sonne aus Stanniol.

Als sie gegangen sind, kommt Ioulia. Sie beäugt das Waschwasser, dann bekreuzigt sie sich und knopft ihre Bluse auf. »Jetzt weißt du, was das für welche sind.«

V.

IOULIA STECKT IHR HAAR mit einer Spange hoch. Während wir geputzt haben, ist Rita beim Onkel gewesen, die meiste Zeit wahrscheinlich im Büro des Kommandanten. Als die Soldaten gestern Abend die Laken und Matratzen holten, verschwanden die beiden. Einer nach dem anderen verschwanden danach auch die anderen Männer. Aber Sokrates machte Ärger. Er wollte sich nicht mit der Nervenprinzessin zufriedengeben, sondern wankte zurück. Glas zersplitterte, und während eines ausgedehnten Augenblicks schwebte der Schlafsaal in schwereloser Stille. Als der Onkel erkannte, was passiert war, befahl er den Soldaten, in ihre Unterkünfte zurückzukehren. Verlegen sammelten sie die Flaschen ein, überließen uns die Unruhe und die Unordnung. Sokrates schlief im Schlafsaal nebenan ein. Ein paar Stunden später stand er an unseren Betten – träge, wirr, allein. Fani überredete ihn, Schnaps holen zu gehen. Mehr wollte sie nicht sagen.

»Sie haben sie abgeholt, als du noch geschlafen hast. Sokrates wird auf der Nachbarinsel behandelt.« Ioulia wäscht sich unter den Armen. Ihr BH ist elfenbeinfarben. »Heute ist nicht der richtige Tag, um Schmerzen zu haben, Mary.«

DIE MINUTEN VERSTREICHEN LANGSAM, die Stunden scheinen ständig neu anzufangen. Die Nervenprinzessin sitzt bei dem Jungen, dessen Auge rot und geschwollen ist, ansonsten scheint ihm nichts zu fehlen. Ioulia spricht mit Rita. Zoe kehrt. Ich liege auf dem Bett und tue so, als ginge es mir nicht schlecht. Draußen regnet es, das Meer rast grau und puderzuckerweiß.

Am Nachmittag holen uns zwei Soldaten. Der Onkel habe den Befehl erteilt, dass die Personalküche morgen blitzblank zu sein hat.

Herr Spanos muss mit Messer und Gabel vom Fußboden essen können. Die Männer führen eine Pantomime auf, als würden wir es sonst nicht verstehen. Als sie ihr unsichtbares Besteck weggelegt haben, setzen sie sich in den Speisesaal. Einer von ihnen holt ein Spielbrett im Taschenformat heraus. Im Ofen knistert etwas, das wie Lavasteine klingt.

Ioulia verteilt die Arbeitsaufgaben. Ich bekomme die Ammoniakflasche und einen rostigen Klumpen Stahlwolle. Den Rest des Tages schrubbe ich fiebernd jeden Quadratzentimeter des geldschrankähnlichen Kühlschranks. Der fettige Schmutz auf den Einlegeböden geht beim dritten Durchgang ab, aber die Schubfächer, in denen das Fleisch verwahrt wurde, sind so verdreckt und stinken dermaßen, dass man sie nur sauber bekommt, wenn man sie mit Schmierseife einreibt und darunter in den Zinnboxen für die Eisblöcke ein Feuer macht, bis die Schmierseife kocht. Ich frage, ob wir das nicht tun sollen.

»Tut mir leid.« Ioulia beabsichtigt, den letzten Rest Koks den Soldaten zu geben.

ERST AM SPÄTEN ABEND werden wir fertig. Der Junge schläft unter dem Mantel der Nervenprinzessin. Einer der Soldaten hebt ihn hoch; er wacht auf und kauert sich zusammen. Als sie ihn in unsere Abteilung getragen haben, salutieren die Männer, korrekt wie Lieferscheine, ehe sie uns verlassen. Danach stellt Ioulia ihren Eimer auf den Tisch. Sie faltet sorgfältig den Putzlappen zusammen, bevor sie einen schimmeligen Karton heraushebt. Als sie die Schnur durchschneidet, fällt die Pappe auseinander und etwa zwanzig Tafeln Schokolade rutschen heraus – alle noch so rot verpackt und unangetastet wie damals, als sie hineingelegt wurden. Wir sehen uns an. Keine Rattenbisse, keine Feuchtigkeitsschäden.

Vorsichtig öffnet Ioulia eine Tafel. »Möchtest du?« Sie bricht ein

Stück ab, aber die Schokolade zerbröselt. Stattdessen hält sie dem Jungen die ganze Tafel hin. Ihre schrundige Hand zittert. Er hat kaum gekostet, als er auch schon ausspuckt.

Brauner Schotter. Schlimmer als Erde.

AM NÄCHSTEN TAG bleiben wir im Schlafsaal. Es gibt nichts zu tun und keiner weiß, was geschehen wird. Fani ist immer noch nicht zurückgekehrt. Erst am Nachmittag schrillen die Lautsprecher.

Als wir zu den letzten Takten der Nationalhymne hinaustreten, fallen einzelne Regentropfen. Der Junge versucht sie mit dem Mund aufzufangen, aber sie wirbeln seitlich davon. Der Soldat, der das Kommando führt, weist ihn an hineinzugehen, dann ruft er »Achtung!« und zeigt auf die Wand, die aus zweitausenddreihundertsoundsovielen Steinen bestand, bevor ich das Zählen aufgab. Wir stellen uns mit den Händen auf dem Rücken und der Nase zum Backstein auf. Ich zähle wieder Atemzüge. Ioulia hustet, die Nervenprinzessin hustet. Nach einer Weile hört es auf zu regnen. Der Zement glitzert dunkelgrau, der Wind presst die Feuchtigkeit durch den Rücken, auch die Soldaten in ihren Regenmänteln ziehen die Nase hoch. Ich wette, wenn es mir gelingt, ohne Hustenanfälle zu atmen, wird es bald bessergehen und die knapp zwölf Wochen alte Pflaume wird sowohl Herzklappen als auch Fingerkuppen entwickeln.

»Habt acht!«

Der Onkel hat Fani bei sich. Sie sieht müde und ungepflegt aus, stellt sich in die zweite Reihe, rührt sich nicht, als sich der Junge herausschleicht. Er läuft zu ihr, schlingt die Arme um ihre Taille. »Es tut mir so leid«, schluchzt sie.

Der Onkel sagt, der Kommandant erwarte erstklassiges Betragen. Rechts oder Mitte spiele keine Rolle, solange es zuverlässige Bürger sind, die zum Festland zurückkehren. Was stellen wir uns eigentlich vor, was er Herrn Spanos erzählen soll, wenn dieser nach Neujahr seinen Dienst wieder antritt? Dass die Ratten auf dem Tisch getanzt haben, während er fort war? Man merkt, dass der Onkel besorgt ist. Statt seine Finger knacken zu lassen, spricht er steif und suchend. Ich erkenne, dass man kein Gefangener sein muss, um in seiner Verwendung aufzugehen. Mitten in dieser Lektion nationaler Erziehung mustert er den Jungen, als würde er sich nicht mehr erinnern, dass es ein Kind auf der Insel gab. »Das Vaterland … also unser Vaterland … braucht gute Mütter … die ihre Rolle kennen.« Er strafft die Stimme, wie wenn man einen Hund an der Leine zieht. »Schluss mit dem Urlaub, meine Damen.«

Sechs Gestalten in zusammengewürfelten Kleidern und ein Fünfjähriger, der den Kopf dreht, um besser sehen zu können, stehen mucksmäuschenstill. Ich atme im Rhythmus des abgeschafften Paragraphen, aber meine Brust bebt. Die Jeansjacke ist dünn wie Briefpapier. Der Onkel erinnert uns an Spanos' Worte bei unserer Ankunft. Ein Verstoß und wir würden unsere Privilegien verlieren. Jetzt sei es soweit. Er schlägt mit dem Rücken der einen Hand auf den Teller der anderen, als wären die Finger Handschuhe. »Oder was sollen wir über den Tanz sagen? Den Schnaps? Die Ver-gif-tung?« Die letzten beiden Wörter werden ausgesprochen, als wären es vier.

Sokrates werde auf der Nachbarinsel behandelt. Er schwebe in Lebensgefahr; was passiert sei, könne nicht ungestraft bleiben. Bevor der Kommandant zurückkehrt, sollen wir Reue zeigen. Guter Wille helfe, wenn der Gehorsam nicht ausreicht. »Der Brunnen.« Anscheinend erwartet der Onkel Proteste. Als keiner reagiert, erklärt er, alle, die mit dem nächsten Schiff die Insel verlassen wollten, müssten beweisen, dass sie es verdient hätten. Wenn wir den Hauptbrunnen von Sand befreien, könne er sich vorstellen, den Vorfall herunterzuspielen. Aber nur dann. Die Wärter würden uns zeigen, wo die Werkzeuge liegen. Zoe schnaubt laut, Ioulia nickt still. »Du nicht.« Der Onkel zeigt auf mich. »Du kommst auf die Krankenstation.«

Das Letzte, was ich höre, ist Fani. »Es tut mir leid, es tut mir so leid.«

ICH FRAGE, ob ich meine Sachen aus dem Schlafsaal holen darf, aber der Soldat, der mich eskortiert, grinst so breit, dass man sein Zahnfleisch sieht, und schüttelt den Kopf. Die Hände, die das Gewehr auf der Schulter zurechtrücken, sind ungewöhnlich klein. Wir gehen über das Feld auf der Rückseite des Gefängnisses, vorbei an jener Grube, die einst Eldorado war, zu dem Gebäude in der Senke. Es ist windig, Tanggeruch sticht einem in die Nase. Verwirrt denke ich, dass ich seine strenge, rauchige Note immer gemocht habe.

Seit wir die Krankenstation geputzt haben, muss jemand hier gewesen sein, denn der Flur, den ich abgestaubt und Zoe geschrubbt hat, weist Spuren von Schuhen und Rädern auf. In dem Zimmer, zu dem ich geführt werde, ist das Fenster vergittert. Der Soldat meint, ich könne mir ein Bett aussuchen. Ich setze mich auf das einzige, das bezogen ist. Auf den übrigen liegen die Matratzen zusammengeklappt. Die Metallroste erinnern an geriffelten Sand. Als mein Bett ein paar Zentimeter wegrollt, entdecke ich, dass sie alle die gleichen kleinen Räder haben wie Klaviere, was sie eleganter wirken lässt, als sie eigentlich sind – wie Arbeitspferde auf Ballerinafüßen. Ansonsten gleicht der Raum einer Abstellkammer. In einer Ecke hat man Stühle aufgestapelt; nur einer von ihnen scheint vier Beine zu haben. Auf dem Fußboden liegen Stromkabel. Die Stecker sind abgeknipst worden, aus dem Inneren lugen Drähte in unterschiedlichen Farben hervor. Und auf dem Nachttisch steht ein plumper Apparat, auch er allem Anschein nach ausgemustert.

Ich lege mich unter die Decke. Das Kissen riecht nach Meersalz und Lavendel. Ich frage mich, wer das Bett bezogen hat. Der Soldat stellt draußen im Korridor sein Gewehr ab, danach höre ich ihn nicht mehr. Es fühlt sich an, als wäre auch ich ausgemustert worden.

Ermattet, aber zufrieden schlafe ich mit den Händen zwischen den Knien ein, wie in einem schiefen Gebet.

DIE ÜBELKEIT scheint fürs erste vorüber zu sein. Ich weiß nicht, wann es so weit sein wird, freue mich aber schon auf die minimalen Bewegungen, die ich bald spüren werde. Ich muss gestehen, seit unserer Ankunft auf der Insel habe ich einige Male an das unsagbarste Unsagbare gedacht. Doch je mehr Zeit vergeht, desto selbstverständlicher fühle ich, wie in mir ein zerbrechlicher Jubel wächst. Ich denke an das inwendige Wasser, das bald plätschern wird, das Zappeln der durchsichtigen Glieder. Und einige Wochen später: der erste Tritt. Von dem die Leute sagen, dass er einen unweigerlich überrasche. Wie ein nachdrückliches »Ja«, gefolgt von einem Schock aus Wärme.

ALS ICH AUFWACHE, fällt es mir schwer, mich zurechtzufinden. Ich liege in einem warmen Bett, vermag jedoch nicht zu sagen, wem es gehört oder wie ich in ihm gelandet bin. Eine willkommene Kraft kitzelt Arme und Beine von innen, wie tausend sanfte Grashalme. Ich fühle mich stärker als in den letzten Tagen. Kaltes Licht fällt herein. Vermutlich ist es Nachmittag, vielleicht auch Abend. Der Körper ist auf diese angenehme Art hungrig, die einem gestattet, noch etwas zu warten, bis man isst. Ich will mich gerade zur Wand drehen und wieder einschlafen, als jemand am Bettgiebel rüttelt.

»Aufwachen, habe ich gesagt.«

Es ist der Onkel.

ICH BIN entweder schwer von Begriff oder schlafe noch halb, jedenfalls verstehe ich nicht, was er von mir will. Der Onkel sagt, es sei zwecklos, ihn wegen der Vergiftung anzulügen. Er behauptet, gesehen zu haben, wie ich mich mit Sokrates stritt, und dass es ernste Konsequenzen haben werde, wenn sich der Zustand seines Kollegen verschlechtere. Er spricht sogar von Mitteln und Wegen, falls ich auf meinem verkommenen Schweigen beharren will. Es gehe um Menschenleben; ob ich jetzt bitte die Güte haben würde, das zu verstehen? Dann senkt er die Stimme. Was er beim Appell gesagt habe, entspreche nicht der Wahrheit. Sokrates' Zustand sei zwar kritisch, aber er sei inzwischen auf dem Weg der Besserung. Aber erst, als er anfängt, von Müttern zu sprechen, die zur Vernunft gekommen sind, wird mir klar, dass ich in diesem Pavillon nicht liege, um zu genesen.

»Du kannst den leichten Weg wählen – oder den anderen.« Der Onkel reckt den Hals. »Mir ist es egal, Hauptsache du redest.«

Fani hat ihm von den Schmerztabletten erzählt, und nun soll ich gestehen, dass sie mir gehören. Ich bezweifle, dass er glaubt, ich hätte Sokrates vergiftet. Immerhin schlief ich, als Fani unter dem Kissen nach dem Röhrchen suchte. In der zwölften Woche würde ich sicher kein Rattengift anrühren. Vielleicht möchte er wissen, wie das Medikament heißt, damit die Vergiftung richtig behandelt werden kann? Ich bin allerdings nicht zu benebelt, um zu erkennen: Was immer ich sage, wird Fani in Gefahr bringen, so dass ich beschließe, wieder einzuschlafen.

»Bulgarin bis zuletzt. Sie gehört dir.«

Erst jetzt wird mir bewusst, dass wir nicht allein sind. Ein Badetuch wird über mich geworfen. Die Situation kommt mir schauderhaft bekannt vor, aber diesmal wird mein Körper nicht mit Seilen festgezurrt. Auch werde ich nicht nach unten gezogen, bis die Füße über die Bettkante hängen. Ehe ich mich aufrichten kann, fesseln die Männer stattdessen meine Hände und Füße an den Bettenden, dann schieben sie mir etwas Kaltes unter Kopf und Hüften. Ich trete und zerre, das Bett krängt wie in hohem Seegang, trotzdem weiß ich mit einem sumpfigen Teil meiner selbst, je schneller wir die Behandlung hinter uns bringen, desto besser. Ich habe die erste unsichere Phase überstanden; ich fühle mich stärker. So bekommen sie kein falsches Geständnis.

Jemand hantiert am Nachttisch. Der Onkel kann es nicht sein, der sagt, er sei in der Verwaltung zu erreichen, und dessen Stimme aus einem anderen Teil des Raums kommt. Die Person rückt das Handtuch zurecht, das ich fast abgeschüttelt hätte, als Nächstes wird etwas gegen meine Schläfen gepresst. Es fühlt sich nicht unangenehm an, nur kühl und fremd – wie nasse, ungewöhnlich große Briefmarken aus Gummi. »Besser als Salzwasser. Aber die Maschine ist lange nicht mehr benutzt worden.« Die Stimme gehört einem Mann; ich kenne sie nicht. »Habe sie im Lager gefunden.«

Danach passiert etwas Seltsames. Aber was heißt passiert. Eigentlich passiert nichts. Und das ist das Eigenartige. Es knistert, man hört einen pfeifenden Ton, danach geschieht wieder nichts. Nach einer Weile justiert der Mann die Briefmarken unter dem Badetuch – sie fühlen sich jetzt eher wie geleeartige Metallplatten an. »Rechts?« Der Onkel steht noch an der Tür. »Und links?« Es pfeift gellend, ansonsten tut sich nichts. Der andere reagiert gereizt. Als er schließlich antwortet, erklärt er, sie könnten genauso gut beide gehen.

Das Bett schaukelt kurz, ich nehme flüchtig den Geruch von Old Spice und jungem Schweiß wahr.

SCHLIESSLICH RUTSCHT das Handtuch herunter. Eine halbe Stunde verstreicht, aber sosehr ich mich auch anstrenge, gelingt es mir doch nicht, Arme und Beine zu befreien; bei jedem Versuch schneiden die Stoffstreifen nur noch tiefer in die Haut. Als der Mann zurückkehrt, sehe ich, dass er einen grauen Kittel von der Art anhat, wie ihn die Verkäufer in Eisenwarengeschäften tragen. Der Kittel steht offen, sein Bauch hängt über den Gürtel, es steckt sogar ein Kugelschreiber in der Brusttasche. Vierzig, fünfundvierzig Jahre alt, perlende Tropfen auf dem makellos kahlen Schädel. Er wischt sich den Scheitel ab. Das

Kinn ist klein, aber kompakt. Als der Eisenwarenhändler – oder wie ich ihn nennen soll – entdeckt, was ich getan habe, zieht er leise die Tür zu, als müsse er die Situation neu überdenken.

»Nicht gut.« Er hält zwei Kabel hoch. »Was hältst du von denen hier?« Wieder steigt mir Schweiß und Eau de Cologne sowie der Geruch der Feuchtigkeit draußen in die Nase. Während er am Nachttisch arbeitet, versuche ich mir einzureden, dass der Apparat kein Konvulsator ist. Nachdem er die Kabel ausgetauscht hat, schraubt er die Köpfe aus Metall und Bakelit an. Doch sosehr er auch an dem Regler dreht, es passiert nichts. Der gleiche quengelige Laut wie zuvor. Ein verzerrtes Pfeifen, das anschwillt oder schwächer wird, das ist alles.

Der Mann starrt den Apparat an, dann reibt er die Handflächen an den Kitteltaschen ab. »Unglaublich. Nicht einmal ein halbes Ampere.« Wortlos löst er die Riemen um meine Gelenke und rollt den Tisch hinaus. Eines der Räder klappert. Nachdem die Tür abgeschlossen worden ist, betrachte ich meine Unterarme. Die Haare stehen senkrecht hoch, wiegen sich ganz still.

ICH SCHLAFE erstaunlich ruhig. Mein Körper scheint den Schlaf zu brauchen. Die Gelenke schmerzen, aber die Laken sind steif und sauber und das Bett ist bequemer als das im Gefängnis. Nur ein schwaches Trippeln im Flur weckt mich einmal auf. Auch in der Krankenstation fehlt es nicht an Scharrern.

Obwohl die Ruhe trügerisch ist, stehe ich auf und nehme eine Decke von einem der anderen Betten, die restliche Nacht schlafe ich traumlos wie eine Puppe. Ich habe gehört, dass Elektroschocks einem Embryo keinen Schaden zufügen, aber hängt das nicht davon ab, durch welchen Teil des Körpers der Strom fließt? Ich erinnere mich nicht mehr, wer es erzählt hat, vermutlich einer von Dimos' Kommilitonen bei irgendeiner Versammlung im Herbst. Jedenfalls habe ich die Absicht, mich an diese Behauptung zu klammern wie an hundert Gebote. Solange die Sonne wachsen darf, kann der Eisenwarenhändler ruhig an seinem Apparat werkeln. Nach zwölf Wochen ist sie zu einem Teil von mir geworden. Nein, sie ist immer ein Teil von mir gewesen. Ich meine, auch wenn die Sonne nur aus meinem Gewebe und Blut, meinem Fett, meinen Nervenfäden besteht, und niemals ohne das alles überleben würde, ist sie mehr als ich. Bei dem Gedanken überkommt mich eine fahrlässige, aber überwältigende Freude.

Ich glaube, ich wäre mit allem Möglichen einverstanden, wenn dieses Mehr in Ruhe gelassen würde. Bald hat es die Größe einer Aprikose.

AM MORGEN klopft es. Als der Schlüssel gedreht wird, tritt eine Frau in weißer Schürze mit breiten Schulterbändern ein. Sie sagt nichts, als sie mir eine Tasse und einen Teller mit einem Apfel reicht. Aus der Tasche zieht sie eine Serviette, dann lächelt sie scheu und geht genauso lautlos wieder hinaus.

Ich balanciere die dampfende Tasse auf dem Bauch. Als ich an dem Tee nippe, merke ich, dass sie Honig hineingeträufelt hat. Das Licht fällt schräg zum Fenster herein, wegen des Gitters in länglich schmale Streifen geteilt, und reicht fast bis zur gegenüberliegenden Wand. In den trüben gelben Lichtscheiben schwebt Staub. Gibt es eine geheime Ordnung in diesem Muster? Nein, das möchte ich wohl nur glauben. Warum sollten diese wirbelnden Partikel etwas bedeuten?

Während der ersten Wochen, wenn jede Eigenheit des anderen ein Wunder ist, jedes gemeinsame Erlebnis ein kleineres Mirakel, haben Dimos und ich uns manchmal stundenlang unterhalten. Wir lagen auf dem Bett und sprachen über alles – außer über das, was er einmal die andere Seite genannt hatte. Mal ging es um die Risse in der Decke, mal darum, ob es eine Macht gibt, die größer ist als der Mensch, oder ob sie doch kleiner ist. »Von deinen Lippen in Gottes Ohr«, sagte er, wenn er etwas bezweifelte, aber keinen Einwand vorbringen wollte. Wir analysierten den Flaum der Schilfkolben, der im Raum schwebte, erzählten uns, wo wir uns zu bestimmten Zeitpunkten aufgehalten hatten, bevor wir uns kennenlernten, und redeten darüber, warum es sich lohnte zu studieren, obwohl wir bestenfalls mit einer Stelle beim staatlichen Rundfunk oder im städtischen Bauamt irgendeines Vororts rechnen konnten. Kein Thema war zu klein, keines zu groß, und keine Erfahrung verpönt.

Dann kam es zu dem Missverständnis wegen Antonis' Postkarte, und als Dimos am nächsten Morgen aufwachte, entschuldigte er sich mit heiserer Kehle und glasigen Augen. »Du bist hart, und ich bin ein Idiot. Aber ein Herz ist kein Ort zum Verstecken, Mary. Merk dir das. Es ist ein Ort zum Finden.«

Ich lachte verlegen. Obwohl ich mich dagegen wehrte, seine Liebe über unsere Beziehung bestimmen zu lassen, verstand ich ihn. Etwas später, während des Frühstücks in der Küche, in der Stella bereits abgespült hatte, erklärte ich: »Man wird eben so.« Ich sei nicht stolz auf die Olympiastraße, sähe aber keinen Sinn darin, über meine Herkunft zu diskutieren. Ich fragte ihn ja auch nicht nach seiner. Wichtig ist, was ein Mensch tut, nicht, woher er kommt. Ansonsten wollte ich, dass Dimos mich als gegeben hinnahm, andererseits aber auch nicht. Ich wollte sagen: Es gefalle mir, das Gefühl zu haben, gebraucht zu werden, deshalb dürfe er jedoch nicht glauben, dass er tun kann, was immer er will, nur weil er zufällig eifersüchtig geworden ist. Eine Beziehung im Gleichgewicht soll … Ach, es war schwer zu erklären. Wenn er das nicht kapierte, hatte es ohnehin keinen Sinn.

Dimos legte eine Hand auf seine Stirn. Er sei sich nicht sicher, ob er mir folgen könne, ich dürfe ihn allerdings gerne nach seiner Herkunft fragen. Sein Vater sei Elektriker, die Mutter Hausangestellte.

Aber das habe er ja schon erzählt. Er habe zwei Schwestern, beide älter als er. Außerdem solle ich wissen, dass er sich Gedanken darüber macht, wie ich zusammengesetzt war. »Jede Komponente ist bedeutsam.« Er ließ das Aspirin kreiseln, bis es sich aufgelöst hatte, dann leerte er das Glas. Wenn ich nicht über die andere Seite sprechen wolle, würde er mich sicher nicht zwingen. Aber sollten wir nicht eine Ausnahme machen? Damit es zwischen uns nicht wieder zu Missverständnissen kam? Manchmal gab es Komponenten auf einer Leiterplatte, die nicht verwendet wurden. Gleichwohl saßen sie dort und waren auf ihre Art wichtig. Menschen bestanden letzten Endes aus anderen Menschen.

Komponenten? Leiterplatten? Wovon redete er da? Ich hatte es doch schon gesagt, von der Auffassung, dass die Familie erklärte, wer man war, hielt ich nicht viel. Die Tatsache, dass ich die Olympiastraße verlassen hatte, war in meinen Augen wichtiger, als dass ich dort gewohnt hatte. Aber wenn er es unbedingt wissen wolle, sei Mutter ein schwarzes Loch. Und Vater? Ob es etwas zu bedeuten hatte, dass er sich auf Restitutionsfragen spezialisiert hatte oder dass seine Kleider manchmal rochen, obwohl er behauptete, er habe sich nur die Haare schneiden lassen wie der alte König? Für mich waren das mehrere Schritte rückwärts in der Evolution, vielleicht bis in eine Zeit, in der man in Höhlen lebte und mit den Fingern aß.

Ich glaube, meine heftige Reaktion überraschte uns beide. Als ich mich wieder beruhigt hatte, erzählte ich, Vater sei wie die meisten in meiner Familie Royalist. Danach schilderte ich, was nach Tante Notas Beerdigung, anlässlich des Gedenkgottesdienstes vierzig Tage später, passiert war.

Stella hatte mich überredet, Antonis mitzunehmen. Als wir aus dem Bus stiegen, ich in meiner neuen Jeansjacke, Antonis in einem zerknitterten, aber gut sitzenden Hemd, das er über der Hose trug, war auf seiner Oberlippe ein schmaler Streifen sichtbar, nicht breiter als ein rußiges Streichholz. Der Schnurrbart war Anfang der Woche noch sorgsam gepflegt gewesen, verschwand nun, drei Tage später, allerdings fast zwischen den Bartstoppeln. Als wir die Treppe hochstiegen, zog ich ihn damit auf, war insgeheim jedoch stolz. Und nervös bei dem Gedanken daran, was Mutter und Vater wohl sagen würden. Es war das erste Mal, dass sie meinen Freund trafen.

Als wir auf den Balkon gelangten, begrüßte Vater uns mit glatten Wangen und herabhängenden Hosenträgern. Man merkte, dass er getrunken hatte, denn er inspizierte meine Begleitung ohne jede Scheu. »Deine Mutter will keinen Prozess führen und du schleppst noch so einen an?« Kaum hatte ich Antonis meiner Mutter vorgestellt, als Vater ihn auch schon aufforderte, sich zu setzen. »Eine Rasur, Mylord?« Ohne eine Antwort abzuwarten, stopfte Vater ihm ein Handtuch in den Kragen. Dann fuhr er mit dem Messer über den Streichriemen, der fettig glänzend an der Balkontür hing. Der Rasierschaum in der Schale war noch luftig und warm, der Pinsel stand ausgespült und buschig auf dem Rasiertisch.

Unmittelbar darauf hatte mein Freund überall Schaum im Gesicht. Vater drückte gegen seine Nase und setzte die Klinge an die Wange. »Wenn das Loukas sähe!« Antonis, der sich nicht rührte, zwinkerte mir verschwörerisch zu. Er glaubte, auf diese Art Vaters Gunst zu gewinnen.

Ich konnte nur an die Grobheit denken, mit der er behandelt wurde. Im Unterschied zu meinem Onkel zog Vater das Messer über die Wangen, bis sich der Schaum rot färbte und herunterrann. Er befahl Antonis, den Kopf zunächst nach rechts und anschließend nach links zu drehen, das Kinn anzuheben und die Oberlippe über den Zähnen zu spannen. Mit der Zeit übertrug sich die Sorge meines Freundes auf mich; von Übelkeit erfasst, aber gebannt, war mir, als ob das Messer über meine Haut gezogen wurde. Als Vater seitlich an alle Stellen heranzukommen versuchte, stöhnte ich sogar auf, überzeugt, er werde quer über die Kehle schneiden. Stattdessen zog er die Klinge nach unten, und während die Stoppeln raspelnd nachgaben und die Haut schlierig von Blut wurde, sank ich in mich zusammen.

Noch war die Rasur allerdings nicht beendet. Vater legte das Messer fort und ging in die Küche. Dort tauchte er einen Waschlappen in einen Topf und klatschte ihn dann Antonis auf das Gesicht. Das Wasser muss siedend heiß gewesen sein, aber mein Freund gab keinen Ton von sich. Methodisch rieb Vater seine Haut ab; es sah aus, als versuchte er ihm die Muttermale aus dem Gesicht zu wischen. Als der Lappen abgehoben wurde, erblühten Blumen auf der Haut. Antonis wollte aufstehen, aber Vater legte eine Hand auf seine Schulter. »Nicht so schnell, Mister.« Neben dem Waschbecken stand die Flasche, aus der er getrunken haben musste. Es spritzte, als er den Schnaps in seine hohle Hand schüttelte, die Handflächen aneinanderrieb und seinen Gast damit gleichsam ohrfeigte.

Zum Abschluss fuhr er ihm mit den Fingern durchs Haar. Ich war auf das Schlimmste gefasst, aber Vater stellte bloß fest, dass Antonis genauso flotte Haare besitze wie unser abgesetzter Landesvater, und machte sich daran, Pomade einzumassieren. Seine Hände bearbeiteten die Kopfhaut, trotzdem protestierte mein Freund nicht – selbst dann nicht, als Vater den Kamm durch seine Haare zog, als wollte er Unkraut rechen. »Da begriff ich, dass wir nicht hätten kommen sollen.« Dimos versuchte sich ein Lächeln zu verkneifen. »Und tat, was ich tat.«

Als das Schweigen zu lange währte, klopfte er auf den Tisch.

»Die Handflächen«, murmelte ich düster.

DA ICH ihm nun schon von der Rasur erzählt hatte, konnte ich ebenso gut schildern, wie sie endete. War Dimos wirklich der Meinung, jeder Mensch sei eine Leiterplatte? Das glaubte ich nicht. »Aber vielleicht kannst du mir ja sagen, woher diese Komponente kommt.«

Nach der Behandlung lagen Antonis' Haare fest und glänzend auf dem Kopf wie ein Helm. Vater spannte seine Hosenträger und blickte, zufrieden mit dem Ergebnis, auf den Platz hinaus. Ehe es passierte, hatte ich nicht eine Sekunde daran gedacht zu tun, was ich tat, aber für mich ging es bei dieser Rasur ebenso sehr um Theo wie um Antonis – und bei dem Gedanken an Alaska wurde mir schwarz vor Augen, ich nehme an von Kaffeesatz. Wenn dieses Haus schon meinem Bruder gehörte, konnte ich darin nicht einfach alles zulassen. Ohne nachzudenken stand ich auf und ging zu Vater. Zögernd hob ich die Hände; dann stieß ich ihn. Kopfüber krachte er die Treppe hinunter. Einen Moment lang klang es, als würde das Geländer nachgeben und er abstürzen, aber dann knallte er wieder gegen die Wand, schlug eine Art Purzelbaum und streckte instinktiv die Hände aus, als er am Fußende landete.

Dimos pfiff leise.

Ich murmelte, mir sei nie klar geworden, warum ich keine Reue empfand. Antonis war die Treppe hinuntergeeilt, während ich mit erhobenen Armen stehenblieb, als wollte ich aller Welt meine Handflächen zeigen. Er dachte, ich hätte Vater daran zu hindern versucht, das Gleichgewicht zu verlieren, und wollte sogar noch länger im Dorf bleiben. Aber ich zwang ihn am nächsten Tag, nach dem Besuch im Krankenhaus, heimzufahren.

»Scham?« Dimos löste sein Haar und sammelte es anschließend in einem Zopf. »Hast du dich geschämt? Oder dich befreit gefühlt?«

Ich wusste es nicht. Nur, dass ich nach diesem Stoß nichts mehr mit meiner Familie zu tun haben wollte. Zwei Wochen später beendete ich die Beziehung zu Antonis, und ehe Dimos mich vor der Hochschule ansprach, hatte ich ernsthaft in Erwägung gezogen, ins Kloster zu gehen. Oder zumindest unverheiratet zu bleiben. Er suchte meine Hand, ich zog sie fort. »Wenn du es genau wissen willst, dann tut Antonis mir leid. Damit wirst du leben müssen. Und wenn du das

nächste Mal Zweifel hast, musst du es mir sagen. Versprich mir das.«
Als Dimos nichts erwiderte, fragte ich ihn, ob er mir erklären könnte,
woher dieser Stoß gekommen sei.

»Einem solchen Knall geht nichts voraus, Mary.«

»Woher?«, wiederholte ich leise.

»Menschen bestehen nicht nur aus anderen Menschen.«

»Aber woher?«

»Aus diesem Land. Ist das so schwer zu begreifen?« Er stand auf
und suchte nach den Kopfschmerztabletten, die ich in den Schrank
zurückgelegt hatte. »Der Zorn ist unsere Herkunft.«

BEIM NÄCHSTEN MAL geht alles ganz schnell. Der Eisenwarenhändler
hat den Tisch kaum hereingerollt, als er meine Gelenke auch schon
mit den Stoffstreifen fesselt. Ich trete und winde mich, aber am Ende
bekommt er, was er will, plaziert ein Gummikissen unter meinem
Nacken und schiebt mir etwas unter die Hüften. Als er den Konvulsator testet, pfeift dieser mit einem gleichmäßigen Laut, der immer
höher steigt, bis er nicht mehr zu hören ist. Zufrieden stellt er den
Regler ein und greift nach zwei Metallstäben mit Griffen wie Schrau-
benzieher. Er plaziert die klebrigen Elektroden gleich hinter dem
Ohr an meinem Kopf und befestigt sie.

Ich nehme den Geruch von Vaseline wahr, dann explodiert der
Schädel in tausend silberne Scherben. Das Rückgrat wird in einem
Bogen gekrümmt, ich schüttele mich unkontrolliert. Unmittelbar
danach presst eine unfassbare Kraft den Körper herab, und ich bin
überzeugt, dass der Boden aus mir herausfallen wird, denn auf mir
sind unfassbare sechzehn Tonnen Koks abgestellt worden. Der Brustkorb wird eingedrückt, als wäre er aus Stroh. Wieder explodiert der
Kopf und ich beiße mir unwillkürlich in die Zunge. Es tut nicht weh,
zumindest spüre ich nichts, aber es fließt Blut, erstaunlich dick, und
wahrscheinlich schreie ich auch.

So geht es weiter. Erst der Rücken, dann sechzehn Tonnen Koks und der Geschmack von Blut. Etwa ein Jahrhundert später endet die Behandlung. Jemand lehnt sich über mich. Es ist der Eisenwarenhändler – nein, das müssen mehrere sein. Wenn ich die Situation richtig deute, trampeln sie auf meinem Brustkorb herum, wie man es tut, wenn man ein Feuer erstickt. Kann das wirklich sein? Ich spüre, wie sie Arme und Beine lösen und die Zehen abzupfen, als wären sie Weintrauben. Anschließend leuchtet mir jemand in die Pupillen, ohne dass ich mehr erkenne als eiergelbe Nebulosen.

»Nun sag schon was.«

Langsam wird mir klar, dass der Eisenwarenhändler mich auffordert zu sprechen. Sein Gesicht ist dicht an meinem, er scheint nach etwas hinter meinen Augen zu suchen. Gleichzeitig hält jemand meinen Kopf hoch. Übrigens, der Kopf. Eigenartigerweise ist darin noch Platz für mich, obwohl der Wille nicht bis in Arme und Beine reicht. Ich kann meine Bewegungen nicht steuern; Hände und Füße scheinen zu qualmen. Wollen sie das Feuer nicht löschen? Mittlerweile ist jedoch die Sorge um mein Inneres so monumental, dass sie jede einzelne Komponente verbrennen könnten, wenn sie nur die Leiterplatte selbst oder die Sonne, oder wie auch immer wir es ihrem Willen nach nennen sollen, in Ruhe lassen.

»Wenn du schreist, machen wir weiter.«

Ehrlich gesagt glaube ich nicht, dass ich schreie. Im Gegenteil, es fühlt sich an, als hätte ich etwas in den Hals bekommen. Das muss Fanis Schal sein. Ich weiß, dass ich ihn ihr zurückgegeben habe, aber jetzt hängt er in meiner Kehle. Das ist mit Abstand das Schlimmste, was ich jemals durchgemacht habe. Wenn ich diesen Schal nicht herausbekomme, wird die Sonne erstickt werden, begreifen sie das nicht? Ich huste und ziehe die Nase hoch, nach Luft schnappend, dann versuche ich zu zeigen, dass ich ein wenig Hilfe zu schätzen wüsste. Doch Rotz und Speichel füllen meine Kehle. Wahrscheinlich bin ich kurz vor dem Ertrinken, denn die Person hinter mir hebt meinen Kopf, damit ich ausspucken kann. Ich vermute, es ist der Onkel. Dann sehe ich flüchtig eine Schürze und erkenne, es muss die Krankenschwester sein.

Es fühlt sich an, als steckte sie mir die Finger in den Hals und zöge den Schal heraus, aber sie gibt mir nur etwas Wasser zu trinken. Die kalte Flüssigkeit gleitet hinunter wie eine silbrige Schnur und erleichtert mir das Atmen. Jemand spricht. Ich glaube nicht, dass es die Krankenschwester ist. Obwohl ich mir inzwischen in allem unsicher bin. Außerdem merke ich, dass das Wasser meine Übelkeit verschlimmert und ich mich übergeben muss. »Nicht so, mein Kind.« Nochmals steckt sie die Finger hinein, und diesmal zieht sie Magen, Eingeweide, Nieren heraus – ich glaube, das meiste außer dem, was mehr ist als ich selbst.

Über der Bettkante hängend, stöhne ich, dass sie nehmen können, was sie wollen, solange ich die Aprikose behalten darf. Dann verliere ich den Sinn für alles, auch für den Schmerz.

Hier breche ich ab.

AM TAG vor unserem Urlaub im Herbst meldete sich Dimos über die Gegensprechanlage. Ich kam nach der Siesta gerade aus der Dusche. In der Zwischenzeit war er nach unten gegangen und verspürte nun keine Lust, noch einmal hochzukommen. Das Licht hatte einen warmen, satten Glanz, während ich über den Fußboden ging, als läge eine Politur aus Bienenwachs auf dem Marmor. Die nassen Fußabdrücke folgten mir zur Tür, an der ich mit dem Finger auf dem Sprechknopf stand. »Ja, wenn ich mich vorher noch schnell anziehen darf.«

Als ich zehn Minuten später den Aufzug nach unten nahm – mit nassen Haaren und den Streichhölzern, um die Dimos mich gebeten hatte –, saß er mit einer nicht angezündeten Santé im Mund auf einem Motorrad. Zufrieden schaltete er den Motor aus und erklärte, die Maschine habe er sich von einem Mann in der Werkstatt ausgelie-hen. Er klopfte auf die Sitzbank; es sei Platz für uns beide. Dahinter lag festgezurrt ein Zelt. Darüber hinaus hatte der Freund ihm Koch-töpfe und Isomatten geliehen. Das Einzige, was wir selbst noch mit-nehmen mussten, waren Schlafsäcke. Als ich ihn fragte, wohin un-sere Reise führen solle, meinte er, es werde Zeit, mir auf den Grund zu gehen.

An die Fahrt aus der Stadt hinaus am nächsten Tag erinnere ich mich lieber nicht. Die Knie gegen Dimos' Hüften gepresst und die Arme um seine Taille geschlungen, sah ich nur glitzernde Autos und graue Gebäude. Ich hatte Theos alten Seesack auf dem Rücken. Die Decken, die wir in Ermangelung von Schlafsäcken mitgenommen hatten, machten es mir unmöglich, eine bequeme Sitzhaltung zu fin-den, während Dimos sich durch den chaotischen Verkehr bremste und beschleunigte. Erst als wir die Ölraffinerien hinter uns gelassen hatten und aufs Land kamen, begann ich die Fahrt zu genießen. Jetzt ruhte meine Wange auf seinem lederbekleideten Rücken. Die steten Vibrationen des Motors, der Geruch von abgebrannten Feldern und die Herbstsonne, die in den Obstplantagen schäumte – mit jedem Kilometer fühlte ich, wie ich mich auflöste in der Umgebung. Am Ende waren es nicht wir, die durch die grünbraune Landschaft fuh-ren, sondern es war die Landschaft, die sich durch uns bewegte. So muss es für Quallen sein, dachte ich. Sie saugen das Wasser auf, das zu einem Teil ihrer eigenen Bewegung wird. Wenn man so doch Häuser bauen könnte.

Während der Woche auf verschlungenen Landstraßen im Süden gab es nur einen Moment, in dem ich eine juckende Ohnmacht emp-fand, die an jene auf dem Balkon vor Tante Notas Haus erinnerte. Es war am ersten Morgen, in der Frühe. Es dürfte erst sechs, halb sieben gewesen sein, als ich aufwachte und mich eine wunde Hilflosigkeit jener Art übermannte, vor der die Menschen gern die Augen verschließen, wenn sie bei anderen sichtbar wird – aus Verlegenheit darüber, glaube ich, dass eine Person so nackt sein kann. Ich war mir ziemlich sicher, dass ich nie eine unbequemere Nacht erlebt hatte. Trotz der Isomatte spürte ich den unebenen Erdboden und an meiner Hüfte eine große, unbequeme Wurzel. Sogar die Piniennadeln unter dem dünnen Zeltboden störten mich. Als Dimos den Reißverschluss aufzog, wollte ich zur nächsten Ortschaft fahren und den Zug nach Hause nehmen. Die klare Oktobersonne war unerträglich. Die Glieder schmerzten, der Mund stank. Ich hatte in der Nacht meine Tage bekommen und merkte nun, dass zwischen meinen Oberschenkeln Blut klebte. Außerdem hatte Dimos die letzten Schlucke Wasser getrunken. Der Wasserlauf, den wir überquert hatten, lag eine Dreiviertelstunde Fußmarsch bergabwärts, am Rande des Dorfes, in dem wir getankt hatten.

»Ich will sterben«, murrte ich säuerlich. Der Körper hing nicht zusammen, mein Blick muss schwarz wie eine Schuhsohle gewesen sein.

»Sterben und sterben. Weißt du …« Dimos strich mit dem Daumen über meine Augenbrauen. Wenn wir ein Kind bekämen, würde es die gleichen Brauen bekommen wie ich, da sei er sich sicher. »So breit wie Pinselstriche.« Dann strampelte er die Decke fort und erklärte, alles an mir, was hineingehe und was herauskomme, sei interessant.

»Wenn du das dreimal sagst, glaube ich dir vielleicht.«

Er ließ sein helles Lachen hören. Offenbar gab es nichts, was ihn langweilte. Nicht einmal Kaffeesatz im Herzen. Ich war längst nicht so überzeugt, aber Dimos legte die gewölbten Hände hinter seine Ohren und beteuerte, er sei mit allen Sinnen bei der Sache. Gehör und Sehvermögen (die Augen blinzelten), ganz zu schweigen von Geschmack und Geruch (die Zunge schoss heraus, die Nase schnupperte) sowie Gefühl und Gleichgewichtssinn (nun streckte er die

Arme aus, stand auf und watschelte wie ein Bär). »Und jetzt gehe ich einkaufen.«

Ich wusste es zu schätzen, dass er versuchte, mich zu ermuntern, fühlte mich deshalb allerdings nicht weniger elend. In einem geheimen Teil meiner selbst dachte ich wohl auch, dass ich meiner Mutter mehr ähnelte, als mir lieb war, und etwas dagegen tun sollte. »Du hast den siebten Sinn vergessen«, schniefte ich.

Den siebten? Dimos schwang sich auf das Motorrad, ehe er antwortete. »Das ist der Schmerz, Mary. Den ich jedes Mal empfinde, wenn ich daran denke, dass du verschwinden könntest.«

DIMOS SCHENKTE mir in einem Maße inneren Frieden, wie es Antonis nie gelungen war, er bedeutete mir mehr, als Stella ahnte. Und wenn ich mich an unsere Begegnung vor den Toren der Hochschule erinnerte, brannte es in meiner Brust – so viele unnötige Monate waren vergangen, ehe wir einander kennengelernt hatten. Ich wünschte mir bloß, dass wir vorsichtig waren. Es gab so viel, was ich tun wollte, wenn wir es gemeinsam beschlossen. Es war toll, von einem Motorradurlaub in den Bergen überrascht zu werden, obwohl ich persönlich lieber ans Meer fuhr. Es war sogar toll, dass er eifersüchtig wurde, wenngleich es auch unnötig und irritierend gewesen war. Aber ich hatte nicht vor, Antonis zu verleugnen, nur weil Dimos und ich zusammen waren. Ich brauchte niemanden, der mich in den Himmel hob, sondern jemanden, der mich behandelte wie die zweite Schale der Waage. Dimos war keiner von den Typen, die alles bestimmen wollten, trotzdem hatte es manchmal den Anschein. Begriff er denn nicht, dass ich auch eine Meinung hatte, zum Beispiel zu unserem Ausflugsziel?

Nach einer Stunde kehrte er zurück. Ich hörte das Motorrad, das sich mit jeder Kurve durch die Olivenhaine weiter den Berg hochschraubte. Als er abstieg, strahlte er wie eine staubige Sonne. Er machte Feuer, breitete eine Decke aus und stellte die Einkäufe darauf. Unter anderem hatte er Eier, Brot und Wasser gekauft, hielt aber auch ein Paket Kaffee, ein Glas Honig und ein Gefäß mit Joghurt hoch und schließlich noch etwas anderes, das in Papier eingeschlagen war und glänzte, als er es herausnahm. Eine türkische Kaffeemühle, schmal und rund wie ein Minarett. »Viel zu schön, um darum zu feilschen. Jetzt wirst du sehen, wie richtiger Kaffeesatz aussieht.« Doch der Kaffee, den er gekauft hatte, war schon gemahlen. »Hühnerkacke. Dann muss das eben warten. Komm jetzt. Frühstück.«

Sosehr ich mich auch bemühte, ich konnte mich nicht dazu durchringen, aufzustehen. Ich muss mir immer noch leid getan haben. »Warum hast du mich eigentlich gern?«

»Oje, ist es so schlimm?« Dimos blieb mit der Mühle in der Hand stehen. Er suchte in einer Tüte. »Hier. Fang.« Etwas flog auf mich zu; ich bekam gerade noch die Hände hoch. »Mein Beitrag zur Wiederauferstehung.«

Ein Granatapfel. Als ich ihn in der Hand wog, fand ich, dass er aussah wie eine Kreuzung aus Herz und Kranium.

ICH WEISS NICHT, wie viel Zeit vergangen ist, bis ich aufwache. Tausend Pferde sind durch meinen Körper galoppiert, aber er scheint heil geblieben zu sein. Der nächste Gedanke ist beunruhigender: Ich schaffe es nur, wenn ich nicht nachgebe. Und der danach der schlimmste: Schadet die Elektrizität auch wirklich nicht der Aprikose?

Bevor die Krankenschwester mich wäscht, bekreuzigt sie sich. Ihr hellblaues Hemd franst unter den Achselbändern aus. Die Hände sind sauber, die Nägel kurzgeschnitten. Jede Bewegung ist freundlich, als sie ein Handtuch ausbreitet, damit das Bett nicht nass wird. Der flauschige Frotteelappen wärmt angenehm, die Seife schäumt. Sie hält einen Arm hoch und wischt mir über die Achselhöhle. Ich spüre, wie ihre Hände um meine Brüste und zum Bauch hinabgleiten. Sie kommen ans Kreuz, ohne mich umzudrehen, das Wasser läuft und tropft vom Po. Später spüre ich, dass ihre Hände meine Füße anheben, die Fersen und jeden einzelnen Zeh einseifen, über die Beine gleiten, mich keusch, aber gründlich zwischen den Beinen waschen – und mich sauberspülen wie ein Kind.

Ich möchte meine Dankbarkeit zum Ausdruck bringen, aber der Mund ist ausgedörrt. Wieder hebt die Schwester Wasser an meine Lippen. Nein, ich kann nicht. Es tut mir leid, aber mir fehlt die Kraft, mich zu bedanken. Als sie das Glas abgestellt hat, sammelt sie ihre Sachen ein und geht, danach hört man nur das Meer.

Meine letzte Erinnerung ist, dass der Eisenwarenhändler wiederholt seinen Fuß auf meine Brust gedrückt hatte wie beim Aufpumpen einer Luftmatratze. Immer und immer wieder sagte er: »Versuch das ja nicht.« Später gab es dann einen Moment, in dem ich sehr deutlich seine Augen sah. Die Pupillen waren schwarz wie Kohle, die Iris groß und weich wie zwei Tropfen Kaffee. Ich wollte schon eine Bemerkung darüber machen, aber dann spürte ich wieder den Druck hinter den Ohren, und die irren Wellen wälzten sich durch mich hindurch wie kochende Brandung.

»Hör mal, Mädchen. Du scheinst mir ehrlich gesagt nicht besonders intelligent zu sein.« Das seien nur siebzig Volt und ein halbes Ampere gewesen; so eine Dosis überstehe jedes Kind. Der Eisenwarenhändler meinte, ich hätte mit der Treterei wenigstens warten sollen, bis er auf das Doppelte hochgegangen war. Ich glaubte doch wohl nicht, dass die Behandlung enden werde, bevor er mir die Zunge gelöst hatte? Endlich wurde der Apparat abgeschaltet. »Raus mit der Sprache. Dann beenden wir die Untersuchung, darauf hast du mein Wort.« Letzteres roch nach Eau de Cologne.

ICH MUSS wieder eingeschlafen sein, denn ich werde davon geweckt, dass die Krankenschwester meine Temperatur misst. Ihre Hände sind so behutsam, dass ich heulen könnte. Als sie fertig ist, spricht sie mit jemandem im Flur, dann geht sie.

Sie hat die Matratzen auf den restlichen Betten ausgebreitet. Neben den Stühlen in der Ecke stehen neue Nachttische. Die gleiche gesprungene Farbe, die gleiche schiefe Schublade. Ein dritter Nachttisch befindet sich neben mir, aber der Konvulsator ist fort. Meine Kleider liegen auf dem einzigen vierbeinigen Stuhl. Als ich sie sehe, ertaste ich, was ich anhabe. Es scheint ein Nachthemd zu sein. Erst jetzt merke ich, dass ich unten herum nackt bin, aber Strümpfe trage.

Der Körper besteht aus hundert Jahren Müdigkeit. Aber ehrlich gesagt schlafe ich schon wieder ein, noch ehe ich den Gedanken beenden kann.

IN DIESER NACHT wache ich auf und habe einen seltsam klaren Kopf. Regen trommelt auf das Dach. Ich lausche und fühle mich wie der Junge auf dem Bild, das ich aus der Zeitung ausgeschnitten habe. Der mit dem rußigen Teddy in den Händen. Der einsamste Mensch auf Erden. Ich frage mich, ob man dort, wo ich mich befinde, aus anderen bestehen kann, und sage mir dann, dass ich das unbedingt glauben muss. Leise flüstere ich Dimos' Namen. Auch die Namen von Theo und Stella. Nur als ich an die Aprikose denke, weiß ich nicht, was ich flüstern soll.

Am Morgen kehrt die Krankenschwester zurück. Sie kontrolliert Puls und Blutdruck; ihre Bewegungen sind nicht mehr so freundlich, eher sachlich – als fühle sie sich beobachtet. Als ich ihr danken möchte, schüttelt sie den Kopf und führt das Glas zu meinem Mund. Während ich schlucke, wartet sie mit der Hand in der Schwebe. Dann geht die Tür auf. Ich erkenne den Onkel, den Mann, der ihm folgt, dagegen nicht. Den lehmverschmierten Stiefeln nach zu urteilen, muss es in der Nacht ordentlich geregnet haben. Der Onkel sagt etwas zu dem Mann, der sich ans Bettende stellt. Er betrachtet mich mit der Mütze in der Hand. Still, nachdenklich, als stünde er an einem Grab. Sein wettergegerbtes Gesicht wird von einem gut durchgekauten Schnurrbart geziert, die Hose hat vor langer Zeit ihre Bügelfalte verloren. Der Onkel legt die Kleider vom Stuhl auf die Fensterbank, aber der Mann will sich nicht setzen.

Ich ziehe die Decke bis zum Kinn hoch. Wo ist das Gummikissen geblieben? Ich erinnere mich an die Elektroden, die gegen meinen Schädel drückten, und an den kranken, pfeifenden Ton, wenngleich sich auch die Maschine nicht mehr im Raum befindet. Der Onkel spricht mit dem Unbekannten. Der Mann steht regungslos da, schüttelt schließlich sachte den Kopf und setzt seine Mütze auf. Sie gehen ohne ein Wort.

Als wir allein sind, breitet die Schwester eine Serviette auf meiner Brust aus und füttert mich mit eingeweichten Rosinen. Sie bittet mich, nach jeder gut zu kauen. »Vorsichtig. Das ist gut. Noch eine?« Ich würde getrocknete Tomaten oder salzige Anchovis vorziehen, schlucke aber gehorsam. Der Traubenzucker zieht schmerzend in den Zähnen.

AM NACHMITTAG kehrt der Onkel zurück. Er findet, es sei geschmacklos, Gefangene in meinem Zustand vorzeigen zu müssen, und bittet die Krankenschwester, den Doktor zu holen. Als der Eisenwarenhändler kommt – offenbar ist er Arzt –, erklärt der Onkel, ich hätte eine bessere Behandlung verdient. Etwas anderes als die Einhaltung der Genfer Konvention werde der Kommandant nicht akzeptieren. Er lächelt gekünstelt; ich habe das Gefühl, dass er in Rätseln spricht. Dann erwähnt er, dass in ein paar Tagen das nächste Schiff ankommt, und will wissen, wie lange es dauern wird, bis ich gesund aussehe.

Bevor der Eisenwarenhändler ihm antwortet, wendet er sich an die Schwester. »Würden Sie uns bitte kurz allein lassen?« Als sie die Tür geschlossen hat, zieht er an seinen Manschetten. »Das kommt ganz darauf an.«

Ich überlege, welcher Tag es sein könnte. Der Onkel riecht gut. Vielleicht ist es Wochenende, eventuell schon Silvester. Dann wäre eine Woche vergangen. Aber kann das wirklich wahr sein? Und benutzt er ein Rasiermesser oder einen elektrischen Rasierer? Ich schätze, dass er wie Vater Messer und Rasierpinsel bevorzugt. Männer wie sie mögen keine neumodischen Sachen. Und es gibt doch sicher keinen Friseur auf der Insel, der ...

Wenn es nur ...

Vielleicht ...

Hoffnungslos. Sosehr ich mich auch abzulenken versuche, meine Gedanken kehren immer wieder zu dem Konvulsator zurück. Ich will die Elektroden nicht noch einmal an meinem Hinterkopf spüren. Der Nacken schmerzt; wenn ich gegen den Schädel drücke, nässen die Wunden. Aber vor allem will ich nicht, dass der Aprikose etwas passiert, die bald die Größe einer Mandarine haben wird. Die Wellen, die durch mich hindurchliefen, liefen auch durch sie. Damit muss Schluss sein.

»Er ist Fischer.« Der Onkel unterbricht meinen Gedankengang. Schlicht, fromm, ungebildet. Aber solche Menschen hätten auch Rechte. »Oder findest du, er soll nicht erfahren dürfen, was mit seinem Sohn passiert ist?« Der unbekannte Mann war also Sokrates' Vater. Der Onkel möchte, dass wir uns einigen, bevor der Kommandant zurückkehrt. »Eine Mutter soll nicht für etwas bestraft werden, was sie nicht getan hat. Ich weiß, dass du hinter allem steckst.« Er lässt die Worte wirken. »Die anderen können dich nennen, wie sie wollen. In unseren Papieren steht nur P. Wenn dir etwas zustößt, erfährt es kein Mensch. Wie sollen wir die Angehörigen benachrichtigen? P., ich bitte dich, wer ist denn das?« Er schiebt die Fäuste in die

Taschen. »Denk daran. Damit du dir nichts aus den Fingern saugst, wenn du Herrn Spanos triffst.«

Es kitzelt im Blut, es prickelt wie warme Blasen. Ich werde von einem vagen, aber trotzigen Jubel erfüllt. Offensichtlich wissen sie nicht, wessen Tochter ich bin. Oder was ich in mir trage. Das sind außerordentliche Neuigkeiten, vielleicht sind sie sogar meine Rettung. Ruhig ziehe ich die Decke über die Schulter. Der Onkel kann mein Schweigen deuten, wie es ihm beliebt. Es ist Zeit für eine neue Diapause. Wenn Fani ihnen gesagt hat, ich hätte Sokrates vergiftet, dann ist das eben so. Sie hat es ihrem Kind zuliebe gesagt; ich werde auf meine Art dasselbe für meins tun.

Aber er versteht mich falsch. »Diesmal ohne sichtbare Spuren.«

ALS DER ONKEL GEGANGEN IST, erwarte ich, das Pfeifen zu hören. Stattdessen schüttelt der Eisenwarenhändler eine Zigarette heraus. Nach einigen Zügen zieht er sein Portemonnaie aus der Tasche. Interessiert es mich nicht, wer er ist? Er zeigt seinen Ausweis. Trotz des Daumens auf dem Namen sehe ich, dass er Arzt ist. Und erkenne sein Gesicht. Dieselben schmalen Augen, derselbe ovale Scheitel, bloß Haare dazu. Er erklärt, er wolle nur mein Bestes. Deshalb benutzen sie das Badehandtuch. Damit ich nicht gezwungen sei, mehr zu wissen als nötig. Aber da wir uns jetzt schon kennengelernt haben, findet er, dass wir unsere Bekanntschaft vertiefen sollten.

Ich könne ganz beruhigt sein. Nach sechs Jahren im Ausland wisse er, was er tue. Zunächst habe er in Belgien, später in Deutschland studiert. Das hätte ich nicht gedacht, was? Er wäre gern dort geblieben, aber gewisse Umstände hätten ihn zur Rückkehr gezwungen. Seither kümmere er sich auf der Nachbarinsel um Wehrpflichtige – verstauchte Gelenke, Infektionen, einzelne Fälle von Tuberkulose. Und manchmal helfe er der örtlichen Bevölkerung bei Vergiftungen.

Der Eisenwarenhändler ascht in seine hohle Hand. Im Gegensatz zu uns seien die Soldaten nicht gebildet. Mit mir würde er gern über die Vorteile einer klassenlosen Gesellschaft diskutieren. Oder warum die Sechste Flotte ein notwendiges Übel sei, obwohl die Schiffe die schöne Bucht vor den Toren unserer Hauptstadt verschmutzen. Mit diesen Bauerntölpeln habe das dagegen keinen Sinn. Sie sind sechs Jahre in die Schule gegangen, bestenfalls neun, und haben den Rest ihres Lebens auf dem Feld verbracht. Die Wehrpflicht war nichts, worauf sie sich freuten. Was wussten sie schon von Fanon oder Neruda?

»Mit solchen Menschen diskutiert man nicht über Überzeugungen. Sie wissen, was funktioniert und was nicht funktioniert. Etwas anderes interessiert sie nicht.« Der Onkel ist dafür ein gutes Beispiel. Ob ich eigentlich wisse, dass er von der Nachbarinsel stammt, genau wie Sokrates? Er habe Töchter und kenne nur das Leben hier draußen. Der neue Kommandant sei schwierig genug. Der Onkel könne es sich nicht leisten, seine Stelle zu verlieren. »Die Insulaner sind konservativ. Manchmal denke ich, dass sie vor Leuten wie dir Angst haben. Aber mach dir nichts vor. Sie wissen, wie man überlebt.«

Das Gesundheitsministerium habe verlangt, dass mit allen Gefangenen Gespräche geführt werden. Dazu ist eine Namensliste erforderlich. Der neuen Regierung gefällt es nicht, dass internationale Organisationen Ansichten zu den Bürgerrechten im Land äußern, sie will möglicher Kritik vorbeugen. Sogar Inspektionen sind im Gespräch. Wenn Spanos zurückkehrt, müsse er Bericht erstatten, wie die Rehabilitierung fortschreitet.

»Im Augenblick treibst du auf einem Meer. Die Wellen gehen hoch, jeden Moment kannst du – na, den Satz darfst du selbst beenden.«

Niemand wolle, dass so etwas passiert. Berichte dieser Art missfielen allen, und ganz besonders, wenn die Identität der Person nicht festgestellt werden kann. Wie sollen dann die Angehörigen benachrichtigt werden? Er frage ja nur. Als ich nicht antworte, löscht er die

Zigarette, indem er sie über den Boden dreht. »Deshalb habe ich dir gezeigt, wer ich bin. Damit du mir vertraust, unter Intellektuellen. Und jetzt will ich wissen, wie du heißt.« Am einfachsten sei es, wenn ich meinen vollständigen Namen angebe und gestehe, dass das Medikament mir gehört. Warum nicht behaupten, es sei alles nur ein Irrtum gewesen? Der Eisenwarenhändler wirft die Kippe samt Asche aus dem Fenster. Als er es wieder geschlossen und sich die Hände an der Hose abgewischt hat, fügt er hinzu, er sei überzeugt, dass Spanos den Aufenthalt auf der Insel als ausreichende Bestrafung betrachten wird. In diesem Falle könne ich mit dem nächsten Schiff abreisen. Die Ideologie mit den besten Argumenten sei das Leben selbst.

Er schaltet gleichsam probehalber den Konvulsator ein. »Was meinst du, wenn ich auf hundert Volt erhöhe, klingt das nach einem guten Plan?«

Er greift nach den Elektroden, aber der Apparat beginnt zu pfeifen, dann hört er auf, anschließend pfeift er wieder. Entgeistert hält der Eisenwarenhändler sie in verschiedene Richtungen – wie Tante Nota, als wir zusammen auf dem Platz saßen und sie die Antenne so anwinkelte, dass das Transistorradio nicht mehr rauschte. Obwohl sich das Instrument ein Stück von mir entfernt befindet, fühlt es sich an, als stünde das ganze Bett unter Strom. Wir beobachten beide das Phänomen. Es knistert, die Augenbrauen kitzeln, die Luft schimmert rund um das weiß lackierte Metall. Der Eisenwarenhändler hält die Elektroden abwechselnd näher, dann wieder etwas weiter weg. Kein Unterschied. Nachdem er an dem Regler gedreht hat, führt er die Stäbe über meinen Beinen hin und her. Es knistert und knackt, die Haare stellen sich auf, die Haut brennt wie eine Herdplatte.

Gereizt schaltet er den Apparat aus. »Weißt du, dass du verdammtes Glück hast?«

ICH MUSS wieder eingeschlafen sein, denn als ich aufwache, ist es Nacht. Auch ohne nachzuschauen, weiß ich, dass ich ins Bett gepinkelt habe. Als ich das nächste Mal wach werde, ist das Laken gewechselt worden. Im Flur läuft ein Radio; es klingt wie die Nachrichten. Zum ersten Mal, seit man mich auf die Krankenstation brachte, habe ich Hunger. Der Körper ist matt und wund, trotzdem ist der Hunger schlimmer als die Schmerzen. Meine Kleider liegen noch auf der Fensterbank – aber ordentlich zusammengelegt. Auf dem Stuhl sehe ich eine Zeitung. Jemand muss bei mir gesessen haben. Ich versuche mich zu konzentrieren. Meine letzte Erinnerung ist, dass die Haut brannte. Als ich unter dem Nachthemd schnuppere, merke ich, dass ich trotz des sauberen Lakens schlecht rieche.

Schließlich gelingt es mir, genügend Kraft zu mobilisieren, um meinen Körper zu untersuchen. In den Haaren auf den Schienbeinen sind weiße Flusen hängengeblieben. Hier und da erkennt man blaue Flecken, aber es sind weniger als erwartet und die Haut ist nur leicht verfärbt. Die Füße haben nichts abbekommen. An den Fußgelenken sind allerdings Schürfwunden von den Stoffriemen zu sehen. Auch die Innenseite der Oberschenkel ist rosa und empfindlich, aber es sind keine Elektroden auf Stellen gepresst worden, an die ich lieber nicht denken möchte. Der Bauch ist gespannt wie ein Trommelfell. Wenn ich die Brüste hochschiebe, fühlen sich die Falten darunter wund an. Keine Verbände, aber jemand hat Salbe aufgetragen.

Nicht noch einmal. Sonst wird es keine Mandarine geben.

AM NÄCHSTEN TAG wäscht die Krankenschwester Nacken und Taille mit besonderer Sorgfalt. Ich erkundige mich, ob es etwas zu essen gibt. Sie sucht auf dem Tisch und gibt mir den Apfel. Sobald ich geschluckt habe, will ich mich übergeben. Der Speichel brennt, der Apfel kullert auf den Boden. Die Frau wischt die Frucht ab und legt sie wieder auf den Tisch.

Nach einer Weile versuche ich es erneut. Diesmal geht es besser, trotzdem muss ich würgen. Was ist bloß mit meinem Körper los? Mir bricht der kalte Schweiß aus, aber ich zwinge mich zu kauen und noch etwas von dem säuerlichen Fruchtfleisch zu schlucken. Solange ich mich nicht übergebe, bin ich auf dem Weg der Besserung. Sollte ich vielleicht lieber nicht wieder einschlafen? Mich eher wach halten und dafür sorgen, dass ich einen klaren Kopf bekomme? Ich beschließe, mich auf das Radio zu konzentrieren. Nach einer Weile presse ich die Füße gegen das Fußende. Sie schmerzen, trotzdem höre ich nicht auf. Mir bricht der Schweiß aus. Ich drücke noch etwas fester und schaffe es mit Hilfe dieser Quälerei, wach zu bleiben. Fußball hat mich nie interessiert, aber in diesem Moment bin ich überzeugt, dass die Begegnung, über die draußen im Flur berichtet wird, die spannendste ist, die jemals ausgetragen wurde.

Als die Sendung vorbei ist, lege ich die Hände auf den Bauch. Ich wünsche mir, von einer Bewegung überrascht zu werden. Einfach so. Wie soll ich sonst Gewissheit haben?

KEIN BESUCH, kein Verhör. Offenbar soll ich wieder auf die Beine kommen, bevor Spanos zurück ist.

Am nächsten Vormittag tritt die Krankenschwester mit nassem Kopftuch ein. Sie schüttelt ihr Haar aus, das aneinanderklebt. »Mm«, sagt sie. »Es gießt.« Sie will ihren Namen nicht nennen. Ich frage sie danach, aber sie antwortet nur: »Ich kenne deinen. Das reicht.«

Seit sich mein Zustand bessert, spricht die Krankenschwester mit mir. Sie zieht das Laken glatt und erzählt, ihr Mann habe am letzten Wochenende in der Müllschlucht Tintenfische gefangen. Solange niemand in der Kapelle sitzt, dürfen die Inselbewohner anscheinend dort fischen, müssen vorher allerdings die Erlaubnis des Kommandanten einholen. Sie schüttelt den Kopf und will wissen, wie das Leben in der Hauptstadt sei. Sie deckt mich zu und erkundigt sich, ob jemand wie sie dort Arbeit in einem der Krankenhäuser finden würde, ohne eine richtige Ausbildung, aber mit vielen Jahren Berufserfahrung. Sie putzt den Fußboden und erzählt, der Sohn ihres Schwagers sei erkrankt. Etwas mit der Brust, erläutert sie und fingert an dem zarten Silberkreuz an ihrem Hals herum. Ihre Mutter sei an Tuberkulose gestorben, ergänzt sie, deshalb hätten die Ärzte versprochen, nach ihm zu schauen. Vorläufig müsse der Junge im Schuppen schlafen. »Bei den Hühnern, Sofia!«

Sofia?

Während die Krankenschwester die Matratzen umdreht, erzählt sie mir, früher habe sie häufig zwei, drei Nächte in der Woche hier übernachtet. Immer zurückzufahren sei zu anstrengend, aber an den Wochenenden wolle sie nach Hause. Sie streicht die Betten glatt und fügt hinzu, ihr Mann hole und bringe sie nach wie vor mit seinem Kutter. Im Winter sei der Seegang allerdings gefährlich, so dass sie das Wochenende wohl manchmal hier wird verbringen müssen. Dadurch verpasst sie die Messe.

Als sie den Reis auf dem Teller sieht, rümpft sie die Nase. Wählerische Menschen wie ich hätten eine Tracht Prügel verdient. Sie sagt das allerdings so zärtlich, dass sie es unmöglich ernst meinen kann. Als sie weitere Laken holt, verdrücke ich gehorsam das Essen. Sobald sie den leeren Teller entdeckt, klatscht sie in die Hände. »Warum machst du das nicht jeden Tag, Sofia?« Sie wirft einen Blick in den Flur – der Wärter scheint weggegangen zu sein –, dann ergänzt sie: »Du bist elendig schwach. Iss dich satt, dann geht es dir besser und du ersparst dir das alles. Das hier ist nichts für dich.« Sie senkt die Stimme. »Spiel die Dumme. Wenn du die Hand nicht beißen kannst, musst du sie küssen.«

SCHLIESSLICH FRAGE ICH SIE, warum sie mich Sofia nennt. Die Schwester reagiert erstaunt. In der Krankenakte stehe »Sofia Polidouri« oder etwas in der Art. Sie will schon fragen, ob das nicht stimmt, als sie innehält. Wir erkennen beide, dass man einen Namen nur erfindet, wenn sich die Behandlung nicht belegen lassen soll. Brüsk beginnt sie die anderen Betten zu beziehen. Während sie die Laken unterschlägt, erklärt sie, sie werde erst in einer Woche zurückkehren. Heute sei Freitag, und nächste Woche müsse sie den Jungen des Schwagers ins Regionalkrankenhaus begleiten. Sie wollten nichts riskieren. Ihr Mann muss arbeiten und kann nicht mitkommen.

»Der Junge versteht sich auf technische Geräte. Baut sie auseinander und setzt sie anschließend wieder zusammen.« Wenn er nicht zu Hause gebraucht wird, muss er unbedingt studieren. Aber im Moment sei daran wohl nicht zu denken. Wer weiß schon, wie krank er wirklich ist? Die Krankenschwester betrachtet mich. »Was meinst du, würde jemand wie er einen Studienplatz bekommen? Da, wo du wohnst?« Der Junge beendet offenbar bald die Schule. Was ist erforderlich, um an der Universität angenommen zu werden? Würde er bis dahin irgendwo Arbeit finden?

Ich erzähle ihr, dass es Aufnahmeprüfungen gibt und ich jemanden kenne, der Rundfunktechnik studiert und dem Jungen Ratschläge geben könnte, aber da unterbricht die Schwester mich. Als wolle sie sich für ihre Aufdringlichkeit entschuldigen, sagt sie, sie wisse, dass wir beide nicht die gleiche Lebenseinstellung haben. Sie selbst sei der Meinung, dass unser Vaterland eine starke Regierung braucht. Man müsse davon ausgehen, dass die neue Führung um das Wohl der Bürger besorgt ist. Manchmal weiß man selbst erst hinterher, was für einen das Beste ist, nicht wahr? Ob ich das noch nie erlebt hätte? Wir Frauen seien manchmal störrisch. Sie setzt sich auf das Bett neben meinem. »Ich werde dir etwas erzählen, was du sicher nicht hören willst.«

Die Krankenschwester hat einen Bruder, der ein dreirädriges Mopedauto besitzt. Um es behalten zu können, verzichtet er auf vieles. Keiner weiß, wie es ihm gelungen ist, an das Fahrzeug zu kommen, aber alle ahnen, dass das Darlehen nie abbezahlt wurde. Früher kam es häufig vor, dass jemand aus den Jugendorganisationen daraufgepinkelt hat. »Manchmal entleerten sie ihre Blase auf die Sitze. Sie nahmen sich alle Freiheiten der Welt. Gottlos wie die Tiere.« Jeden Morgen musste ihr Bruder Eimer und Putzschwamm holen, ehe er zur Arbeit fahren konnte. Es spielte keine Rolle, wie oft er die 999 anrief – nichts geschah. Die Polizisten waren mit den ständigen Demonstrationen beschäftigt, außerdem bezogen sie täglich Prügel von den Linken. Dann kam es zur nationalen Revolution, und seither ist der Wagen sauber und glänzt. Sie bekreuzigt sich. Endlich könne ihr Bruder ruhig schlafen. Die Zeitungen dürften nicht mehr einfach schreiben, was sie wollten. Sogar die Fähren verkehrten zu den angegebenen Zeiten.

»Was hast du gegen Zucht und Ordnung, Sofia? Das geschieht doch alles nur zu unserem Besten. Du musst auch an dein eigenes Bestes denken.« Ihre Hand streicht über die Decke, ihr Blick bekommt etwas Verträumtes.

»In welchem Monat bist du?«

AUCH FÜR DIMOS ist die Welt verblüffend einfach. Es gibt Ordnung und Unordnung. Wo Ordnung herrscht, existiert Zusammenhang, was bedeutet, dass es früher oder später möglich ist, einen Sinn und ein Ziel zu erkennen. Und dann muss man Stellung beziehen, sonst ist man kein mündiger Bürger. Die wahre Freiheit besteht nicht aus grenzenlosen Möglichkeiten, sondern in der Kunst, sich zu beschränken. Wie auf einer Leiterplatte. Der Rest ist Unordnung, und der widmet er sich lieber nicht. Ich nehme an, dass es sich damit so verhält wie mit der reinen Lehre und dem wirren Leben. Seine Schlampigkeit hat jedenfalls monumentale Ausmaße, und manchmal muss ich mich sehr beherrschen, um seine Wohnung nicht aufzuräumen. Stattdessen nehme ich dann meine Tasche und gehe heim zu Stella. Einen Tag getrennt zu sein hilft. Wenn wir uns das nächste Mal sehen, habe ich wieder Geduld mit dem Brotmesser, das sich nicht auftreiben lässt, oder den Zeitungen, die er eigentlich versprochen hatte wegzuwerfen und die nun stattdessen in der Spüle liegen.

Ich selbst bin mir nicht so sicher, was Ordnung ist. Als wir in den Bergen frühstückten, fragte ich Dimos nach den Schilfkolben in seiner Wohnung. Hatte er sie aufbewahrt, weil sie einen Zweck erfüllten? Es fiel mir schwer, das zu glauben. Entweder sei er nur zu faul, sie fortzuwerfen, oder es gefiel ihm, den Flaum so eigentümlich schwerelos durch die Luft schweben zu sehen. Die Muster ähnelten keiner Leiterplatte. Es war nicht möglich, den Flocken eine Funktion aufzuzwingen, sie in ein System einzufügen. Ihnen fehlte schlichtweg Ziel und Sinn. Aber waren sie deshalb bedeutungslos? Mich erinnerten sie daran, dass alles vergänglich war. Nicht viel, das gab ich gerne zu, aber besser als nichts.

»Von deinen Lippen in Gottes Ohr.« Dimos kraulte seinen Bart, dann griff er nach einem der Granatäpfel. Während ich redete, spielte er mit der unebenen Frucht, drückte und quetschte sie mit seinen sehnigen Fingern. »Warum ist es so wichtig, dass Dinge sich selbst genug sind?« Ich hörte, dass er es ernst meinte. »Es ist ja nicht so, dass manche nicht mehr bedeuten als andere.« Die Frucht flog hoch, landete in seiner Hand und flog wieder hoch. Der satte, gleichsam zufriedene Laut, wenn der Apfel in die hohle Hand schlug, erhitzte mich und machte mich verlegen.

»Mag sein.« Ich wusste nicht, ob ich eine gute Antwort hatte, wollte aber, dass er mich verstand. »Wenn du diesen Apfel teilst, findest du nicht einen Kern, der wichtiger ist als ein anderer. Alles ist klar geordnet, aber der Mittelpunkt ist überall.« Das Geräusch der landenden Frucht machte mich noch immer heiß und verlegen.

Plötzlich schrie Dimos auf. Er hatte den Apfel so fest gequetscht, dass roter Saft in alle Richtungen spritzte. Seine Hand war eine Fontäne aus Begierde.

BEVOR DIE KRANKENSCHWESTER GEHT, erzählt sie noch, dass ich in der nächsten Woche in die Abteilung zurückkehren soll. Im Flur steht ein Soldat Wache, ansonsten sei ich über das Wochenende allein. »Ruh dich aus, solange du kannst.« Das Essen braucht nur aufgewärmt zu werden; der Wärter habe entsprechende Anweisungen erhalten. Sie hantiert mit den Gegenständen auf dem Nachttisch, weiß nicht recht, wie sie Abschied nehmen soll, schlägt dann ein Kreuz. »Gebenedeit seist du unter den Frauen, gebenedeit sei die Frucht deines Leibes.«

AM NÄCHSTEN MORGEN teile ich dem Soldaten mit, dass ich zur Toilette muss. Mein Bauch tue furchtbar weh, stöhne ich und wimmere, als hätte ich große Schmerzen.

Am Ende schließt er mir auf und zeigt stumm den Flur hinab. Sobald ich die Tür hinter mir geschlossen habe, stolpere ich zu dem kleinen, nicht vergitterten Fenster. Mir fehlt es an Kraft und die Glieder sind steif wie Streichhölzer, trotzdem gelingt es mir, mich, auf der Toilette stehend, halb hinauszuzwängen. Noch weiß ich nicht, wohin ich will. Aber ich habe genug von wissenschaftlichen Untersuchungen und nicht die Absicht, zu erlauben, dass auch nur ein Volt mehr durch meinen Körper gejagt wird. Lieber zwei Wochen länger putzen als eine weitere Stunde mit dem Eisenwarenhändler.

Ich muss zu laut gewesen sein, vielleicht ist der Soldat auch misstrauisch geworden. Plötzlich steht er jedenfalls mit erhobenem Gewehr und feindseligem Blick vor mir. Der Tag ist grau, aber mild, in der Ferne ruft eine Möwe. Ohne die Waffe zu senken, stößt er einen Pfiff aus. Kurz darauf kommt auch der Gefängniswärter, und zehn Minuten später trifft der Onkel ein. In der Zwischenzeit haben die Soldaten mich in den Schlafsaal zurückgeschleift.

»Du hast es hier doch richtig nett. Und trotzdem willst du nicht bleiben?« Der Onkel zieht den Stuhl heran und mustert die Decke, wie man eine Landkarte studiert. Man kann förmlich hören, dass er nachdenkt. Als ich nicht antworte, zeigt er auf die Lampe und fragt mich, ob ich weiß, was das ist.»Eine Lampe?« Er seufzt.»Nein, das ist keine Lampe. Das ist der Mond. Und das da?« Er nickt zum Nachttisch hinüber. Ich will schon erklären, dies sei ein Tisch, ahne aber, dass er seine eigene Sicht der Dinge haben wird. »Ein Fiat. Verstanden? Ein Fiat. Du glaubst mir nicht? So ist es eben.«

Dann lehnt er sich vor, die Unterarme auf die Knie gestützt. Gefaltete Hände, schwere Schultern; jetzt betrachtet er den Fußboden mit der gleichen Sorgfalt wie zuvor die Decke. Man spürt, dass er etwas sagen möchte, vielleicht hat er größere Reue oder Gefügigkeit erwartet. Er kann mich auf die Fußsohlen schlagen, denke ich. Mich zwingen, Salzwasser zu trinken, oder mir befehlen, auf dem Feld hinter dem Gefängnis Steine hin und her zu schleppen, und am nächsten Tag gleich noch einmal. Er kann mich auf eine der tausend Arten quälen, mit denen sie Menschen quälen, Hauptsache, mir bleibt der Konvulsator erspart. Bald wird mein Bauch sichtbar sein. Ich darf nicht nachgeben.

»Du möchtest, dass ich gehe, damit du einen neuen Fluchtplan schmieden kannst? Keine Chance. Steh auf. Steh auf, habe ich gesagt!« Als ich die Decke zurückschlage, stöhnt der Onkel auf. »Sogar Wollstrümpfe.«

Die Beine tragen mich nicht richtig. »Steh gerade. Wie beim Appell. Beim Appell, habe ich gesagt, hörst du nicht?« Als ich endlich wie gewünscht stehe, inspiziert er mich. »Du solltest dich schämen. Deinen Genossinnen wird bei deinem Anblick schlecht werden. Eine richtige Vogelscheuche. ›Sie träumt unter der warmen Decke, während wir uns mit dem Brunnen abschuften müssen. Wollstrümpfe und zwei warme Mahlzeiten am Tag – und dann versucht sie auch noch auszubrechen. Was stimmt mit ihr nicht? Ist sie denn gar nicht dankbar? Sie ist eine Schande für uns alle.‹« Er sticht einen Finger in meinen Rücken. »Wenn du einer meiner Wehrpflichtigen wärst, würde ich dich erschießen. Hast du gar kein Rückgrat?«

Ich strecke mich. Die Glieder schmerzen, das Schwindelgefühl verstärkt sich. »Wir sind ein stolzes Volk in diesem Land. Wir sind aufrecht – wenn man nicht vor Moskau mit dem Schwanz wedelt. Wir stehen zu dem, was wir getan haben. Das ist deine letzte Chance zu zeigen, dass du ein Rückgrat besitzt. Sag: ›Das ist richtig, Herr Feldwebel. Ich habe das eine und das andere getan. Trotzdem habe ich keine Angst. Ich stehe für alles gerade. Ich bin bereit, die Konsequenzen zu tragen. Alle haben getanzt und getrunken, aber es waren meine Tabletten. Ich war es, die ihn vergiftet hat.‹«

Da Sokrates im Krankenhaus liegt, kann der Onkel nicht einfach so tun, als wäre Heiligabend nichts vorgefallen. Offensichtlich fürchtet er einen Verweis, wenn der Kommandant zurückkehrt. Es ist seine letzte Chance, mir die Schuld für den Abend in die Schuhe zu schieben. Er presst mir die Knöchel in den Rücken. »Fani hat uns alles erzählt, es ist also zwecklos, dass du phantasierst.« Sie ist offensichtlich mit dem Schiff zurückgefahren, das die neuen Gefangenen gebracht hat. Beim nächsten Mal könne ich an der Reihe sein, meint er. Dafür müsse ich jedoch gestehen. Wenn ich lüge, wird Spanos dafür sorgen, dass sie in der Stadt zum Verhör einbestellt wird. Wem wird man dort wohl mehr Glauben schenken: einer Buchhalterin mit Kind oder einer Studentin ohne? Und falls Fani wider Erwarten zurückgeschickt werden sollte, wollte ich das etwa auf dem Gewissen haben? Es könne doch nicht Sinn der Sache sein, dass Fünfjährige mit Schlangen und Skorpionen spielten.

Es gibt Augenblicke, in denen jeder Mensch zeigen muss, aus welchem Holz er geschnitzt ist. Dies sei ein solcher Augenblick, erklärt der Onkel. Wir wüssten beide, dass ich interniert worden sei, weil ich krank bin – vielleicht auf die gleiche Art wie Leute, die sich einbilden, sie wären der heilige Antonius oder Katharina von Alexandria. Aber ich brauche mir keine Sorgen zu machen. Er sei bereit, den Fluchtversuch unerwähnt zu lassen. Wenn ich ihm helfe, mir zu helfen, geht er davon aus, dass ich noch bei klarem Verstand bin. Sonst wird er Fanis Aussage zur Grundlage für seinen Bericht machen. Er hat auch schon mit Sokrates gesprochen, dem es bessergeht und der bestätigte, dass alles ein Missverständnis gewesen sei. Wenn ich hingegen etwas erfinde, wird der Herr Kommandant mich hier festhalten. Denn dann sei ich schließlich krank und ansteckend. »Für so etwas haben wir die erste Bucht. Dort kannst du reden, so viel du willst – mit Stalin und anderen abgekratzten Typen. Keiner wird dir zuhören.«

Er befiehlt mir, mich wieder hinzulegen. »Ich bin nicht in die Schule gegangen wie du. Ich kann kein Latein. Aber falls ich jedes Mal, wenn jemand in der ersten Bucht vor Reue geweint hat, ein Geldstück bekommen hätte, wäre ich heute reich.« Dem Onkel zufolge tut jeder Mensch Dinge, die er nicht begreift. Wer vor seinem zwanzigsten Geburtstag nicht links sei, hat kein Herz, sage man das nicht so? Andererseits habe jemand, der nach seinem dreißigsten Geburtstag noch Bulgare ist, kein Gehirn, nicht wahr? Sagt man das nicht auch? In seinem Mund knirscht eine Mandel. »Von der Taufe meines Jüngsten.« Ich lehne ab, als er mir die kleine weiße Stofftüte hinhält. »Ich schätze, du bist zweiundzwanzig oder dreiundzwanzig. Ich selbst bin fünfundvierzig. Ich schäme mich nicht, es zu sagen. Ich habe Kinder. Ich weiß, wie sie denken. Die Älteste ist fast erwachsen. Sie will Kosmetikerin werden, vielleicht auch Friseuse. Als sie klein war, ist sie mal weggelaufen. Sie wollte die Welt sehen, sagte sie. Aber ich finde, wenn man älter wird, muss man an andere Dinge denken. Essen, Arbeit, Familie. Der Lebenskampf bestimmt. Manchmal gibt es keine Arbeit, die Türen sind verschlossen. Weißt du warum? Weil man kein Bürger erster Klasse ist. Das kommt davon, wenn man die Gefühle über den Verstand stellt. Ich weiß, dass du das noch bereuen wirst. Man sieht dir an, dass du klug bist. Du kommst aus der Großstadt. Ausbrechen? Ich begreife nicht, was mit dir los ist. Es gibt so viel, was du erreichen könntest. Dir stehen alle Türen offen.«

Als ich die Decke über mich ziehe, schlägt der Onkel sich auf die Knie. »Also einverstanden. Hier auf den Inseln gibt es nur eine Frage, auf die man eine Antwort haben muss. Wie soll ich überleben? Das sage ich immer zu meiner Ältesten: ›*Wie*, das ist die große Frage.‹ Denk daran, wenn du mit Herrn Spanos sprichst.« Er steht an der Tür. Unerwartet freundlich ergänzt er, wenn ich auf die Antwort gekommen sei, hätte ich alle Zeit der Welt, über alles andere nachzudenken. »Zum Beispiel: Woran glaubst du?«

DIE NACHT ist kalt. Ich liege unter den Decken und habe mir zusätzlich die anderen Kissen genommen, um mich warm zu halten. Sechzig Seemeilen von der Welt entfernt, denke ich über die letzte Frage des Onkels nach.

IM TRAUM reise ich, getragen von Zikaden, durch die Luft. Das Geräusch ihrer Flügel ist trocken und raschelnd wie Wind, der durch Schilf streicht. Aber das Weit-fort-Land sieht diesmal anders aus. Es breitet sich nicht weiß und funkelnd aus wie Kreide, es gibt keine meilenweiten Tundren oder grün gekleideten Bergkämme, die gewaltigen nassen Schnurrbärten ähneln. Hier gehen auch nicht Felsen in starre Eisformationen über, riesige Scherben aus Glas, die an eingestürzte Kathedralen erinnern. Stattdessen ist alles öde und versengt.

Dann begreife ich, dass das Geräusch nicht von Zikaden, sondern von einem Motorrad kommt. Und nun erkenne ich auch Dimos' lederbekleidete Schulter an meinem vibrierenden Kinn. Nach dem Frühstück sind wir weitergefahren, an Feldern vorbei, die von den Bauern erst kürzlich abgebrannt worden waren. An manchen Stellen sah man noch die Flammen. Ruß wirbelte über den Erdboden, in der Höhe kreisten Raubvögel. Wir fuhren durch einige wenige Olivenhaine, und ich fragte mich, ob sie überhaupt bewirtschaftet wurden, so verwachsen, wie die Bäume aussahen. Je höher wir hinaufkamen, desto karger wurde die Natur. In diesem Teil des Landes gibt es keine Äcker ohne Steine. Ab und zu sieht man etwas abseits der Straße verfallene Häuser, gelegentlich Hühner hinter einem rostigen Zaun. Einmal wurden wir von einem staubigen Bus überholt – der Fahrer hupte zum Gruß, ein langes, mürrisches Signal –, aber dann kehrte erneut Stille ein, und das einzige Geräusch kam vom steten Brummen der Zylinder.

Dimos folgte den Anweisungen, die ich ihm von Zeit zu Zeit ins Ohr rief. Als wir Pause machten, in einer weiten Kurve mit Aussicht auf den Fluss, der glatt und silbrig im Tal unter uns glänzte, rollte er die Eier, die wir gekocht hatten, über sein Knie, bis ihre Schalen in tausend kantige Splitter zerbrachen. Er salzte sie und reichte mir einen weißen schwabbelnden Dom.

»Sei mir nicht böse, Mary.« Das Ei war kalt, schmeckte zusammen mit dem säuerlichen Käse dennoch himmlisch. »Aber wenn du von der anderen Seite erzählst, kommt es mir vor, als würdest du die Welt von dir fernhalten. Du bist eher Kopf als Herz. Ich mag dich lieber, wenn du so bist wie heute Morgen.«

War es denn so schwer zu verstehen, dass es sonst wehtat? Wenn ich eins im Leben gelernt hatte, dann, dass einen Selbstmitleid nicht weiterbrachte. Ich versuchte immer ruhig zu sprechen, wenn ich mit mir selbst redete. Dimos wischte sich die Hände ab. Seine Finger waren noch fleckig von dem Fruchtsaft. »Warum reden, wenn man schreien kann? Warum gehen, wenn man laufen kann? Warum leben, wenn man brennen kann?«

»Danke, aber ich verbitte mir die Poesie. Du weißt, dass ich dich mag, weil du aus Holz bist.«

Die Oktobersonne war erstaunlich warm. Im Tal hörte man entferntes Geläut, ich nahm an, die Glocken von Ziegen. Dimos summte. Dann fragte er, ob das heiße, dass man alles in sich sammeln soll wie in einem Gefäß. Und was tun, wenn man doch eigentlich leben soll, als ob man in Flammen aufgeht?

»Ich bin, wie ich bin, Dimos.« Herz oder Kopf – warum nicht beides? Als ich klein war, sagte Vater immer, ich sei rätselhaft. Aber er sagte vieles, was nicht stimmte. Zum Beispiel, dass ich eines Tages das Meer sehen dürfte. Oder dass er aufhören würde, Mutter traurig zu machen. Ich wollte mich nicht mehr darum scheren, was die Leute sagen. »Ich verlasse mich allein darauf, was sie tun.«

AM MORGEN kommt neuer Besuch. Diesmal ist es Spanos. Jetzt wird mir klar, warum der Onkel es so eilig hatte. Ohne eine bewusste Entscheidung getroffen zu haben, spüre ich zudem, dass ich mich entschieden habe. Ich werde tun, was der Onkel wünscht. Ich will nicht, dass Fani zum Verhör einbestellt wird und ich selbst sitze noch auf der Insel. Es gilt zu überleben. Wenn ich rechtzeitig zum Festland zurückkehren möchte, ist das der einzige Weg. Vielleicht liegen dann noch zwei Wochen vor mir. Aber die Sonne muss geschützt werden.

»Frohes Neues.« Der Kommandant zieht an seinen Hosenbeinen, dann nimmt er Platz. Zwischen seinen Augen kann nicht mehr als eine Kinderfingerbreite liegen. »Ihre Freundinnen sind fleißig gewesen. Jetzt funktioniert sogar der Brunnen.«

Er rückt auf dem Tisch etwas gerade. Es gebe viele Arten guter Führung. Die einfachste bestehe darin, seinen Willen zur Zusammenarbeit zu demonstrieren. »Wie die Mutter des Jungen. So etwas wird belohnt.« Fani und der Junge sind mit dem Schiff am letzten Freitag gefahren. Bald dürfen weitere heimkehren. Dem Kommandanten zufolge ist das hier nicht der richtige Ort für Kinder, nicht einmal für Frauen. Was soll er denn meiner Meinung nach mit mir tun? Philosophisch presst er die Fingerspitzen gegeneinander. Sein Blick ist aufmerksam, das Lächeln abwartend. »Ich weiß, dass Sie nicht gerne sprechen. Niemand zwingt Sie. Ein Mensch hat das Recht zu schweigen, wenn er Gefahr läuft, sich selbst zu belasten.« Die Fingerspitzen schlagen ruhig gegeneinander, dann hält er inne. »Obwohl ich immer der Meinung gewesen bin, dass dies ein paradoxer Standpunkt ist. Warum soll ein solches Schweigen nicht als stummes Geständnis gedeutet werden? Der Verdacht gegen eine Person zerschlägt sich ja nicht, nur weil sie sich weigert, den Mund aufzumachen. Oder was meinen Sie, liege ich richtig mit meiner Vermutung?« Ich nicke, fast unmerklich. »Schön. Der Vater des Wärters, der vergiftet wurde, hat mir erzählt, sein Sohn neige zu impulsiven Handlungen. Er scheint über den Berg zu sein, so dass ich denke, wir legen die Angelegenheit zu den Akten. Es wäre bedauerlich, das Ministerium damit unnötig zu belasten.«

Wieder nicke ich und spüre, wie sich der Schwindel durch meinen Körper ausbreitet. Die Tage auf der Krankenstation sind nicht vergebens gewesen. Was macht es schon, dass der Onkel mir die Schuld gegeben hat, wenn die Zeit auf der Insel vorbei ist? Sobald ich wieder in der Stadt bin, werde ich mit Fani sprechen. Und mit Stella. Aber zuerst mit Dimos. Falls er nicht zu Hause ist, weiß ich, wo ich ihn finde. Nach unserem Urlaub im Herbst gibt es nur einen Ort, an dem er sich verstecken kann.

Doch ehe ich dazu komme, mich zu bedanken, fährt der Kommandant fort. »Vor ein paar Tagen war ich in der Medinastraße. Fast alle Aufständischen sind gefasst worden. Eine Spur führte zu einer

Dachgeschosswohnung. Der Bewohner ... Moment.« Er denkt nach. »Nein, er konnte nicht verhaftet werden. Dem dort herrschenden Durcheinander nach zu schließen, hat er die Wohnung überstürzt verlassen. Die Kollegen wissen jedoch, dass dieser Mann der Kopf hinter der Rundfunkanlage der Studenten ist. Sie meinen, dass Sie ihn kennen ...«

Jetzt verwandelt sich der Schwindel in reine, kranke Säure. Woher wusste der Sicherheitsdienst, wo er nach Dimos suchen musste? Die rote Flora ist die Einzige, der ich etwas gesagt habe, aber sie würde ihn niemals verraten. Und mich auch nicht.

»Sie haben hochstehende Freunde«, ergänzt Spanos ungerührt. »Die ein Auge auf Sie haben.« Er wirkt zufrieden, weil er mir Angst eingejagt hat. »Die Medinastraße möchte lediglich wissen, wo sich die betreffende Person verbirgt. Und fordert fünf Namen. Zwei von ihnen werden verhaftet. Sie können die Betreffenden selbst auswählen. Niemand muss erfahren, von wem die Namen stammen. Wenn Sie mit uns zusammenarbeiten, können Sie mit dem nächsten Schiff zurückkehren. Sobald die Personen gefasst sind, werden Sie vor Gericht gestellt. Aber ich werde Ihnen eine gute Führung bescheinigen. Dann werden Sie höchstens zu einer Bewährungsstrafe verurteilt.«

Der Kopf schwimmt. Wenn ich einen Gedanken anfange, vervollständigt ihn das Gehirn. Ich sehe die Flagge, die oben auf den Ärmel des Kommandanten genäht ist – und das Gehirn ergänzt: Du wirst Dimos niemals wiedersehen. Ich sehe, dass er mit seinen Schuhen Heidekraut hereingetragen hat – und das Gehirn ergänzt: Er darf nie erfahren, was du in dir trägst. Ich habe haargenau das getan, was der Onkel wollte – und das Gehirn ergänzt: Die Aprikose wird niemals auf einer Terrasse spielen, deren Geländer mit Bast verkleidet ist. Fortan trägt alles diesen Stempel: *Niemals.*

Spanos erläutert etwas, was ich nicht verstehe – dennoch ergänzt das Gehirn: Niemals. Er räuspert sich – und wieder hallt es: Niemals.

»Ich meine, falls Sie nicht auch noch das nächste Weihnachtsfest hier feiern möchten.« Der Kommandant glaubt nicht an die mittelalterlichen Methoden seines Vorgängers. Wir sind ein zivilisiertes Volk; zu Folter greifen nur Bulgaren. Im Übrigen werde mein Beschützer das nicht zulassen. »Aber es gibt andere Wege, ein Verbrechen zu sühnen. Das Versteck und fünf Namen. Sonst geht es in die erste Bucht.«

DER BODEN IST NASS, der Pfad schlammig, als ich die Krankenstation verlasse. Der Wind hat sich gelegt, aber auf dem Meer rauschen spitze Wellen. Sie ähneln Vögeln, die aus flüssigem Blei abzuheben versuchen. Bis auf das Gefängnis ist die Welt grau. Die Soldaten, die mich in die Abteilung bringen, tragen steife, wie aus Karton ausgeschnittene Mäntel. Auf der Rückseite des Gebäudes presst sich eine Ratte an die Wand, weiß nicht, wohin sie soll, schlüpft dann durch ein Gitter. Als wir in die Abteilung kommen, hängt die Feuchtigkeit schwer im Flur. Die anderen sitzen um den Ofen versammelt, alle drehen sich um.

»Mädchen …« Ioulia steht auf. »Aber, was geht hier vor?«

»Du hast eine Stunde.« Die Soldaten salutieren, ehe sie gehen.

DIE AUGEN DER ANDEREN wirken auf mich wie riesige weiche Blätter. Zoe stellt eine Schale heraus und poliert den Löffel mit dem Ärmel ihres Pullovers. Neben dem Topf liegt ein Brot. Als sie den Deckel abhebt, dampfen die Linsen. Ich kann nur an eines denken, dass ich dieses Essen nie wieder zu mir nehmen will. »Die hat der Junge für dich dagelassen.« Ioulia schiebt die Zinndose zu mir herüber, als sie begreift, was bevorsteht. Ich starre sie nur an. Dass Verzweiflung so groß sein kann.

Erst als sie mir eine Decke um die Schultern legt und mich zum Ofen führt, gehorcht mir mein Körper wieder. Die Wärme ist angenehm, am liebsten würde ich einschlafen. Ioulia berichtet, Rita und die Nervenprinzessin seien in den Nachbarsaal gezogen. »Gestern sind wir mit dem Brunnen fertig geworden. Jetzt gibt es Wasser, wenn man sich dazu aufrafft, es zu schleppen.« Niemand wisse, ob Spanos beabsichtigt, sein Versprechen zu halten, wenn der nächste Transport ankommt. Sie glaubt es jedoch. Sie haben sogar den Personalspeisesaal frisch gestrichen.

Als die Stunde vorbei ist, stehe ich vom Tisch auf, hungriger als zuvor. Ich bin dankbar, dass Ioulia redet; ich traue mir selbst nicht mehr. Der einzige Gedanken, zu dem ich fähig bin, ist, nicht umzufallen. Als Zoe den Arm um meine Taille legt, kann ich mich trotzdem nicht mehr beherrschen. Bei dem Gedanken, was meine Weigerung mich kosten wird, steigen, trocken und überwältigend, die Tränen hoch. Mein Körper will nicht aufhören, sich zu schütteln.

ZOE RÄUMT meine Sachen zusammen. Als sie die Slacks hochhält, nicke ich, aber die Keksdose, die der Junge geleert hat, brauche ich nicht. Ioulia reicht ihr Fanis Schal, so dass sie alles zu einem Bündel verschnüren kann, zuletzt legt sie mir den schwarzen Angelhaken in die Hand. Eine Isolierzelle wäre schlimmer, erklärt sie. Ihr Goldzahn glänzt. Solange ich rechtzeitig den Müll abhole, wird man mich in Ruhe lassen. Er wird nachmittags hinausgestellt und muss am nächsten Morgen fort sein. Sechs Tage die Woche, samstags habe ich frei. »Tu es, bevor es dunkel wird. Danach siehst du nichts mehr.«

Ioulia will das Geld, das man ihr geschickt hat, dafür ausgeben, dass in der Lebensmitteltüte mehr ist als Reis, Linsen und verschrumpeltes Gemüse. Ihre Hand streicht über die Nieten an meiner Jacke. »Der Herr verlässt uns nicht, Mary. Wenn du versprichst, gut auf dich achtzugeben, fahren wir mit dem nächsten Schiff nach Hause. Heil und ganz.« Ihr Kopf zittert. »Du musst alles mögen, sonst geht es nicht.«

ALS DER ONKEL SIEHT, wie schwach ich bin, befiehlt er Zoe, mich zu begleiten. Wir gehen über das Feld auf der Rückseite des Gebäudes. Ehe wir das Wachhäuschen aus Beton erreichen, flüstert er, so dass nur ich es hören kann: »Von der Medusa... Ich meine, von der Medinastraße habe ich nichts gewusst.«

Der Wachposten schlägt die Hacken zusammen. Auf einem Stuhl in dem Häuschen liegt ein pornographischer Comic. Der Onkel sagt etwas, was den Burschen steif nicken lässt. Die Zaunpfähle sind rot gestrichen, der Stacheldraht ähnelt einer Partitur für den Konvulsator. Als wir in Richtung der Mannschaftsgebäude gehen, stütze ich mich auf Zoe. Statt dem Pfad in die Senke hinab zu folgen, gehen wir um die Bucht herum. Als die Reifenspuren enden, zeigt nur das Fehlen von Heidekraut und größeren Steinen an, wohin man seine Füße setzen kann. Ein Band aus blassem Grün schlängelt sich durch das Tal hinter dem Krankenpavillon. In früheren Zeiten muss dort ein Bach oder Fluss geflossen sein. Sträucher und einzelne Zypressen zittern im Wind, ansonsten ist die Landschaft kahl.

Neben den Felsen, an denen das Boot vor Weihnachten anlegte, liegt ein Aussichtsplatz, der niemals fertiggestellt wurde. Furniereisen ragen aus dem Zement. Eine größere Partie hat sich gelöst und ist die Böschung hinabgerutscht; die eingestürzten Wände sind von meterhohem Unkraut umwuchert. Wir gehen um die Landspitze zur dritten Bucht. Es ist windig, in der Ferne ziehen Regenwolken vorüber. Von Zeit zu Zeit stößt der Onkel einen Pfiff aus, um die Ratten zu verjagen. Die dritte Bucht ist kleiner als die vierte. Die zweite Bucht bemerke ich nicht einmal, bis er sagt, wir müssten nur noch die nächste Landzunge umrunden, dann seien wir da. Zwanzig Meter unter uns schlagen die Wellen an Land. Das Meer ist aufgewühlt, nichts schützt einen hier vor den Elementen.

Als wir die erste Bucht erreichen, höre ich die Vögel. Der Onkel erklärt, sie hausten in der Schlucht hinter der nächsten Landzunge.

Auf der Böschung sieht man Steinhaufen und eine niedrige Zementmauer. Das Gelände wird von Zypressen gesäumt, alle neigen sich landeinwärts. »Die letzte Ruhestätte.« Er zeigt auf ein weiter entfernt liegendes Gebäude. »Die Kapelle.«

NACHDEM WIR die Müllschlucht inspiziert haben – eine steil abfallende Bucht, in der zersplitterte Flaschen und Stanniol in den Felsspalten glitzern –, gehen wir zu den Gräbern. Die meisten bestehen aus einem Steinhaufen, in den ein Kreuz geschlagen wurde. Hier und da hat man kleine Sockel aus Zement gegossen. Zoe zählt einundzwanzig Tote seit der Diktatur in den dreißiger Jahren. Es muss noch andere geben, die niemals ein Grab bekamen. Auf manchen Kreuzen sind abblätternde Zahlen und Buchstaben zu erkennen, aber durch die Witterung sind die meisten Angaben unleserlich geworden. Der Onkel dreht einen Stein um und zeigt die Reste eines Namens. »Ihr glaubt, dass wir nicht wissen, was ihr da tut. Aber so machen es alle auf den Inseln.« Er versucht zu lesen, was auf die Unterseite des Steins gemalt wurde, gibt jedoch auf. »Wer stirbt, hat ein Recht auf Namen und Jahreszahl, selbst wenn er Bulgare ist.« Er wirft den Stein fort und zündet sich mit dem Rücken zum Wind eine Zigarette an. »Müll oder Krepierte, das kommt aufs Gleiche hinaus.« Der Rauch löst sich auf wie Wörter, die auf einer Tafel ausgewischt werden.

Wer in der Kapelle wohnt, ist für die Gräber verantwortlich. Ich soll überprüfen, dass die Steine an Ort und Stelle liegen und die Ratten nicht angefangen haben zu graben. Sollte ich alles schön herrichten wollen, steht mir das frei. Die Mauer ist weiß gestrichen, aber von der Farbe ist kaum etwas übrig. »Eigentlich müsste sie jedes Jahr neu gestrichen werden. Genau wie die Kapelle. Es könnte nicht schaden, wenn du das in Angriff nimmst.« Der Onkel pfeift zu Zoe hinüber, die ein paar Steine umdreht. »Das würde ich lieber lassen.«

ZOE LEGT mein Bündel vor der Kapelle ab. Dann kneift sie die Augen zusammen und sagt, sie werde warten.

»So ist es eben, Genossin.«

ES GAB EINE ZEIT nach dem Auszug aus der Olympiastraße, in der ich mich nach Musik im Regen, klangvollem Unwetter, einem flüsternden Meer sehnte. Die Welt sollte ihre eigene Sprache sprechen – verwirrend und verschwenderisch, auch ruhig und hemmungslos. Aber jetzt, da ich alleine bin, wünsche ich mir bloß, sie würde schweigen.

Auf der windabgewandten Seite der Kapelle ist ein Kamin in die Wand eingemauert, vermutlich, damit das Feuer auch im Haus wärmt. In dem Fach darunter scheppert verloren eine Dose. Ich schiebe die Tür auf, der Raum ist größer als die Zellen in der Medusastraße. In der oberen Ecke sitzt ein vergittertes Fenster, so groß wie ein Blatt Papier. Der Fensterhaken quietscht im Wind. Es gibt ein schmales Bett, einen Stuhl und eine Öllampe auf ein paar Ziegelsteinen. Ansonsten keine Möbel.

Ein Besen mit halbem Stiel, ein Blecheimer.

Ein paar Teller, etwas Besteck, eine Tasse.

Fünf oder sechs Konservendosen in unterschiedlichen Größen, ein Topf.

Ein einzelner Plastikpantoffel. Es scheint ein linker zu sein; jemand hat ihn mit einem *A* markiert.

Zum ersten Mal seit der Hochschule bin ich allein – keine Mitgefangenen, keine Wärter. Ich kann mich nicht erinnern, wann ich zuletzt eine so verzweifelte Ruhe empfunden habe. Ich verfluche mich dafür, dass ich geglaubt habe, es würde helfen, mitzuspielen und zu tun, was der Onkel wollte. Das »Wie« darf niemals dem »Was« vorausgehen. Jetzt weiß ich, was ich auf seine letzte Frage hätte antworten sollen.

Die Politik des Herzens.

VI.

ICH HÄNGE die Lebensmitteltüte ans Fenster und untersuche anschließend das Kissen und die Matratze. Kein Ungeziefer, keine anderen Tiere. Als ich das Bett gemacht und gefegt habe, inspiziere ich die Außenseite der Kapelle. Der Kamin ist schlicht, sollte aber funktionieren. Man hat ein paar Ziegelsteine zusammengemauert, die Wand ist rußig. Auf den Steinen liegt ein klebriges Gitter, darunter ist Platz für Brennbares. Im Moment sehe ich dort nur ein paar dürre Zweige sowie zwei Konservendosen, die jemand mit Stahldraht und einem Blechrohr zusammengefügt hat. Sie ähneln dem plumpen Apparat zur Entsalzung, den wir im Schlafsaal benutzen, wenngleich mehrere Nummern kleiner. In der großen Dose wird das Meerwasser erhitzt; sobald es kocht, wandert der Dampf durch das Blechrohr und tropft in die kleinere. Ich kratze mit dem Nagel über das Salz am Boden der großen. Die Ablagerungen erinnern an eine Mondlandschaft.

Unablässig rollen die Wellen heran. Manchmal hört man sie so deutlich, dass sie einzeln zu kommen scheinen. Nachts schleichen wahrscheinlich die Scharrer herum anders lässt sich nicht erklären, dass jemand mit Nägeln und einer Schnur eine Art Schloss gebastelt hat. Ich lege mich ins Bett. Auf der einen Seite der Landzunge befindet sich der Müll, auf der anderen die Toten. Dazwischen: eine Mandarine mit zugehöriger Galaxie.

BEIM LETZTEN BESUCH der Krankenschwester stand das Wochenende bevor. Zwei Tage später bin ich hier eingetroffen. Als ich am nächsten Morgen erwache, ist demnach Sonntag, der 6. Januar 1974. Ich wiederhole das Datum, finde aber, dass es wie ein Zeitpunkt auf einem anderen Planeten klingt. Gleiches gilt für den 14. Juli, das Datum, an dem vierzig Wochen vergangen sein werden, und das ich trotz meines Aberglaubens sofort ausrechnete, als ich bei der Ärztin gewesen war. Sie hatte hinzugefügt, beim ersten Mal könne es bis zu zehn Tage über den errechneten Termin hinaus dauern, weshalb ich annehme, dass der 14. nicht das definitive Datum sein wird.

Um nicht überwältigt zu werden, atme ich ein, halte die Luft an – und atme wieder aus. Als sich das Blut beruhigt hat, suche ich die Strümpfe mit Linsen und Reis heraus, dann greife ich zu der kleinsten Konservendose. Ich habe die Absicht, meine eigene Zeitrechnung zu erschaffen. Doch statt Kerben einzuritzen, werde ich täglich ein Reiskorn in die Dose legen. Wenn ich über ein Datum wie den 14. Juli, oder von mir aus auch den 24. nachdenke, kommt mir unweigerlich die Postkarte von der T. S. S. Olympia in den Sinn. Theo hatte sieben der Ringe ausgemalt, fünf blieben noch, trotzdem war er längst angekommen, als ich sie erhielt. Benötige ich nicht in ganz ähnlicher Weise zwei Zeitordnungen? Zehn Wochen sind seit der ›Unachtsamkeit‹ vergangen. Zählt man die Wochen seit meiner letzten Menstruation mit, sind es schon zwölf, bald dreizehn. Doktor Kolver meinte, eine Mandarine schaffe es, nach der Hälfte der Zeit zu überleben. Wenn heute der 6. Januar ist, bleiben also noch acht Wochen, bis wir sicher sein können. Ich beschließe, so viele Linsen in die Dose zu legen. Jeden Morgen werde ich ein Reiskorn hineinwerfen, und einmal in der Woche eine Linse herausnehmen.

Eine Zeitrechnung für den Schmerz, eine andere für die Erleichterung.

DIE MÜLLSCHLUCHT ist Rettung und Fluch zugleich. Die Konservendosen, die in den Felsspalten liegen, können geschrubbt und als Kochgefäße benutzt werden, anderes lässt sich verfeuern, andererseits zieht der Abfall auch die Scharrer an.

In der Nacht ist das Meer für eine lange, inhaltslose Zeit verstummt. Der Wind legte sich, die Wellen rauschten beinahe lautlos. Es fühlte sich unwirklich an, als wäre die Welt leer und trotzdem riesengroß – ein Abgrund aus Seide. Dann hörte ich sie. Erst dachte ich, es sei Einbildung, aber das Geräusch pflanzte sich über die Felsplatten und durch die Wände fort. Ein schwaches, systematisches Scharren; eine klappernde Dose; dieses Knarren von einem Seil, das gedreht wird, gefolgt von einem erstaunlich lauten Quieken. Taumelnd stolperte ich in die Dunkelheit hinaus. Schließlich fand ich den Destillierapparat. Vermutlich hatten die Ratten damit gespielt. Ich nahm ihn mit hinein und habe inzwischen beschlossen, die einzelnen Teile des Apparats abzukochen, bevor ich ihn benutze. In der dreizehnten Woche will ich kein Risiko eingehen.

ES GIBT HUNDERT ARTEN, ein Bett zu machen, betone ich Dimos gegenüber häufig, aber nur eine gute. Mutter hat mir beigebracht, wie es geht. Als erstes breitet man das Betttuch so aus, dass es an allen vier Seiten gleichmäßig herabhängt. Am Fußende wird es untergeschlagen und glattgestrichen, bis es ohne Falten unter der Matratze liegt. Danach macht man das Gleiche am Kopfende. Anschließend folgen die sogenannten Krankenhausecken, das Geheimnis soldatischen Bettenmachens. Man drückt den Zeigefinger gegen eine Ecke, hebt mit der anderen Hand das Betttuch daneben an – vierzig Zentimeter von der Bettkante entfernt – und schlägt die schräge Ecke unter. Während man die Ecke an Ort und Stelle hält, führt man die Längsseite in einem Fünfundvierziggradwinkel, schlägt sie unter und glättet sie unter der Matratze. Die Prozedur wird an den anderen Ecken wiederholt. Sobald das Betttuch wie eine Eisschicht gespannt ist, breitet man das Überschlaglaken aus.

Ungefähr hier gibt Dimos auf. Er setzt sich inmitten seiner Unordnung auf den Fußboden, still wie Buddha, und schaut mir zu.

Die Oberkante des Lakens soll exakt das Kopfende erreichen. Bei der Decke lässt man fünfzehn Zentimeter Spielraum. Als Nächstes werden am Fuß Krankenhausecken gemacht. Schließlich schlägt man das Laken über die Decke und im Anschluss Laken und Decke so um, dass bis zum Kopfende vierzig Zentimeter bleiben. Die Falten werden glattgestrichen, bis das Überschlaglaken eine breite, weiße Borte bildet. Das Kissen wird plattgedrückt und darüber plaziert. Fertig.

Wenn ich so weit gekommen bin, sucht Dimos eine Münze heraus. Ich habe ihm von der Bettprobe erzählt. Mutter war es, die Theo und mir beibrachte, wie man ein Bett macht, aber Vater hat es inspiziert. Die Probe erfolgte auf die gleiche Art wie zu seiner Militärzeit. Man warf eine Münze. Sprang das Geldstück hoch, hatten wir alles richtig gemacht, sonst mussten wir das Bett noch einmal neu beziehen. Theo hasste den Test und schlief lieber in einem Bett, das aussah, als sei man willkommen – »ein Bruder nach meinem Geschmack«, murmelte der Buddha mürrisch –, während ich noch zu klein war, um zu verstehen, warum er sich stritt. Außerdem liebte ich den Wettstreit. Wenn meine Münze am höchsten abprallte, jubelte ich. Vater drückte mir das Geldstück in die Hand. »Bitte sehr!« Hätten wir mehr Soldaten wie mich, würde unser Land jeden Krieg gewinnen, meinte er.

WER MEINT, es sei leicht, eine Sägemehlmatratze glatt zu bekommen, irrt sich. Beim Anblick der unebenen Fläche bezweifle ich, dass eine Münze auch nur einen Zentimeter hochspringen würde. Das Bett steht an seinem Platz, weil die fensterlose Seitenwand auf der windabgewandten Seite liegt und die Wärme vom Kamin speichert. Als ich den Eimer am Fußende sehe, denke ich, die einfachste Methode, Wasser zu holen, wird darin bestehen, in die Bucht hinabzuklettern und hinauszuwaten. Der Strand geht schnell von Sand zu Steinen über – das hört man am Brausen der Wellen, die sich im Moment anhören wie tausend kochende Eier. Außerdem lässt sich der Eimer benutzen, um Regen aufzufangen. Dann bräuchte ich das Wasser nicht zu destillieren, ehe ich es trinke. Trotzdem schätze ich, der Regen ist hier schlimmer als der Wind. Den Flecken nach zu urteilen, wird alles feucht, nicht nur Wände und Decke, sondern auch Bettwäsche und Kleider. Es würde mich nicht wundern, wenn die Feuchtigkeit Mücken anzieht. Wenn es wärmer wird, muss ich mir sicher das Laken über den Kopf ziehen.

In manchen Wochen des letzten Sommers war es bei Dimos unmöglich einzuschlafen, nicht einmal der Ventilator an der Decke half. Bis weit in den Herbst hinein schwitzten wir so, dass unsere Körper glitschig wurden. Die Laken verhedderten sich, die Kissen wurden von Feuchtigkeit hart, es gab nur eins zu tun. Danach fühlte sich der Körper so schwer und hilflos an, dass wir vor weichster Erschöpfung einschliefen. Erst während des Urlaubs wachten wir auf und entdeckten, dass die Mücken keinen Fetzen Haut in Frieden gelassen hatten. Wir zählten zusammen zweihundert Stiche, dann gaben wir auf. Es juckte höllisch, trotzdem fühlte ich mich so absurd lebendig, dass ich schallend lachte.

»Roter Terror«, stöhnte Dimos.

»Granatapfelkerne«, konterte ich.

Während ich auspacke, erkenne ich, dass ich mir nur einmal am Tag die Zähne putzen kann, wenn die Zahncreme reichen soll. Den Plastikpantoffel will ich schon fortwerfen, überlege es mir dann jedoch anders. Wer vor mir in der Kapelle gesessen hat, muss ihn benutzt haben, um Ungeziefer zu erschlagen. Skorpionen rückt man leichter mit Eimer und Besen zu Leibe. Ioulia meint, wenn man sie einmal hineinbugsiert habe, könnten sie nicht wieder herausklettern. Hat man den Skorpion gefangen, muss man sich allerdings für eine Methode entscheiden: ertränken oder steinigen. Ich habe nicht vor, zum Ufer hinunterzuklettern und mich dabei ständig davor zu fürchten, den Eimer falsch zu halten, es kommt also nur eine Hinrichtung mit Ziegelstein in Frage. Vielleicht geht es auch mit dem Plastikpantoffel. Ich bin unsicher, arrangiere die Ziegelsteine vorläufig zu einem Nachttisch und lege den Schuh daneben.

Es raschelt verlassen in der Dose mit dem Reiskorn und den Linsen. Das tägliche Korn muss gleich nach dem Aufwachen hineingelegt werden. Sonst gerate ich ins Grübeln und kann mich nicht mehr auf den Kalender verlassen. An jedem siebten Tag nehme ich zudem eine Linse heraus. Das Herunterzählen hat begonnen. Die Linsen sollen zu einer rückwärts gerichteten Selbständigkeitserklärung werden.

ES KLART AUF, aber die Sonne wärmt noch nicht. Als ich zum Wasser hinabzuklettern versuche, stelle ich fest, dass dies direkt von der Kapelle aus nicht geht, dort sind die Felsen zu steil. Auf der anderen Seite der Bucht finde ich jedoch einen Weg, der offensichtlich schon früher benutzt wurde. Man braucht ein paar Minuten, bis man unten ist, und noch ein paar, um wieder hochzuklettern, aber dafür gibt es Absätze, auf denen man Dinge abstellen kann, wenn sie schwer sind. Auf dem Rückweg schwappt das Wasser im Eimer. In seinem farblosen Inneren rotiert Tang. Wenn sich das Meer unter mir zurückzieht, gurgelt es um die Steine wie Wasser, das aus einer Badewanne abgelassen wird. Ich habe keine Stelle gesehen, an der sich Tintenfische wohlfühlen würden; wenn ich fischen möchte, muss es an einer anderen Stelle geschehen.

Ich sammele so viel Heidekraut, wie ich nur kann, ehe ich die Bestandteile des Destillators abkoche. Es schwelt still, fängt aber nie richtig Feuer.

JEDEN MORGEN gehe ich zur Müllschlucht. Wenn die Sonne höher steigt, erwachen die Vögel zum Leben; die Scharrer verbergen sich. Während die Möwen umherhüpfen, suche ich zwischen Glas, Plastik und Zementsäcken nach verwertbarem Abfall. Manchmal entdecke ich Dinge, die ich verwenden kann – am ersten Tag zwei Rollen Mullbinde, verkeilt in einer Felsspalte. Das Zellophan war aufgerissen, ansonsten waren sie intakt. Am nächsten Tag fand ich eine alte Zahnbürste und einen pornographischen Comic, dessen Seiten so verblichen waren, dass ich nur mit Mühe erkennen konnte, was die Gestalten trieben. Die Mullbinden hängte ich zum Trocknen auf, das Heft landete unter einem der Ziegelsteine. Die Zahnbürste habe ich abgekocht und benutze sie nun, um die Ablagerungen im Destillator wegzuschrubben. Ich bemühe mich, an nichts anderes als das zu denken, was die Hände tun. Es macht das Leben einfacher.

Nach ein paar Tagen erkenne ich, nicht Wetter und Einsamkeit sind das Problem, sondern der Abfall. Wenn ich ihn nicht durchsehe, bevor ich mich schlafen lege, kommen mir die Scharrer zuvor; am Morgen schnappen sich die Vögel den Rest. Noch ehe ich mir den Schlaf aus den Augen gerieben habe, höre ich, wie sie sich auf der anderen Seite der Landzunge zanken. Ich weiß allerdings nicht, wie ich das schaffen soll. Der Müll wird erst nach der Siesta hinausgestellt, und von da an bleiben mir höchstens zwei Stunden. Um diese Jahreszeit wird es schon vor sieben dunkel. Wenn ich die Säcke trage, lassen die Vögel mich in Ruhe. Sie sind woanders, ich weiß nicht, wo – auf dem Meer oder möglicherweise beim Gefängnis, wo die Chancen größer sind, etwas Essbares zu finden. Am Morgen lärmen sie jedoch wie Schulkinder. Manchmal hüpfen sie sogar auf das Dach der Kapelle. Dann höre ich ihre Krallen über die Dachziegel schaben, als wären sie mit Metall beschlagen.

Ich schaffe es selten, vor der Dämmerung zurück zu sein. Wenn alles gut läuft und der Müll nicht zu schwer ist, benötige ich für den

Transport eine Dreiviertelstunde. In der Regel brauche ich eher eine Stunde. An manchen Nachmittagen ist es so viel, dass ich zweimal gehen muss. Dann haste ich zunächst mit dem leichten Müll los und hoffe, dass ich es mit den schweren Sachen um die ersten Landzungen schaffe, ehe es dunkel wird, was mir allerdings nicht immer gelingt. Manchmal tut mir der Rücken zu weh.

Und dann gibt es noch die Scharrer. Wenn ich am Wasser entlanggehe, ahne ich ihre Gegenwart. Schlanke Schatten huschen über die Steine, als wollten sie mich beschützen. Wenn ich den Müll fortwerfe, ohne ihn zu untersuchen, liegen am nächsten Morgen weiträumig verteilt Fetzen und zerrissenes Plastik. Die Dosen in den Felsspalten sind so reingeleckt, dass ich keine Lust habe, sie wiederzuverwenden. Manchmal schneiden sich die Scharrer; an manchen Stellen sieht man klebrige Spuren auf dem Metall. Ich überlege, ob es der Mühe wert wäre, einen von ihnen zu fangen. Ich esse mittlerweile für zwei.

Es gibt nur eines zu tun. Wenn es mir nicht gelingt, den Müll rechtzeitig zu sortieren, muss ich ihn über Nacht in der Kapelle aufbewahren.

AM FREITAG entdecke ich, dass in einem Strumpf statt Linsen Waschmittel steckt. Erst werde ich wütend, dann begreife ich, dass jemand an mich denkt. Der Seifenblock, den wir bekommen, schäumt kaum. Jedes Kleidungsstück muss mindestens zweimal gewaschen werden – erst mit Seife, danach mit Bimsstein, anschließend noch einmal mit Seife und Stein, trotzdem hat man das Gefühl, dass es niemals wirklich sauber wird. Mit dem Waschpulver reicht ein Arbeitsgang.

Am nächsten Tag habe ich müllfrei; stattdessen wasche ich meine Kleider. Als ich damit fertig bin, koche ich das Waschwasser auf und wasche die beiden Laken. Ich lasse mir Zeit, möchte, dass alles sauber wird. Die nasse Wäsche landet auf den Dachpfannen, wo sie am schnellsten trocknet. Den BH und die Unterhosen beschwere ich mit

Steinen. Die Laken falte ich zweimal zusammen, damit der Wind sie nicht fortreißt. Die letzten Kleidungsstücke – den Polopullover und die Trainingshose – hänge ich über die Tür, die ich mit dem Plastikpantoffel festkeile.

Nachdem ich mich gewaschen habe, sitze ich halbnackt auf der Vorderseite der Kapelle, in eine Decke gehüllt, barfuß. Das Wetter ist erstaunlich mild, ich schätze, um die fünfzehn Grad. Weit draußen sehe ich Wellenkämme, in der Ferne erkenne ich vage die Silhouette der nächstgelegenen Insel. Möglicherweise glitzern Fischerboote im Dunst; es ist schwer zu sagen, da das Meer in Sonnenflirren übergeht. Die erste Bucht liegt still wie Teer. Nur ein paar Meter von der Mauer um die Begräbnisstätte entfernt fallen die Felsen steil ab. Wenn der träge Wind gelegentlich einen Hauch von Waschpulver herüberträgt, bekomme ich fast Lust, den Geruch zu essen. Und fühle mich kurz wie neugeboren.

AM SELBEN NACHMITTAG lerne ich, wie man mit einem Skorpion umgeht.

Als ich die Laken heruntergeholt habe, begrabe ich die Nase in dem rauhen Stoff und atme ein. Das Waschmittel riecht himmlisch, die Nacht wird ohne Erinnerungen sein. Als ich die Laken falte, bewegt sich in meinen Händen plötzlich etwas. Instinktiv lasse ich sie fallen. Da krabbelt aus einem der Laken ein weißer Skorpion mit einem kränklich roten Schimmer auf Zangen und Stachel. Kaum ist mir klar geworden, was ich vor mir habe – im ersten Moment halte ich es für ein lebendiges Stück Plastik –, ist das Tier auch schon in der Kapelle verschwunden. Ich bleibe auf dem Stuhl stehen, das Herz schlägt mir bis zum Hals. Vorsichtig stoße ich die Tür an. Als sie nicht zufallen will, entdecke ich den Pantoffel. Ich versuche ihn fortzutreten, was mir aber nicht gelingt. Mittlerweile pumpt das Adrenalin sämig und wüst durch meine Adern, vor Angst wird mir übel.

Bevor das Tier getötet ist, werde ich keinen Schlaf finden. Aber wie soll das geschehen? Rasch hebe ich den Pantoffel auf und steige wieder auf den Stuhl. Vielleicht reicht er als Waffe. Ich hole aus und schlage ins Leere. Der Pantoffel ist nicht größer als ein Handteller, er hat mit Sicherheit einem Kind gehört und biegt sich bedenklich. Wenn ich beim ersten Schlag nicht treffe, weiß ich nicht, was passieren wird. Dann fällt mir der Eimer ein, den ich für die Wäsche benutzt habe.

Es dauert eine Weile, bis ich genügend Mut aufbringe, vom Stuhl zu steigen, die Tür aufzuschieben und nach dem Eimer zu tasten. Im ersten Moment sehe ich kaum etwas. Als die Augen sich an die Dunkelheit gewöhnt haben, lasse ich den Blick schweifen. Es gibt nur wenige Stellen, an denen sich der Skorpion versteckt haben kann. Ich schaue unter das Bett, mache einen Schritt in den Raum und mustere die Ritze zwischen Matratze und Wand. Als ich mich vergewissert habe, dass er auch in keiner anderen Zimmerecke versteckt ist, hebe ich das Kissen hoch und ersetze es schleunigst durch den Eimer. Ich halte die Luft an, in meinen Ohren tost das Blut. Kurz darauf höre ich auf der Innenseite ein Scharren. Ich presse eine Hand auf den Eimer, hebe mit der anderen ruckartig das Ende der Matratze an. Zum Glück habe ich das Bett wie ein Soldat bezogen. Als die Matratze zurückfällt, lege ich den Besen auf die Öffnung.

Letzeres erweist sich allerdings als unnötig. Als mein Blut nicht mehr verrücktspielt, sehe ich, dass der Skorpion nicht herauskann. Er stellt sich auf die Hinterbeine, rutscht aber gleich wieder ab. Ich schlage mit dem Ziegelstein auf ihn ein, bis der Panzer knirschend bricht. Mache auch dann noch weiter, als ich weiß, dass er längst tot ist.

In der Nacht rolle ich mich fest in die Decken ein. Der quietschende Fensterhaken weckt mich kurz vor Mittag. Mein Kopf fühlt sich an wie nasses Heu.

AM NÄCHSTEN TAG lege ich ein Reiskorn in die Dose und nehme die erste Linse heraus. Anschließend versuche ich mit Hilfe des Angelhakens und einer Rolle Mullbinde eine Angel herzustellen. Rattenfleisch zu essen wage ich nicht, aber Fisch wäre sicher nahrhaft. Ich spucke und knete im Handteller etwas Brot zu einem klebrigen Klumpen. Zu viel Speichel ließe den Köder, der aussieht wie ein spanisches Fragezeichen, vom Haken fallen, bei zu wenig wird er nicht halten. Als ich mit dem Ergebnis zufrieden bin, klettere ich in die Müllschlucht. Die Krankenschwester hat gesagt, ihr Mann fängt dort Tintenfische, wenn niemand in der Kapelle sitzt. Ich habe keine Ahnung, ob sie bei einem Teigköder anbeißen, aber vielleicht gibt es in der Schlucht ja auch Fische. Ich mache es mir in einer Felsspalte zwei Meter über der Wasseroberfläche bequem, weiter hinunter komme ich nicht. Von Zeit zu Zeit ziehe ich an der Angel, und manchmal hebe ich sie auch heraus, um zu kontrollieren, dass der Teig noch an ihr hängt. Mein Mangel an Geduld sorgt regelmäßig dafür, dass sich der Teig löst. Ich sehe etwas Flatterndes näher kommen, aber kaum hat es die Oberfläche erreicht, als sich der Klumpen auch schon auflöst wie eine träge Sternschnuppe.

Nach einer Stunde verlässt mich der Mut. Es passiert nichts. Ich will die Angel gerade in die andere Hand nehmen, als sie mir entgleitet. Die Mullbinde schwebt abwärts, formt einen ärgerlichen Kranz auf dem Wasser und versinkt anschließend sachte und schwerelos. Ich warte darauf, dass die Angelschnur nach oben gespült wird, doch das passiert nicht. Schließlich muss ich mir mein Scheitern eingestehen. Kein Fisch. Kein Tintenfisch. Und ich kann den Versuch nicht einmal wiederholen.

Erbost über meine Nachlässigkeit klettere ich hoch und gehe zur Begräbnisstätte. An der Mauer liegt eine verrostete Hacke ohne Stiel. Ich schlage sie planlos in die Erde, bis meine Wut verflogen ist. Die Gräber sehen so klein und unschuldig aus. Auf einigen wächst

Unkraut. Inzwischen nieselt es, aber die Tropfen landen sanft und warm auf der Haut. Der Wind hat sich gedreht, wie so häufig nach Mittag. Statt vom Berg herab zu wehen, kommt er nun aus östlicher Richtung. Die krummen Zypressen beben, das Heidekraut und die schäbigen Kräuter zittern, als fröre der ganze Hang. Der Himmel besteht aus großen Mengen qualmendem, umhertreibendem Staub. Die Nachbarinsel versinkt tiefer am Horizont; im Westen liegt der Berg, hinter dem sich die Kaserne schon bald im Nebel auflösen wird. Manchmal meine ich an seinem Fuß Licht wahrzunehmen, sicher bin ich mir jedoch nicht. Wenn es sich im Wasser nicht widerspiegelt, kann es nur von Lampen oder Autoscheinwerfern stammen – vermutlich an der Uferpromenade oder unten im Hafen, wo wir vor einem Monat anlegten.

Ich frage mich, ob die Bewohner dort das Gefängnis und die anderen Gebäude auf der Insel sehen können. Das Schiff vom Festland sollte zumindest erkennbar sein, wenn es hier vor Anker geht. Kümmert es sie, dass hier Menschen interniert werden? Sind sie wie der Onkel und die Krankenschwester – ungerührt oder ahnungslos, aber nie empört? Wäre unter ihnen irgendjemand bereit, uns zur Flucht zu verhelfen? Ist es wirklich verboten, mit einem Kutter in die erste Bucht einzulaufen? Wenn es nachts geschähe, würde es fast vierundzwanzig Stunden dauern, bis die Wachposten etwas bemerken – und doppelt so lange in der Nacht zum Sonntag. Warum hat das keiner versucht? Oder haben sie es getan und ruhen nun in einem der namenlosen Gräber? Soll ich mit der Krankenschwester darüber sprechen? Könnte ihr Mann mir zur Flucht verhelfen, wenn ich im Gegenzug dem Sohn ihres Schwagers helfe?

Ich sinke an der Mauer zu Boden. Als der Regen stärker wird, ziehe ich mir die Jacke über den Kopf. Die Nieten drücken auf den Scheitel. Ich bleibe sitzen, bis es Zeit wird, den Müll zu holen. Immer noch mutlos nach meiner Schludrigkeit mit der Angel.

SEIT EIN PAAR TAGEN steht der Soldat mit dem flaumigen Schnurrbart Wache. Er wirkt schüchtern oder gelangweilt und sagt nur selten etwas, wenn er mich sieht. Diesmal kommt er jedoch aus seinem Wachhäuschen heraus.

»Ist es wieder soweit?« Er schiebt das Gewehr die Schulter hinauf. Ich spüre seinen Blick, als ich die Säcke anhebe, um zu testen, welcher schwerer ist. Ich habe Glück: ich kann beide tragen. Die Haare hängen mir in verfilzten Strähnen vor dem Gesicht, wenn ich sie hinter die Ohren streiche, fallen sie gleich wieder nach vorn. Ich wickele die Säcke um die linke Hand und hebe sie auf die Schulter – den leichteren vorne, den hinteren auf den Rücken.

»Wie schaffst du das nur?«

KURZ BEVOR ich die Kapelle erreiche, bricht das Unwetter los. Es kracht und donnert, als würde die Welt einstürzen. Nachdem ich mich aus den am Leib klebenden Kleidern geschält und abgetrocknet habe, betrachte ich das Schauspiel in eine Decke gehüllt vom Fenster aus. Draußen auf dem Meer sieht man Blitze, so kalt und verzweigt, als wären sie mit abgebrochener Kreide gezeichnet. Gewaltige Geäste leuchten kurz auf, ehe sie sich auch schon wieder auflösen – nur um eine Seemeile weiter entfernt als kleinere Kopie ihrer selbst wiederaufzuerstehen. Der Donner rollt von einer Seite des Himmels zur anderen, der Regen fällt so massiv, dass es unmöglich ist, die Wellen zu hören. Es gib kaum noch einen Unterschied zwischen oben und unten. An der Tür, vor die ich einen Lappen gelegt habe, wird die Pfütze immer größer, zusätzlich läuft Wasser die Wände herab. Ich bin in einer prasselnden Trommel aus Zement eingeschlossen.

Wie groß ist die Sonne jetzt – kleiner als eine Apfelsine? Größer als eine Mandarine? Zusammengekauert auf dem Bett weine ich, bis ich nicht mehr kann. In der Ecke stinkt der Müll.

IM LAUFE DER NACHT kratze ich mich im Schlaf. Die Kopfhaut brennt. Am Morgen sind meine Fingernägel voller zerdrückter Nissen.

Nach dem Unwetter stinkt nicht nur der Müll. Das Salz riecht nach altem Spüllappen und ist so schwer, dass man die Luft anfassen kann. Als ich hinaustrete, nehme ich einen Hauch von Heidekraut sowie etwas anderes wahr, was ich nicht bestimmen kann. Ich frage mich, ob es vielleicht Minze ist. Der Himmel ist stahlgrau. Am Horizont geht er in einen schmerzhaft klaren, weinroten Streifen über. Er sieht unwirklich aus und es wundert mich nicht, dass man sagt, der Himmel sei ein Tuch, das über die Welt gezogen wurde. Dann wäre dieser Streifen der Saum. Dahinter liegt das schutzlose All.

Ich werfe den Müll weg, ohne den Inhalt durchzusehen. Mein Kopf juckt höllisch, funktioniert aber nicht. Ich gebe auf. Heute können die Scharrer machen, was sie wollen.

IN DEN ERSTEN TAGEN saß ich auf der windgeschützten Seite draußen, lag auf dem Bett oder stand am Fenster und studierte das Meer, unsicher, wo ich mich befand. Wenn ich nicht zu müde oder schlapp bin, habe ich seit geraumer Zeit jedoch einen Platz für den Morgen, einen für den Nachmittag und einen für den Abend, nachdem ich den Müll gesichtet habe.

Durch den festen Ablauf werden die Tage besser. Gewohnheiten öffnen das Dasein nicht nur nach außen, zur Welt hin, sondern auch nach innen. So kann ich Stunden damit verbringen, das Heidekraut zu betrachten, das unterhalb der letzten Ruhestätte wächst, und schauen, ob ich dazwischen Kräuter entdecke. Oder dem Plätschern vom Ufer lauschen. Es hat eine Weile gedauert, aber wenn ich auf dem Bett liege, kann ich mittlerweile heraushören, wie weit draußen die Wellen sich brechen und wie hoch sie sind. Anhand des Klangs ihrer Rufe kann ich sogar feststellen, wo sich die Vögel aufhalten.

Ich wache stets auf, bevor das Licht die Wand über meinem Kopf erreicht. Jeden Tag trifft es das Gesicht ein paar Minuten früher. Ich weiß nicht, ob das meine Schlafgewohnheiten verändern wird, aber je näher der Frühling kommt, desto leichter wird es mir fallen aufzustehen. Wenn es nicht regnet, verbringe ich den Vormittag auf der Vorderseite des Hauses, allein mit dem Wasser in der Bucht. Es changiert in so vielen Farbtönen, kränkt und ändert seinen Charakter, dass ich nicht begreife, wie man sich daran sattsehen können soll. Algengrün, kinderzimmerblau, stahlblank – entschuldigt das Ausrufezeichen, aber es sind tausend Schattierungen! Wenn die Sonne um die Hausecke kommt, wird es Zeit, das Essen vorzubereiten. Nach der Siesta gehe ich entweder zur letzten Ruhestätte oder wandere um die Bucht herum und klettere zum Meer hinunter. Meistens fällt meine Wahl auf die Begräbnisstätte, weil die Wellen hoch schlagen und es Tage gibt, an denen man das Ufer kaum sieht.

Ich esse immer erst, nachdem ich den Müll geholt habe. Es schmeckt mir besser, wenn ich weiß, dass ich danach nicht mehr hin und her laufen muss. Sobald es im Kamin prasselt, werde ich ruhig. Der Lichtschein sammelt, was vom Tag übrig ist, formt und trägt es in die Nacht. Wenn ich mit Heidekraut feuere, qualmt es auch. Manchmal riechen die Kleider danach, wenn ich mit juckender Kopfhaut aufwache und sehe, wie das Mondlicht auf der Wand zittert.

All das öffnet die Welt nach außen.

Damit sie sich nach innen öffnet, muss ich nur eins tun: ausgestreckt auf dem Boden liegen. Das mache ich, wenn die Sägemehlmatratze in mir das Gefühl wachruft, nirgendwo mehr hinzukönnen. Manchmal ist die Matratze so stumm, dass ich am liebsten schreien würde. Der Zement ist zwar nicht weicher, aber seltsamerweise geschieht dort etwas, was im Bett nie eintrifft. Während ich mich strecke, wünsche ich mir so intensiv, dass mein Körper die Gestalt des Untergrunds annehmen, ebenso stark und unnachgiebig werden möge, dass ich minutenlang das Gefühl habe zu verschwinden. Ich weiß, das klingt verrückt, und ich habe keine Ahnung, wie es funktioniert, aber ich sinke durch den Zement, die Felsplatten und das Grundwasser, und werde dabei gleichzeitig durch die Decke gehoben und schwebe in den Wind und den Nachthimmel hinaus.

Wo ich mich in diesen Minuten befinde, vermag ich nicht zu sagen. Ich vermag nicht einmal zu sagen, wer ich bin. Ich weiß nur, dass ich nicht enden würde, falls ich aufhören sollte.

DA, EINE BEWEGUNG.

Ich liege vollkommen still auf dem Boden, wartend wie nie zuvor. Aber es passiert nichts mehr. Nur dieses leichte Rucken, ein Wirbel aus Wasser.

EINE MINUTE, FÜNF MINUTEN.

Ich liege immer noch still, aber als ich mich an die Bewegung zu erinnern versuche, bekommen meine Gedanken sie nicht zu fassen. Sie entgleitet mir, silbrig, in das bodenlose Dunkel, das sich in mir geöffnet hat. Trotzdem lache ich, erst trocken, dann immer vorbehaltloser. Eine Bewegung, unglaublich, das war eine Bewegung. Sie mag sich in der Erinnerung nicht heraufbeschwören lassen, aber ich weiß mit jeder Faser meines Körpers, dass ich sie erlebt habe. Das war ich. Das war nicht ich. Das war dieses andere Ich, das sich in mir bewegt hat – das ganz aus mir selbst besteht und trotzdem nicht ich ist.

Wenn doch nur Fani hier wäre, dann könnte ich meine tausend Fragen jemandem stellen, der einmal schwanger gewesen ist. Ich strecke die Arme hoch und drehe die Hände. Sieben Jahre sind vergangen, dass die eine zu einer Faust geballt wurde, die Theo zum Abschied an seine Lippen drückte. Ich weiß noch, dass ich die Hand hinterher nicht öffnen wollte, da ich fürchtete, er könnte sich zerstreuen wie Blütenblätter oder rosa Rauch. Ich mustere meine Handteller und wundere mich, wie gut sie sich an Dimos' bepuderten Rücken erinnern – die Glieder, die sich unter den sommersprossigen Schulterblättern bewegen, die Impfnarbe, die einzelnen Haare, für die er sich so schämt und die ich ihm ausreißen soll, wenn er sie selbst, die hochgezogene Schulter zum Badezimmerspiegel gewandt, nicht entfernen kann. Ich lege die Hände auf meinen Bauch, spüre die Haut unter meinen Fingerspitzen. Von nun an ist alles neu. Auch das, was gewesen ist.

Nach einer Weile ziehe ich ins Bett um, und während der Kopf zäh wird, stelle ich mir vor, dass es tief in meinem Körper, an einem Ort, an den niemand herankommt, kein Samariter und kein Eisenwarenhändler, einen kleinen Astronauten mit eigenen Reaktionen auf Wärme und Druck und Schmerz gibt. Das Leben in meinem Inneren besteht aus dem gleichen Gewebe wie ich, trotzdem ist es etwas anderes. Es gibt eine Haut hinter meiner, es gibt Därme hinter meinen, es gibt kleine Klumpen, die einen Fuß und eine Hand mit winzigen Fingern und Zehen und durchsichtigen Nägeln bilden werden. All das, diese ganze Außenseite mit ihrer eigenen Innenseite, gibt es in mir.

Wunder. Astronaut. Mandarine. Ich weiß nicht, wie ich das nennen soll, was ich in mir trage. Wunderastronautenmandarine.

ICH HÖRE DIE GERÄUSCHE, ohne an sie zu denken. Steine rollen die Böschung herab, Kies knirscht, aber erst als diese Laute in ein Klopfen übergehen, wird mir bewusst, dass ich Besuch bekomme. Ich löse die Schnur vom Nagel und bleibe liegen, als die Tür aufgezogen wird. Ich muss länger geschlafen haben, als ich dachte. Dem Licht nach zu urteilen, wird es schon Abend.

»Du musst heute nicht gehen.« Der Flaumschnurrbart legt den Kopf schief. »Ich habe ihn in die Schlucht geworfen.«

Als ich nicht aufstehe, stellt er ab, was er in den Händen trägt.

Offenbar tut er jemandem einen Gefallen. Ich lebte wie ein Tier, sagt er. Ich müsse aufpassen. Hält er die Luft an, während er mit mir spricht? Er schaut sich um. Die Lebensmitteltüte, die Kalenderdose, meine verdreckten Schuhe. Die Worte, die ich in die Wand geritzt habe, um etwas lesen zu können. Dann hebt er die Ziegelsteine an und lacht, als er begreift, was die Blätter unter dem einen darstellen. Bevor er geht, sagt er: »Die anderen dachten, die könntest du vielleicht gebrauchen.«

Neben der wöchentlichen Essensration steht an der Tür ein Paar alte Stiefel. Ich fühle mich schmutzig und bin misstrauisch, aber als ich das Geräusch nicht mehr höre, mit dem sich die Schubkarre entfernt, stecke ich die Hand hinein und entdecke, dass in dem Schaft Dinge liegen.

Streichhölzer.

Eine saubere Unterhose.

Ein kompaktes Paket Kaffee.

Pillen (Eisentabletten).

Ein neuer Kissenbezug.

Zahncreme, eine harte, sagenhafte Seife.

Alles ordentlich eingeschlagen in Zeitungsseiten der letzten Woche.

ICH TRAUE MEINEN AUGEN NICHT.

Vor Hunger fühle ich mich wie verschwommen, die Handgelenke sind schwach wie Halme, und ich traue meinen Augen nicht. Außer dem Reis und den Linsen, dem Brot sowie den obligatorischen Zwiebeln und Möhren enthält die Essenstüte einen großen, rohen Fisch, auch er in Zeitungspapier eingeschlagen, einen Umschlag mit Lorbeerblättern und – ich zähle – *fünfzehn* Pfefferkörnern, zwei Büchsen Kondensmilch und eine mit Tomatenstücken, eine Flasche Olivenöl, mit einem Stofffetzen und einer Schnur verschlossen, eine Handvoll

Zucker, in das Taschentuch gewickelt, das ich vor so langer Zeit Zoe geliehen hatte, Aprikosenmarmelade ...

Unglaublich, unglaublich. Aprikosenmarmelade.

ICH SCHRUBBE DIE RASIERKLINGE, die ich in einem der Mannschaftsgebäude gefunden hatte, dann schneide ich den Fisch in Stücke, die über Nacht in Wasser liegen dürfen. Es kommt mir vor, als wüsste jemand, dass ich die Angel verloren habe, und wollte mir nun helfen. Ich füge die Lorbeerblätter und Pfefferkörner hinzu und decke das Ganze mit dem Taschentuch ab. Nachdenklich streiche ich Marmelade auf ein Stück Brot. Der Körper zittert vor Dankbarkeit. Nach ein paar Bissen esse ich nicht mehr, sondern schlinge. Kaum habe ich ein Stück Brot verdrückt, streiche ich auch schon Marmelade auf das nächste, und danach auf das letzte, viel zu große Stück. Jetzt kann ich nicht mehr atmen, bekomme blondes, luftiges Brot und Marmelade in die Nase. Trotzdem stopfe ich weiter alles in mich hinein, bis kein Krümel mehr übrig ist. Kaue und kaue, versuche zu schlucken und zu atmen, stöhne und kaue, vor Hunger ganz wild. Als ich alles verschlungen habe, greife ich mit klebrigen Fingern nach der Konservendose, in der ich das destillierte Wasser aufbewahre. Ich leere sie in vier gierigen Schlucken, dann lecke ich meine Finger ab. Die ganze Zeit starre ich die halbvolle Dose an. Ich strecke mich nach ihr, kämpfe mit mir und beschließe am Ende, die Marmelade aufzusparen.

Fünf Minuten später bekomme ich Bauchschmerzen.

Ich bin unfähig, mich zu bewegen, und unfähig, es zu bereuen. Ich komme mir nur ungeheuer dumm vor – als hätte ich eine schlechte Charaktereigenschaft entdeckt, der ich mir nicht bewusst gewesen bin und die sich nun als Voraussetzung für alle übrigen erweist. Trotzdem hat die Süße einen Freudenrausch ausgelöst. Als Brot und Marmelade zwischen die Zähne sanken, als der Geschmack von Aprikose die Zunge kitzelte und am Gaumen klebte, als es mir auf irgendeine unverständliche Art gelang, die Klumpen durch die Kehle zu zwingen, als wäre der Schluckreflex ein Urteil und als gäbe es keinen anderen Weg, während mir die Luft wegblieb und ich nach Atem rang, als mir Tränen in die Augen traten und ich mir auf die Brust schlagen musste, damit die herrliche Masse nicht wieder hochkam – in diesem Moment war ich glücklich.

Ich kann nichts anderes sagen. Selbst wenn ich die Bauchschmerzen vorhergesehen hätte, ich hätte nicht anders gehandelt.

AM MORGEN wecken mich Geräusche, die vom Kamin kommen. Ich muss eine der Dosen im Freien vergessen haben. Sie rollt und schlägt gegen die Wand. Ein tonloser, hohler Laut. Vermutlich ist es der Wind.

Als ich die Tür einen Spaltbreit öffne, hebt ein zerstreuter Scharrer den Kopf. Er ist nicht größer als ein Kaninchen. Seine Seiten sind eingefallen und die Rippen deutlich erkennbar, das Fell ist so glänzend grau, es könnte aus lebendigem Granit sein. Die Ratte starrt ungeniert zurück. In ihren Augen gibt es ein träges, rötliches Licht, im Maul hält sie eine leblose Schlange. Als ich mich nicht rühre, lässt sie die Beute fallen, macht kehrt und verschwindet mit energischen Bewegungen den Hang hinauf. Ich höre noch die Pfoten, die sich von den Felsblöcken abstoßen, nachdem das Tier längst außer Sichtweite ist. Hier und da rollen kleine Steinchen.

Die Schlange ist schmal und bronzefarben, nicht größer als ein Dolch. Ist sie ein Geschenk? Nein. Aber vielleicht beschützt der Scharrer mich.

NACHDEM ICH die Schlange in die Schlucht geworfen habe, kratze ich das verkohlte Heidekraut aus dem Kamin. Die Steine, die ich erwärmt ins Bett lege, habe ich abgeschrubbt und entlang der Wand deponiert. Danach reinige ich das Gitter von Salz und Fett und binde mir eine Schnur um die Trainingshose, damit sie nicht über die Hüften rutscht. Ernst, fast zeremoniell ziehe ich die Stiefel an. Es zeigt sich, dass sie nur eine Nummer zu groß sind. Das Gummi quakt, als ich den Anstieg oberhalb der letzten Ruhestätte hinaufgehe. Ich handele mir Kratzer ein, aber die Hände dürfen ruhig bluten. Der alte Kissenbezug ist schnell gefüllt.

Das Heidekraut ist feucht, die Flammen rußen. Ich wühle in dem Kissenbezug und finde das letzte alte Heidekraut. Kurze Zeit später knistert es leise. Die Fischstücke schwitzen und spritzen und ändern allmählich ihre Farbe. Was würde ich jetzt für eine Zitrone und etwas Thymian geben. Ich überlege, ob ich Kräuter pflücken soll, bin mir aber nicht sicher, welche ungefährlich sind, und lasse es lieber. Stattdessen übergieße ich den Fisch mit etwas Öl, obwohl es Verschwendung ist. Roher Fisch löscht den Durst besser als gegrillter, aber ich muss an die Wunderastronautenmandarine denken – lieber verkohltes Fleisch als eine Vergiftung. Nach einer Weile wird mir bewusst, dass ich die Zwiebel und die Möhren vergessen habe, und ich lege auch sie auf den Rost. Die Haut der Zwiebel gerät sofort in Brand; der Rauch steigt auf wie eine Schwinge aus Ruß. Ich mag den Geruch. Seltsamerweise habe ich das Gefühl, dass er mir etwas über die Welt sagt.

Es ist das erste Mal, seit ich mich in das Taxi setzte, dass ich eine richtige Mahlzeit zu mir nehme. Das Fleisch schmeckt trocken und salzig, wie filzige Pappe. Überhaupt nicht so, wie ich es erwartet hatte. Überwältigt stopfe ich mir dennoch Bissen auf Bissen in den Mund und kaue jedes Mal gründlich, ehe ich schlucke. Als ich den Teller saubergeleckt habe, bleibe ich sitzen. In Gedanken esse ich alles noch einmal, ruhig und gefasst, und anschließend noch ein mal. Erst danach bin ich wirklich satt und koche Kaffee. Ich schneide mich im Mundwinkel, als ich die Zunge in die Konservendose stecke.

Die Stunden vor der nächsten Müllabholung verbringe ich auf der Vorderseite der Kapelle. Die zerzausten Wellen in der Bucht ähneln dem Fischfleisch, das ich gerade gegessen habe. Während ich die schiefen Zypressen und das Heidekraut auf der anderen Seite der Bucht betrachte, gezeichnet von Regen und Wind, denke ich, dass die Natur ihr eigenes Gedächtnis besitzt.

ALS ICH ZU IHM KOMME, hat der Flaumschnurrbart etwas im Mund. Er lächelt, und daraufhin sehe ich, dass es eine rot-weiß gestreifte Pastille ist, mit einem Loch in der Mitte wie ein Rettungsring. Ich hebe den Müll an, um das Gewicht zu prüfen, aber er schüttelt den Kopf.

»Du kannst dir die Schubkarre leihen. Wir brauchen sie morgen nicht.«

Ich hebe die Säcke an. »Du ...« Man sieht ihm an, dass er etwas sagen möchte, aber nicht recht weiß wie. Er tritt gegen das Rad, scheint jedoch unfähig, aufzublicken. Vielleicht stört ihn der Gestank. »Pass auf, dass der Reifen keinen Platten bekommt, ja? Sonst ist hier die Hölle los.« Ich packe die Handgriffe und bin bereits ein Stück weit weg, als er mir hinterherruft, was er mich eigentlich fragen wollte.

»Was hast du noch gesagt, wie du heißt, Sofia?«

AM NÄCHSTEN VORMITTAG sitze ich mit der Kaffeedose in den Händen da. Ich spüre, wie die braune Flüssigkeit im Magen brennt. Eigentlich hätte ich Zucker hineingeben sollen, aber ich wollte die letzten Prisen aufsparen. Als ich die Dose leere, fällt sie mir hin.

Und dann passiert es.

Ich will gerade den Kaffeesatz vom Boden auflecken, als ich mich von außen sehe. Das ist mir zwar auch früher schon passiert, aber nie zuvor so roh und überwältigend. Ich sehe mich selbst auf den Knien, die Hände auf den Zement gestützt, die Zunge ausgestreckt – wie ein Scharrer. Erschrocken stehe ich auf und nehme wahr, wie schlecht ich rieche. Es sind nicht nur die Kleider, es ist auch der Gestank, der in der Haut sitzt und in den Haaren juckt, als verwandelte sich der Körper allmählich in Müll. Ich reiße das Handtuch an mich und gehe, ohne das Verschüttete aufzuwischen. Am Ufer ziehe ich mich aus und wasche mich so schnell und unsanft, dass es wehtut. Hühnerkacke, Hühnerkacke, Hühnerkacke. Ich habe versprochen, gut auf mich achtzugeben. Ich habe versprochen, mir vorzustellen, dies sei mein Leben und dass ich alles daran mögen könne. Es geschieht ja nicht nur mir selbst, sondern auch der Sonne zuliebe. Und Dimos. Und vielleicht sogar ein bisschen Theo zuliebe. Rasend vor Wut beginne ich zu singen, immer und immer wieder:

Can the can
If you can
Well, can the can

Die Seife schäumt kaum, trotzdem reibe ich mit dem Bimsstein, so fest ich kann, und schrubbe mich überall, wo ich hinkomme. Die Haare wasche ich mir zweimal, um neue Nissen loszuwerden. Nur meinen Bauch behandele ich wie ein Kleinod. Ich streiche behutsam über die Rundung und bilde mir ein, dass man sie allmählich sehen kann. Die Handflächen sprechen mit dem Wasser und dem Gewebe darin. Hinter dem Schleimpfropf befindet sich inzwischen ein Pfirsich.

Als ich fertig bin, bleibe ich, zitternd wie eine Kompassnadel, am Ufer stehen. Friere ich? Ist das Angst? Ich darf mich nie wieder wie ein Tier verhalten.

NACH DEM FISCH bin ich hungriger als je zuvor. Jetzt erinnert sich der Körper, was es bedeutet, richtig satt zu sein. Nun jammert er wie ein Fünfjähriger, will gefüttert und umhegt werden. Wenn ich doch nur meine Angel hätte; ich schwöre, dass ich jetzt hundertmal vorsichtiger wäre. Die letzte Marmelade liegt in der Lebensmitteltüte. Ich wiege sie in der Hand, spüre ihr angenehmes Gewicht und den süßen Schmerz in den Zähnen. Dann stecke ich das Glas jedoch wieder zurück und schwöre mir, die Marmelade erst anzurühren, wenn es einen Grund zum Feiern gibt. Der Körper muss lernen, seine Bedürfnisse zu zügeln. Er wird sich wieder an Linsen und Reis gewöhnen müssen. Die Eisentabletten helfen. Mir ist seltener schwindlig, und seit ich sie nehme, scheide ich nicht nur Wasser aus, wenn ich mich in die Felsspalte hocke, die mir als Abort dient.

Ich tue, was ich kann, um mich mit diesem Dasein abzufinden. An der Wand gegenüber vom Kopfende meines Betts betrachte ich die Worte, die ich am zweiten Tag hineingeritzt habe. *Du musst alles mögen.* Ioulias drittes Gebot ist nur zu erkennen, wenn ich den Kopf schief lege. Es spricht mich irgendwie an, dass der Schatten die Kerben ausfüllt. Ich zähle die Linsen in der Kalenderdose. Noch vier. Ich hebe eine heraus und flüstere, dass ich alles mögen muss. Ich vergesse das so leicht. Die siebzehnte Woche hat begonnen und ich darf es nicht vergessen. Trotzdem vergesse ich es immer wieder.

AM ABEND rolle ich die Schubkarre zurück. Das Rad holpert über die Steine, als gingen die Sorgen der Welt es nichts an. Das Schlimmste in der ersten Bucht ist nicht die Angst. Auch nicht meine Sehnsucht nach Dimos, oder nach Stella, wenngleich es vorkommt, dass ich vor lauter Tränen, die sich in den Gliedern stauen, regungslos daliege – bis ich schlagartig erkenne, dass der Nachmittag vorbei ist und die Dunkelheit einbrechen wird, bevor ich zurück bin. Das Schlimmste ist das Schweigen.

Nicht das Schweigen, das in der Kapelle oder der Müllschlucht herrscht, wenn die Vögel sich zurückgezogen haben, die Scharrer aber noch nicht erwacht sind. Nicht das Schweigen auf der letzten Ruhestätte oder während des Fußmarschs am Meer entlang, ob mit oder ohne Müll. Solches Schweigen kommt aus dem Inneren der Welt – es ist im Wind, der das Heidekraut rüttelt und die Wellen aufwühlt, in der Tür, wenn sie nicht knarrt, und in dem Fensterhaken, ehe er wieder anfängt zu quietschen, weil sich die Mullbinde gelöst hat. Dieses Schweigen entsteht, weil das Heidekraut und das Meer, die Tür und das Fenster nichts erwidern.

Das Schweigen, vor dem ich mich fürchte, ist anders. Es gehört dem Körper an. Manchmal sitze ich nach dem Aufwachen auf dem Bett und spüre, wie die Zunge im Mund anschwillt. Minute für Minute wird sie größer, bis sie die ganze Mundhöhle ausfüllt. Manchmal klebt sie am Gaumen, manchmal ist sie so wund, dass ich mir wünsche, es wäre möglich, sie mit Salbe zu bestreichen. Besonders schlimm wird es, wenn ich durstig bin, mich aber nicht dazu durchringen kann, Wasser zu destillieren. Während ich mit mir selbst diskutiere, ob ich hinuntersteigen und neues Wasser holen soll, schwillt die Zunge an und geht in die Wangen über, bis der ganze Mund aus trockenem, filzigem Fleisch zu bestehen scheint. Das ist das Schweigen, von dem ich spreche. Das von innen heraus wächst. Das mir das Gefühl einflößt, ich stünde mir selbst im Weg.

Wenn ich diesem Schweigen nachgebe, wird die Kapelle das Letzte sein, was ich sehe. Das ist mir inzwischen klar. Alles in mir schreit, dass es nicht so kommen darf – nicht, seit die kribbelnden Bläschen endlich aufsteigen, vom Hüftknochen zum Brustkorb, und es sich anfühlt, als sei die unfertige Sonne im Inneren dabei, Flossen zu entwickeln. Ich bilde mir ein, dass es da drinnen zischt und zappelt, vor allem, wenn ich mit der Schubkarre am Wasser entlanggehe. Wenn ich auf das Meer hinausblicke, kommt es mir vor, als wäre ich selbst erfüllt von changierendem Silber. Ich bin nicht mehr nur in dem, was ich war oder bin, sondern immer mehr in dem, was ich sein werde.

Die einzige Chance, dass das Schweigen diese rettende Ungewissheit nicht erstickt, besteht darin, jede Handlung mit Inhalt zu füllen. Ich muss aufmerksam werden. Sorgfältig. Beharrlich. Darf die Zunge nicht anschwellen, die Gedanken nicht abschweifen lassen. Den Hunger auf salziges Essen – Nüsse, Lakritz, Oliven, was auch immer – nicht so stark werden lassen, dass ich ernsthaft erwäge, einen ganzen Eimer Meer zu trinken. Ich muss mich auf jeweils eine Sache konzentrieren. Selbst wenn nichts in der Welt mir etwas erwidert, darf das Schweigen nicht die Oberhand gewinnen. Ich werde etwas anderes sein als ein Tier. Ich werde den Körper die Disziplin des Begehrens lehren.

LAUT UND DEUTLICH beginne ich zu sprechen.

Aber ich spreche nicht mit Zunge oder Kehlkopf, sondern mit den Haaren, die im Nacken zu einem Schopf gefasst sind.

Ich spreche mit den Ohrmuscheln, die so lustig und angenehm kitzeln, wenn ich sie säubere.

Ich spreche mit den Fingern, die sich um die Griffe der Schubkarre schließen.

Ich spreche mit dem Lippenbläschen, das meine Zunge einfach nicht in Ruhe lassen kann.

Ich spreche mit den Händen, die eine Schnur um den Müll binden, damit es leichter ist, ihn zu tragen.

Ich spreche mit den Schultern, die sich auf dem Rückweg so schmal anfühlen.

Ich spreche mit den Hüften, die schmerzen, wenn ich den Müll in die Kapelle stelle.

Ich spreche mit den Knien, die zittern, und den Schienbeinen, die jucken, weil die Haare nachgewachsen sind.

Ich spreche mit den Füßen, die in den Stiefeln rutschen.

Ich spreche mit den Zehen, die ich nicht anschauen möchte, wenn ich die Stiefel abstreife, aber dennoch betrachte, weil ich mich frage, ob sich der Dreck mit den Bimssteinen abschrubben lassen wird, die ich am Ufer auflese.

Ich spreche mit meinem Körper. Und beabsichtige dies jedes Mal zu tun, wenn ich eine Handlung ausführe. Wenn ich mir die Zähne mit einem Zweig abreibe. Essen koche. Die Mullbinde in der Öllampe hochziehe, damit der Docht reicht, bis ich einschlafe. Je sorgsamer ich bin, je mehr ich mich auf eine Handlung konzentriere und ganz und gar die Aufmerksamkeit bin, mit der sie ausgeführt wird, desto deutlicher wird die Welt mir etwas erwidern. Nur dann braucht es keine Worte, und trotzdem ist das kein Schweigen.

»ICH WÜNSCHTE, ich wäre dabeigewesen.« Als er die Gabel weglegte, konnte Dimos sich ein Grinsen nicht verkneifen. Er meinte den Augenblick, in dem die alte Ordnung gefallen, der Kaffeesatz ausgelaufen war. Und eine Tochter von der anderen Seite sich selbständig gemacht hatte.

Es war der dritte Tag unseres Urlaubs, und was er sagte, klang nicht sonderlich realistisch. Wir saßen im einzigen Café in dem Dorf oben in den Bergen. In einiger Entfernung unterhielten sich drei Männer im Schatten einer Platane. Das Mittagessen war vorbei, Fliegen umschwirrten die Teller. »Was ist los?« Dimos merkte, dass ich nachdenklich geworden war, er hob und senkte seine Sonnenbrille.

Ich streckte mich nach ihm. Während meine Finger über seine Hände glitten, staunte ich darüber, dass erst vier Monate vergangen waren, seit ich zum ersten Mal diese Knöchel, diese Haut, diese Adern studiert hatte. Täler hatten sich gehoben und Berge waren eingesunken, alte Reiche waren untergegangen und neue entstanden, und ich war mir ziemlich sicher, dass die Sonne beschlossen hatte, sich um die Erde zu drehen. Die Begegnung im Automatenrestaurant fühlte sich auf jene unwahrscheinliche Art fern an, wie es einem nur passiert, wenn man längere Zeit nicht mit seinen Erinnerungen gelebt hat. »Da hinten.« Ich hustete und nickte zur anderen Seite des Platzes hinüber. »Das Haus mit der baufälligen Treppe. Es steht seither leer.«

Zwei Fensterläden hingen schief, und das Geländer zum Balkon hinauf war kaputtgegangen, ansonsten sah Tante Notas Elternhaus noch genauso aus, wie ich es in Erinnerung hatte. Irgendwo existierte ein Dokument darüber, dass dieses Haus Theo gehörte. Näher als hier würde ich Alaska niemals kommen.

Dimos drehte sich um. »Eine Woche Arbeit und wir könnten einziehen. Verständlich, dass du dich danach sehnst. Ein echtes Asyl.«

Ich lächelte kraftlos. Er hatte wissen wollen, wo alles endete, aber mich hierher sehnen? Ich erzählte ihm, dass Vater gewimmert hatte wie ein angeschossenes Tier, ehe er zum örtlichen Lazarett gebracht wurde, wo man ihm beide Arme eingipste. Danach war ich ihm nur noch einmal begegnet, ein paar Monate später. Aber was hieß begegnet, das war zu viel gesagt. Ich ging unweit der Hochschule auf einer der großen Straßen. Es war Nachmittag, der Bürgersteig voller Menschen. Fünfzehn Meter vor mir wichen die Leute aus, wie sich ein Fluss teilt, der gegen einen Felsen brandet, und dahinter wieder vereint. Dann entdeckte ich die krausen Nackenhaare und begriff, dass es Vater war. Vielleicht hatte er Mutter auf der Arbeit besucht. Der Gips war abgenommen worden, aber die Arme schwangen in den Mitellen ruckend hin und her, als watete er durch taillenhohes Wasser.

Ich wollte gerade ergänzen, dass es lustig ausgesehen hatte, als der Cafébesitzer uns fragte, ob wir Kaffee wollten. Er wischte sich die Hände an der Schürze ab. Dimos machte ein umgekehrtes Siegeszeichen. »Und die Rechnung, bitte.«

Beim Anblick der Treppe spürte ich, dass die Traurigkeit sich in mir ausbreitete wie ein großer, dummer Fleck. Warum war das immer so? Anschließend korrigierte ich mich. Nach einigen Löffeln Luft war mir das erspart geblieben. Die Begegnung im Automatenrestaurant hatte mein Dasein verändert. Ich dachte an Antonis, der nach unten geeilt war, obwohl Vater ihn blutig rasiert hatte. Ich entsann mich seines Haarhelms, der sich über Vater beugte, während ich mit erhobenen Armen auf dem Treppenabsatz stand. Bedrückt dachte ich daran, wie unglücklich Antonis gewesen war, als ich ihm die Freundschaft aufgekündigt hatte. Und wie anders mein Leben heute aussah.

»Du bist hundert Ewigkeiten weit weg.«

Ich lächelte etwas weniger kraftlos. Wenn ich mich mit Antonis traf, wurde ich jedes Mal daran erinnert, was passiert war, die Scham saß wie Schweiß in der Haut, und am Ende hielt ich das nicht mehr aus.

»Mary …«

Der Kaffee kam, ich blies gedankenverloren darauf. Manchmal wusste ich wirklich nicht, wo ich mich befand.

»Wenn dein Ort zum Finden ein Haus wäre, würde man sieben Schlüssel benötigen, um es zu öffnen.« Dimos suchte sein Geld heraus. Wer begreifen wolle, wer ich sei, müsse alle sieben Sinne benutzen sowie sieben Fragewörter, die unsere Sprache bereithalte. »Was« reiche nicht aus. Ein Herz. Aha, interessant. Aber wer? Warum? Wann? »Du bist ein Panzerschrank.«

Der Cafébesitzer addierte die Gerichte auf. Dann hielt er inne. »Bist du nicht Petrous Mädchen?« Er schlug mit dem Stift gegen den Schreibblock. »Wie heißt du noch mal? Maia? Melina?«

»Mary-Mary.« Dimos zahlte. »Stimmt so.«

Ich hatte den Mann nicht erkannt, obwohl mich sein schmales Gesicht an jemanden erinnerte, dem ich am Abend vor Tante Notas Beerdigung zugehört hatte. Der Cafébesitzer steckte das Geld in die Hemdtasche, den Stift hinters Ohr. Den Notizblock warf er auf den

Tisch an der Tür, auf dem ein Stapel Servietten lag, die bald auf die Erde herabwehen würden. Ich wollte Dimos erklären, dass ich immer geglaubt hatte, Tiefdruck von Mutter gelernt zu haben, aber als ich die Treppe sah, begriff ich, dass es in mir auch viel von Vaters Gewitter gab.

Dimos zählte die Fragewörter an den Fingern ab. Nach »was«, »wer« und »warum« kämen »wo«, »wie«, »wann« …

»Das sind nur sechs Schlüssel«, stellte ich fest, als er offensichtlich nichts mehr hinzufügen wollte. Friedlich glitten die ersten Servietten zu Boden. Eine von ihnen bildete kurz ein Zelt, ehe sie weitertrudelte. Nun sprach der Cafébesitzer mit den Männern unter der Platane, in den Händen hielt er unsere Teller. Alle schauten zu uns herüber. Ein Mann hob seine Mütze an. Vermutlich hatte auch er zwei Jahre zuvor auf dem Markt gesessen.

»Weil du das siebte nicht hörst.«

»Und was soll das sein?« Ich lächelte den Männern zu.

Dimos klappte seine Sonnenbrille zusammen. »Hörst du es nicht?«

»Und was soll das sein, habe ich gefragt?«

»Mary, gerade du solltest wissen, dass man nicht alles in Worte fassen muss.« Auf einmal sah er traurig aus.

»Bitte …«

Wenn ich es unbedingt wissen wolle, so bestehe das letzte Fragewort aus drei Punkten. Diese zeigen nicht nur Schweigen oder Auslassungen an, sondern können auch eine Frage enthalten. »Wie jetzt, zum Beispiel … Hörst du das?« Als ich immer noch nicht begriff, wovon er sprach, strich Dimos mit Zeige- und Mittelfinger über den Tisch. »Möchtest du … Wollen wir … Nach Al…«

Es war Dimos' Idee gewesen, das Dorf zu besuchen. Nun erkannte ich jedoch, dass ich nicht in der Lage war, die letzten Meter über den Marktplatz zu gehen. Das Haus enthielt alles, was in meinem Leben zu Ende gegangen war. Tante Nota war tot, Theo befand sich auf der anderen Seite des Atlantiks, und Mutter und Vater hätten ebenso gut in Santiago de Chile leben können. Wenn das die Menschen waren, aus denen ich bestand, gab es nicht viel, woran ich mich halten konnte. Ich hielt es für besser, mir die drei Punkte anders vorzustellen. Vielleicht waren sie trippelnde Schritte – allerdings nicht zurück zum Vergangenen, sondern vorwärts, zu all dem, was noch kommen würde. Erneut sah ich Vater vor mir, jammernd am Fuß der Treppe. Gut möglich, dass dort die alte Ordnung aufgehört hatte. Aber für mich hatte damals auch die gute Ungewissheit begonnen. Wie sie jede Zukunft benötigte.

Ich stand mit einem Ruck auf. Dimos leerte überrascht seine Tasse und eilte mir hinterher. Entschuldigung, murmelte ich und strich ihm über die Wange, als wir am Motorrad standen; ich wollte jetzt nicht sprechen. Als wir auf dem Sattel saßen, schlang ich die Arme um ihn. Die Lederjacke fühlte sich an der Wange kühl an wie Vergessen. Dimos trat die Pedale. Während er den Choke einstellte, blickte ich ein letztes Mal zurück. Es war nur möglich, die Vergangenheit zu besuchen, wenn sie noch ihre Zukunft vor sich hatte. Dann ließ er die Kupplung kommen.

DIE WOLKEN sind sagenhaft und die Nächte so feucht, dass mein Gesicht von Nässe bedeckt ist, als mich kurz vor Sonnenaufgang das Schlagen einer unsichtbaren Fischflosse weckt.

Eines Morgens rühre ich mit dem Finger in der Kalenderdose. Die Zahl der Reiskörner wird immer größer; mittlerweile ist nur noch eine Linse übrig, die in dem krängenden Weiß wahllos umhertreibt. Ich zähle und erkenne, dass ich an diesem Tag, da es zum ersten Mal nicht aus Versehen warm ist, sondern weil es Frühling wird, sieben Wochen und zwei Tage in der Kapelle verbracht habe. Einundfünfzig Tage und Nächte. Unglaublich. Das bedeutet ... 26. Februar.

Nachdem ich mich gewaschen habe, gehe ich zur letzten Ruhestätte. Am Vorabend, als ich den Müll abholte, hatte der Wachposten – der mit den kleinen Händen – mir erzählt, der Kommandant habe den Ratten den Krieg erklärt. Für jeden Schwanz bekämen sie einen Punkt. Nach zwanzig könne man zwischen einem halben Kilo Brot und Zigaretten wählen. Wer doppelt so viele schafft, bekomme eine Krankenhausmatratze, und falls jemand wider Erwarten fünfzig Stück zusammenbekommt, werde ihm ein Besuch auf der Nachbarinsel in Aussicht gestellt. Man müsse zwar beim Transport des Proviants helfen, aber dafür bleibe es einem für einen Tag erspart, sich wie ein Gefangener zu fühlen. »In der ersten Bucht stehen deine Chancen gut.«

Während ich darauf warte, dass es Zeit wird, zum Gefängnis zu gehen, schlendere ich zwischen den Gräbern umher. Die ältesten stammen aus der Zeit nach dem Bürgerkrieg, als man diejenigen, die nicht rechtzeitig in einen der neuen Staaten im Osten geflohen waren, auf der Insel internierte. Viele waren nach den Hungerjahren geschwächt, manche starben an Diphterie. Ihre Gräber sind kleiner und niedriger und liegen in der nordwestlichen Ecke. Früher muss die Senke den besten Schutz gegen Wind und Wetter geboten haben. Das tut sie möglicherweise immer noch, aber inzwischen sieht es eher so aus, als hätte man die alten Gräber zur Seite geschoben. Auf mehreren wächst Heidekraut und einige sind in solchem Maße Teil der Landschaft geworden, dass man nicht an sie denkt, wenn man nicht weiß, wo sie liegen. Die dort benutzten Steine sind klein und gelbbraun wie Zwieback. Geht man näher heran, entdeckt man, dass auf jedem Grab mindestens hundert solcher Steine liegen. Ich weiß nicht, ob es eine Regel gibt, wie viele verwendet werden sollen. Als ich die obersten umdrehe, finde ich keinen mit einer Inschrift.

Die jüngeren Gräber, aus den Jahren, in denen ich selbst zur Schule ging, sind größer und länglich geschwungen, als wären die Toten im Laufe der Zeit länger geworden. Die Steine ähneln zum Teil denen auf den älteren Gräbern, aber viele sind noch grau. Ich nehme an, dass sie vom Ufer stammen, und stelle mir vor, wie die Gefangenen zum Wasser hinuntergeklettert sind, sie in einem Eimer eingesammelt und zur letzten Ruhestätte hochgetragen haben. Was macht man mit einem Stein, ehe er auf ein Grab gelegt wird? Küsst man ihn? Verflucht man ihn? Nötigt man ihm ein Versprechen ab? Und wie gräbt man in diesem Felsgestein?

ALS WIR am letzten Urlaubstag das Zelt zusammenrollten, erzählte Dimos, mit einem Geigerzähler könne man hören, wie die Steine, auf denen wir gelegen hatten, atmen. Die Vergangenheit sei niemals ganz verschwunden. Tief im Inneren gebe es ein Säuseln, ein uraltes Ticken aus der Jugend der Minerale. Sie leben, auch wenn es nicht danach aussieht. Der Beweis dafür bestehe darin, dass sich die Steine noch Tausende Jahre später zu einem der magnetischen Pole ausrichten – als erinnerte die Materie sich daran, wo sie zu Hause war. Als würde nichts jemals so alt, dass es restlos verlorengeht.

Darüber denke ich nach, während ich zu den jüngsten Gräbern gehe, sowie darüber, ob eine Vergangenheit, die keine Zukunft hat, nicht eher wie Sand als wie Stein ist. Oder wie Kaffeesatz. Neue Gräber gibt es nur eine Handvoll, sie liegen in der südlichen Ecke. Teilweise hat man dafür beim Brennen zerbrochene Ziegelsteine benutzt. Es sind die gleichen hellroten, fast mädchenrosafarbenen Ziegel, aus denen das Gefängnis erbaut wurde. Diese Gefangenen sind den Mauern nicht einmal im Tod entkommen. Ich drehe einen eckigen Stein um. Jemand hat ihn plump, aber leserlich mit Deckfarbe bepinselt: *A. F. 6–2–1960, 1–4–1972*. Dieser Mensch kam ein Jahrzehnt nach mir zur Welt und starb vor knapp zwei Jahren, sechs Monate bevor Dimos den Boulevard überquerte. Im Alter von zwölf Jahren. Fanis Junge war nicht das erste Kind hier.

Ich lege den Stein zurück und frage mich, was man hören würde, wenn der Tote durch Erde und Heidekraut hindurch sprechen könnte. Lachen, Unverständliches, vielleicht das Gebet eines Kindes. Würde A. F. von seinen letzten Stunden im Leben berichten? Gebrochene Versprechen und Enttäuschungen aufzählen? Oder sich über alles freuen, was er oder sie trotz allem hatte erleben dürfen? Aber tun das Zwölfjährige? Ich lege mich zwischen die Gräber und spüre die Wärme, die im Erdreich gespeichert wurde, durch den Körper aufsteigen. Es bewegt sich silbrig im Inneren. Ich frage mich, ob es nicht ganz gut ist, dass die Natur bloß flüstert. Manchmal müssen die Steine wohl so leise sprechen, dass nur die empfindlichsten Instrumente auffangen, was gesagt wird. Sonst würden die Felsen bersten.

Als ich den Kopf hebe, sehe ich ein Schiff vorbeigleiten. Unfassbar. Hier? Obwohl das graue Wasserfahrzeug höchstens hundert Meter entfernt ist, höre ich keinen Laut. Und sehe niemanden an Deck. Das Schiff zieht vorüber wie in einem Traum.

ALS DER EISENWARENHÄNDLER zum letzten Mal den Puls nahm, musste er lange danach suchen. Gab aber nicht auf. »Du bist Fleisch wie alle anderen auch. Der einzige Unterschied ist, dass du Pflege brauchst. Ich werde ihn schon noch finden.« Als es ihm schließlich gelang, legte er eine Tablette zwischen meine Lippen. »Die ist fürs Herz. Du glaubst, du bist krank, nicht? Du hast den Verdacht, dass mit deinem Körper etwas nicht stimmt, weil er schmerzt? Ich will dir mal etwas sagen. Nicht dein Körper ist krank. Sondern das, was du im Kopf hast.« Kurze Pause. »Jetzt schluck schon.«

Er klopfte mir an die Stirn. »Du denkst, der Staat will dich bestrafen, stimmt's? Du glaubst, man hat dich hierher geschickt, um ein Verbrechen zu sühnen, das du nicht begangen hast? Aber das stimmt nicht. Du bist hier, weil du Hilfe brauchst. Verstehst du? Da drin gibt es kranke Gedanken.« Er hob mit dem Daumen meine Lider an, leuchtete mir mit seiner stiftähnlichen Lampe in die Pupillen. Obwohl es sich in dem Moment anfühlte, als versuchten tausend brennende Schmetterlinge vergeblich, meinen Körper zu verlassen, stieg mir der Geruch des Rasierwassers in die Nase, das auch Dimos benutzte, was mich verwirrte. »Wo sind deine Brüder und Schwestern, wenn du sie brauchst? Brot, Bildung, Freiheit – das hört sich toll an; dafür bin ich auch. Aber glaubst du wirklich, dass du noch Essen auf dem Tisch hast oder studieren kannst, was du willst, wenn wir unsere Hauptstadt gegen Moskau eintauschen würden?«

Er schaltete die Taschenlampe aus. Der Sozialismus habe keine Lösung für das Problem der Liebe und des Alterns. Oder für das, was nach dem Tod geschieht. Er habe keine Antwort darauf, warum ein Mann und eine Frau füreinander bestimmt sind. Für die wahren Herausforderungen habe er niemals eine Lösung. Stattdessen male er sich eine rote Zukunft und Gesellschaften aus, in denen alle gleich behandelt werden. Nein, meinem Körper fehle nichts. Nun klopfte er sich selbst an die Stirn. »Was du hier drinnen hast, das ist krank.«

Ich lege mich auf die Böschung, zwischen Heidekraut und Steine. Schleierwolken verdichten und zerstreuen sich in rätselhaften Mustern. War es ein Geisterschiff, was da eben vorbeiglitt? Ein Stein drückt gegen den Hinterkopf. Wenn ich mich konzentriere, höre ich nicht nur den Wind, sondern auch, wie es in den Pflanzen knarrt, kurz bevor sie in den Felsen verschwinden. Es ist, als hätten die Toten einen Weg gefunden, Signale zu senden.

Antennen aus Heidekraut.

ALS ICH ZUM GEFÄNGNIS KOMME, erwartet mich dort kein Müll. Stattdessen reicht der Wachposten mir einen Eimer mit Kalk und eine filzige Bürste. Wenn ich die Begräbnisstatte gesäubert habe, soll ich das Pulver mit Wasser mischen und die Mauer streichen. Falls dann noch Farbe übrig ist, darf ich auch die Kapelle streichen. »Befehl des Herrn Kommandanten.« Er wirft mir eine Tüte hinterher. »Ein Teil

Kalk, vier Teile Wasser. Hiervon kannst du auch ein bisschen nehmen.« Als ich wissen will, ob es heute keinen Müll gibt, hebt er seufzend die Tüte auf und geht mir nach. »Vergiss den Müll. Nimm das hier und sieh zu, dass du fertig wirst. Am Freitag ist Inspektion.«

Ich frage mich, warum Spanos sich für die letzte Ruhestätte interessiert. Dort werden doch nur Gefangene begraben. Von anderen Gefangenen. Bevor ich zurück bin, verschwindet die Sonne hinter dem Hügel – eine rosa Scheibe in blauen Daunen. Als ich die erste Bucht erreiche, ist es dunkel. Ich zünde die Öllampe an und öffne die Tüte. Ich weiß nicht, warum ich geglaubt habe, es wären Lumpen darin. Nun erkenne ich Ioulias graue Haare und ein wenig von Ritas blond gefärbten Locken.

IN DIESER NACHT kann ich nicht schlafen, sondern gehe hinaus. Es ist nicht mehr so kalt wie zuvor; der Himmel ist voller Sterne. Niemals habe ich so viele weiße Krümel gesehen. Das Himmelsgewölbe ist ein flauschiger Pusteblumenball, von dessen Schirmchen ein Viertel fortgeweht wurde.

Wenn ich mich, wie jetzt, im Schneidersitz niederlasse, bewegt es sich oft in mir. Ich lächele, wenn ich das fischähnliche Zappeln oder diese nach innen gekehrte Bewegung spüre, die ich als Purzelbaum deute. Wie eng wir miteinander verwoben sind, denke ich, und trotzdem machst du in deinem wassergefüllten Universum, was du willst. Schwimmst du? Schnorchelst du? Ich schiebe die Fersen zum Körper und strecke den Rücken. Die Schwere erfüllt mich mit Frieden. Ich frage mich, ob Dimos für meinen Bauch singen würde, wenn er hier wäre. Würde er das Ohr an ihn pressen und Geheimnisse durch den Nabel flüstern? Wenn er nicht auf mir liegen kann, möchte ich wenigstens, dass er hinter mir liegt, nur eine Nacht, die Hände um eine Vergangenheit gelegt, die ganz aus Zukunft besteht.

Ich bin zu abergläubisch, um dem Pfirsich einen richtigen Namen zu geben. Dennoch ist der Fötus nach der Hälfte der Schwangerschaft ein selbständiges Wesen, auch wenn er zum Überleben eine Galaxie benötigt. Wenn es tatsächlich stimmt, dass sämtliche Organe bereits fertig ausgebildet sind. Nur zehn Wochen später könnte der Säugling überleben, falls er zu früh geboren würde. Also selbständig atmen. Selbständig pinkeln. Selbständig sehen und riechen und gurgeln. Sogar selbständig weinen und schreien. Wenn es so ist, haben dann nicht auch namenlose Astronauten das Recht, benannt zu werden? Die Krankenschwester sprach von der »Frucht meines Leibes«, aber ich möchte die Kirche nicht ins Spiel bringen. Ich erinnere mich an das Bild des Jungen mit dem rußigen Klumpen in den Händen über Dimos' Schreibtisch. Und beschließe, so an den Fötus zu denken, bis wir uns auf einen Namen geeinigt haben. Wie an einen geliebten, aber nicht identifizierbaren Klumpen.

Sieht Dimos dort, wo er sich in diesem Moment aufhält, den gleichen Himmel? Oder Theo? Und Stella, was tut sie? Die Sterne glitzern wie feinste Kreide, Krümel so bleich, dass sie sorgsam sortierten Schneekristallen ähneln. Leise beginne ich, in der Nacht zu singen:

Lord knows I miss them so
Just tell them that I went to Timbukto

NACH DEM MOTORRADURLAUB – das Semester hatte begonnen und ich hatte gerade den Titel meiner Examensarbeit registrieren lassen – kam es zwischen Dimos und mir zum Streit. Es war unser erster richtiger Krach, und wir waren beide ebenso verblüfft wie beschämt. Ich weiß nicht mehr, was der Auslöser für die Auseinandersetzung war. Vielleicht das Brotmesser, das unauffindbar blieb, obwohl ich mir sicher war, dass ich es in die Schublade gelegt hatte. Oder es passte ihm nicht, dass ich behauptete, das Geld auf dem Tisch gehöre ihm, als die Zahlkarte für die Miete unter der Tür hindurchgeschoben wurde. Die Reise steckte uns noch in den Gliedern, vor lauter Müdigkeit waren wir unaufmerksam. Nachdem wir einmal angefangen hatten, nahm keiner von uns Rücksicht auf den anderen.

Ich merkte, dass es ihn immer noch ärgerte, was ich zum Mangel an Humor bei abendlichen Versammlungen in vollgestopften Seminarräumen mit Zigarettenkippen auf dem Fußboden und stickiger Luft gesagt hatte, und mich reizte seine Weigerung, einzusehen, dass Revolutionäre, die unfähig waren, über sich selbst zu lachen, keinen neuen Kalender verdienten. Außerdem war er völlig grundlos eifersüchtig geworden und hatte anschließend eigenmächtig entschieden, wohin wir in Urlaub fahren sollten. War das etwa die Gleichberechtigung, von der Gramsci gesprochen hatte? Ich hielt inne. An diesem Tag ertrug ich die Stimme des Sängers beim besten Willen nicht. Bitte, Dimos solle abschalten, oder hatte er etwa vergessen, was für ein Tag heute war? Ehe der schwedische Kassettenrekorder Ruhe gab, hatte ich jedenfalls nicht vor, auch nur ein weiteres Wort zu sagen.

Statt zu antworten, riss mein Freund die Kassette heraus und schleuderte sie an die Wand. Ich war mir nicht sicher, wie ich darauf reagieren sollte, fand aber zumindest, dass die Stimmung besser wurde. Es verging eine längere Zeit, während der er den Abdruck an der Wand studierte, der ihn anscheinend mehr interessierte als das, was seine Freundin momentan empfand. »Du meinst also, dass ein Aufstand lustig sein soll, weil man es sonst auch gleich seinlassen kann?« Dimos kratzte am Putz; er kehrte mir den Rücken zu.

»Nein, nicht ganz. Habe ich das gesagt? Ich meine nur, dass Selbstzweifel noch niemandem geschadet haben.«

Er hob die Kassette auf, die zur Wohnungstür gerutscht war. »Du hörst dich an wie Stella. Du findest das vielleicht lustig. Aber es gibt tatsächlich Leute, die etwas dafür tun, damit es euch bessergeht.« Während er das Knäuel aus braunem Band untersuchte, murmelte er: »Sie treibt sich mit so vielen herum, dass sie selbst bald ein Witz ist.«

»Entschuldige, ich vergaß. Du weißt ja alles über Stella.« Ich begann die Dinge auf dem Tisch hin und her zu schieben. »Nur, dass du es weißt: Wenn sie könnte, würde sie morgen heiraten.«

Zu spät begriff ich, dass ich meine Freundin besser nicht verteidigt hätte. »Und der Panzerschrank, der möchte, dass die Zukunft ungewiss bleibt, was braucht es, damit der heiraten will?« Den Finger in das eine Loch gesteckt, versuchte Dimos, das Band aufzuspulen. »Lass mich raten. Eltern mit Beziehungen wie die von Antonis? Einen Freund, der Ordnung hält wie ein Quartiermeister? Dass sie einen dicken Bauch bekommt?«

Mir wurde innerlich ebenso kalt wie heiß. War es wirklich so schwer zu verstehen, dass eine Beziehung keinen Deut wert war, wenn es ihr an Balance fehlte? Was die Ungewissheit betraf, so gab es eine gute und eine schlechte Variante. Ich sprach natürlich von der guten. »Einen *dicken Bauch*, hast du gesagt? Dann würdest du natürlich heiraten?«

Der Blick, der meinem begegnete, log nicht. »Ja. Ja, ich denke schon.«

Doch nun pochte das Blut so stark in meinen Augen, dass ich nicht mehr in der Lage war, ihm zuzuhören. »Das sagen alle Typen, bevor es ernst wird. Verschont mich mit eurer Poesie.«

Dimos legte die Kassette fort. »So hart wie immer. Marienkäfer? Panzerschrank? Wie wäre es mit Beton?«

Ich begann, in der Kochnische zu räumen. »Und du, du bist schwerfälliger als Geologie. Es dauert ein ganzes Erdzeitalter, bis du etwas kapierst.«

Er zupfte das Gummiband zurecht, das seine Haare zusammenhielt. »Weißt du eigentlich, wie viel du kaputtmachst, wenn du so redest?«

Der eine Schrank, der andere Schrank. Nichts zu trinken. Wieviel ich kaputtmachte? Noch hatte ich nicht genug. »Mag sein. Aber ich bin nicht wie du. Ich mache aus Liebe kaputt.«

Nein, mein Verhalten war nichts, worauf ich stolz sein konnte.

TROTZ UNSERES STREITS fühlte es sich noch schlimmer an, als wir uns danach anschwiegen. Nur der Badezimmerhahn tropfte mit der ihm eigenen Präzision. Ich sah Dimos an und er mich, und zum ersten Mal kam es mir vor, als hätten wir uns nichts zu sagen. Ich weiß nicht, woher das Gefühl kam, aber in diesem Moment überwältigte es mich. Weder er noch ich schien daran interessiert, dem anderen zuzuhören. Plötzlich wurde mir bewusst, dass etwas dabei war, unwiderruflich kaputtzugehen. Ich spürte es mit jeder Sehne meines Körpers, jedem Knochen. Sommersprossen, Frieden, trockenes, glattes Holz – alles, was ich so gemocht hatte, war dabei, zu Staub zu zerfallen. Vielleicht würde es uns gelingen zu flicken, was wir kaputtgemacht hatten, aber wir würden niemals vergessen können, dass es geschehen war.

Ich habe immer gedacht, ein solcher Augenblick ist der Anfang vom Ende. Wenn man das erlebt hat, führt kein Weg mehr zurück. So etwas vergisst man nie. Wenn er möchte, kann Dimos es ein entscheidendes Ereignis nennen. Aber ich finde, das wäre eine herabwürdigende Beschreibung für etwas, was sich als eine Spalte im Fundament erweist. Ein Riss ist entstanden, und man kann noch so viel Zement benutzen, um ihn abzudichten, es ändert nichts an der Tatsache. Aus Gewohnheit oder Trägheit rauft man sich möglicherweise zusammen. Man redet sich ein, dass man trotz allem zusammengehört und das Dasein nicht nur Streit oder Missverständnisse enthalten muss, sondern auch Augenblicke, in denen man lieber allein wäre. Vielleicht glaubt man das jahrelang oder sogar ein ganzes Leben, oder zumindest bis zu dem Tag – und dieser Moment kommt, darauf könnte ich schwören, er liegt eingekapselt in der ursprünglichen Ohnmacht wie eine Zukunft, die bereits eingetroffen ist –, bis zu dem Tag, an dem man erkennt, dass man einander in Wahrheit überdrüssig ist, dass man sich keine Silbe mehr zu sagen hat und es Ewigkeiten her ist, seit man Zärtlichkeit, Begierde, einen schelmischen Blick erlebte.

Das alles ging mir durch den Kopf, während wir schwiegen. Auch die Betrübnis über das Schweigen gehörte dazu und war um einiges schlimmer als gewöhnliche Traurigkeit, weil sie sich nicht teilen ließ. Manchen bedeutete das vielleicht nicht so viel. Man hatte den anderen schätzen gelernt, wie er oder sie war, und fühlte sich wohl in einem Dasein ohne Neugier und Einfallsreichtum. In anderen Fällen lebte man sich auseinander – der eine saß auf einer Couch mit Plastiküberzug, während der andere lieber ausging –, aber aus irgendeinem Grund blieb man trotzdem zusammen. Vielleicht aus Mangel an Alternative, vielleicht wegen der Kinder. Man hat ein Alter oder vielmehr einen solchen Grad der Enttäuschung im Leben erreicht, dass man nur noch gute Nachrichten hören möchte. Lieber keine Neuigkeiten als schlechte. So lebt man nebeneinanderher, hat sich den größten Teil des Tages nichts zu sagen, ist randvoll mit glatten Lügen. Zu wissen, dass es früher oder später so kommen wird, färbt jedoch auf die Gegenwart ab, und zumindest ich konnte mir nicht vorstellen, meine kommenden Jahre so zu verbringen. Da wurde ich lieber Nonne.

Aber Dimos überraschte mich. Als er den Bandsalat in die Mülltüte geworfen hatte, leuchteten seine Pupillen. Spöttisch. Aber sie leuchteten. »Hier sitzen wir und haben uns satt. Wir brauchen frische Luft, du und ich. Soll ich deine Kassette einlegen?«

Ich erkannte, dass es Mut erforderte, so zu reagieren. Und dass mit meiner Lebenseinstellung vielleicht etwas nicht stimmte.

DIMOS RÄUMTE UM. Möbel wurden zur Seite geschoben, Kleider landeten auf dem Fußboden, dann zog er die Matratze auf die Terrasse – während Suzi Quatro auf der Kassette, die ich von Stella bekommen hatte, über engsitzende Kleider und Motorräder sang. »Ich weiß nicht, ob du ein Geschenk oder eine Heimsuchung bist, Mary. Weißt du das selbst überhaupt?« Dimos meinte, außen sei ich zwar hart, doch nach vier gemeinsamen Monaten sei er sich ziemlich sicher, dass ich innerlich voller Trauer sei. »Du bist eine Granate aus unvergossenen Tränen.« Er lachte verlegen und gestand mir anschließend, noch nie habe er so unbändige Freude darüber empfunden, einem anderen Menschen ratlos gegenüberzustehen. Nun könne ich sehen, dass alles an ihm schutzlos sei. »Vergiss. Das. Nicht. Mary.« Bei jedem Wort hob er ein Kleidungsstück vom Fußboden auf. Dann blieb er mit den Sachen in der Hand stehen. Es gebe keine größere Freiheit als unter dem Himmel, nicht? Er schaute sich um, dann warf er die Kleider auf den Stuhl. Ein kurzes Kopfnicken in Richtung Terrasse. »Wollen wir?« Es sei an der Zeit zu erkunden, welche Sterne man von Alaska aus sah.

Da begriff ich, dass Dimos sehr wohl wusste, was für ein Tag heute war. Vermutlich würden wir von den Mücken gefressen werden, dachte ich, aber schlimmer als in den Bergen konnte es schließlich nicht werden. Und letztlich spielte es keine Rolle. Ich schaltete den Kassettenrekorder aus. Nach dem, was er gesagt hatte, wollte ich, dass es still war.

Gemeinsam trugen wir Kissen und Laken hinaus. Anschließend lagen wir da – der Aschenbecher zwischen uns, die Sterne über uns. Wir waren beide erschöpft, dennoch war es, als schwebten wir auf festestem Erdreich. Ich betrachtete die Sterne, genoss den sanften Lärm der Stadt. Theo schien mir näher als sonst, jenseits aller Erinnerungen, Postkarten und Instamaticbilder. Leise begann ich zu erzählen, dass es nieselte, als wir auf den Tag genau vor sieben Jahren meinen Bruder zum Schiff begleiteten. Es war die letzte Gelegenheit, bei der Mutter Lippenstift trug. Wusste man es, erkannte man die Farbe. Am Morgen hatte sie verkündet, sie habe das Gefühl, zu einer Beerdigung zu gehen, weshalb ich erwartet hatte, dass sie sich schwarz kleiden und die ganze große Dunkelheit aus dem Wohnzimmer wie eine endlose Schleppe hinter sich herschleifen würde. Stattdessen trug sie Uniform: olivgrüne Jacke und gleichfarbiger Rock, graugrünes Hemd, schwarze Krawatte, Barett. Wer etwas von Rangabzeichen verstand, sah, dass sie Hauptmann war, andere dachten vermutlich eher, dass sie als Sekretärin in einer Kaserne arbeitete.

»Wusste denn keiner, dass sie die Leiterin der Archive ist?« Dimos hatte auf diesen Augenblick gewartet.

Ich schüttelte den Kopf. Die berüchtigten Akten der Sicherheitspolizei wurden seit der nationalen Revolution angelegt. Doch erst nach dem Umzug in die Medusastraße bekam diese Sammlung eine eigene Adresse – in den alten Räumlichkeiten in der Straße hinter dem Nationalmuseum. Damals wurde Mutter zur obersten Archivarin ernannt, in der Praxis bedeutete das Verantwortung für sämtliche Personen vom Personal bis zu den Dissidenten. Die Kartei war als Gegengewicht zu einer häufig zitierten Enzyklopädie über Landsleute in der Diaspora gedacht, deren letzter Band einige Jahre zuvor in einem Exilverlag erschienen war und in gewissen Kreisen heftige Debatten ausgelöst hatte. Keinem, der einmal seine Loyalität zu Kirche, Familie und unserer heiligen Nation erklärt hatte, sollte erlaubt werden, das zu vergessen. Außerdem wünschte die neue Regierung ein Verzeichnis der Bürger anzulegen, die sich zwar innerhalb der Landesgrenzen aufhielten, aber alles dafür taten, »fremden Mächten zu helfen«, einen »Teil dieses Landes« zu erobern, wie es in dem Paragraphen über Verbrechen gegen die Sicherheit des Landes heißt.

Ich erinnerte mich an die Tasche, die Mutter über der Schulter trug, vorschriftsgemäß unter den Ellbogen geklemmt; auch die weißen Handschuhe hielt sie den Richtlinien gemäß in der Hand. Zu Ehren Theos hatte ich schwarze Schuhe und mein rotes Sonntagskleid mit den großen Punkten angezogen, das ich nach dem ersten Schuljahr in der Mittelstufe bekommen hatte. Unter dem einen Arm war eine Naht aufgeplatzt, aber solange ich mich nicht zu ungestüm bewegte, passte das Kleid noch. Vater trug einen Anzug. In seinem sonnengebräunten Nacken, oberhalb des Kragens, glänzten zwei Streifen; wenn die Haare länger wuchsen, würden sie sich kräuseln. Auf Vater folgte Onkel Loukas, auch er im Anzug, danach Lamas und dahinter Mutter, mein Bruder und ich.

Dimos sagte nichts.

Vater war zielstrebig und ein bisschen zu schnell gegangen, mit kurzen, cholerisch winkenden Handbewegungen, die zu verstehen gaben, dass wir uns beeilen mussten. Ich selbst hätte mir gewünscht, der Spaziergang würde niemals enden. Als wir die Menschen sahen, die sich rund um die Landungsbrücke zur T. S. S. Olympia drängten, verlangsamte ich meine Schritte. Auf dem Boulevard hatte der Verkehr gelärmt, hier war die Luft voller Diesel und Meer. Die Hibiskussträucher entlang des Zauns stäubten süß. Ich schielte zu Mutters Mund hinüber. Erst jetzt wurde mir bewusst, dass sie damals vielleicht nicht nur traurig, sondern auch stolz gewesen war. »Dass ich daran nie gedacht habe.«

Dimos sagte immer noch nichts.

Ich erzählte, wie ich mit den Tränen gerungen hatte. Ich war sechzehn Jahre alt, verbarg mich hinter meinen langen Haaren und fand, dass die Welt extrem ungerecht war. Musste Theo wirklich so weit wegfahren? Reichte es nicht, wenn er auf die andere Seite der Stadt zog? Was sprach dagegen, sich ab und zu mit seiner Schwester zu treffen? Mein Bruder rief den anderen weiter vorne zu, er komme gleich, und legte anschließend den Arm um mich. »Es ist besser so, Marienkäfer.« Ich erklärte, wenn dem so sei, würde ich die Tage zählen, bis ich ihm folgen könne. Theo lachte und drückte meine Faust an seinen Mund. »Pass auf den Kaffeesatz auf, so gut du kannst. Aber vor allem auf dich selbst.«

Ich nickte mit einem Kloß im Hals. Als sein Freund aus der Kadettenschule rief, die Landungsbrücke werde gleich eingeholt, beeilten wir uns.

Die beiden Freunde verabschiedeten sich voneinander, damit Theo die letzten Minuten mit der Familie allein sein konnte. Es bekam jedoch niemand ein Wort über die Lippen. Alle starrten auf den Boden. Schließlich schlug Vater die Hacken zusammen und sagte: »Also schön.«

»Und deine Mutter?«

Mutter? Die berüchtigte Frau Hauptmann Petrou, die über die schwarzen Archive herrschte, aber nie in der Öffentlichkeit auftrat, sie salutierte. Als Theo sein Gepäck nahm und die Landungsbrücke hinaufging, rückte sie die Tasche unter dem Arm gerade. Der rote Mund bebte; das war alles.

Während ich den Blick zwischen den Sternen wandern ließ, erzählte ich, dass wir hinterher in ein Restaurant gegangen waren. Ich wusste nicht mehr, worüber sich die Erwachsenen unterhalten hatten, nur noch, dass Vater laut geworden war und gefragt hatte, ob ich meinen teuren Nachtisch etwa nicht essen wolle. Mutter hatte wahrscheinlich nur wenig gesagt. Trotzdem erinnerte ich mich an ihre Lippen, nachdem sie sich den Mund abgewischt hatte. Blass wie eine uralte Wunde.

NACH DIESEN WOCHEN in der ersten Bucht erkenne ich, dass es schlimmere Strafen gibt, als in der Kapelle zu sitzen. Hier kann ich kommen und gehen, wie ich will. Solange ich mich nicht in die Nähe des Gefängnisses begebe, steht mir die ganze Insel zur Verfügung. Wenn ich wollte, könnte ich den Berg besteigen. Den Hang untersuchen, an dem die Soldaten ihre Schießübungen absolvieren. Den Versuch machen, mit bloßen Händen Tintenfische zu fangen. Oder an den Felsen entlangschwimmen, wenn es nicht so gefährlich wäre. Die stehende Hitze in dem Zementhaus während des Sommers mag ich mir allerdings nicht vorstellen; dann wäre eine Einzelzelle im Gefängnis sicher vorzuziehen. Dort speichern die dicken Wände wenigstens die Kühle der Nacht wie eine geheime Atmung. Aber jetzt ist Februar, bald März, noch zwei Reiskörner, dann sind die acht Wochen vorbei, die Spanos angeordnet hat. Auch wenn Zoe mir zuliebe hatte bleiben wollen, sind sie und die anderen inzwischen sicher zurückgekehrt. Vielleicht sind sie mit dem Schiff gefahren, das ich vor ein paar Tagen gesehen habe. Bald werde ich selbst an der Reihe sein. Wenn ich die Insel im Dunst verschwinden sehe, werde ich wissen, dass es richtig war zu schweigen. Dann beginnt die Zeit der Erleichterung.

Es ist vier, vielleicht auch halb fünf Uhr morgens. Als es mir nicht gelingen will einzuschlafen, beschließe ich, die Kapelle zu streichen. Der Kalk reicht auch noch für die Mauer, und wenn hier jemand Farbe benötigt, dann gewiss nicht die Toten. Erst fege ich die Wände mit dem Besen ab, dann wische ich mit einem Lappen nach. Es ist nicht so leicht, etwas zu sehen, aber im Haus hilft die Öllampe und draußen leuchtet der dreiviertelvolle Mond. In einiger Zeit wird es ohnehin hell. Vor allem auf der Meerseite ist die Kapelle mitgenommen. Durch die steife Brise und das Salz ist der Putz dort porös geworden. Das Gitter vor dem Fenster sitzt nicht mehr richtig fest.

Ich mische das Pulver mit Meerwasser. Das ist wahrscheinlich nicht gut für die Farbe, aber Spanos kann beim besten Willen nicht erwarten, dass ich das Wasser vorher abkoche und destilliere. Sicherheitshalber gebe ich weniger Kalk hinein, als benötigt wird. Ich rühre in der Grütze, sachte lösen sich die Klümpchen auf. Dann nehme ich die Tüte, die ich bekommen habe, und sortiere Ioulias Haare heraus. Gebe sie hinzu und rühre noch einmal um. Nach nur einer Stunde sind die Wände innen getüncht. Hier und da glitzern einzelne Haare. In weniger als vierundzwanzig Stunden, wenn das Wasser verdunstet und die Farbe getrocknet ist, wird der Raum so weiß sein wie Salz. Als der Himmel hell wird, gehe ich zum Ufer hinab, um mich zu waschen und neues Wasser zu holen. Anschließend rühre ich wieder Pulver hinein und streiche die Außenseite des Hauses. Diesmal benutze ich Ritas Locken.

Zwei Stunden später bin ich fertig. Der Himmel ist gleichmäßig grau, aber es scheint keinen Regen zu geben. Während die Sonne langsam die Wolkendecke auflöst, schlafe ich traumlos bei offener Tür. Erwache erst am Nachmittag.

DIE MAUER rund um die letzte Ruhestätte ist in ein paar Stunden erledigt. Den Rest des Tages verbringe ich über die Gräber gebeugt. Ich habe meine Hände mit Mullbinde umwickelt wie Ali auf dem Bild, das Dimos vor so langer Zeit aus der *Herald Tribune* herausgerissen hatte. Das Heidekraut lege ich auf die Seite, dafür findet man immer eine Verwendung. Wenn es manchmal doch zu mühselig wird, das Unkraut auszureißen, benutze ich die Hacke, die an der Mauer lag. Sie hat zwar keinen Stiel, ist aber erstaunlich effektiv. Ich benutze sie auch, um besonders klobige Steine umzudrehen. Unter einem von ihnen verbirgt sich eine bronzefarbene Schlange, die sich zusammenrollt und regungslos liegen bleibt, wie eine Schnecke aus prähistorischer Zeit. Die Schlange sieht aus wie das Tier, das der Scharrer angeschleppt hat. Ich glaube nicht, dass sie gefährlich ist, schlage aber sicherheitshalber mit der Hacke auf die Erde. Langsam entrollt sie sich und verschwindet zwischen den Steinen, in eine Felsspalte.

Als ich mit den Gräbern aus der Zeit nach dem Bürgerkrieg fertig bin, mache ich mit denen aus der zweiten Hälfte der fünfziger Jahre weiter. Ich schwitze, bin hungrig und habe Bauchschmerzen. Die nahezu konturlose Sonne bewegt sich hinter den Wolken, der Himmel changiert in verschiedenen bleigrauen Farbtönen. An manchen Stellen leuchtet die Kapelle bereits weiß. Ich muss mich nur noch um die Gräber aus den sechziger Jahren kümmern, als ich sehe, dass eine Gestalt die Landzunge umrundet – eine Silhouette wie ausgeschnitten aus dem diesigen Himmel. Ich beschatte die Augen, um herauszufinden, wer es ist. Die Person geht vorsichtig, fast tastend. Erst als sie die Stelle erreicht, an der ich zum Ufer hinunterklettere, begreife ich, dass es Rita ist. Sie trägt etwas. Einen Spaten. Und noch etwas. Eine Sturmlaterne.

»DAS HABE ich mir doch gedacht.« Rita lässt sich auf einen Stein sinken. Zwischen dem Riemengeflecht ihrer Sandalen quellen die Wollstrümpfe hervor wie Teig. »Im wievielten Monat bist du?« Sie zupft an ihrem hellblauen Hemdkragen, fächelt sich Luft zu. Als ich antworte, die Hälfte der Zeit sei vorbei, schaut sie sich um. Das Heidekraut liegt zu einem säuberlichen Haufen aufgeschichtet, das Unkraut auf einem anderen. »Ich hoffe, du hast nicht auf dem Zeug da herumgekaut.« Sie zeigt auf die giftigen Stengel. Als ich den Kopf schüttele, richtet sie den Blick auf die Kapelle, die im Licht des späten Nachmittags immer weißer schimmert. »Spanos sollte dir den Vaterlandsorden für Mütter verleihen.«

Rita streicht sich die Haare aus dem Gesicht; mittlerweile sind nur noch wenige Zentimeter blond. Beim letzten Appell habe der Kommandant erzählt, dass ich nächste Woche zurückkehren soll. Waren die zusätzlichen Lebensmittel bei mir angekommen, die sie mir geschickt hatten? Als ich mich bedanke, erklärt sie, Ioulias Geld habe leider nicht gereicht, deshalb sei sie eingesprungen – Kaffee, Marmelade, sogar ein Paar Stiefel. Sie hustet. »Jetzt verstehe ich, warum die Alte auf den Eisentabletten bestanden hat. Und auf Fisch. Hast du den großen bekommen, den wir Violeta abgekauft haben?« Es fällt einem nicht sonderlich schwer, sich auszurechnen, wie Rita für das alles bezahlen konnte. Ich überlege, ob ich ihr erzählen soll, dass ihre Haare die Außenseite der Kapelle schmücken. Auch Zoe ist offenbar heimgefahren, obwohl man sie zu ihrem Glück zwingen musste. »Die Alte würde die Reise allerdings nicht überstehen. Sie schläft die meiste Zeit, trinkt nur ab und zu ein bisschen, faselt von Gott. Wir sitzen abwechselnd bei ihr.« Die Nervenprinzessin ist also auch noch da. »Hast du sie gezählt? Die Gräber, meine ich. Hast du sie gezählt?«

»Einundzwanzig.«

»Dann kommt jetzt eins dazu.«

RITA MEINT, sie schaffe die Arbeit allein; es sei besser, wenn ich mich ausruhe, sobald ich fertig sei. Sie streift ihre Strickjacke ab, zupft das Hemd zurecht. Ich stelle die Malersachen weg und schaue zu, während sie vorbereitet, was vermutlich Ioulias letzte Ruhestätte werden soll. Als sie mit ihrem Spaten trotz wiederholter Versuche nicht weiterkommt, hole ich die Hacke. »Kotzt du?« Ich schüttele den Kopf. »Was ist mit Schmerzen?«

»Weniger als am Anfang. Aber der Rücken tut mir weh.«

Gemeinsam tauschen wir das Blatt des Spatens gegen die Hacke. Es gibt Schlimmeres, erkläre ich und stoße den Stiel in die Erde. Den Wind zum Beispiel, der sich fast nie legt. Die Feuchtigkeit, die dazu führt, dass ich mit nassem Gesicht aufwache. Und das Salz. Alles klebt und riecht danach, sogar die Pfefferkörner. Aber am schlimmsten ist es auf dem Körper: Wegen des Salzes kommt es einem vor, als würden die Kleider ständig falsch sitzen.

»Wann?« Rita schlägt mit der Hacke gegen die Felsplatte. »Wann hast du Schmerzen, meine ich?«

»Meistens nachts. Manchmal werde ich wach und kann nicht wieder einschlafen. Außerdem fällt es mir immer schwerer, den Müll zu tragen.«

»Uff.« Sie stemmt einen Stein los.

Manchmal sticht es auch in der Seite; zu anderen Zeiten fühlt es sich eher an wie ein Klumpen, der umherrollt. Und manchmal zieht es zwischen den Beinen. »Aber das tut nicht weh. Es ist bloß ein komisches Gefühl – wie kitzelndes Wasser.« Trotzdem fällt es mir schwer zu sagen, wo sich der Fötus bewegt. Oft ist es, als befände er sich überall ein bisschen. Dann stelle ich mir vor, der ganze Körper sei in anderen Umständen. Es klingt sicher seltsam, aber vielleicht bin ich ja auch in den Ellbogen schwanger. »Und in den Haaren!« Ich lache – vielleicht ein wenig schrill.

»Du bist die ganze Zeit allein gewesen, was?« Rita richtet sich auf. Listig schüttele ich den Kopf.

»Nicht?«

»Beschützer.« Ich zeige die Schneidezähne und ahme einen Scharrer nach. »Außerdem macht es mir nichts aus, allein zu sein. Ich mag alles.« Als ich die Falte zwischen ihren Augenbrauen sehe, merke ich selbst, wie weit ich mich von der Person entfernt habe, die ich einmal war.

ES DÄMMERT, noch ehe das Grab fertig ist – knapp zwei Meter lang, einen halben Meter tief. Es ist uns nicht gelungen, es ganz gerade auszuheben. An einer Stelle stieß Rita auf einen Stein, den wir nicht herausbekamen, weshalb das Grab nun in Brusthöhe einen Knick macht. In Herzhöhe, denke ich und mustere die Steine auf der Innenseite.

»Vor ein paar Nächten«, Rita beißt die Blasen an ihren Händen auf, »vor ein paar Nächten faselte Ioulia etwas von einem Kind, das ein Skorpion gestochen hatte. Als die Gefangenen es beerdigen wollten, habe es so geschüttet, dass die Leiche im Grab getrieben sei. Wenn sie treibt, möchte sie, dass wir sie mit Steinen beschweren.«

Auf dem Weg zur Kapelle gehe ich vor. Als Rita eintritt, lässt die

Sturmlaterne den Raum weiß flackern, nur die Schrift an der Wand tritt schimmernd hervor. Der Geruch von Müll gehört hier nicht mehr hin. »Ich habe Ioulias Haare für die Innenseite und deine für die Außenseite benutzt. Jetzt wohne ich in einer Salzsäule.« Rita bekommt die letzte Mullbinde.

Es ist schwer zu sagen, was sie denkt, aber als wir uns verabschieden, legt sie ihre bandagierten Hände um meine Wangen. Ihre Augen sind ernst wie die eines Tiers. »Du musst aufhören, alles zu mögen, Mary. Anders geht es nicht.«

VII.

ALS ICH AM NÄCHSTEN MORGEN vom Ufer heraufkomme, ist es verblüffend warm. Unten am Wasser lag alles im Schatten, aber in der Kapelle ist die Luft fast zum Greifen. Obwohl wir erst Ende Februar haben, müssen es achtzehn, vielleicht auch zwanzig Grad sein. Die Luft steht, auf dem Meer regt sich nichts. An den Felsen gluckert es wie in einer Badewanne.

Die Ratteninsel schwimmt im Licht. Das Heidekraut schimmert bräunlich und grün auf den steinigen Hängen, an manchen Stellen sieht man schmutzig violette Flecken, die gealterten Polizeijuwelen ähneln. Auf einmal entdecke ich in der Müllschlucht etwas Gelbes. Ich sehe nach und finde Schlüsselblumen, die in einer geschützten Felsspalte blühen. Wie sie mit ihren samtig flaumigen Blättern und hängenden Kronen in den Felsplatten Halt gefunden haben, ist mir ein Rätsel. Vielleicht sollte ich sie als Vorboten sehen. Aber von was?

EIN TAG NOCH, bis ich mich beim Wachposten melden soll. Ich mache mir Sorgen, was passiert, wenn der Kommandant sieht, dass ich schwanger bin. Meine Sachen sind gepackt, geputzt habe ich auch. Jetzt stelle ich die Kalenderdose unter das Bett. Der nächste Gast soll wissen, wie viel Zeit ich hier verbracht habe. Nach dem Frühstück vertreibe ich mir die Zeit auf der letzten Ruhestätte. Das neue Grab sieht aus wie ein schlampig ausgepackter Karton. Ich untersuche den Stein, den wir nicht herausbekommen haben. Splitter sind abgeschlagen worden, die Erde ist rotbraun. Dann beschließe ich, auf den Berg zu steigen.

Ohne Stock ist es schwierig hinaufzugelangen. Der höchste Punkt liegt fünfhundert Meter über dem Meer, aber ich bezweifle, dass ich es bis dorthin schaffen werde. Vor allem die Ostseite ist steil. Meine Clarks sind abgetreten und die Nähte eingerissen; immer wieder rutsche ich ab. Je höher ich komme, desto zugiger wird es. Unten in der Bucht herrschte Windstille, aber hier wehen mir die Haare ins Gesicht. Eine halbe Stunde später höre ich das Meer nicht mehr, nur noch die abwärts rollenden Steine und meine immer schwereren Atemzüge. Seltsamerweise riecht es nach Rauch. Ich schaue mich um. Es dauert eine Weile, bis ich begreife, dass der Rauch vom Gefängnis kommen muss, eingekapselt in den Wind. Nichts schützt einen hier oben vor der Sonne, nur das Tuch, das ich mir um den Kopf binde. Wahrscheinlich sieht das lustig aus, ein altes Weib auf einem Ausflug im Nirgendwo.

Es ist noch ein ganzes Stück, und wenn ich den Gipfel erreichen will, muss ich erst in eine Senke hinunterklettern und anschließend wieder hoch, aber auch hier ist die Aussicht grandios. Im Osten sieht man die größere der Nachbarinseln, im Südwesten eine andere und zwischen ihnen die Insel, die ich immer vor Augen habe, wenn es nicht regnet oder neblig ist. Ich weiß nicht, was ich mit dieser überwältigenden Nähe anfangen soll. Mit dem Boot kann es nicht länger als eine Stunde zu einem der anderen Ufer sein. Wenn ich nicht einen zwanzig Linsen alten Pfirsich in mir trüge, könnte ich mir aus den alten Plastikkanistern in der Schlucht ein Floß bauen. Früher oder später müsste die Strömung uns an Land spülen.

Ich kaue auf den letzten Rosinen, bis sich der Traubenzucker mit Speichel vermischt hat und auf der Zungenspitze nur noch kleine Körnchen übrig sind. Eine halbe Stunde später habe ich die Mulde durchquert und bin so hoch hinaufgestiegen, dass ich das Gefängnis mit den umliegenden Gebäuden sehen kann. Die roten Backsteinwände speichern die Wärme, die staubigen Gefängnishöfe liegen verwaist. Bei den Unterkünften, sehe ich, gibt es Bewegung, kann aber nicht erkennen, was dort vorgeht. Manchmal blitzt etwas auf, ein

Fenster oder ein Gewehr. Vielleicht ist es aber auch nur jemand, der einen Eimer Wasser hochzieht. Jetzt entdecke ich von hier aus auch den Pfad, den ich immer nehme. Er schlängelt sich in die Buchten und aus ihnen heraus, geht auf der letzten Wegstrecke vor dem Gefängnis in Radspuren über.

Die erste Bucht, die zweite Bucht, die dritte Bucht – der ganze Weg bis zum Gefängnisgebäude. Die Strecke ist eine Zeitreise. Nach dem Bürgerkrieg haben die Gefangenen in ausgemusterten Armeezelten auf dem Hang an der letzten Ruhestätte gewohnt. Mit jeder neuen Verhaftungswelle rückte man eine Bucht weiter, bis das Gefängnis errichtet wurde und schließlich auf der Landzunge zwischen vierter und fünfter Bucht erweitert werden musste. Laut Ioulia hat es drei Jahre gedauert, dann war dort Platz für mehrere tausend Gefangene. Als ich in die andere Richtung blicke, an Begräbnisstätte und Kapelle vorbei, wird mir schlagartig bewusst, dass die Müllschlucht somit die Bucht null ist. Dort beginnt alles – indem es endet.

Die Schlüsselblumen sind von hier aus nicht zu sehen. Aber eines Tages muss jemand das Gefängnis verlassen haben. Vielleicht hat sie oder er auch in der Kapelle gelebt. Oder jemand wurde auserkoren, den Müll zu entsorgen. Jedenfalls wanderte dieser Jemand an der Küste entlang, in die Buchten und aus ihnen heraus wie ich. Bei seiner Ankunft wurden die Samen ausgestreut. Vielleicht waren sie für eines der Gräber vorgesehen und verbreiteten sich mit Hilfe von Wind sowie Insekten. Oder die Samentüte landete irrtümlich im Müll und ein Scharrer trug ein paar Körner zu der abgelegenen Felsspalte, die ich an diesem Morgen entdeckt habe. Lieber stelle ich mir jedoch vor, dass jemand beschloss, die Körner genau dort auszusäen, an der geschütztesten Stelle. Auch in der Bucht null sollte es Sonnenflecken geben. Krümel aus Licht. Sommersprossen.

ALS ICH ZURÜCKKEHRE, ist es Nachmittag. Die Sonne ist so weit gen Westen gewandert, dass die letzte Ruhestätte im Schatten liegt. Ich bin schmutzig und durstig, die Beine zittern, meine Füße sind wund. Ich streiche gerade mit der Hand über die Mauer, als ich an der Kapelle zwei Männer entdecke. Ein Soldat in hellbrauner Uniform raucht hockend. Der Onkel steht breitbeinig daneben, die Hände in den Taschen. Beide blicken auf das Meer hinaus. Als ich in Hörweite komme, ergreift der Onkel, mit dem Rücken zu mir, das Wort.

»So nah. Mit einem Fernglas würde man jedes einzelne Boot im Hafen erkennen können.« Er dreht sich um. »Und so weit weg. Weißt du, warum keiner hinüberschwimmt?«

Ich schüttele den Kopf. Seine Schultern sind breit wie eine Tür.

»Es lohnt sich nicht. Wer die Strömungen überlebt, wird wieder zurückgeschickt. Die Inselbevölkerung will mit euch nichts zu tun haben. Wer Ausbrechern hilft, landet selbst hier.« Auf der anderen Seite der Landzunge klappert es blechern und verloren. »Hast du schon welche umgebracht?« Die Wangenknochen des Onkels glänzen. Sein Gesicht ist sonnengebräunt – rot auf der Stirn und unter den Augen.

Wieder schüttele ich den Kopf. Ich schaue mich um, weil ich nicht weiß, wo ich das Heidekraut ablegen soll, das ich auf dem Rückweg gesammelt habe.

»Acht Wochen. Obwohl es anderen sicher länger vorkommt.« Er rückt seine Mütze zurecht. »Wie ich sehe, hat Violeta von der Krankenstation die Wahrheit gesagt.« Dann gibt er dem Soldaten mit einer Geste zu verstehen, dass sie gehen. »Schön hast du hier alles gemacht. Melde dich bei Sonnenuntergang beim Wachposten.«

AM NACHMITTAG rechne ich zurück – nicht zu der Nacht auf der Terrasse, sondern zu meiner letzten Periode, die ich fast drei Wochen davor hatte. Laut Doktor Kolver wird die Zeit zwischen Menstruation und Befruchtung zur Schwangerschaft gerechnet. In meinen Ohren klingt das zwar seltsam, aber obwohl noch nichts geschehen ist, bilden diese Wochen offenbar den Anfang von etwas Neuem. Sie existieren also vor der Zeitrechnung, wie Linsen in Erwartung eines entscheidenden Ereignisses …

Als Dimos und ich auf der Terrasse lagen, hatte ich zum ersten Mal im Leben das Gefühl, völlig ohne Bedürfnisse zu sein. Es war spät und ruhig und in keinem Fenster brannte Licht. Die Stille war überwältigend. Er hatte nicht viel gesagt, als ich über die schwarzen Archive sprach. Nachdem er den Aschenbecher weggestellt hatte, wandte er sich mir jedoch zu. »Ich bin froh, dass du mir das erzählt hast. Und dass wir zu dem Dorf gefahren sind.« Jetzt wisse er, wo es zum Urknall gekommen war. »Wenn wir einander verlieren, können wir dort immer von vorn anfangen.« Die Matratze knirschte wieder. Ob man sie von Alaska aus sehen konnte? Er zeigte mit dem Kinn zu den Sternen. Doch wo immer Theo sich aufhalten mochte, sah auch er nur, was längst passiert war. Das Licht sei uralt.

Ich legte den Kopf auf Dimos' Schulter. Mit der Hand fuhr ich durch die Haare auf seiner Brust, die an den Fingerspitzen kitzelten. Bei dem Gedanken, dass die Sterne bereits tot waren, hatte ich niemals eine Gänsehaut bekommen. Licht war nichts als tote Zeit. Dass viele Sterne tatsächlich existierten, fand ich dagegen sogar heute noch schwindelerregend.

»Alle reden vom Großen Wagen, weil er so leicht zu erkennen ist. Wie eine Schubkarre. Oder ein Angelhaken. Aber eigentlich ist er ein Teil des Großen Bären – du weißt schon, die Geschichte mit dieser Nymphe, die ein Kind von Zeus bekam.« Dimos erzählte, dass der Gott das uneheliche Kind und die Geliebte vor seiner Gattin rettete, indem er sie in Sternbilder verwandelte. Im Gegenzug durfte sie ihren Durst nicht löschen. Deshalb sank der Große Bär nie unter den Horizont, wo er andernfalls aus dem Polarmeer trinken könnte.

Durst gegen Überleben, so lautete die Formel. Ich sollte mir vorstellen, dass der vordere Teil den Körper bildete … Dort war die Brust, sah ich das? Und dort die Vordertatzen … Der Rest bildete den Schwanz. »Ein langes, herrliches Ding, wie kein Bär es hat.«

»Mir sind richtige Tiere lieber – die hier allerdings nicht.« Ich wedelte eine Mücke fort, dann strampelte ich ruhig das Laken von mir. »Ein langes, herrliches Ding?«

Dimos kratzte sich lächelnd auf der Brust. »Könnte man so sagen.« Ob ich wisse, was 1572 passiert war?

»Nein…« Ich glitt auf ihn. »Aber es war sicher etwas ungeheuer Spannendes.« Und zog das Nachthemd hoch.

»Und die vornehmste Ware der Apotheke?« Ich machte Pst und half ihm. Ich sei mir sicher, wenn wir vorsichtig wären, würde nichts passieren. Im Übrigen hätte ich erst kürzlich meine Tage gehabt.

Dimos brummte. Der Gedanke an Sterne, die erloschen waren, beeindruckte mich vielleicht nicht sonderlich, aber 1572 war das Jahr, in dem man sie für vergänglich erklärt hatte. Das müsse mein Herz doch rühren? Bis dahin hatte man geglaubt, Sterne existierten ewig. Eines Nachts habe ein dänischer Astronom jedoch einen unbekannten Himmelskörper entdeckt. Er erklärte, dass es sich dabei um … also um einen neuen Stern handeln müsse. Ein paar Monate später aber ist diese Nova … schwächer … geworden, am Ende verschwunden. Dimos fiel es immer schwerer, sich zu konzentrieren. »Tycho Brahe bewies, dass Sterne sich aus … wickeln … Ich meine entwickeln … und … irgendwann … sterben …«

Ich bewegte rhythmisch meine Hüften. Was gingen mich Sterne und Lichtjahre an? Sehnen und Muskeln verliehen allem Seele. An mehr Ewigkeit glaubte ich nicht.

Das war die ›Unachtsamkeit‹. Danach zählten die drei Wochen, die gerade verstrichen waren.

KEIN TAG ist vergangen, ohne dass ich mich nach Gesellschaft gesehnt habe. Nach jemandem, mit dem ich meine Suppe teilen kann, der mich neckt oder mit mir schweigend auf der windgeschützten Seite des Hauses zusammensitzt. Jemand, mit dem ich über die wechselnden Farben auf dem Wasser der Bucht sprechen oder zum Ufer hinabklettern und gemeinsam baden könnte. Jemand, mit dem ich über die Scharrer und die Frage diskutieren dürfte, warum es besser ist, sie in Ruhe zu lassen, als zehn Stück für ein halbes Kilo Brot zu töten.

Trotzdem habe ich während meiner letzten Stunde in der Kapelle Angst. Selbst wenn ich bald heimreisen darf, weiß ich nicht, was mich erwartet. Die Hüftknochen treten deutlicher hervor als früher, und manchmal erschrecke ich, wie leer es sich anfühlt, wenn ich mit der Hand am Kinn entlang bis zu den Ohren streiche. Es kommt mir vor, als hätte ich eine Dimension meiner selbst verloren. Ich ahne, dass ich hagerer geworden bin. Ich merke es, wenn ich mich vorbeuge und die Haut zwischen Brust und Zwerchfell knittert wie eine Zwetsche. Das ist mir nicht mehr passiert, seit ich ein Mädchen war. Obwohl der Bauch vorsteht – von unten eine schiefe Wölbung –, würde ich ihn mit den richtigen Kleidern bestimmt noch eine ganze Weile verbergen können. Aber wozu? Wenn der Onkel weiß, dass ich ein Kind erwarte, dann gilt das auch für den Kommandanten.

Haare, Finger, Fußsohlen, Po ... Als meine Finger über den Bauch gleiten, überlege ich, ob die Körperteile des Kindes wirklich schon vollständig entwickelt sind. Bewegen sich schwarze, nichts sehende Globen unter Membranen aus Haut? Sind die weißen Nagelansätze länger geworden? Wie sieht das Geschlecht aus? Kneift der Astronaut mit einem asiatischen Lächeln auf den Lippen die Augen zu? Sind die Augenbrauen zusammengewachsen? Liegt der Fötus auf der Seite oder auf dem Rücken? Ruht er mit angezogenen Knien und den Händen an den Ohren wie ein Boxer, der bereit ist, noch eine Runde zu gehen, wenn er nur wieder auf die Beine kommt? Oder faltet er fromm die Finger auf der Brust wie eine Nonne in einem Geheimorden? Und wie lang ist der Körper? Und wie viel wiegt er?

Ich bin mir nicht sicher, ob die Welt in meinem Inneren ohne mich auskommen würde. Wäre ich nicht in das Taxi gestiegen, hätte Doktor Kolver mir mehr über die verschiedenen Entwicklungsstadien und darüber erzählen können, wie man die Signale zu deuten hat. Ich brauche bloß die Augen zu schließen, um die Überraschung in der Arztpraxis noch einmal zu erleben, obwohl ich die Neuigkeit bereits mit jeder Faser meines Körpers geahnt hatte. Als ich mich wieder anzog, wusch die Ärztin sich die Hände. Die Brille, die hochgesteckten Haare, die Perlenkette: Alles war wie immer. Sie trug sogar den weißen Kittel auf die übliche Art – einen Knopf geschlossen. Als ich das erste Mal zu ihr ging, war ich dreizehn und hatte die gleichen Probleme mit meinen Tagen, wie ich sie gelegentlich heute noch habe; seither gehe ich einmal im Jahr. Und nun war die Untersuchung für 1973 abgeschlossen.

Die Ärztin cremte ihre Hände ein, ehe sie sich an den Schreibtisch setzte. »Was ist mit Schmerzen? Sind sie besser geworden?« Sie stammt aus Holland, hat aber viele Jahre im Land gelebt und spricht die Sprache fast akzentfrei.

Ich sagte, sie kommen und gehen. Es sei lange her, dass ich an den Folgen meiner Polioerkrankung gelitten hatte, obgleich man bei genauerem Hinsehen bemerkt, dass ich leicht hinke, und wenn ich lange stehe, bekomme ich Gelenkschmerzen. Am schlimmsten war letztlich der Rücken, der mir jedes Mal wehtat, wenn ich meine Tage hatte. »Die bleiben dir jetzt wohl für eine Weile erspart.« Die Sonne glitzerte auf dem Diplom an der Wand, als die Ärztin den Umschlag mit dem Ergebnis der Urinprobe aufschlitzte, die ich zwei Tage zuvor abgegeben hatte. »Wie wir es uns schon gedacht haben, Maria. Du bekommst ein Kind.«

Obwohl ich jedes Wort verstand, drang die Botschaft nicht zu mir durch. Alles geschah mit Verzögerung, als befände sich das, was ich hörte, und das, was ich begriff, in unterschiedlichen Welten. Es muss mir anzusehen gewesen sein, dass ich in diesem Moment nicht wusste, wer ich war – sie, die nicht begriff, oder sie, die es tat –, denn die Ärztin fuhr lächelnd fort: »Tief durchatmen, Mädchen, anschließend musst du dir dann Gedanken darüber machen, wie es weitergehen soll.« Und in dem Augenblick, als sie nicht nur davon sprach, was geschehen war, sondern auch davon, was kommen würde, vermischten sich Sorge und Angst mit Jubel und Verwirrung zu einem stetig wüsteren Wirbel, und in meiner Brust brach Chaos aus.

So fühlte er sich also an. Der Schock, mehr zu sein als man selbst. Die Ärztin blätterte in ihrem Kalender. »Solange du dich ein wenig in Acht nimmst, kannst du alles tun. Das Rauchen musst du allerdings aufgeben. Und auf Alkohol verzichten. Aber das tust du ja sowieso.« Damit meinte sie meine Tabletten gegen die Gelenkschmerzen, die ich nicht in Kombination mit Alkohol einnehmen darf. Sie notierte das Datum für meinen nächsten Termin. »Wenn du möchtest, kannst du auch früher kommen, aber nötig ist es nicht. Die gleiche Menge wie immer?« Sie stellte das Rezept aus. »Was sagst du deiner Mutter?«

Mutter? Ich wusste nicht einmal, was ich Dimos sagen sollte.

Als die Ärztin wissen wollte, in welchem Jahr ich war, verstand ich sie zunächst falsch, erklärte anschließend jedoch, ich müsse nur noch meine Examensarbeit schreiben. Danach sei ein Praktikum in einem Architekturbüro vorgesehen, ehe ich mein Diplom bekommen würde. »Aber das war vor dieser Sache.«

»Hat sie den Vater schon kennengelernt?« Die Ärztin meinte Mutter. Selbständigkeit sei eine Sache, das Richtige zu tun eine andere. »Du tust, was du willst, Maria. Aber jetzt wird es ernst.«

Als ich auf die Straße hinaustrat, befand die Welt sich ebenso sehr in mir wie außerhalb von mir. Das Zwerchfell hatte sich in warmes

Gewebe verwandelt, der Kopf war leicht wie Äther. Die Ärztin hatte nichts gesagt, was ich nicht längst geahnt hatte, trotzdem veränderte sich dadurch, dass die Worte ausgesprochen wurden, alles. »Die Sonne«, »die Autos« und »das Eisenwarengeschäft auf der anderen Straßenseite« waren nun die Sonne, die Autos und das Eisenwarengeschäft auf der anderen Straßenseite. Ich kann es nicht anders ausdrücken. In diesem Moment begriff ich, dass ich nie mehr nur Mary sein würde.

Das muss mich dazu gebracht haben, in das Eisenwarengeschäft zu gehen. Suzi Quatro trägt auf manchen Fotos, die ich von ihr gesehen habe, Nieten an ihrer Jacke. Manche sind Rockstars, andere Generäle, ich gab mich damit zufrieden, ein Dreisternechaos zu sein. Ehrlich gesagt weiß ich nicht, was ich danach in dem Automatenrestaurant gegessen habe. Aber als ich mich bei Dimos hinlegte, statt Stella und ihren Typen zu stören, fühlte sich mein Körper warm und schwer und dennoch aufgelöst an.

Die gute Ungewissheit.

ICH DREHE die Ziegelsteine am Kopfende um und finde einige trockene, plattgedrückte Blätter. Es ist nahezu unmöglich zu erkennen, was auf den Comicbildern dargestellt ist. Dennoch wecken sie die Erinnerung an etwas, was ich seit dem letzten Vormittag in der Wohnung – bevor Dimos duschte, sich in Rasierwasser hüllte und ging – nicht mehr getan habe. Ich schiebe die Hand unter den Bund der Trainingshose, und weiter hinab, zu den Leisten. Ich spüre die überraschende Wärme, ohne zu wissen, wie sie entstanden ist. Die Innenseiten der Oberschenkel sind erhitzt, das Geschlecht ist glatt. Die Feuchtigkeit lässt meine Finger über die Haare und die geschwollenen Lippen gleiten wie über fremdes und dennoch vertrautes Terrain. Kurz darauf existiere ich nur noch in meinem angespannten Arm, meiner rotierenden Handfläche und meinen unbestechlichen

Fingern. Kurz darauf existiere ich nur in der anderen Hand, die auf den Brüsten liegt, und in meinem Po, dessen Muskeln zusammengepresst werden. Kurz darauf existiere ich nur in meinem schmerzenden Geschlecht und den unaufhaltsamen Krämpfen, in den Zuckungen, die sich durch Becken und Rückgrat fortsetzen, vom Kreuz, das sich in einem Bogen krümmt, durch die Schultern, die über die Matratze schaben, zum Kopf, der gegen die Wand stößt, und zum Mund, der sich weit offen so ausgedörrt und durstig anfühlt. Kurz darauf existiere ich nur noch im abebbenden Zittern und in den Augen, die schmerzen, weil ich sie nach innen kehre, wo es nur Schwärze gibt. Kurz darauf existiere ich nur in der Gebärmutter, die sich zusammengezogen hat, und in dem Pfirsich, der langsam zu seiner Ruhe zurückfindet.

Die Wärme ist gekommen und gegangen. Sechsundfünfzig Reiskörner. Als ich aufwache, fühlen sich meine Augen an wie trockene Wunden.

DIE LETZTEN SACHEN in das Tuch zu legen und es zu verknoten, ist schnell erledigt. Als ich das Gefängnis erreiche, sehe ich am Wachhäuschen den Flaumschnurrbart. Ich will gerade erklären, dass die Zeit abgelaufen ist und ich mich zum Dienst zurückmelde, als ich es mir anders überlege. »Ich heiße nicht Sofia.«

Er rückt das Gewehr auf der Schulter zurecht, wirft danach einen Blick zur Landzunge, als würde er weitere Gefangene erwarten.

»Das hat Violeta gesagt. Die auf der Krankenstation.«

Ich betrachte ihn, als würde es mir sonst schwerfallen, mich an sein Gesicht zu erinnern.

»Nenn mich Mary. Kann ich reinkommen?«

RITA WÄSCHT GERADE in dem großen Zuber Unterwäsche. Sie bittet um mehr Wasser, aber die Nervenprinzessin bleibt, etwas in ihrer Sprache murmelnd, mit dem dampfenden Kessel stehen. Die Laken, die vor den Fenstern hängen, die Regale aus Ziegelsteinen und staubigen Brettern – alles im Schlafsaal wirkt fremd. Jetzt entdeckt mich auch Rita. »Komm.« Sie schiebt mir mit dem Fuß einen Stuhl zu, von ihren Händen tropft Wasser. »Setz dich.«

Als ich auf den Stuhl sinke, fühlt sich mein Körper dünn und ausgewrungen und trotzdem schwerer an als je zuvor – wie eine Mischung aus Mehl und Blei. Alles ist massiv, aber nichts hängt zusammen. Ich bin kaum fähig, den Kopf hochzuhalten. Ich würde gern gefühlsduselig werden, aber selbst dazu fehlt mir die Kraft. Ich bin vollkommen ruhig. Ich bin vollkommen leer, und dann beginne ich zu weinen.

»Sieh mich an.« Rita sucht in meinen Augen, als wüsste sie, dass sie darin ein anderes Paar Augen finden wird, wenn sie sich nur anstrengt. Dann bittet sie die Nervenprinzessin um ein Handtuch, das sie anfeuchtet und auf meine Stirn drückt. »Sieh mich an, habe ich gesagt. Du darfst nicht alles mögen, Mary. Habe ich dir das nicht gesagt? Sieh mich an!«

Schluchzend ahne ich, warum mir der Schlafsaal so fremd vorkommt. Es liegt nicht daran, dass die Möbel umgestellt wurden oder neue Stühle um den Tisch stehen, sondern daran, dass die anderen nicht mehr da sind. Mehrere Betten sind nicht bezogen, an der Wand lehnen Matratzen, nirgendwo liegt selbstgebasteltes Spielzeug. Rita erkundigt sich, ob ich etwas essen oder trinken möchte. Meine Lippen sind steif wie Baumrinde, die Kehle ist eng und heiser. Es gelingt mir nur mit Mühe, den Kopf zu schütteln.

Als ich an dem Tee nippe, den mir die Nervenprinzessin hinstellt, lässt der rauchige Geschmack den Gaumen kribbeln. Die Tasse wärmt die Hände; es tut unendlich gut, nicht daran denken zu müssen, ob das Wasser destilliert wurde. Gehorsam knabbere ich an den Keksen, die sie mir in den Mund steckt – einen nach dem anderen, als nehme sie ihre Aufgabe sehr ernst. Als alle aufgegessen sind, bürstet sie sogar die Krümel von meiner Brust, als wäre ich ein Kind. »Du bist sehr traurig.«

Ich spüre, dass die Nervenprinzessin etwas fragen will, aber zögert. »Der kleine Bär«, sage ich mit den Händen um meinen Bauch. Sie kichert elektrisch.

Während Rita die letzten Kleidungsstücke aufhängt, erzählt sie, wie untröstlich Fani war, als die beiden gefahren sind, obwohl sie sich aus Angst, doch zum Bleiben gezwungen zu werden, beeilt hat. Der Junge sei ihr mit der Pistole im Hosenbund und dem Koffer, der gegen seine Beine schlug, gefolgt. Als Zoe mit dem nächsten Schiff fahren sollte, habe sie sich weigern wollen, aber Ioulia habe ihr verboten, sich zu weigern. Wenn sie protestiere, werde sie Zoe höchstpersönlich an Bord tragen. »Die neuen Bulgaren wohnen in Sektor eins.«

»Und Ioulia?«

Rita und die Nervenprinzessin wechseln Blicke.

UM SECHS UHR am nächsten Morgen knistern die Lautsprecher. Erst ertönt die Nationalhymne, als wären die Instrumente aus Zinn, dann erschallt eine Stimme, auch sie aus Zinn. Rita erläutert stöhnend, der Appell finde mittlerweile eine Stunde früher statt. Danach ziehen die Männer zum Speisesaal; wir dürfen auf dem Hof oder im Schlafsaal essen. Frauen und Männer begegnen sich nur beim Aufrufen der Namen und während der Siesta. Als wir den Flur hinabgehen, hakt sich die Nervenprinzessin bei mir unter. Sie gähnt wie ein Kind; ihre Fingernägel sind lang geworden.

Die Gefangenen stellen sich gerade in Reihen auf. Die meisten sind älter, um die vierzig, wenngleich es auch einige jüngere mit so kurzen Haaren gibt, dass man ihre unterschiedliche Hautfarbe auch auf dem Kopf sieht. Nur wenige tragen einen Bart, manche einen Schnurrbart. Achtzig Füße bewegen sich, bis der Abstand zu den Nachbarn stimmt. Alle sind in Halbschuhen oder Sandalen, einige haben nur ein Hemd am Oberkörper, denn allmählich wird es warm. Keiner scheint sich für uns zu interessieren, aber man spürt, dass sie zu uns herüberschauen. Ich stelle mich in einem passenden Abstand zur Nervenprinzessin und Rita auf. Ein Mann haucht: »Guten Morgen, Feen.«

Jeder Gefangene hat eine Nummer. Als wir im Dezember angekommen sind, bekam auch ich eine, aber damals waren wir so wenige, dass wir sie nie benutzt haben. Nun versuche ich mich an meine zu erinnern. 73–3. Ich nehme an, dass die erste Ziffer das Jahr angibt, die zweite meine Position in der Liste. Als die Männer aufgerufen werden, erkenne ich, dass sie erst im neuen Jahr registriert worden sind. Einer nach dem anderen antwortet: »Anwesend!« Als ein älterer Mann an die Reihe kommt, hat er Probleme mit seinem Gürtel. Seine Hände zittern, die Schuhe scharren – dann fällt er um. »Entschuldigung«, murmelt er, als ihm aufgeholfen wird. »Hier. Ich meine: anwesend.«

Der Appell dauert zehn Minuten, im Anschluss werden die Männer in zwei Gruppen aufgeteilt. Die eine Hälfte wird zur Feldarbeit abkommandiert, die andere soll irgendetwas im Keller erledigen. Später erfahre ich, dass die Gefangenen an dem einzigen Ort, wo mehr wächst als Heidekraut, Obst und Gemüse anpflanzen – in der Mulde hinter dem Pavillon der Krankenstation, wo es früher vermutlich einen Fluss gab. Einer von ihnen ist offenbar Gärtner. Zwei der jüngeren helfen dem alten Mann ins Gebäude.

Danach stehen nur noch Rita, die Nervenprinzessin und ich da. Die Sonne glitzert im Staub, in der Ferne schlagen frische Wellen. Der Onkel fährt mit dem Stift die Liste herab. »73–3. Nach dem Frühstück zum Kommandanten, Bericht erstatten.«

WIR ESSEN RÜHREI auf hartem Brot. Die Nervenprinzessin sieht mich mit einer Mischung aus Wohlwollen und Neugier unablässig an. Schließlich erzählt sie, auch sie habe einmal einen kleinen Bären gehabt – »zu Hause«, ergänzt sie leise, und ich nehme an, dass sie damit eines der nördlichen Nachbarländer meint. Eines Nachts im Winter habe man mit mehr Braunkohle geheizt als üblich. Das Kind sei krank gewesen und man habe es warm halten müssen. Niemand weiß, wie es dazu kam, aber als man am nächsten Morgen lüftete, atmete es nicht mehr. »Ruß nicht gut.« Ihr Blick sucht Rita.

»Denk daran, Spanos etwas zu geben«, rät Rita mir, ehe ein Wärter mich holt. »Es spielt keine Rolle was. Er muss nur das Gefühl bekommen, alles unter Kontrolle zu haben.« Sie streicht der Nervenprinzessin eine Strähne hinter das Ohr. »Ich weiß, dass du das nicht willst, Mary. Aber du musst. Sonst kommst du hier nie weg.« In Ritas Augen ist der Körper das, was eine Frau am leichtesten geben kann. Da das in meinem Fall kaum möglich ist, muss ich etwas anderes finden. Nichts sei provozierender als Unbestechlichkeit. Dann machen Männer, was sie wollen. Sie befeuchtet den Finger und entfernt etwas aus dem Augenwinkel der Nervenprinzessin. »Soll ich dich schminken?« Zu mir sagt sie: »Darauf kannst du Gift nehmen. Ich weiß, wovon ich rede.«

»WILLKOMMEN ZURÜCK.« Als der Wärter mich hereinlässt, sitzt Spanos auf der Couch, die wahrscheinlich auch der Onkel und Rita benutzt haben. Ohne unser Wissen tat sie, was erforderlich war, damit dem Jungen nach seiner Vergiftung geholfen wurde.

Der Soldat kehrt mit Kaffee und Wasser auf einem Tablett zurück. Nachdem er uns verlassen hat, konzentriere ich mich auf die Tasse des Kommandanten. Ich rede mir ein, dass alles gutgehen wird, wenn ich erkennen kann, wann der Dampf sich in Luft auflöst. Mittlerweile bin ich mir sicher, dass Dimos es geschafft hat. Wahrscheinlich hat er nach dem Verlassen der Hochschule in der Wohnung gewartet. Als ich jedoch auch am nächsten Tag nicht auftauchte, muss er gepackt haben und geflohen sein, bevor Lamas' Männer an seine Tür klopften. Wahrscheinlich hat er Stella angerufen, um zu hören, ob ich bei ihr war. Und seither wartet er dort, wo ich, wie er weiß, nach ihm suchen werde. In den Bergen. In Tante Notas altem Haus.

Dimos konnte sich nicht mit Mutter in Verbindung setzen, aber Stella hatte mit Sicherheit in der Olympiastraße angerufen. Ich weiß nicht, was sie gesagt hat, um möglichst keinen Verdacht zu erregen, bin mir aber sicher, dass sie sich in den Tagen nach dem Aufstand auf den Polizeiwachen in den Vierteln rund um die Hochschule nach mir erkundigt hat und vermutlich auch in die Medusastraße gegangen ist. Da ich meinen Namen nicht preisgegeben habe, blieben ihr am Ende nur das Rote Kreuz und ausländische Zeitungen. Die Krankenhäuser. Und die Friedhöfe. Als sie mich auch dort nicht fand, lag die Antwort auf der Hand: die Inseln.

»Die Zeit, sich zu verweigern, ist abgelaufen.« Das Porzellan klirrt dezent. »Wenn Sie Ihrer Verantwortung als Mutter gerecht werden wollen, muss ich den Namen des Vaters erfahren. Ich nehme an, dass er ein ›Genosse‹ ist und Sie deshalb schweigen? Nicht?« Kurze Pause. »Oder vielleicht doch? Wenn Sie uns seinen Aufenthaltsort nicht nennen, müssen Sie wählen: entweder der Vater oder das Kind.« Spanos schiebt die Lippen fast so vor, als wolle er küssen, dann kostet er vorsichtig seinen Kaffee. »Oh, Sie haben gedacht, dass wir Sie hier nicht länger festhalten können, weil Sie bald niederkommen? Und ob wir das können. Das werden wir auch tun. Es gibt hier gut ausgebildete Ärzte – und in unserem Land leben viele rechtschaffene, aber kinderlose Bürger. Freunde der nationalen Revolution, wenn Sie verstehen, was ich meine.« Ruhig stellt er seine Tasse ab. »Einverstanden? Den Namen des Vaters und seinen Aufenthaltsort, außerdem unterschreiben Sie die Loyalitätserklärung.« Er wischt seine

Mundwinkel trocken. »Ich bin kein Monster. Ich gebe Ihnen eine Woche Bedenkzeit.«

Erst als wir die Verwaltung verlassen, wird mir bewusst, dass ich den Dampf vergessen habe.

DER SOLDAT, der mich abholt, möchte wissen, wohin er mich begleiten soll. Ich bin kaum fähig, mit den Schultern zu zucken. Ginge es nach mir, würde es ab jetzt auf der Welt nichts mehr geben, keine Gegenstände und keine Menschen. Nur einen Pfirsich, der wichtiger ist als die Sonne, die es auch nicht mehr gäbe. Der Flaumschnurrbart im Wachhäuschen weiß nicht, wohin der Kollege mich bringen soll. Als die Männer sich beraten, höre ich, dass er Karras heißt. Der andere will nicht umkehren und nachfragen. Schließlich entscheidet er sich für den Schlafsaal.

»Um die Zeit ist da keiner.«

»Genau. Könnte doch Spaß machen.«

Karras seufzt, dann sagt er dem Mann, er solle mich stattdessen zum Feld begleiten, aber der andere lässt nicht locker. »Schwanger, was? Es kann also nichts passieren … Hast du Lust? Die Feen nehmen ein paar hundert. Aber du bist bestimmt kein Profi, was?« Er klopft auf seine Brusttasche. »Fünf Zigaretten. Was sagst du? Zehn? Du bekommst zehn Zigaretten.«

Ich hinke so wenig, dass ich fünfzehn Meter weit komme, bis Karras mich einholt. Er packt mich am Arm. »Beachte ihn gar nicht.« Ich gehe weiter. »Hast du keinen Freund? Keine Brüder? Du weißt doch, wie das ist. Die Verdammnis macht einen wahnsinnig, wenn man kein Geld hat. Warte …« Jetzt sehe ich die Gefangenen, die sich hinter der Krankenstation über die Erde beugen. »Nimm die. Ich mache mir nichts daraus.« Er versucht mir ein paar abgebrochene Zigaretten in die Hand zu drücken. Dann erhebt er die Stimme: »Hier kommt Hilfe!«

Einige heben die Köpfe. Als die Gefangenen sehen, wer sich nähert, werden sie wieder gesenkt.

DIMOS ODER DER PFIRSICH. Es gibt Entscheidungen, die so unmöglich sind, dass man lieber verschwinden würde, als sie zu treffen.

DIE MÄNNER sind still und gut organisiert. Zwei harken, andere tragen Steine fort. Der Gärtner erklärt geduldig, wie die Setzlinge, die in der Schubkarre liegen, eingepflanzt werden sollen. Ein Mann reicht mir einen Lappen und meint, wenn ich Lust habe, kann ich Unkraut jäten. Die Soldaten sitzen auf der Böschung und schauen zu. Wenn sie mit der Arbeit unzufrieden sind, pfeifen sie und schimpfen darüber, was für Memmen sie bewachen müssen. Wenn wir uns nicht in Acht nehmen, sagen sie, müssten wir Schubsen spielen.

»Man trägt Steine von einer Stelle zu einer anderen – und anschließend wieder zurück.« Im Winter geht das ja noch, erklärt der Mann, aber im Sommer ist es die Hölle, vor allem wenn die Entfernung groß ist und man für jeden verlorenen Stein bestraft wird. Er erzählt von Gefangenen, die bis tief in die Nacht hinein Schubsen gespielt hätten. Die Soldaten stehen dann mit Lampen in der Dunkelheit. Manchmal stellen sie diese jedoch irgendwo ab. Wenn der Gefangene dann den Stein zu der Lampe trägt, wird er bestraft, und wenn er die Stelle findet, an der die übrigen Steine liegen, wird er auch bestraft. Mal ist das eine falsch, mal das andere.

Ich höre das nicht zum ersten Mal und habe Probleme, mich zu konzentrieren.

»Moskau? Peking? Warte. Die Patriotische Front?« Bei jeder politischen Gruppierung schlägt der Mann mit seiner Hacke zu. »Mir persönlich ist es ehrlich gesagt scheißegal, zu welcher Partei du gehörst.« Die Erde ist hart, Staub wird aufgewirbelt. »Ein Bulgare ist wie der andere.« Er bückt sich, um einen Stein zu lockern. »Du könntest mir wenigstens sagen, wie lange du schon hier bist.« Als ich weiterhin schweige, pfeift er. »Glaubst du wirklich, dass die Sanftmütigen das Erdreich besitzen werden? Also, ich glaube das nicht. Rette sich, wer kann.«

AM ABEND wird Rita abgeholt. Sie und die Nervenprinzessin wachen abwechselnd bei Ioulia. Ich sitze am Tisch, die Nervenprinzessin rührt im Topf. Als sie uns das Essen serviert, wirkt ihr Gesicht hager, hat aber seine nervöse Hitze verloren. Die Zeit allein mit Rita hat ihr Sicherheit gegeben. Jetzt kratzt sie sich nicht mehr an den Armen, als läge die Lösung für ihre Qualen unter der Haut. Ich habe das Gefühl, endlich sehen zu können, wer sie ist – so deutlich wie eine Glaspuppe in einer anderen.

Beim Essen berichtet die Nervenprinzessin, warum sie nicht zum Festland zurückgekehrt sind. Die Worte landen an den falschen Stellen, aber was sie sagt, hat Hand und Fuß. Man muss nur etwas Geduld haben und nicht versuchen, dem Gesagten zu folgen, als führe ein Gedanke zum nächsten, sondern die Teile zusammensetzen wie ein Mosaik. Als man mich in die erste Bucht geschickt hatte, zwang Ioulia die anderen, noch härter zu arbeiten als zuvor. Sie schleppten Matratzen und machten Jagd auf Ratten, schrubbten Toiletten und reparierten Betten in der Männerabteilung. Es war harte Arbeit, aber erträglich, bis einer der Soldaten die Angelschnur an der Wand entdeckte – und die Sachen, die wir aus den Unterkünften gestohlen hatten. Zur Strafe musste Ioulia allein Eldorado instand setzen. Seither liegt sie auf der Krankenstation. Rita erhielt den Befehl, auf der letzten Ruhestätte ein neues Grab zu schaufeln. Bis es Verwendung findet, soll es als Warnung dienen.

Die Nervenprinzessin betrachtet mich. Rita und sie sind geblieben, weil der Onkel es so will. Nachdem die Gefangenen eingetroffen waren, dauerte es nicht lange, bis Spanos sich einmischte und seine Aufmerksamkeit in erster Linie den Männern galt. Sobald sich die täglichen Abläufe eingespielt hatten, ließ er die Zügel jedoch schleifen. Daraufhin sorgte der Onkel dafür, dass die Soldaten an den Wochenenden den Schlafsaal besuchen konnten. »Ficki-ficki, wenn der Kommandant ist fort.« Die Nervenprinzessin dreht die Handflächen nach oben. Das sei nicht so schlimm, wie es sich anhöre. Sie verdienten anständig, manchmal sogar Dollar, und jetzt, nachdem sie den Großputz abgeschlossen hätten, seien die Wochentage eher wie Urlaub. Sie und Rita sitzen abwechselnd bei Ioulia. Der Zustand der Alten wird sich entweder bessern oder sie wird sterben. Danach dürfen sie aufs Festland zurückkehren. »Spanos haben versprochen. Wir auch schlafen auf Krankenstation.«

AM NÄCHSTEN ABEND biete ich an, statt der Nervenprinzessin zu Ioulia zu gehen. Als die Krankenschwester mich sieht, grüßt sie und macht gleichzeitig Pst. Ioulias Zustand sei stabil. Sie hat seit dem Mittagessen geschlafen, braucht allerdings so viel Ruhe wie möglich. Violeta schüttelt das Kissen auf dem Nachbarbett auf und schließt das Fenster. Wenn sie nicht alles täusche, meinte sie, könne eine ungestörte Nachtruhe auch mir nicht schaden. Sie lächelt steif. Keine Sorge. Der Doktor sei auf der Nachbarinsel und der Wachposten im Korridor werde abgezogen.

Ioulia liegt mit dem Gesicht zur Wand. Nur die grauen Haare lugen aus der Decke heraus, die Atmung ist flach. Als die Krankenschwester gegangen ist, schlafe ich praktisch sofort ein. Das erste Mal geweckt werde ich, als Ioulia jammert. Es ist stockfinster und ich weiß nicht, ob ich die Deckenlampe einschalten soll. »Legt Steine auf mich«, stöhnt sie – erstaunlich klar, als redete sie mit mir, aber dem Klang ihrer Stimme höre ich an, dass sie im Schlaf spricht. »Sonst treibe ich. Legt ... Steine, habe ich gesagt. Wie könnt ihr ... Steine ...«

Das zweite Mal wache ich aus einem wüsten Traum von Zwergen

und Mehrfamilienhäusern auf. Der kleine Bär drückt auf eine Niere. Es dürfte kaum später als vier Uhr sein. Es ist noch dunkel, aber heller als zuvor. In der Ferne tost wie in einer anderen Dimension das Meer. Während ich nach meinen Schuhen taste, dreht Ioulia sich um. »Ist da wer?« Ihr Gesicht ist nicht zu erkennen, aber der Stimme nach zu urteilen, liegt sie mir zugewandt. »Ist da wer, habe ich gefragt?«

»Ich bin es, Mary. Ich muss nur kurz auf die Toilette. Brauchst du irgendetwas?«

»Mary? Oh, großer Gott. Ich habe solche Schmerzen, mein Kind. Du musst mir helfen. Versprichst du mir, dass du mir hilfst? Leg das Kissen auf mein Gesicht. Mach Schluss mit der alten Ioulia. Der Herr wird dir vergeben. Ich will nicht mehr leben.«

Zwei Stunden später scheppern die Lautsprecher des Gefängnisses. Ich zucke zusammen, als hätte mich etwas gestochen. Ioulias Gesicht ist im Morgenlicht grauviolett, die Augen sind geschwollen, das Kissen ist feucht von Speichel. Ein Arm liegt auf der Decke, die Knöchel sind wund, aber an den gleichmäßigen Atemzügen höre ich, dass sie ohne Schmerzen schläft.

DER GEFÄNGNISHOF schwirrt von Gerüchten. Während der Siesta behauptet der Typ vom Feld – es stellt sich heraus, dass er an der Handelshochschule studiert –, die neue Regierung sitze so sicher im Sattel, dass sie es sich leisten könne, Gefangene freizulassen. Es gebe keine bessere Methode, um von der katastrophalen Lage des Landes abzulenken. Dass die Leute lieber mit Dollars einkaufen als mit der einheimischen Währung, sagt doch alles. Ein anderer Gefangener – ein Buchhändler, der sich so bewegt, dass sein Gesicht stets in der Sonne bleibt, und der beim Sprechen die Augen schließt – wendet ein, dass wir gerade deshalb mit neuen Genossen rechnen müssten. Genau darauf habe das Militär gewartet: Nun könne man die Gesetze und Verordnungen wieder einführen, die aufgrund des internationalen

Drucks im Vorjahr gelockert worden sind. Ein älterer Mann, der früher schon einmal auf der Insel gesessen hat, wartet, bis das Gespräch verebbt, und erklärt dann, es sei jedenfalls nur eine Frage der Zeit, bis die Frauen heimgeschickt würden. Was mit den übrigen Häftlingen geschieht, will er nicht prophezeien. Aber das Militär sei genauso konservativ wie die Kirche; die Geschlechter sollten nicht vermischt werden. Der neue Leiter sei wie die anderen auch, nur nicht ganz so tyrannisch. Er sieht mich an, während er spricht, nickt und wiederholt, dass Frauen auf der Insel nichts zu suchen hätten. »Weder jetzt noch in Zukunft.«

Der Buchhändler fächelt sich mit der Hand Luft zu. Das glaubt er keine Sekunde, sagt er, und im Übrigen soll man den Druck ausländischer Organisationen lieber nicht überschätzen. Nehmt doch nur das Schiff des Roten Kreuzes, das vor ein paar Tagen hier war. Auch wenn die Junta darauf bedacht ist, ihr Ansehen zu verbessern, war diese Inspektion nicht eine Farce? Die Abgesandten erhielten nur Zugang zu den Schlafsälen sowie zum Pavillon der Krankenstation. Nicht einmal die letzte Ruhestätte bekamen sie zu sehen. Der Ältere widerspricht: »Jedenfalls ist es bestimmt nicht vorgesehen, dass hier Kinder interniert werden. Die Zeiten sind vorbei.« Erneut wendet er sich mir zu, als rechne er mit meiner Unterstützung. Zwar würde ich bei meiner Heimkehr vermutlich mit einem Studienverbot belegt werden. »Aber du wirst dich ohnehin um andere Dinge kümmern müssen.«

Der Buchhändler hat genug. Seine Trotzki-Brille blinkt wie Flaschendeckel aus Licht, als er auf der Jagd nach Worten mit den Fingern schnippt. Ob der Ältere etwa glaube, dass ... dass ... Wie hießen die Feen noch gleich? Dass Rita und Lule auch das Gefängnis verlassen dürfen? Der andere wird unsicher, scheint um eine Antwort verlegen. Das sei schwer zu sagen. Hielten sie sich vielleicht sogar freiwillig auf der Insel auf? Der Wirtschaftsstudent steht auf und geht schnaubend zu ein paar Gefangenen hinüber, die mit selbstgebastelten Figuren Schach spielen. »Ohne Unterschrift werden nicht einmal Huren entlassen.«

Offensichtlich weiß keiner, was passieren wird, aber ich fürchte, dass der Student recht hat. Wer nicht unterschreibt, muss damit rechnen zu bleiben. Vielleicht werde ich das Kind behalten dürfen, solange ich stille. Danach wird man es jedoch einem Paar von der anderen Seite geben. Ich denke an das Staatswappen mit dem elternlosen Soldaten, der aus einem Feuer geboren wird, und mir wird schlecht.

»Was ist mit ihr?«

IN DEN LETZTEN MONATEN habe ich alles getan, um mich und den Schmerz voneinander zu trennen – wie man es dem Burschen mit dem Marshmallowhemd zufolge tun soll. Distanz ist meine Richtschnur gewesen, Schweigen meine Berufung. Doch nun, da die Ungewissheit vorbei ist, funktioniert das nicht mehr. Immer öfter verrät mich mein Körper. Die Haut brennt und ich werde von Übelkeit übermannt. Lautlos würge ich in einer Ecke des Gefängnishofs.

Wenn ich mich dabei ertappe, nach einer Lösung zu suchen, fühle ich mich wie eine Schlange, die sich selbst verzehrt. Manchmal passiert es mir noch, dass ich mich vergesse. Das ist sonderbar, und wunderbar, währt aber nur für einen kurzen Moment, und hinterher gerate ich unweigerlich in Panik. Ohne dass ich es merke, steigt die Wärme wie laues Wasser im Körper empor, ich umfasse den Bauch und beginne zu summen – bis ich mich plötzlich selbst höre und die Traurigkeit hundertfach schlimmer zurückkehrt. Ich kann nicht verhindern, dass mein Bauch sichtbar ist; wenn ich eine Bewegung mache, an die ich früher keinen Gedanken verschwende hätte, werde ich daran erinnert, dass ich nicht nur Mary bin. Wäre ich das, wäre alles ganz einfach. Aber ich bin mehr. Ich kann nicht die Jalousien herunterlassen, ein Kissen zwischen die Knie klemmen und die Welt warten lassen, wie ich es sonst immer getan habe, wenn ich meine Tage hatte. Dimos behauptet, ich sei so beherrscht. Er sollte mich jetzt mal sehen. Seit einundzwanzig Linsen bin ich reserviert. Von der Zukunft. Nun begreife ich nicht, wie neunzehn weitere hinzukommen sollen.

ALS DIE REIHE wieder an mir ist, bei Ioulia zu wachen, sagt die Krankenschwester: »Sie ist alt, und wenn ihr Körper nicht bald …« Die Worte hängen in der Luft, als würde sie erwarten, dass ich den Satz beende. Nach meiner Begegnung mit dem Kommandanten kann ich jedoch nur noch an den Pfirsich denken, und was passieren würde, wenn meinen Körper die Kräfte verließen. Ich erinnere mich noch gut an Stellas Worte, kurz bevor Dimos an jenem Augustabend vor endlos vielen Jahren betrunken an die Tür klopfte. »Das unsagbarste Unsagbare sind Kleiderbügel, seltsame Pulver, geheime Kräuter. Darüber reden wir nie. Oder nur, wenn es gar nicht mehr anders geht. Aber jetzt, glaube ich, kommt die Kavallerie.«

Als die Krankenschwester gegangen ist, lüfte ich. Die frische Luft säubert den Raum von allein. Die Laken sind gewaschen worden, Ioulias Haare auch. Ihre Stirn ist heiß, aber sie scheint diesmal mehr bei Sinnen zu sein. Ihre Atemzüge sind ruhig, unter der Haut schimmert lachsrosafarbene Wärme.

»Bist du das, Zoe?«

Ich stehe am Fenster. Es ist nach Mitternacht, man merkt, dass es Frühling wird. Trotz der späten Stunde ist die Luft auf jene samtene Weise lau, die in ein paar Wochen stickig und klebrig sein wird, so dass man nicht mehr weiß, wie man atmen soll oder wohin mit sich – bis sich sieben Monate später etwas in der Luft löst und sie sich wieder abkühlt und es auf einmal Herbst ist. Wenn ich an die Worte der Krankenschwester denke, ätzt der Kaffeesatz in mir. Irgendwo krachen Wellen gegen Felsen, trotzdem scheint die Welt tausend Meilen entfernt zu sein. Ioulia bittet mich um Wasser, ich rücke die Kissen in ihrem Rücken zurecht.

»Wie geht es dir, mein Kind?« Sie betrachtet mich mit dem Glas in der Hand. Ausnahmsweise schüttelt sie nicht den Kopf.

Ich weiß nicht warum, aber plötzlich werfe ich einen Stuhl um und höre, wie die Nierenschale über den Fußboden schlittert. Ein silbriger Schwindel zerrt an der letzten Gewissheit in mir; die Glieder gleiten auseinander. Mühsam komme ich wieder auf die Beine. Im Moment erscheint es mir nicht einmal möglich, mich darauf zu verlassen, dass ein Fenster ein Fenster oder dass der Nachttisch aus weiß lackiertem Metall ist. In der Kapelle spielte es keine Rolle, wo ich mich befand – in der Welt oder außerhalb von ihr, allein oder so mit Heidekraut und Meeresrauschen vermischt, dass ich überall verteilt lag. Hier dagegen, wo die Luft nicht nach Salz und Müll riecht, sondern nach Kampfer und alter Frau, will ich mich darauf verlassen können, dass die Welt bleibt, was sie ist.

Irre, eingesperrte Traurigkeit. Ich muss mich zusammenreißen, sonst wird es nicht gehen. Es ist nicht die Welt, die sich verändert; sie ist hier und jetzt und lässt sich anfassen. Sie wird immer hier und jetzt sein und sich anfassen lassen. Bett. Decke. Strohkissen. So einfach, so einfach. Ich bin es, die sich verändert. Diese dreiundzwanzigjährige Person in Trainingshose und Schuhen mit aufgerissenen Nähten, mit den Haaren, die allmählich länger werden und dem Bauch, den die Jeansjacke nicht mehr verdeckt, verändert sich. Ich atme ein, halte die Luft an – und atme wieder aus; ein, anhalten – und wieder aus. Trotzdem hilft das nicht. Ich kann mich nicht mehr gegen das dreckige Gefühl wehren, dass etwas dabei ist zu enden.

Was tut man gegen die zarte Gleichgültigkeit der Welt?

Früher fühlte ich mich nicht nur mit allem verbunden, was mich umgab, sondern auch mit Dingen, von denen ich nur gehört hatte. Als ich mit Theo im Wartesaal des Busbahnhofs stand, überkam mich beispielsweise das Gefühl, auch an all den verschiedenen Zielorten auf der großen Tafel zu wohnen, obwohl ich niemals dort gewesen war und auch nie dahin fahren würde. Kein Ort war wichtiger als der andere – und frei erfundene waren genauso wichtig wie reale. Als ich mit Dimos auf der Terrasse lag, war es ähnlich. So, sagte ich am Morgen und hielt seinen Arm hoch, so sei ich darauf gekommen, wie man Mehrfamilienhäuser bauen sollte. Ich presste den Finger auf seine Sommersprossen. »Siehst du? Keine ist wichtiger als die andere. Wie bei dem Granatapfel. Das Zentrum ist überall.«

Nun ist die Welt jedoch verkümmert. Ich fühle mich nicht wie Theo nach sieben Tagen auf dem Atlantik und fünf weiteren vor sich, die irgendwie trotzdem schon hinter ihm lagen. Sechsundfünfzig Reiskörner lang habe ich fest daran geglaubt, dass ich die Insel würde verlassen und heimkehren dürfen, zu Dimos und den noch ausstehenden Linsen. Nun erkenne ich, dass man sich nicht nur dadurch verändern kann, dass die Welt wächst, sondern auch dadurch, dass sie schrumpft, bis es nichts anderes mehr gibt als etwas Mullbinde, die im Wasser versinkt und jeden Moment in schwindelerregende Spiegelungen übergehen wird … Danach: nichts. Bloß trockener, übelriechender Schaum. Und schließlich Salz.

»Wenn der Körper nicht …« Ich flüstere die Worte der Krankenschwester so verlassen, dass Ioulia mich bittet, sie zu wiederholen. So gut wie nichts verbindet mich mit der Welt, fahre ich fort. Ich habe getan, was ich konnte, um diesen Gedanken von mir fernzuhalten, aber jetzt lässt er sich nicht mehr verhindern. Es ist aus.

Ioulia sagt nur: »Erzähl.«

UND IN DIESER NACHT tue ich das.

Ich erzähle, dass Dimos nicht ist wie andere, sondern groß und unerschütterlich wie ein Baum, und voll von Berührung wie eine Laubkrone. Ich erzähle, dass seine Finger nicht lange brauchten, um mich aufzuschließen, obwohl er mich einen Panzerschrank nannte und obwohl ich mich dagegen sträubte, über meine Familie zu sprechen. Ich erzähle, dass wir uns genau darüber im Herbst gestritten hatten, und ich dachte, es würde das Ende sein, während es in Wahrheit zu einem tieferen Anfang wurde. Ich erzähle, dass wir am nächsten Morgen auf der Terrasse erwachten, zu lärmendem Verkehr, aber unter dem freiesten aller Himmel, und dass mein Freund mich um Hilfe bat, während die Autos Gas gaben und bremsten und der Losverkäufer sich inmitten des Lärms Gehör zu verschaffen versuchte. Ich erzähle, dass einige Kameraden und er einen Rundfunksender gebaut und beschlossen hatten, die Hochschule zu besetzen. Ich erzähle, dass ich auch an einigen Versammlungen der Freien Studenten teilnahm. Ich erzähle, dass ich zwei Tage später die Olympiastraße besuchte, obwohl ich mir geschworen hatte, nie wieder dorthin zurückzukehren. Ich erzähle, dass meine Kaffeesatzmutter sich mir zuliebe freigenommen hatte. Ich erzähle, dass sie die Aufsicht über die schwarzen Archive führte und wie das abendliche Licht immer körniger wurde, während sie und ich im Wohnzimmer schwiegen. Ich erzähle, dass ich auf dem Weg zur Hochschule oder von ihr kommend häufig an ihrem Arbeitsplatz vorbeigegangen war, und mein Gehirn sich dabei stets angefühlt hatte wie gefrorener Morast. Ich erzähle von der Verzweiflung, die mich überkam, als Mutter zwei Jahre zuvor versuchte, mich zu Hause zu halten, und von der traurigen Heiterkeit, die ich danach in Stellas Gesellschaft empfand. Ich erzähle, dass ich den Geräuschen auf der Straße lauschte und Mutter schließlich fragte, wie es Vater gehe, Mutter darauf jedoch keine Antwort gab, sondern sich erkundigte, ob ich übernachten wollte – wie früher, als Theo zu Hause wohnte und wir eine Familie waren. Ich erzähle, dass sie das Bett in meinem alten Zimmer bezogen hatte und ich im ersten Moment nicht wusste, wie ich reagieren sollte. Ich erzähle, dass ich schließlich den Kopf schüttelte und murmelte, es tue mir leid, und es auf die Examensarbeit schob. Ich erzähle, dass ich mich von dem raschelnden Überzug erhob und erklärte, ich wollte nur noch kurz etwas holen, ehe ich zu meinen Plänen zurückkehrte.

Ich ging an den antiken Waffen vorbei zu meinem alten Schlafzimmer. Meine Seite des Vorhangs sah noch genauso aus wie bei meinem Auszug. Der Schaukelstuhl mit dem Sitzkissen, das ich mit Tante Notas Hilfe gehäkelt hatte. Der Lederpuff, in dem ich mein Tagebuch versteckt hatte. Mutters Fotoalbum und meine alten Schulbücher im Regal. Die Postkarte an der Wand. Nur die Tagesdecke war neu. Den anderen Teil des Zimmers hatte Mutter nach Theos Abreise zu einem Büro umgestaltet. Auf dem Tisch lagen nach Farben sortiert stapelweise Akten sowie Schreibwerkzeuge und ein Brieföffner. Die Holzkugeln des Vorhangs rasselten, als ich zum Archivschrank ging. Ich wartete, bis das Geräusch verstummt war, dann stellte ich die Ziffern 4–4–44 ein. Die Symmetrie macht es einem leicht, sich die Kombination zu merken. Außerdem ist es zufällig Theos Geburtstag. Mutter behauptet, die Ziffern seien so zuverlässig wie die Ehrenwachen am Grab des Unbekannten Soldaten. Ich öffnete den Schrank. Und suchte, bis ich etwas fand, was man verwenden konnte. Es war eine Namensliste.

»Die Liste, die sie in der Hochschule hatten?« Ioulia bittet mich um etwas, womit sie sich die Nase putzen kann. Auf dem Weg zur Toilette höre ich im Dunkeln das Klicketi-Klacken.

Als ich zurückkehre, sitzt sie aufgerichtet und ernst da. »Weiß deine Mutter«, Ioulia nimmt das Toilettenpapier entgegen, »weiß sie, dass du ein Kind erwartest?«

Ich erkläre, dass ich meine Entscheidung getroffen hatte, noch bevor ich zu meiner Ärztin gegangen war. Kein Wort vor dem Examen. Erst wenn es keinen Sinn mehr haben würde zu schweigen.

»Und der Radiomann? Oh …« Dann bemerkt sie meine Traurigkeit. »Oh«, wiederholt sie, als sie außerdem begreift, dass Dimos'

Unwissenheit nicht das Einzige ist, weshalb ich trauere. »Du hast dich entschieden.«

AM MORGEN bitte ich Rita um Hilfe. Zuerst will sie vom unsagbarsten Unsagbaren nichts hören. Wir sitzen am Tisch, während die Nervenprinzessin ihn gleichzeitig abdeckt und kehrt und uns von Zeit zu Zeit anschaut und sich dabei wieder an den Armen kratzt. Am Ende erklärt Rita, wenn ich mich entschieden hätte, dann sei es eben so. Dann müssten wir jetzt Kräuter pflücken. Als wir nach dem Mittagessen zurückkehren, kocht sie ein zähflüssiges Gebräu, das jeden von uns dazu bringt, sich die Nase zuzuhalten. »Nicht so toll. Ich weiß.«

Den Rest des Tages liege ich jammernd auf dem Bett. Krallen scharren in meinem Bauch, während ich aus zwei Esslöffeln und der Drahtfigur des Jungen eine Art Zange zu basteln versuche, deren Schalen auseinandergeführt werden, nicht zusammen. Es ist das vielleicht Absurdeste, was meine Finger im Laufe von dreiundzwanzig Jahren getan haben. Als ich nicht mehr weitermachen kann, nimmt Rita mir das Instrument aus den Händen. Kurz darauf sehe ich, wie sie die Schalen mit sauberen Stofffetzen umwickelt.

AM ABEND lassen wir die Nervenprinzessin allein. Der Soldat, der kommt, wundert sich zwar, aber als Rita, die mich hält, ihm erklärt, dass ich blute und umgehend Hilfe benötige, stützt er meinen anderen Arm. Als wir das Wachhäuschen erreichen, übernimmt Karras die Begleitung. Laut Rita ist er ihr noch etwas schuldig. An seinen Kollegen gewandt sagt Karras: »Grüß die Fee von mir.« Dann schließt er den Pavillon der Krankenstation auf und verspricht, Wache zu halten.

Rita verschwindet zum Behandlungszimmer. Ioulia möchte, dass ich ihr folge, aber ich setze mich auf das Bett neben ihrem. Der Raum riecht nach Schweiß und Meer und Lavendel. Ich weiß nicht, wie lange ich so sitzen bleibe. Irgendetwas in mir funktioniert nicht; vielleicht habe ich meine Willenskraft verloren. »Es ist kein Gebot«, sagt Ioulia schließlich, »aber die Trauer ist ein Geschenk. Du darfst nicht zulassen, dass jemand sie gegen dich verwendet.«

IM BEHANDLUNGSZIMMER bereitet Rita die letzten Dinge vor. Auf dem Fußboden stehen zwei Eimer – einer mit Wasser, einer ohne. Auf einer der fahrbaren Pritschen liegen grüne OP-Tücher; neben ihnen sehe ich das Drahtinstrument und ein Ding, das einer Glühbirne aus Gummi ähnelt. Rita bittet mich, ein weiteres Glas des zähflüssigen Gebräus zu leeren und danach zu ruhen, bis ich mich bereit fühle.

Eine halbe Stunde später zieht sie den Polopullover hoch und presst ihre Hände auf meinen Bauch. Es fühlt sich ungewohnt, aber nicht unangenehm an. Bin ich bereit? Ich schluchze, dass ich niemals bereiter sein werde. Vorsichtig beginnt sie, mit den Händen vor- und zurückzurollen – anfangs sanft, dann immer entschlossener. Ihre Handflächen sind kühl, aber freundlich. Ich spüre, dass die Brühe, die ich getrunken habe, seltsame Dinge bewirkt. Es ist unmöglich, an das zu denken, was geschieht, und unmöglich, es nicht zu tun. Ritas Bewegungen sind behutsam, aber entschlossen, als wisse sie, dass Dinge, die zum ersten und letzten Mal in einem Leben geschehen, mit besonderer Sorgfalt ausgeführt werden müssen. Ich konzentriere mich auf die drei algengrünen Punkte und versuche, nichts zu denken.

Nach einigen Minuten zieht sie den Pullover herunter und bittet mich aufzustehen. Ich soll abwechselnd springen und in Froschstellung gehen. Ich mustere sie, als hätte ich mich verhört. Wäre ich nicht so voller Trauer, würde ich denken, sie erlaubt sich einen Scherz. Aber ich muss immer öfter würgen. Ich weiß nicht, woraus dieser Sud besteht, doch es fällt mir immer schwerer, ihn bei mir zu behalten.

Mittlerweile schwitzen wir beide. Der Rücken schmerzt wie glühendes Glas. Als ich schließlich stöhne, ich kann nicht mehr, das Becken wird brechen, bittet Rita mich, die Trainingshose auszuziehen und mich mit angezogenen Knien auf die Pritsche zu setzen. Ich rücke die Fersen so, dass sie gegen den Po drücken. Sie führt etwas in mich ein. Ich will nicht daran denken, was es ist, spüre aber, dass ich schrittweise geweitet werde. Dann nimmt sie die Gummispritze und füllt sie mit abgekochtem Wasser. Der Salzgehalt ist immer noch hoch; ich beiße in ein Handtuch, um nicht zu schreien. Jetzt trage ich einen Feuerball in mir, eine böse Sonne, deren Schmerzen in alle Richtungen ausstrahlen. Die Qual presst jegliche Luft aus meiner Lunge, ich spucke und schreie so laut, dass mein Gebrüll Tote aufwecken muss. Währenddessen fährt Rita fort, mich zu weiten. Nur manchmal hebt sie den Kopf. Ihre geröteten Augen wollen sich vergewissern, dass ich diesen Augenblick nicht bereue, nein, niemals werde ich diesen Augenblick bereuen.

UNMITTELBAR DARAUF passiert es. Aktiv oder passiv, nichts könnte mir gleichgültiger sein. Wie eine riesige Blume werde ich geöffnet, der Körper reißt auf. Ich stöhne und keuche. Und höre Geräusche, die ich nie zuvor von mir gegeben habe, wie ein Hund in Atemnot. Ich schreie und schreie; alles an mir besteht aus Ausrufezeichen. Nun bin ich so ohne Grenzen, dass ich nie und nimmer zu sagen wüsste, wo ich beginne oder ende. Ich weiß nur, wenn das so weitergeht, wird das Becken reißen – ich weiß es einfach, keuche ich, und bitte Rita um der unendlichen Weisheit Gottes willen aufzuhören. Kapiert sie denn nicht? Plazenta und Därme werden sich lösen. Und danach ist es nur noch eine Frage von Sekunden, bis sich auch die übrigen Organe in einer Woge aus Körpermatsch aus mir ergießen werden – bis ich innerlich vollkommen leer bin, ein so hallend leerer Hohlraum, dass ich mich nicht mehr Mary, oder Mary-Mary, und am allerwenigsten werdende Mutter nennen kann.

Hinterher gibt es nur den Schlamm und den Klumpen in dem Eimer. Hinterher bin ich weder Tochter noch Poliomädchen. Oder auch nur Marienkäfer. Würde mich jemand fragen, wüsste ich beim besten Willen nicht zu sagen, wie ich heiße. Ich wiege sechzehn Tonnen und bin dennoch schwerelos.

Kaputt.

LICHTFLIMMERN, SCHLEIER. Eine Hand packt mich unter den Armen, ein Mann spricht. »Schafft den Eimer fort. Und macht alles gut sauber. Man darf nicht merken, dass jemand hier gewesen ist.« Das hört sich nach Karras an, aber ich bin mir nicht sicher. Dann dringen Schritte an mein Ohr, obwohl ich keinen Boden unter den Füßen spüre. Nur den höllischen Schmerz im Bauch. Irgendetwas lässt mich glauben, dass früher Morgen ist; vielleicht die kühle Luft, die mir entgegenschlägt. Ich schwebe in einem blauen, puderartigen Dunst. Ehe ich wieder das Bewusstsein verliere, höre ich noch einmal dieselbe Stimme: »Damit sind wir quitt. Um den Rest müsst ihr euch selbst kümmern.«

ICH GLEITE in den Dämmerzustand und tauche wieder aus ihm auf, empfinde eine Niedergeschlagenheit, schlimmer, als ich sie mir jemals hätte vorstellen können, und eine noch größere Achtlosigkeit. Manchmal sitzt Rita oder die Nervenprinzessin bei mir. Ich erkenne es daran, dass die Matratze beschwert, die Binden entfernt werden. Sobald sie mich gewaschen und neu verbunden haben, wird ein Löffel an meine Lippen geführt. Als ich merke, dass es die gleiche fade Suppe aus Reis, Zwiebelstreifen und schwabbeligen Hühnerfüßen ist wie immer, verzichte ich darauf, den Mund zu öffnen. Manchmal nehme ich auch Männerstimmen wahr, ein anderes Mal die Dünung des Meers und die Wucht, mit der die Wellen gegen die Felsen schlagen. Es wird etwas aus dem Meer ausgestoßen, das nie zurückkehren wird, aber ich vermag nicht zu sagen, was es sein könnte. Vereinzelt steigt mir auch der Geruch von Zigaretten in die Nase. Der Rauch wandert zum Fenster herein und ist so teerig herb, dass ich ihn in meinem Speichel schmecken kann.

Fünf Tage vergehen, vielleicht auch zwei Wochen, ein Jahr. Zeit spielt keine Rolle. Alles ist Danach.

Eines Tages steht der Kommandant im Schlafsaal. Es muss früher Morgen sein, weil bloß die Nische an der Tür vor Licht schäumt. Seine Uniform ist gebügelt und kompakt, der Gürtel braun und straff. Er zittert vor Wut, als wäre in seinem Gehirn eine chemische Substanz ausgegangen.

»Du … Du … Du …«

Ich weiß nicht, wie ich auf die Beine komme, aber ich stehe wie die anderen am Fußende des Betts stramm. Das Bewusstsein flattert. Versuche ich den Rücken zu strecken, durchzuckt mich ein brennender Schmerz und ich halte mir unwillkürlich den Bauch. Spanos betrachtet mich mit vorgeschobenem Kinn. »Warum habe ich davon nichts erfahren? Eine Fehlgeburt, sagst du? Was ein Glück, dass ihr sie retten konntet.« Man hört, dass er kein Wort von dem glaubt, was Rita ihm erzählt. Er studiert uns eingehend. »Eine Person, die schweigt, entzieht sich der Verantwortung. Früher oder später ist sie keine Person mehr, sondern ein Problem.« Langes Schweigen, während er nachdenkt. Schließlich zieht er an seiner Uniform und geht wortlos davon. Erst an der Tür dreht er sich zum Onkel um. »Eldorado.«

Nicht einmal die Wellen sind zu hören.

Ich weiß, dass ich die Grube auf der Rückseite des Gefängnisses nicht überstehen würde. Tagsüber herrschen dort manchmal schon über zwanzig Grad, die Nächte sind dagegen nasskalt. Ohne Essen oder die Möglichkeit, aufrecht zu stehen, wäre ich verloren. Und was ist mit den Blutungen? Oder den Scharrern, falls sie, angelockt vom faulen Geruch, beschließen, mich zu besuchen? Nach vierundzwanzig Stunden wäre ich bereit für den Himmel. Der Gedanke verströmt unerwartet heitere Wärme. Ich erkenne, dass ein Teil von mir nichts mehr dagegen einzuwenden hätte, in ein Sternbild verwandelt zu werden. Dann würde ich meinen rußigen Klumpen bis in alle Ewigkeit auf dem Rücken tragen können.

Wir warten, dass der Onkel uns befiehlt, bequem zu stehen, aber stattdessen geht er hinter Spanos her. Der Kommandant verzieht keine Miene, während die beiden miteinander sprechen, nickt am Ende jedoch steif. »Na gut.« Er hebt die Stimme. »Die erste Bucht. Aber kein Ton.«

DIE NERVENPRINZESSIN hilft mir zu packen, während Rita mit dem Onkel redet. Kleider, Streichhölzer, Zahnbürste. Sie geht den Stahlkamm holen, den wir zum Entlausen benutzt haben. »Du nehmen ihn.« Dann rollt sie ein sauberes Laken zusammen, auf das sie eine Tüte Waschmittel und ein Handtuch gelegt hat. Sowie einen Kugelschreiber. »Du nehmen auch das.«

Im Gegensatz zum letzten Mal soll ich keinen Müll holen. Der Kommandant möchte, dass ich vollständig isoliert werde. Ich darf nicht in Sichtweite des Gefängnisses kommen, keinen Besuch empfangen oder auch nur mit den Männern sprechen, die den Müll wegwerfen. Die Gefangenen haben den Befehl, die Essensrationen vor der Kapelle abzustellen und sich umgehend wieder zu entfernen. Vierzig Tage Schweigen. Jedes Mal, wenn ich den Mund öffne, bedeutet das eine weitere Woche in der ersten Bucht. Spanos hat die Absicht, mich mit meinen eigenen Mitteln zu strafen.

Wir gehen über das Feld auf der Rückseite des Gebäudes. Der Onkel ist sicher, dass ich die Insel verlassen darf, wenn ich diese Zeit überstehe. Im Übrigen sei Freitag und der Kommandant kehre erst nach dem Wochenende zurück. Wenn ich will, kann ich also noch bis Sonntagabend bleiben; er habe nicht vor, es zu melden. Aber ich schüttele den Kopf und erinnere ihn an seine Abmachung mit Rita. Keiner von uns wirft einen Blick auf Eldorado, als wir an der vergitterten Grube vorbeigehen. Bevor wir uns verabschieden, grüßt der Onkel Karras, der reglos in seinem Wachhäuschen steht, dann wendet er sich an mich. »Also dann, um fünf Uhr, keine Minute später.«

Ich knöpfe die Jeansjacke zu und hinke davon.

DIESMAL BENÖTIGE ICH über eine Stunde bis zur ersten Bucht. Ich blute noch – nicht viel, aber ich muss langsam gehen, damit es nicht schlimmer wird. Es hilft, an etwas anderes zu denken, deshalb zähle ich die Schritte, als würde ich ein letztes Mal am Wasser entlanggehen und wollte mich ihrer erinnern.

Als ich die Schnur vor der Tür löse, sieht alles noch so aus, wie ich es verlassen habe. Weiße Wände, gefegter Fußboden, quietschendes Fenster in der hinteren Ecke. Die Marmelade, die ich aufgespart hatte, ist unangetastet geblieben, unter dem Bett finde ich die Dose mit den Reiskörnern. Selbst die Ziegelsteine liegen noch dort, wo ich sie zurückgelassen habe, auf den verblichenen Seiten. Nur draußen herrscht Unordnung. Die Scharrer haben auf Futtersuche im Kamin gewühlt. Ich folge ihren aschegrauen Spuren und erkenne, dass sie auf der windgeschützten Seite ein Loch gegraben haben, um ins Haus eindringen zu können. An einigen Stellen liegen Konservendosen, den Grillrost finde ich in einer Felsspalte. Ich hänge die Lebensmittel auf und zeichne die Worte an der Wand mit einem verkohlten Stück Holz nach, dann mache ich mein Bett wie ein Soldat.

Den Rest des Tages bleibe ich darauf liegen. Unfähig, mich auch nur einen Zentimeter zu rühren.

ALS DIE SONNE im Meer untergeht, gehe ich zu dem Anstieg oberhalb der Müllschlucht. Das Wasser in der Bucht ist dunkel und glatt. Es sieht rätselhaft aus, als würde es auf etwas brüten, das zu ungeheuerlich ist, um ausgesprochen zu werden.

Ich denke an Mutter und wie wir in der Olympiastraße im Flur standen, ehe ich mit der raschelnden Namensliste unter meiner Jeansjacke ging. Wir gaben uns alle Mühe, den antiken Pistolen an der Wand keine Beachtung zu schenken; ich fragte mich, wie wir uns verabschieden würden. Mutter zögerte, dann gab sie mir die Hand. In dem Moment begriff ich, sie wusste, dass ich etwas unter der Jacke trug, denn sonst hätte sie mich umarmt oder zumindest versucht, mich auf die Wangen zu küssen. Sie hatte mich einmal verloren und wollte nicht, dass ihr das noch einmal passierte. Das Gefühl war so überwältigend, dass es keine Ahnung, sondern Gewissheit war – so wie man über ein Stück Holz auch nicht sagt, man habe eine Ahnung von ihm, sondern sich seiner Existenz gewiss ist, wenn es trocken und verbrannt in der Hand liegt, so unabweisbar wie die Welt selbst.

Heute weiß ich, dass Mutter mir zeigte: Alles, was wir tun, ist zu verlieren. Aber auch, dass der Verlust nicht verlorengehen darf, der Verlust selbst muss festgehalten werden.

Ein, anhalten – und wieder aus.

ALS ICH DAS NÄCHSTE MAL sagen kann, dass mir bewusst ist, wo ich mich befinde, ist es schon Nacht. Ich habe mich nicht bewegt; es ist Vollmond. Sein mattes Licht fällt auf meine Beine, Hüften und Schultern, auf mein Gesicht, und irgendetwas sagt mir, wenn man mich in diesem Moment sehen könnte, aus Licht gestanzt, würde die vage Form, zu der ich geworden bin, schweben.

Ich drehe mich auf die Seite, schiebe die Knie hoch. Heidekraut, trockene Erde, die schwache Brise vom Meer. Wenn ich den Kragen der Jacke enger ziehe, nehme ich den Geruch von Zoes Seife wahr, die ich eingesteckt hatte, ehe ich die Medusastraße verließ. Palmolive. Wie lange das jetzt her ist. Als ich den Duft einsauge, erkenne ich, das Weit-fort-Land ist nirgendwo anders als hier. Und dass Dimos, mein geliebter Baum, die Person, die er im Frühjahr kennenlernte, nicht mehr wiedererkennen würde. Von der Frau im Automatenrestaurant ist so gut wie nichts mehr übrig. Die Menschen, aus denen ich nun bestehe, heißen Zoe, Ioulia, Rita, Lule, Fani … Sogar Iosif, und vielleicht auch Violeta. Ich wiederhole die Namen, immer leiser, bis sich nur die Lippen bewegen, und dann nicht einmal mehr sie.

Ich weiß, in dieser Nacht werde ich nicht schlafen. Stattdessen habe ich vor, hier zu liegen, mit dem Ohr auf dem Heidekraut, und das eigentümliche Gefühl zu erleben, deutlicher von der Umgebung getrennt zu sein als je zuvor und zugleich keine Grenzen mehr zu besitzen. Seltsame Erleichterung durchströmt mich, eine Erleichterung, die gleichzeitig alle Trauer der Welt enthält und die ganze Nacht, mehrere Wochen, die kommenden siebentausend Jahre andauern wird.

FRÜH AM NÄCHSTEN MORGEN suche ich den krümeligen Lippenstift aus der Filztasche heraus. Während ich zur letzten Ruhestätte gehe, reibe ich die Lippen aneinander. Der Wind ist warm und schwach, das Meer raschelt beinahe müßig. Es ist erst fünf Uhr, aber die anderen warten schon im feuchten Morgengrauen. Sie bewegen sich wie Schatten zwischen den Gräbern, heben Steine an, reden miteinander, blicken aufs Meer hinaus. Als sie mich sehen, versammeln sie sich an der Grube, die Rita ausgehoben hat. Die Erde ist bleich geworden, hier und da sprießt Unkraut zwischen den Steinen. Der Onkel steht rauchend an der Mauer. Sogar Ioulia ist gekommen, auf Rita gestützt. Die Nervenprinzessin übergibt den Eimer, als wäre er ein Schatz. Am Horizont wird ein apfelsinenfarbener Fingernagel sichtbar. Die Sonne geht auf.

Ich staune, dass der Eimer sich so leicht anfühlt. Wind fährt durch das Heidekraut, Wellen schwappen gegen die Felsen. Ich weiß nicht, was von mir erwartet wird. Niemand sagt etwas, nicht einmal Ioulia, die nur den Kopf schüttelt. Als der Himmel hell geworden ist, stelle ich den Eimer ab und hebe das feuchte Bündel heraus. Seit jener Nacht auf der Krankenstation hat es in dem Kühlschrank, den ich Weihnachten geputzt hatte, auf Eis gelegen. Es riecht nicht gut und ist kaum größer als ein Granatapfel. Die Erde dampft, als ich es in Herzhöhe wiege.

Dass ein Leben so leicht sein kann.

ES IST SCHWIERIG, in das Grab zu kommen, aber als ich wieder heraussteige, habe ich begraben, was mehr war als ich selbst.

FANI MEINTE, die Inselbewohner glauben, wer seine Brust zu sehr öffnet, den verlässt die Seele. Obwohl sie nicht verschwindet, sondern verwandelt wird; fortan ist sie in jedem Tropfen und jeder Welle. Als ich auf die glatte Wasserfläche hinausschaue, denke ich, dass es vielleicht wahr ist. Aber auch, dass selbst das Meer manchmal aufgibt.

Der Onkel pfeift. Sie müssen zurück, bald beginnt der Morgenappell. Die Nervenprinzessin gibt mir die Zinndose des Jungen. »Du haben vergessen.« Ich weiß nicht, wie lange ich mit der Dose in den Händen stehen bleibe. Als sie um die Landspitze verschwunden sind, ziehe ich die Nieten von meiner Jeansjacke ab und werfe sie in das Grab. Dimos wird niemals erfahren, was ich in mir trug. Ich muss mir die glatteste Lüge der Welt einfallen lassen. Er würde es nicht ertragen, dass ich zwischen ihm und der Sonne gewählt habe. Dieser Kaffeesatz ist zu bitter, er gehört mir allein. Ich ahne, dass ich ihn hart und kompakt machen muss, damit er sich verbergen lässt, wie eine Kaffeebohne. Nach einer Weile schaufele ich die Grube zu. Jeden einzelnen Stein presse ich an die Lippen, bevor ich ihn niederlege. Am

Ende ist auf meinem Mund kein Lippenstift mehr. Auf einem Stein, der nicht einmal besonders groß ist, schreibe ich mit dem Kugelschreiber: *** 6–10–1973, 8–3–1974. Aber noch bevor ich halb fertig bin, haftet die Tinte schon nicht mehr.

Am Abend nehme ich die verbeulte Keksdose. Ich sammele alles Papier, was ich finden kann, und reiße es in gleich große Zettel. Jetzt werde ich auf die sieben Fragewörter antworten, von denen Dimos sprach.

Die Trauer ist ein Geschenk, sagte Ioulia. Erzähl.

ALASKA.

BALD SIND die vierzig Tage vorüber, die der Kommandant befohlen hat. Doch wenn ich bis zu der letzten Nacht auf der Krankenstation zurückrechne, sind es schon mehr als sieben Linsen. Sieben Linsen und ein Reiskorn, um genau zu sein. Vor mir liegen ebenso viele Päckchen. Die Papierstapel sind in Stanniol eingeschlagen, das ich im Müll gefunden habe. Im Licht der Öllampe schimmert die Metallfolie matt. Vor kurzem habe ich die Zettel beschrieben, die ganz oben liegen sollen. Nun stehen nur noch die aus, die ganz unten landen werden. Sobald ich fertig bin, werde ich sicherheitshalber das gepunktete Taschentuch um die Zinndose binden.

Noch sitze ich allerdings in dieser Salzsäule von einer Kapelle. Vor ein paar Stunden kam die Krankenschwester vorbei. Sie erzählte mir, was ihr Mann für mich tun will, wenn ich im Gegenzug ihrem wieder genesenen Neffen helfe. Ich erwiderte, wir könnten schon heute Nacht anfangen. Mittlerweile dürfte es nach zwölf sein, also sind wir noch ein Reiskorn weiter. Jetzt, da ich fast fertig bin, erscheint mir alles so blank wie Alaska in Tante Notas Atlas. Außer mit Violeta habe ich seit der Beerdigung mit niemandem gesprochen, trotzdem kommt es mir vor, als hätte ich nichts anderes getan, als zu reden. Von meinem Mund in Gottes Ohr. Wahrhaftig. In ein paar Minuten werde ich nicht mehr die Person sein, die Dimos fragte, ob er sie Mary nennen dürfe. Wenn der letzte Zettel mit Worten gefüllt ist, gibt es sie nicht mehr. Oder Maria. Ich bin nur Jemand.

Nach den Stunden im Schneidersitz schmerzt mein Rücken. Ich weiß, wenn ich aufstehe, wird mir schwarz vor Augen und ich muss den Kopf senken. Die Schläfen pochen, der Puls hämmert. Sobald der Schwindel abgeklungen ist, gehe ich hinaus. Ich schätze, dass der Hang schimmert, obwohl der Mond nur eine Sichel ist. Je näher ich der Müllschlucht komme, desto penetranter wird der Gestank – ein süßlicher, fauliger Geruch, vermischt mit Tang und der salzigen Brise vom Meer. Die Felsen unter den Schuhsohlen werden wehtun, wenn ich zu der Felsspalte hinabklettere, in der zwei Monate zuvor die Schlüsselblumen blühten. Die Scharrer werden sich in der Dunkelheit bewegen. Sie merken es immer, wenn man sich nähert.

Nach einigen Mühen werde ich den Absatz erreichen. Hier und da liegt neuer Müll – das weiß ich, denn als die Krankenschwester heute Abend zufrieden mit unserer Abmachung ging, bin ich hinabgeklettert, um einen geeigneten Hohlraum zu suchen, und dabei machten die Vögel einen unseligen Lärm. Nachdem ich die Dose hineingeschoben habe, werde ich einen Ziegelstein vor die Öffnung legen. Ich hoffe, dass die Blätter noch intakt sind, wenn man sie nach einer Diapause von unbekannter Dauer finden wird. Mit mehr Wiederauferstehung kann niemand rechnen.

Die Wellen werden in der Dunkelheit tosen und spritzen, wenn ich wieder hochklettere. Es wird nicht wärmer als acht, zehn Grad sein.

Das Meer. Und die Sterne, bleich wie Salzblumen.

MEIN LEBEN IST KAFFEESATZ und selige Sommersprossen gewesen, es ist tragende Wände, gewaltige Himmel, unerwartete Freundlichkeit gewesen. Und eine große Verlegenheit bei dem Gedanken, enden zu müssen. Halten wir durch, weil wir glauben, dass es woanders besser, schöner, gerechter sein wird? Alle sehnen sich danach und sprechen darüber. Ich weiß nicht, ob ich mich weiter sehnen will, ich will dort sein können, wo ich bin.

Es spielt keine Rolle, wie die Person heißt, die mit der letzten Ruhestätte im Rücken aufsteht. Jeder Mensch hat das Recht, anonym zu sein. Vielleicht breitet sie die Arme aus, wenn das tuckernde Geräusch eines Fischkutters ertönt. Künftig wird alles anders werden. Flieg, flieg, wird sie sich zuflüstern. Sachte wird ihr Körper seine neue traurige Stärke lernen.

ANMERKUNG.

Ähnlichkeiten mit realen Orten oder Personen sind nicht beabsichtigt; Fakten und historische Zusammenhänge wurden geändert, wenn die Handlung es erforderte. Gleichwohl dürften Leser, die sich für Zeitgeschichte interessieren, gewisse Umstände wiedererkennen. So revoltierten im November 1973 die Studenten am Athener Polytechnikum gegen die Militärdiktatur. Drei Tage später wurde die Revolte niedergeschlagen, trotzdem bildete sie den Anfang vom Ende der Militärjunta, die seit der »nationalen Revolution« im April 1967 an der Macht war. Eine Woche später kam es zu einer Regierungsumbildung. Neuer starker Mann wurde der Leiter der Militärpolizei. Während des folgenden Dreivierteljahrs, bis zum Sturz der Junta am 24. Juli 1974 als Folge des Zypernkonflikts, verstärkten sich die Repressionen und man nutzte erneut zumindest eine der Gefängnisinseln, die zuvor auf internationalen Druck hin geschlossen worden waren.

An einigen Stellen wird mehr oder weniger korrekt aus Liedern zitiert: Bob Dylans »Take a Message to Mary« von Self Portrait (*Columbia Records, 1970*), The Monkees' »Mary, Mary« von More of the Monkees (*Colgems Records, 1967*), Suzi Quatros »Can the Can« von Suzi Quatro (*RAK Records, 1973*) und Dionysis Savvopoulos' »To Déntro« von Fortigó (*Lyra Records, 1966*). Das Motto ist Federico García Lorcas Gedicht »Canción oriental« aus Libro de Poemas *von 1921 entnommen (»... una vaga forma/de corazón y de cráneo«).*

Mein Dank gilt den anonymen Personen, die mich an ihren Erfahrungen teilhaben ließen. Ein besonderer Dank gilt Katerina Stefatos.

INHALT.